徳　間　文　庫

シルバー・オクトパシー

極　道　転　生

五條　瑛

徳　間　書　店

目次

Act.1　社会復帰

1

　まだ秋だというのに、その日は、やけに寒かった。

　日本とジョージアの血を引く永川ユリアはコートに袖《そで》を通し、シルバーのロードスターで東京を出た。高速に乗る前に郊外の大型スーパーに寄って買い物をし、それから群馬の渋川に向かった。

　運良く事故渋滞に引っかかることもなく、都内を出ると驚くほど快適なドライブとなった。帰りもこんな気分ならいいのだが……ふと、ユリアはそんなことを考えた。

　高速を下りて渋川に入ると、目的地が見えて来た。四年前に建設されたばかりの新しい病院だ。

ユリアは病院の駐車場には車を入れず、少し離れた路上に停《と》めた。そこから歩いて病院に向かった。都内の有名大学が出資したこの病院は、県内の患者のためというよりも、むしろ落ち着いた環境での治療を求めて都会からやって来る病人専用だという話もある。

確かに、何もない田舎《いなか》町にそびえ立つ巨大でモダンな建築物は、病院というよりも何かのオブジェのようにも見え、完全に周囲の景観からは浮いていた。

受付けを素通りし、八階に向かう。

入院患者は多いようで、明らかに面会と思われる人の姿が目立った。

8012室は個室らしく、入室者プレートには「蕗川清治郎《ふきかわせいじろう》」の名前しかない。ユリアはノックもせず、いきなりドアを開けた。

中はまるでホテルの一室のように明るく綺麗《きれい》で、洗面台も鏡もクローゼットもあった。部屋の真ん中のいろいろな医療機器を備えたベッドさえなければ、ワンルームマンションといっても通用しそうだ。

蕗川はベッドに寝ていたが、目だけ動かしてユリアを見て、それから驚いた表情になった。

「お前……」

「久しぶりね。わざわざ東京から、見舞いに来てやったわよ」

そう言って、ユリアは室内を見回した。

他《ほか》に誰もいないが、室内はきれいに片付いている。洗面台にきちんと並べられたコップや歯ブラシ、サイドテーブルの上には新聞や雑誌、そしてまだ元気な花も飾られていた。

蕗川はと言えば、かつてのイケイケのヤクザだった頃《ころ》の面影はまったくなく、ただの病気の年寄りになっていた。すっかり痩《や》せ、禿《は》げ上がり、皺《しわ》だらけ。細くなった腕に残る彫り物だけが、昔の男っぷりを思い出させた。

それでもユリアの顔を見たとき、一瞬だが昔と同じ鋭い目つきをした。

二昔前は、日本で三本の指に入るほどの勢力で、関東では一番の構成員数だった広域指定暴力団『八神会』の若頭《わかがしら》まで務めた男でも、歳《とし》と病には勝てないらしい。

「姐《あね》さんはいまも銀座で店をやってるって聞いて、一人でどうしてるのかと思ってたけど、世話をしてくれる人間はいるようね。それとも、全部ヘルパーが？」

「いや、娘夫婦だ」

「娘？　姐さんには子供はいなかったんじゃ……」

「他の女が産んだ子だよ」

「なるほど。そういや昔のあんたは、博打《ばくち》や殺しだけじゃなくて、そっちの方もお盛んだったものね。でも、そんな話は初耳だわ。うちの地獄耳のチーフだって知らないってことは、ずっとほったらかしにしていたんでしょう。それが、いまになってよくあんたの面倒なんか見てくれるわね。あんたの血を引く娘が、そんなに優しいとも思えないけど」

ユリアがバカにしたように言うと、蕗川は諦《あきら》めたように微笑《ほほえ》んだ。

「相変わらず口が悪いねぇ。黙って立ってりゃ、白人の別嬪《べっぴん》さんに見えなくもないのに。もう若くはないがな……」

「お互いさまよ、死に損ない」

「お前は、まだまだ当分死にそうにないな」

「じじいの戯言《ざれごと》を聞きに来たんじゃないわ。何か用があるから会社に連絡してきたんでしょう。まさか、娘を紹介したかっただけ？」

「それは後だ。まあ、座れ」

蕗川は掠《かす》れた声で言った。

ユリアは近くにあった椅子《いす》に座った。

「誰が来るかと思っていたが、お前が来てくれるとはな……。タコの亡八《ぼうはち》どもは元気か？」

蕗川が訊《き》いた。

〝タコ〟とは、ユリアの勤務先『シルバー・オクトパシー』のことだ。

社名の由来は、一つの頭と八つの足があるから。つまり、一人の社長と八人の社員。

馴染《なじ》みはみんな、決して好意的とは言えない複雑な感情を込めて、会社を〝タコ〟、社員を〝亡八《ぼうはち》〟と呼ぶ。

「まあね。いまじゃ、あんたの知らない新人も何人かいるわよ」

「そうだろうな。最後にあそこに行ったのは俺が三度目の務めに行く前だから、もう九年も前か……。結局吉原もあれが最後になったな」

蕗川は懐かしそうに目を細めた。

その三度目の務めの最中に身体《からだ》を壊して、刑期の残り二年を医療刑務所で過ごすハメになり、出所と同時に引退したという噂《うわさ》を聞いていた。

シルバー・オクトパシーは、花街《かがい》吉原のど真ん中にオフィスを置く怪しげな会社だが、裏社会では〝老舗《しにせ》〟としてけっこう名が通っている。

一言で説明するなら、〝見合った報酬さえ貰《もら》えば、どんな汚れ仕事でもする情報屋集団〟とでも言うか……。

それも、まっとうな法律事務所や調査事務所、金融機関などを通したくない、あるいはさまざまな事情から通すことが出来ない人間たち専用だ。

従って、顧客にはかつての蕗川のような連中が名を連ねている。

金のためなら何でもする、人間の八つの徳である仁・義・礼・智・忠・信・孝・悌《てい》を忘れた畜生と変わらぬ奴《やつ》らだと罵《ののし》られても、社員は誰一人気にしていない。

だいたい、どれほど評判が悪かろうと客足が途絶えることがないのだから、畜生の手も借りたいと思う連中が、世間には掃いて捨てるほどいるということだ。

この男のように……。

「昔話がしたくて呼んだの？　あんたがあたしに財産でも残してくれるって言うなら、聞かなくもないけど」

「たいした財産でもないが、それも女房ががっちり握ってるから無理だな。あいつが銀座でやってる店も、長引く不景気で厳しくてな。それで東京を離れることができないんだ。女房は娘には一円も渡したくないようだが、娘は娘でおこぼれに与《あずか》りたいのさ。それで、女房が店にかかりっきりなのをこれ幸いにと、突然やって来て甲斐甲斐《かいがい》しく俺の面倒を見始めた。金目当てと思われたくなくて隠しているが、一緒になった男が事業で失敗して、かなりの借金があるらしい」

「事情はともかく、多少でも財産があって良かったじゃない。そうでなきゃ、とっくに女房にも娘にも見捨てられてるよ。いくらか自分の懐に入ると思えばこそ、あんたみたいな男の世話だって我慢できるんだから」

「言いにくいことを言ってくれるな」

もう反論する気も起きないようだ。

歳のせいか、あるいは病が相当悪いのか……。

「用件を」

ユリアは少し優しい声で訊いた。

「波岡が出所して来る」

「波岡？」

「以前、八神会の枝の組で幹部だった男だ。その組はいまはもうないがね。関西の組と揉《も》めたとき、あいつが向こうの幹部を弾《はじ》いた。それで……」

「何年食らったの？」

「一六年」

「長いわね」

思わずため息が出る。

「ヤクザだから、カタギより長いのはしょうがねぇだろう」

「それで？」

「昔なら豪勢な放免祝いの席を設けて慰労金のいくらかも出すところだが、何しろいまは時代が違う。新暴対法があるから、そんな真似《まね》しようものなら、すぐさま警察に目を付けられる。それに波岡の組はあいつの逮捕後に解散して、組長も頭《かしら》も幹部もそのとき全員引退した。もうすっかりカタギだという話だ」

「つまり、その男一人が貧乏くじを引いたってわけね」

「そうだ。あいつが長く塀の中にいた間に、世の中は大きく変わった。特にヤクザはな。あいつには戻るところがどこにもないんだ」

「八神会本家が拾ってやればいいじゃない。もともと八神会のためにやったことなんでしょう？　それに八神会は解散してないわよ。このご時世だから大変そうだけど、まだ何とか代紋を上げてるんだし、そのくらいしてもいいでしょう」

「それはない」

すぐさま蕗川は否定した。

「どうして？」

「波岡って男は、昔ながらのヤクザさ。要するに、ヤクザしかやれない古いタイプなんだよ。お前だって、いまの八神会がどういうものか知ってるだろう？　シノギは危険ドラッグ、特殊風俗、振り込め詐欺、ＪＫビジネス、地下アイドル興行……。みんなちゃんとしたスーツを着て、物腰も柔らかだ。墨入れてなかったり、消したりする者も多いようだ。何しろ一言でも凄《すご》んだり、彫り物見せて組の名を出そうものなら、有無を言わさず逮捕されるんだ。どうってことない微罪でも、執行猶予は付かない。何だかんだこじつけて実刑だ。組員はアパートも借りられない、銀行口座も作れない、生命保険にも入れないって時代だぜ。ヤクザらしいヤクザなんて、生きていけないんだよ。若い幹部の中にはインターネットの掲示板やツイッターで、暴力団員であることをネタに情報流して組員の勧誘や小遣い稼ぎまでしている始末だ。まったく、ヤクザのやることかよ……」

蕗川は大きなため息を吐《つ》いた。

「営業努力だと思えばいいじゃない。努力しないでヤクザを続けられる時代じゃなくなったのは、ある意味、健全よ。おかげでうちは繁盛してるし」

「お前にかかると、身も蓋《ふた》もないねぇ。とにかく、波岡みたいな奴の居場所がないのは明らかだ。それに、いまの八神会は関西ともうまくやっている。わざわざ火種になるような人間を歓迎するはずがない。あいつみたいな堅物とは関《かか》わり合いになりたくないというのが本音だろう」

「ヤクザも地に落ちたわね。でも、それが何よ。どうでもいい話だわ。あんただってとっくに足を洗ったんだから、八神会に火種が飛ぼうがどうしようが、関係ないでしょう」

ユリアは大きな欠伸《あくび》をした。

「八神会のためじゃない。実は俺は波岡にちょっとした借りがあってな……。だが、もう返せそうにない。そこで、タコに俺の代理を依頼したくて呼んだんだ」

「それだけ？」

「ああ」

「分かった。いいわよ」

ユリアは軽く頷《うなず》いた。

「ロッカーの中に鞄《かばん》がある。中に、あいつに渡す金とタコに払う金、それに経《きょう》が入ってる」

「経？」

「そうだ。ムショの中で写経をしてるって聞いたから……」

蕗川はバツが悪そうな顔で言葉を濁《にご》した。

　この男がお経だなんて。病気のせいで、かなり気弱になったのだろうか。

　ふと、ユリアはそんなことを思った。

「その鞄を持って帰れ。そして、出所してきた波岡にすぐに金を渡して、俺が直接迎えに行けないこと、それからいまのヤクザ社会にはあいつの居場所はないから、組を頼るような真似は絶対にするなと、よく言い含めるんだ。いいな？　ちゃんと言い含めてくれよ。それと、経も忘れるんじゃないぞ。そういうものを粗末にすると、罰《ばち》が当たるかもしれんからな。まあ、亡八にそんなこと言っても馬の耳に念仏だろうが、とにかく頼む」

　蕗川は念を押すようにユリアを見つめた。

「その程度ならいくらでも。あまり聞き分けがないようなら、また豚箱にぶち込んでやるわ」

「それは勘弁してやってくれ。もう充分務めたんだ。それと、何かあったら手を貸してやってくれないか」

「何かって？」

「いろいろだ。何しろ浦島太郎と同じで、シャバのことは右も左も分からないし、信用できる人間もいない。みんな敵だ、敵に囲まれて生きていくことになるだろうから……」

蕗川はそこで言葉を濁した。

「うちは、受け取った金額分の仕事はするわ。それ以上のことはしないけどね」

「それはよく知ってる。だから、頼むんだ。引き受けてくれるな？」

「オッケー」

ユリアは頷くと、立ち上がった。

ロッカーを開けると、有名な高級ブランドではあるが、かなり使い込んだ感じのボストンバッグが入っていた。持ち上げてみると、けっこう重い。

「たいした財産はないなんて言ったけど、かなり貯めこんでたようね」

「大きな声では言えないが、それがほぼ全財産だ」

蕗川は小声で言った。

「まさか。あんたの死に金を当てにしているハイエナみたいな女房と娘がいるんでしょう？」

「ああ。だからあいつらにはこのことは秘密だ。俺が死んでから金が消えたことに気づくだろうが、そのときはもう俺は灰さ」

蕗川は面白そうに笑っているが、ユリアは何か引っかかった。

「——その波岡って、そんなに大事な男なの？」

「そうじゃない。ただ、借りを残したまま死にたくないだけだ。それがスジってもんだ」

「とっくの昔にヤクザを辞《や》めた男が、いまさらヤクザの面子《メンツ》に拘《こだわ》るのも妙な話ね」

「そうか？」

「まっ、世の中なんて妙な話ばかりだから、驚くこともないか。そうだ、忘れてた。椅子の横に置いた袋に見舞いが入ってるから」

「これか？」

蕗川はベッドの上で身体をねじり、袋を持ち上げた。たったそれだけのことをするのも、辛《つら》そうに見えた。

蕗川は袋の中を見ると、何とも言えない声を出した。

「マーテルコルドンブルーじゃないか！　医者から、酒を飲んだら死ぬと言われてるんだぞ」

「だから何よ」

「冷たい女だな。俺を殺す気か」

「どうせじきに死ぬんでしょう。——まさか、飲まずに死ぬ気なの？」

「それもそうだな」

蕗川はそう言うと青い箱を開け始めた。

ユリアはボストンバッグを持って病室を出た。

2

東京に戻ったのは夕方だったが、ますます気温が下がり、まるで冬のような寒さだった。

吉原の路上に立つ客引きもダウンコートを羽織り、吐く息も白く変わるほどだ。

会社は『イカ天国』というソープランドと同じビルの四階にある。顔見知りの客引きたちに挨拶《あいさつ》をしてビルに入ると、早くも暖房が入っていた。

「お帰りー。外、寒かったでしょう」

オフィスにドアを開けると、真っ先にサオリの声が出迎えた。自称〝永遠の処女〟、ミャンマーとタイの血を引く日本育ちの三十路《みそじ》のコスプレマニアだ。

今日も擦《す》れっ枯《から》しの『不思議の国のアリス』みたいな出で立《いた》ちで、机の上に白いストッキングの脚を投げだし、スナック菓子を食べながら、一切の人権を認めず、自分の奴隷のように酷使している、パラオの日系社会出身の新人の鈴木達郎と賭《か》け花札をしている最中だった。

机の上にはお札が散らばっている。

「急に冬になったみたい。ポン引きが外で震えてたよ。——他の連中は？」

「ロンさんは渋谷で顧客と商談中。庚《こう》さんと國《くに》さんは、慌《あわ》てて静岡に行きました」

「静岡？　何かあったの？」

「二年ほど前にさ、あの二人で外国人研修生絡みの仕事をしたでしょう？　そのことでトラブルがあったみたい」

鈴木に代わってサオリが返事をした。二年前のことなら、新人の鈴木は知らない話だ。

「いまごろになって？　連中が入国してからのことは管轄《かんかつ》外よ。あいつらが日本に来て何をしようとまったく関係ないじゃない。何でうちが動くのさ」

「あたしに訊くな。だけどあの二人が慌ててあっちに向かったってことは、放っとけない何かが起きたのは間違いないでしょう。そのうち詳しい報告が入るよ」

サオリは景気よく札を机に叩き付けてから、「きたぁー！」と声を上げた。

鈴木は大きく肩を落としている。

「ロンさんでも庚さんでもいいから、僕も一緒に行きたかったですよ。何でもするから連れて行ってくれって頼んだのに、『お前は〝妖怪《ようかい》千枚処女膜〟のイカサマ博打の相手をしてろ』って言われて置いて行かれたんですすよ。ひどい先輩たちですよ」

鈴木が泣き言を言うと、サオリが「黙れインポ！　仕事を選べる立場か！」と怒鳴った。

「ルディは？」

「あの人のことは分かりません。いくら電話してもまったく出ないし、何のために携帯を持ってるんだか……」

と鈴木。

「だからお前は使えないんだよ！　ここじゃ、枢軸国《すうじくこく》の居場所も把握できない奴は用無しだよ」

〝枢軸国〟と呼ばれているルディ・倉持はドイツ、イタリア、日本の血を引き、ここでは騙《だま》した女の数と偽装結婚回数の記録保持者だ。

コートを脱いでハンガーにかけていると、チーフ室から桂川暁史《かつらがわあきふみ》が出て来た。

「お帰りユリア。何か面倒でも頼まれたか？」

「それが、どうってことなかった。ヤバイ話だとまずいから、念のために車は病院の駐車場に入れずに外に置くくらい用心して行ったのに、当てが外れたわ」

「どうして病院の駐車場はダメなんですか？」

鈴木が口を挟んだ。

「クソ田舎の南の島と違って、日本はどこにでも防犯カメラが設置してあるんだよ。大病院の駐車場なら、設置してない方が珍しいくらいなの。ああいう場所だと、けっこう長い時間駐車しているのも、急いだり、慌てたりで鍵をかけ忘れたり、車の中にバッグを置いたままの連中だってたくさんいる。置き引き、強盗、当て逃げ……どこでもそういうことは起きてるものさ」

サオリが苛立《いらだ》たしげに説明した。

「パラオにだって防犯カメラくらいありますよ。外資のホテルとか銀行とか」

サオリの口の悪さにも慣れた鈴木は、万事につけ大らかで細かいことを気にしないパラオ気質《かたぎ》で対抗している。

「それで仕事は？」

桂川は二人を相手にせずにユリアに訊いた。

「昔世話になった男がもうじき出所して来るから、死に神に取り憑《つ》かれた自分に代わって金を渡してくれって、それだけのこと。報酬は全額前金で貰ってきたから何の問題もなしよ」

「死に神って、蕗川はそんなに悪いのか？」

「たぶんね。もう長くないって感じだった」

「八神会の夜叉《やしゃ》とまで言われた男だったが……」

「まるで別人だったわ。あたしたちは、あいつが肩で風切って歩いていた頃を知ってるから、よけいにね」

「そうだな。蕗川を知ってるのは、お前とルディくらいか」

社員の前に姿を現すことのない社長を除けば、ここで一番長いのが桂川、二番目がユリアで次がルディだ。

「サオリ」

「なぁーに？」

まったくやる気のなさそうな返事だ。

「八神会と関西の抗争で逮捕された波岡って男のことを調べて。近いうちに出て来るのは間違いないようだけど、正確な出所日が不明なの。身内でもない蕗川には、そこまでは分からないって」

「あたしが？」

「奴隷にやらせればいいでしょう」

それを訊いたサオリは、鈴木を見た。

イカサマ博打から解放されると思ったのだろう、鈴木は花札を放り出すとすぐさま自分のデスクパソコンの前に座った。

しばらくして、大きな声がオフィスに響いた。

「あったあった。見つけましたよ」

ユリアは鈴木のパソコンを覗《のぞ》き込んだ。

六本木での暴力団抗争事件に関する一七年前の新聞記事だ。

六本木のマンションの一室が襲撃され、その場にいた二名が重傷、一人が死亡。全員、関西を拠点とする組織の二次団体の組員たちで、他人名義で借りたマンションの一室を組事務所として使用していた。

襲ったのは、関東の組織『八神会』の二次団体『青流会』の組員で、翌日赤坂署に自首して来て逮捕された。

それが波岡重雄、当時四三歳。

原因は暴力団同士のいざこざで、実行犯は自首という、暴力団抗争においては実にありがちな分かりやすい展開で、捜査はスムーズに終わり、裁判もあっさり決着がつき、波岡は控訴せずそのまま服役した。

一七年も前のことだし、殺したのも殺されたのも暴力団員、一般人には関係ない場所で起きた事件というわけで、世間の関心は薄かったようだ。わずかな囲み記事しか残っていなかった。

「なーんだ。これだけ。つまんない事件ですね」

鈴木が言った。

「つまんないってことは、ラクな仕事だってことよ。――サオリ」

「何？」

「あんたの腐れセフレ仲間の公務員から、波岡の正確な出所日と時間を訊きだして」

「そのくらい朝飯前だけど、そっちで分かんないの？」

「蕗川はそこまでは知らないって」

「身内に訊けばいいじゃないですか」

鈴木が無邪気に言った。

「波岡は身内とはとっくに縁が切れているらしい。それに暴力団関係者の場合、わざと出所日を伏せておくことも多いのよ。昔は組員による出迎えや、あるいは、やられた側の報復なんかもあったから。いまはそんなことほとんどないけどね。それでも波岡の出所日は外には連絡してない可能性は高いね。襲撃された組はいまも活動しているんだし、念のためってことかも」

「了解。あたしの魅力なら、すぐに分かるよ。バイト料は払えよ」

イカサマ博打でざんざん鈴木から巻き上げておきながら、サオリはまだ稼ぐ気のようだ。

「ツケよ」

ユリアは冷たく言って、ハンガーのコートに手を伸ばした。

「戻って来たばかりなのに、またどっか行くんですか？」

鈴木が訊いた。

「枢軸国の顔を見てくる」

「でも、どこにいるか分からないんですよ」

「バカだね。だからお前は間抜けの半人前なんだよ」

サオリが怒鳴った。「――ユリアはね、どこにいたって枢軸国の行動はお見通しなの」

3

五日前、大阪のミナミに近い繁華街で無差別殺傷事件が起き、二人が死に、六人が怪我《けが》をした。死んだ二人は、登校途中の小学校一年と三年生。罪もない子供が見も知らぬ男に殺されるというショッキングな事件は、他のあらゆる事件を押しのけて、ニュースのトップに躍り出た。

犯人は二〇代から四〇代くらいの外国人の男で、アジア系だったという。現場から逃げ出したきり、いまだに行方《ゆくえ》が摑《つか》めていない。

都会の真ん中で起きた残忍な事件、被害者はいたいけな子供。

ワイドショーにとっては涎《よだれ》の出るネタだ。

他人の不幸を飯の種にしている連中が現場に押し寄せ、大量のデマと素人推理の中にわずかな真実をちりばめ、さももっともらしく語っているが、そんなことはどうでもいい。

不幸が金になるのは、いまに始まったことではない。問題なのは……。

「──本当にそいつが犯人なのか?」

現場からの中継を見ていた木村庚二《こうじ》は、テレビを切った。

在日三世の木村は、シルバー・オクトパシーでは中堅といった存在だ。普段はポーカーフェイスだが、質問したときの顔は、滅多に見せない凄みを効かせた表情だった。

「ああ、間違いない。本人がそう言ってるんだから」

「それで？」

「それでって……だから、どうしたらいいか相談してるんじゃないか」

「どうもこうも、警察に渡すしかないだろう。そんな奴を庇《かば》ってやる義理もないだろう。面倒を持ち込みやがって、どういうつもりだ」

サオリと違い、滅多に怒鳴ることのない木村が怒鳴った。しかし、サオリと違うのはすぐに冷静になるところだ。

木村だって、目の前でおろおろしている亀山《かめやま》のせいではないと分かっているはずだ。

「庚さん、怒っても仕方ないよ。こいつらだって、うちと同じで迷惑してるんだ」

割って入った三笠《みかさ》國は、外国人ばかりの家庭で育った日本人で、歳もキャリアも木村とは近い。

木村は一呼吸置いてから、すぐにいつもの静かな口調に戻った。

「詳しく事情を説明しろ」

「ポッキーの奴は……」

「ポッキーって？」

「グエンのことだ。ベトナム人はグエンって名字がやたらと多いだろ？ 会社で『おーいグエン』って言うと、ベトナム人従業員の半分以上が振り向くんだ。だからって、いちいちフルネームの呼ぶのも面倒だし、第一憶《おぼ》えられない。それで、みんなニックネームで呼ばれていた。あいつはポッキー」

「ポッキーは、どのくらい浜松の会社にいたんだ？」

「義務化されている最初の二カ月の講習が終了すると、一緒に来日した他の六人と一緒にプイといなくなった。出勤して来ないんで寮に行ったら、もぬけの殻《から》だったって。浜松の社長はカンカンになって怒ってたよ。あいつら、最初からそのつもりだったに違いないって……。その足で大阪に向かったんだよ」

「なぜ分かったんだ？」

國は素朴な疑問を口にした。

「それがさ、やつらSNSを使って、先に入国してる連中と連絡を取っていやがった。しかも、逃げ出したみんなで大阪城に観光に行ったとか、そんなことを平然とアップしていやがるんだ」

「なるほど。よくある話だな」

思わず國は噴き出したが、亀山は憮然《ぶぜん》としている。

亀山は主に東南アジアでの人集めのプロだ。バブルの頃は、タイやフィリピンで日本の飲食店や風俗店で働きたいという女を集めていた。

当時は密入国業者の黄金時代。

日本に行きたいという女は山のようにいて、日本でも外国人女が欲しいという店が溢《あふ》れ、いわば需要と供給が完全に一致した経済右肩上がりの時代。お上の目も甘かった。

しかしバブルが弾けて景気が後退し、入管の取り締まりが厳しくなると、今度は表向きは「法的に問題のない」やり方で人を集めることになった。

嫁不足の農家に嫁がせる女、景気が悪くても人不足の、いわゆる3Kと言われる業界への労働者斡旋《あっせん》、そしてここ数年は、ベトナムやミャンマーで外国人研修生を集めていた。

亀山に限らず、ほとんどの密入国斡旋業者が、外国人研修制度には飛びついた。

この制度は、「開発途上国への国際貢献と国際協力を目的として、日本の技術・技能・知識の修得を支援する」などという、たいそう立派なお題目を唱えているが、実態はかなりそれからはかけ離れてきている。

技能実習、研修とは名ばかりで、本当は体のいい「出稼ぎ」だとか「形を変えた人身売買」だという非難も絶えない。

いまや、日本人労働者を確保できない３K業界が、低賃金の労働力確保のために公然とこの制度を利用していた。

とはいえ、これもバブル期の風俗店勤務希望の女たちと同じで、ある意味、需要と供給が嚙《か》み合っているので、ますます始末が悪い。

途上国からの研修生の中には、技能実習など興味なく、日本への入国そのものが目的の者も多く、そういった連中は、条件が悪くともそれを吞《の》む。

そして、入国できたらすぐさま姿を消し、より稼げる場所へと流れて行く。外国人研修生の集団失踪《しっそう》はいまや珍しくない、よくあることだ。

「仲間を頼って大阪に行ったはいいが、ポッキーは暮らしに馴染めず……あいつらの言い分では、差別されたとか、金を払ってもらえなかったとか、まあ、自分にとって都合の悪いことは言わないんだ。とにかく、どの仕事も長続きしなかったそうだ。金もなく、かといって帰国もできず、それで思いあまって、とうとうあんな事件を引き起こしたんだとさ」

「誰からそれを？」

「ポッキーと一緒に浜松から逃げた奴からだ。よりによって俺に連絡してきやがって、ポッキーが人を殺した。捕まるのは厭《いや》だから、ベトナムに帰してくれと言うんだ。あいつが捕まれば、自分たちのこともバレる。自分たちはまだ日本で稼ぎたいから、帰りたくないとさ」

「勝手なことばかり言いやがって」

思わず國は呟《つぶや》いた。

「まったくだ。俺だって助けてやる気なんか、まったくない。ただ、捕まれば当然入国の経緯を調べられるよな？」

「そりゃそうだろう」

「恩を仇《あだ》で返しやがった奴らなんか、どうなってもいいが、浜松の社長に迷惑がかかるのは困る」

「なるほど、そういうことか。――実際のところどうなんだ？　相当あくどい社長なのか？」

木村は声を落として訊いた。

「そんなことない。むしろ、俺はいい方だと思う。ただ、低賃金の外国人労働者欲しさに研修制度を利用している小さい会社は、どこも一から十まで法律で定められた通りにやってるわけじゃないよ。そんなことしたら、研修制度を利用する意味がないじゃないか」

「確かに」

「厳しく調べられたら、どうしたって違反している部分が出てくるさ」

「法律では、不正行為を行った企業の受け入れ禁止期間は五年に延びたんだったな」

亀山は大きく頷き、ため息を吐いた。

「あんな小さい会社じゃ、低賃金の外国人労働者の補給が途絶えるってことは、潰《つぶ》れるのと同じだ。俺はバブルの時代からあそこの社長と組合には世話になってる。それで、何とかならないかと思って連絡したんだよ。第一、タコだって無関係じゃないだろう? 手続きを代行した旅行業者の竹田さんは、必要書類の偽造については、あんたらが請け負ってくれたって……」

「堂々と言うな」

國は釘《くぎ》を刺した。

「すまん」

外国人研修制度の悪用は前々から取り沙汰《ざた》されていたが、最近になって特に行政の監視の目が厳しくなった。

そのため業者も役割を細分化して、あちこちに振り分けることで行政の目をごまかそうと必死だ。

現地で外国人労働者を集める者、現地での諸手続を担当する会社、日本での受け入れ先を探し、必要な手続きをする会社、実際に旅行業務を請け負う会社。

さらにその上前を撥《は》ねるかのように、日本の受け入れ先から外国人研修生たちを他の職場へと引き抜いて行く連中……。

こんな感じで、わずかな肉にハイエナが入れ食いをしまくっている状態だ。

この制度の悪用が国会でまで取り沙汰されるようになるまでは、抜け穴だらけの実に〝美味《おい》しい〟制度だったというわけだ。

「竹田には連絡したのか？」

「ああ」

「何て？」

「それが、また連絡するって言ったきり音沙汰《おとさた》なしだ。あんたらが着く直前にも何度か電話したんだが、もう繋《つな》がらなかった」

「逃げたか」

「たぶんね。あそこも叩《たた》かれたくない事情があるだろうし」

「事情は分かった。ポッキーの居場所は分かってるんだな？」

「ああ。西成《にしなり》のドヤ街に隠れているそうだ。――まさか、消しちまうのか？」

亀山の声は震えていた。

「バカ言うな。うちは金にならない殺しはしないし、警察には常に協力してきた優良企業だぞ」

「タコが、優良……？」

「そうだ。だから安心して任せておけ。浜松の社長の件は悪いようにはしない」

木村は自信たっぷりに約束した。

結局、亀山の危惧《きぐ》を余所《よそ》に、優良企業の社員である木村と國は、迅速にうまく事態を収めた。

桂川のコネを利用して大阪府警に話を通し、ポッキーことグエン・ヴァン・クォンの身柄をこっそり引き渡し、府警の大手柄とする代わりに、彼を研修生として受け入れた浜松の会社については不問に付すということで話はまとまった。

亀山が言った通り、浜松の会社は研修生からパスポートを取り上げて監禁したり、あるいはまったく賃金を支払わないといったほど悪質な企業ではなかった。そのこともあって、交渉はスムーズに進んだ。

府警にしても、誰も喜ばない重箱を開けて隅をつつくより、いたいけな二人の児童の命を奪った凶悪犯の逮捕の方がよほど重要だ。

身柄を確保されたポッキーが、大勢のマスコミと野次馬をかき分けて府警本部に連行される姿を見届けてから、木村と國は帰路に着いた。

運転はじゃんけんに負けた木村だ。

國は助手席に座り、さっきからあちこちに電話をしていた。高速に乗ってしばらくしたころ、木村はちらりと國を見た。

「竹田の居所を捜してるのか？」

「そう」

「用心して逃げたんだろう。あいつだって、きれいな仕事ばかりしてきたわけじゃないだろうから」

「それは分かってる。逃げるのはいいんだけど、あまりに早いと思って。それに、あちこちに電話して聞いたら、葛西《かさい》の事務所も空っぽだし、誰も新しい連絡先や事務所のことは聞いてないって言うんだ。いくら何でも用心深すぎないか？　この程度のことでいちいち身を隠していたら、商売にならないだろう」

「そうだな。もうちょっと成り行きを見てから逃げても遅くはないだろうに」

「案外、他にもっと危ない橋を渡っているのかもしれないぜ。あの竹田ってオヤジ、いまひとつ素性《すじょう》のはっきりしない男だったし。それなら、慌てて逃げ出したのも納得がいく」

「だとしても、うちの顧客なんだから不思議はないだろう。本当のことを言う客なんて、一人もいないんだ」

「それもそうだな」

國は諦めて、携帯電話をポケットに投げ込んだ。「――俺は寝るから、東京に着いたら起こして」

4

吉原の事務所を出たユリアは、車は駐車場に置いたまま、徒歩で十数分の場所にあるビルに向かった。

吉原のメインストリートから少し離れた場所にあるそのビルは、ソープランドの看板は出しておらず、一階はコスプレ喫茶、二階はプライベート・スタジオ、三階はＨＩＺＡＭＡＫＵＲＡクラブ、四階は耳かきヘブン……とまあ、こんな感じで、外から見ただけでは何をやっているか分からない店舗が凝縮されている。

要するに、風営法にぎりぎり抵触しないと、（経営者が勝手に）判断した怪しげな商売の溜《た》まり場だ。

ある意味、最先端のビジネス・モデルの発祥地とも言える。警察から指摘を受ければ、すぐに店を閉じて、また違う趣向、違う名前で営業を開始する。そのくり返しだ。

ユリアは正面から入らず、ビルの裏手に回った。初老の男が狭い裏路地でゴミを分別していた。

「おや、タコの姐さんじゃないの」

「最近ご無沙汰《ぶさた》だったね。元気？」

「ああ」

「急に寒くなったわね」

「まったくだよ」

「ちゃんとゴミの分別してるなんて、偉いじゃない」

「この辺の店はみんな、立派な看板掲げた大手町のオフィス街よりもちゃんとやってるよ。何しろ、つまらんことで目を付けられたくないからね」

「いい心がけだね。ところで、うちのバカはいる？」

「いるけど、いまお楽しみ中だよ」

「ぜんぜん問題なし」

ユリアは裏口からビルに入った。

エレベーターは使わず、階段で四階まで行き、『耳かきヘブン　エンジェル』のドアを開けた。

受付けにいた男は、「いらっしゃいませ」と言いかけて止めた。

ユリアはにやりと笑い、そのまま奥に向かった。〝VIPルーム〟という札のかかった部屋の前に立ち、ノックもせずにドアを開けた。

中はまるでアメリカの古い監獄を模したようなインテリアで、古い刑務所にあるような鉄ベッドの上で、ルディとここの従業員の〝ののか〟という女がお楽しみの最中だった。

「そのままでいいから聞いて」

ユリアは言った。ルディは仰向け、その上に素っ裸ののかが跨《また》がっている。

「——なんだ、タコの姐さんか。止めようか？」

オイルか汗か、全身ぬるぬるの、ののかが訊いた。

「気にしないで続けて。用があるのは、そこの壊れたバイブだから」

「分かった。すぐ終わるから」

とののか。

「よう」

下になっていたルディが挨拶をした。

日本、イタリア、ドイツの血を引く彼の容姿は、ルキノ・ヴィスコンティの映画に登場する二枚目の没落貴族のようで、客観的に見ればかなりいい部類だ。そのルックスを武器に、シルバー・オクトパシーでは主に下半身部門を担当している。

「波岡重雄って憶《おぼ》えてる？」

「波岡重雄？」

ルディはしばらく考えていたが、「いや憶えてない」と答えた。

「一七年前も前のことだけど、こっちに関西の連中が進出してきて八神会と揉めたでしょ」

「あったな、そんなこと。俺がまだ駆け出しの頃だから、ずいぶん昔の話じゃないか」

「そのとき、六本木の組事務所を襲って、あっちの連中を弾いた男よ」

「その事件なら憶えてるが、名前までは……。第一、うちは関係なかっただろう」

「蕗川とは？」

「蕗川って、八神会のか？」

「そう。蕗川はその男、あの事件で一六年も臭《くさ》い飯を食うことになったんだけど、そいつに〝借り〟があるらしいの」

「借りだと？」

一瞬ルディは妙な顔をした。

それから、ののかの尻を軽く叩いた。するとののかはルディから下りて、素っ裸のままドアの前に立っているユリアの方に向かって来た。

「ここって、耳かき屋なんでしょ？」

ユリアはドアを開けてやりながら訊いた。

「そうよ。いまも耳をかいてたところなの」

「裸で？」

「服を着てると、痒《かゆ》いところに手が届かないの」

「どこにある耳をかいてたのかしらね」

「あちこちにある耳。それじゃ、ごゆっくり姐さん」

ののかは笑顔でそう言うと、素っ裸のまま部屋を出て行った。ユリアはドアを閉めた。

ののかなら、警察に同じ質問をされても、同じことを答えるに違いない。

「今度はどのくらい保《も》つかしらね。前にあった『JKと手を繋いで添い寝するだけ』とかいう店は、八カ月しか続かなかったし」

「さあね」

ルディは興味なさそうに言うと起き上がり、そこいらに散らばった服を探っている。

「おい、その辺にパンツないか？」

「ないわ。穿《は》いて来なかったんじゃないの」

「かもな……。それより、借りって何だ？」

「蕗川が自分で言ったのよ。でもヤクザの世界じゃ、鉄砲玉が組のために誰かを弾くのも、それでムショ務めをするのも、いわば当然、それが仕事でしょ」

「そうだ。それに、俺の記憶では当時、蕗川は八神会のナンバー2で、襲撃した男は八神会の枝の青流会っていう、二〇人いるかいないかって小さい組の組員だったはずだ。警察は八神会と関西の抗争っていうデカい話にまとめていたが、実のところは青流会の目と鼻の先で、関西の連中がマンション麻雀を始めたとかで、それで揉めてたんだ。要は、はした金を巡る末端の組同士のよくある喧嘩《けんか》だ。青流会会長は、どっかの金バッジの息子とか甥《おい》だとかって噂《うわさ》があった。要するに虎《とら》の威を借りてでかい顔をしてただけで、とても自分の力であの世界を渡れるような器量はなかったんだ。その証拠に、自分の組員が襲撃事件を起こしたと聞いてすぐに、報復を恐れて警察に説得される前に解散声明を出して、さっさと足を洗ったような男だ。本家である八神会の幹部が恩を感じるような話じゃなかったはずだぜ」

「でも、そのおかげで関西が手を引いたってことは？」

「関西が引いたのは、警察の圧力が強烈だったからだ。バブル後はヤクザの世界も徹底的に叩かれて、日本最大と言われた組織ですら全盛期の三万人から、あの時でもう二万人を切るくらい。いまは一万人を切り、それがまた二つに分裂しようかって騒いでるほどだ。意地になって関東に留まるより、とりあえず引いた方が自分たちのためだと判断したんだろう。八神会にしたって、正直、あの襲撃事件は迷惑だったはずだ。枝がしたことでも、警察は使用者責任だ何だとこじつけて、一気に本家を潰《つぶ》そうとする。派手な襲撃は組を小さくすることはあっても絶対に大きくすることはないからな」

「すると、蕗川の借りというのは、その事件以外のことになるわね」

「そうだろうな。でも、それも妙だな。ヤクザの世界ってのは、スジとメンツが何より優先される。蕗川が青流会の鉄砲玉ごときに〝借り〟なんて言葉を使うのは妙だし、普通はあり得ない。本当に借りがあるなら、とっくに返しているはずだ。当人がムショにいるからって何も出来ないってことはないだろう」

「それにお経も……あんなこと言うのは、蕗川らしくない」

「お経って、坊主が読む、アレか?」

「そう」

頷いてからユリアは少し考え込んだ。

死に神の姿が見えているとはいえ、蕗川は骨の髄《ずい》までヤクザだ。実際、昼間会ったあの男は、いまもまだ昔気質《むかしかたぎ》そのもので、現役の連中の不甲斐なさに憤っていたではないか。

「俺は、昔の蕗川をよく知ってる」

ルディはシャツのボタンを留めながら言った。「あいつが何を言ったか知らないが、蕗川って男は、死ぬまであのままだよ。病気で足を洗ったから、もうじき死ぬからって、変わるような奴じゃないぜ。根っからのヤクザで、どうせ人間いつかは死ぬんだから、それならヤクザのまま死にたいと思うような男だ」

5

「起きろ國、そろそろ川崎だ」

シートベルトを引っ張られ、助手席で寝ていた國は目を覚ました。

「川崎？　まだ東京まではあるじゃないか」

「『よつばトラベル』に寄る。さっき電話したら、この時間でもまだ営業してるそうだ。確か、あそこもポッキーたちのグループを引き受けるときに関係していた会社の一つだったろう。たいしたことをしてなかったはずだが、それでも事件のことを一応、耳に入れておいた方がいいと思って」

「そうか」

國は目を開け、バックミラーを見ながら手櫛《てぐし》で髪を整えた。

よつばトラベルは、アジアの途上国との取り引きが長い。日本は長い不景気の中にあるが、それでも東南アジア、中央アジアには、あらゆる理由を付けて日本に来たがる連中がまだ多く、そういう連中相手に商売を続けている。

会社は武蔵小杉《むさしこすぎ》駅のすぐ近くで、夜の一〇時を過ぎても明かりが点《つ》いており、三人の男性社員が働いていた。

「いらっしゃい。久しぶりだな」

元商社マンの社長は七〇歳を過ぎで、滅多に顔を出すことがない。実質会社を仕切っているのは副社長の横井だ。

「こんな時間まで働いてるなんて、繁盛してるみたいだね」

國が言うと横井は笑った。

「忙しいのは間違いないんだが、儲《もう》かってるかと言われると厳しいな」

「よく言うぜ」

「木村さん、夕方のニュースで大阪の事件のことは見たよ。まさかうちが関わっていたグループの奴が犯人とはね。迷惑な話だぜ」

「こっちに何か連絡が来たか?」

「いまのところどこからもない。だいたい、外国人研修制度は、きちんと書類を揃《そろ》えた上での入国だから旅行会社は関係ないぜ。連中が入国したとたんに逃げ出し、逃げた先で事件を起こしても、うちのせいじゃない。仮に、申請時に使われた書類が偽造だとしても、それは申請した側が偽を用意したものってことになってる。責任は現地の連中にあるし、だいたい、その書類を通したのが入管だ、見抜けなかったお上が悪い。こっちがとやかく言われる話じゃないはずだ」

そう言って、横井はにやりと笑った。

「俺も大丈夫だとは思うが、念のためだ。府警にも今回の件で入管に耳打ちするような真似はするなと言ってあるが、マスコミまでは抑えられない」

「マスコミが行くとしたら、犯人が働いていた職場じゃないのか？　まさか、こっちのことまで調べないさ」

海千山千の横井は落ち着いたものだ。

「ところが、竹田は慌てて逃げ出したらしいんだ」

「竹田って葛西の竹田か？」

横井は不思議そうな顔で國と木村を見た。

「そうだ。いくら電話しても繋がらない。葛西の事務所も空らしい」

「何であいつが逃げるんだ？」

横井は不思議そうに首を捻《ひね》った。

「たぶん、何かマズイ別件を抱えていたからだと思うんだけど、副社長は心当たりない？」

國の質問に、横井は首を横に振った。

「竹田とは浅い付き合いだからな」

「嘘吐《うそつ》け。あいつをうちに紹介したのは、あんたじゃないか」

「本当だよ。葛西の会社とは二五年以上の付き合いで前社長とも古い馴染みなんだが、三年ほど前にある日突然、社長が竹田に変わったんだ」

「どうして？」

「知らない。だがその前の年に前の社長と飲んだとき、『もう歳だし、この辺で引退して息子と暮らしたい』って言っていたし、痛風が悪いとも聞いていた。だから、きっとそれでだろうって……。実際、社長が竹田になっても前からいる社員は残っていたから、業務上何の問題もなかった。それで、タコに紹介したんだ」

「竹田は五〇そこそこくらいだろう。その前は何をやってた？」

「さあ……」

「前社長との関係は？　血縁なのか？」

「竹田は前社長のことはほとんど知らなかったから、アカの他人だろ。どういう関係かなんて、聞いたことないよ。ヘッドハンティングってやつじゃないのか」

どうやら横井は、あまり興味がなかったようだ。

「何かあっただろう。この業界は裏社会との付き合いもあるし、脱サラしてすぐできる商売じゃないんだぜ。人脈が命の世界だろ？」

「それなら、ばっちりあったよ」

横井はすぐに答えた。「――竹田は、前社長にはなかった中央アジアのコネが豊富だった。だからあいつが社長になってから、中央アジアからかなりの数を運んで来て、表玄関からも裏口からも入れていたみたいだった」

「カザフスタンやウズベキスタンか……。しかし、どこでそんなルートを作ったんだろう。マニラやハノイならいざ知らず、元ソ連領の中央アジアとなれば、簡単には作れないはずだが」

「その辺のことは企業秘密なんだから、簡単に喋《しゃべ》るわけがないさ。とにかく、商売を継いでから中央アジアにまで手を広げてうまくやってたし、仕事上のトラブルはまったくなかった。竹田になってから経営が苦しくなったということは絶対にないよ。個人的な付き合いはなかったから、人柄までは知らないけど、ものすごい悪評というのは聞いたことがない。――本当に逃げたのか？　ちょっと身を隠しただけじゃないのか？」

「きっと大阪事件の捜査が落ち着くのを待ってるんだよ。表玄関しか扱わないうちと違って、竹田のところはかなり稼いでいたはずだ。裏口で儲けていれば、用心深くなるのも無理ないさ」

「かもしれない」

横井の言っていることはもっともで、いまのところもっとも正しい推測に思えた。

「そんなに稼いでいたのか？」

「はっきりとは言わなかったけど、おそらくね。ちょっと前に、うちの社員が入管に行く用があったんで、帰りに葛西の会社に寄ってくれって使いを頼んだんだ。前社長時代からいた古参のオヤジさんが退職して田舎に戻るって聞いて、餞別《せんべつ》を渡してもらおうと思って。うちの社員が事務所に行ったら、会社の前に高級車が四台も停まっていて、しかも、その車に乗って来た客と竹田が、ＨＳＢＣ（香港上海《ホンコンシャンハイ》銀行）がどうしたとかって内緒話をしていたらしい。ところがうちの社員の顔みたら、すぐに話を止めたって言うんだ。どう考えたって、貧乏人には思えないだろう？」

そこから先は察してくれと言わんばかりに、横井はにやにやしている。

「確かに」

「つまり、まだまだ商売を続けていたいはずなんだ。みすみす金蔓《かねづる》を手放すはずがない。事件のほとぼりが冷めたら、戻ってくるさ」

6

福田成人《なると》は四〇歳を目前にした地下アイドルマニアで、初対面の女の子には必ず「僕、ナルト。君はもしかしてサクラ?」と自己紹介し、AKIBAカルチャーズの地下一階で行われていることで自分の知らないことはないと豪語し、ラブライブ!のフィギュアを全部持っていて（しかも自作）、このごろは中野ブロードウェイにも出没している、外見はごく普通の存在感の薄い社会人で、中身はよくいるタイプの気の弱い変態で素人童貞《しろうと》という、いまどき珍しくもないありふれた中年男だ。

しかし、〝アキバのアイドル、サオリ姫ことサオリン〟の熱烈なファンであり、法務省に勤務している。

福田を使って、波岡のことを調べることなど、サオリにしてみれば朝飯前。寝ていてもできる仕事だ。

しかも全国民に番号まで付けようかというこの時代、犯罪者や受刑者の記録もすべてコンピューター・システムで管理されているので、調べ出すのは簡単だ。

昔のようにこっそり保管室に忍び込み、年代別に整理されたファイルを探し出し、さらにそこから目的の人物を見つけ……などという手間はいらず、福田は自分のデスクに座ったままで、あらゆる情報を引き出すことができる。

「これ、頼まれていたものだよ」

福田はUSBメモリを差し出しながら、サオリの手を握った。

「ありがとう。サオリ、嬉《うれ》しいにゃん」

あたしはバカか。

と思っても、これをするとしないとでは、奴隷たちの反応が違うので、やらないわけにはいかない。

「今日こそは、ライブに付き合ってよ。そのあとはサオリンのプライベート撮影会。いいよね？」

「わかったにゃん」

誰が自分と似たような格好をした、自分より若い（その事実を福田は知らない）アイドル声優のライブなんか行くか。パラオのくそぼけ。早く予定通りにやれよ。

サオリが心の中でそう呟いたときだ。

突然、周囲が騒がしくなった。

悲鳴ではないが、ざわめきのような声が起き、周りの人間たちが一斉に同じ方向へと動き出した。

観光客でいっぱいの秋葉原の街に、いきなり黒い服の一団が流れ込んで来た。

「どうしたんだ？」

福田がそう言ったとき、今度は歓声に似た声が上がった。

「警察がいっぱいいるって。向こうでなんかあったみたいだよ」

そんなことを言いながら、野次馬根性丸出しの学生グループが、そっちに向かって走って行く。

「えっ、警察？　また事件かな。今日はホコ天じゃないのに」

福田はそんなとぼけたことを言いながらも、無意識に学生たちが走って行った方向へと歩き出した。

サオリはその隙《すき》に素早く福田から離れ、近くの路地へと駆け込んだ。福田はすぐにサオリが消えたことに気がつき、捜すだろう。

後で、「野次馬が押し寄せて来て、はぐれちゃったの」とでも言い訳しておけばいい。

サオリは路地奥へと進んだ。

秋葉原は自分の庭と同じ。隅々まで知っている。狭い路地からビルの裏口、非常口、業務関係者専用路……うまくすり抜けて、末広町駅近くに停めていた車まで戻ると、運転席の鈴木はのんびりｉＰａｄを見ていた。

サオリは素早く助手席に乗り込み、それから怒鳴った。

「このボケ！　どうして予定通りにやらないんだよ。あたしと素人童貞ナルトがデートしてるときあんたが邪魔に入って、その隙にあたしが逃げるって段取りだろ」

「だって下手な小芝居しなくても、近くで騒ぎが起きちゃったから、これなら何もなくても大丈夫だなと思って」

「そりゃまあ、そうだけど」

さすがに言葉に詰まった。

「ネットで見てたんですけど、あの辺、いま騒然としてるみたいですよ」

「何があったの？」

「手入れですよ。それも数カ所一斉の大規模なのがね」

「ＪＫビジネス？」

「外れ。まだ公式発表はありませんが、情報屋に問い合わせたら、危険ドラッグ専門薬局だって言ってました。秋葉原だけで四カ所、中でも関係者から〝本局〟って呼ばれてる〝薬局〟は、この半年だけでもかなりの量を扱ってるらしくて、麻薬取締部《マトリ》や警視庁がマークしてたとか」

「そんな薬局があったなんて知らなかった」

「あれ、秋葉原のことは何でも知ってるんじゃなかったんですか」

「もちろん。あたしの耳に入ってこない店はモグリよ」

「やっぱり歳をさば読んでる汚れの姫様じゃダメなんですよ。もっと若い本物の姫様でないと」

「黙れ役立たず！」

サオリが鈴木の頰《ほお》を拳《こぶし》で殴った。

「痛いな！　この姿、さっきの福田って男に見せてやりたいですよ」

無視して、サオリは鈴木からｉｐａｄを取り上げた。動画サイトに、現場からの中継が流れていた。ビルの前にかなりの数の警察官が集まり、野次馬を抑えていた。

「危険ドラッグ薬局なんて珍しくもないけど、確かにこれはかなり大がかりな手入れね」

「でしょ？」

「でも、これだけ大きな薬局のことがあたしの耳に入ってきてないなんて、変だわ。

あたしだけじゃない。うちの社の連中だって誰も知らないはずよ」

「やっぱり。情報屋も、このことを知ったのは数日前だって言ってました。何の前触れもなしにいきなり繁華街の真ん中に店を開いて、すごい勢いで売り上げを伸ばしていたみたいですよ。一度に捌《さば》く量と種類が、他とは比べものにならないくらい多いとか。しかも、常習者ばかりのドラッグ・イベントを連発して、がーっと一気に売り尽くし、在庫がなくなれば煙みたいに消えてしまう。しばらくして、また他の場所で店を開く。そうやって都内を転々として来たらしく、麻取《マトリ》も警察もなかなか尻尾《しっぽ》を摑《つか》めないでいたようです」

「あったまいい」

　サオリは本気で感心した。

　違法なブツを扱い慣れている人間の仕事ぶりだ。

「まったくですよ。証拠固めをしている間に消えてしまうんだから……。営業している間にガサ入れしないと、すぐにまた逃げられるってことで、今日の急襲になったみたいですよ」

「それが本当ならたいしたものじゃない。仕切ってるのはどこ？　それだけのこと、小さい組織じゃ無理だね」

「警察もそこまでは摑んでないみたいです。それもあって、手入れを急いだんじゃないですか?」

しばらくサオリは考え込んでいた。

いまどき危険ドラッグなんて、日本中どこでだって手に入る。しかし、どこもいま鈴木が言ったような規模ではないはずだ。

暴力団、外国マフィア、半グレ、ドラッグマニアの個人……ちょっとした小遣い稼ぎのつもりなら、手に入れるのはそう難しくはない。

しかし、麻取も警察も税関も年々取り締まりを強化しているし、世界の他の国と比べても薬物汚染の度合いは低い。

そのうえ世界でも屈指の日本の水際警備をくぐり抜け、大量のドラッグを一度に持ち込むことは簡単ではないはずだ。

新しい組織だろうか?

だがそんな噂は聞こえてきていない。

かといって、右も左も分からない外国組織が簡単に割って入れるほど、日本のドラッグ市場は甘くない。

「どこの誰が仕組んでるのか……」

サオリは呟いた。

「頭がいい奴でしょうね。それもかなり」

鈴木の言う通りだ。

「あんたとは違うってね。とりあえず、福田から必要な物は受け取ったから、もう用はないわ。たまにはユリアに貸しを作っておかないと、あとが大変だからね。帰るわよ。とっとと出せよ、能なし」

サオリが命令すると、鈴木は日本語ではない言葉でぶつぶつ何か呟きながら車を出した。

7

旭川《あさひかわ》はもう雪が舞っていた。

紅葉の季節だというのに、ニュースでは、今日の北海道は一二月並みの寒さになると言っていた。

あまりの寒さに、ユリアとルディはレンタカーの中で、少し離れた場所にある旭川刑務所の門が開くのを待っていた。サオリの情報だと、波岡は今日出所してくるはずだ。

待つこと小一時間。やっと門が開き、一人の男が出て来た。職員の男と言葉を交わし、一礼してから男は門の外に出た。

ユリアが見た写真は二〇年近くも前のもので、それに比べるとかなり老けていたが、波岡に間違いなかった。

ユリアは助手席のドアを開け、外に出た。

冷たい雪が舞っている。

日本人にしては長身の方だが、背広姿で、寒そうに背を丸めて歩いて来る。荷物は小さなスポーツバッグ一つ。素手で持っていたが、その手はあちこちひび割れていた。短く刈り込んだ髪は半分以上白くなっていたが、よく日焼けしていて、年のわりに筋肉が付いているように見えた。刑務所内で、健康的に過ごしていた証だろう。これだけ日焼けしているということは、屋外作業が多かったのかもしれない。

「波岡……波岡重雄ね？」

そう聞くと、波岡は顔を上げてユリアを見つめた。少し垂れ目気味だが、眼光は鋭い。粗野な感じはなく、こうしていると物静かな普通の初老の男に見える。

——昔の蕗川と同じ目をしている。

見た瞬間、ユリアはそう思った。

「そうだが、英語は分からないぞ」

「ムショボケもたいがいにしな。いつ、あたしが英語を話した」

その言葉に、波岡は驚いたようだ。

「雑誌のグラビアに出てるような外人女だと思ったのに、えらい口の利き方だな」

「無駄口は後にして。寒いから、続きは車の中で」

ユリアが歩き出そうとすると、波岡が「おい」と声をかけた。

「ちょっと待て。あんた何者だ？」

「蕗川の代理」

「蕗川って……？」

「元八神会の蕗川よ。知ってるでしょう？」

ほんの少しだが間があった。

「あ……ああ、そうか。あの蕗川さんか。そういえば、引退したって噂を聞いたが」

「病気でね。ここにも自力じゃ来られないわ。それで代理を頼まれたのよ」

「ってことは、あんた、蕗川さんの……」

愛人だと思ったようだ。

「死に損ないを相手にするほど不自由はしてないわ。うちは、そういう仕事を引き受けるプロなの。——さあ、乗って」

後部座席のドアを開けて、半ば強引に波岡を押し込んだ。運転席にいたルディが振り返り、笑いながら言った。

「お務めご苦労さま」

もちろん日本語だ。

波岡は目を丸くして驚いている。

「外国人二人に出所の出迎えをしてもらえるとはねぇ……。この人は？」

「会社の同僚よ」

「社員はみんな外国人なのか？　何の会社だ」

「ムショに居ればいろんな情報が耳に入ってくるんでしょう。シルバー・オクトパシーって聞いたことない？」

「あるよ」

すぐに波岡は答えた。「——するとあんたらは、あの悪名高い亡八ってわけか」

「まあね」

「お喋りは後だ。行くぞ」

車が急発進した。

「おい、乱暴だな。出て来たとたん、道交法違反で捕まりたくないぞ」

後ろで波岡が文句を言っているが、ルディはお構いなしだ。しばらく荒っぽい走りを続けていたが、道央道に入ってから普通の運転に切り替えた。

「ユリア、俺たち以外にも、こいつを出迎えに来た連中がいるみたいだ」

「やっぱり」

「他の受刑者の出迎えかとも思ったが、そうじゃないな。揺さぶってみても、ちゃんと付いて来てる。二台後ろにいるグレーのワゴン車だ」

ユリアはゆっくりと振り返った。

ちらちら見え隠れするワゴン車には運転手の他にも何人か乗っているようだ。

「心当たりはある？　あんたのお友達かしら」

ユリアは波岡は見た。

「なにもない。あんたらが迎えに来たことだって驚きなのに、別の奴まで来るなんて……。一人の出所だとばかり思っていた」

「でも蕗川は来るはずだったんでしょう？」

「いや、それは……どうかな……」

はっきりしない返事だ。

「どうするユリア?」

ルディが訊いた。

「こいつのストーカーなら放っておけばいいわ。あたしたちは予定通り札幌から飛行機に乗って東京に戻るだけ。蕗川には電話で、今日出所して来ることは話してあるし」

「東京か……懐かしいな」

波岡が呟いた。

「蕗川から、あんたに渡す金を預かってるの。けっこうな額だから持ち歩くのも物騒だし、東京に戻って仕事や落ち着く先が決まったら渡すわ。蕗川からも、そこまでは面倒見てやってくれと頼まれてるから。お釣りがくるくらい謝礼も貰ったし、追加の請求書は回さないから安心して」

「そりゃ助かる。亡八についちゃ、ひどい噂しか耳にしてなかったのに、ずいぶんと親切だな」

「料金分の仕事をきっちりしてるだけよ。でも、それを一円でも超えたら容赦《ようしゃ》しないよ」

「だと思った」

波岡はそう言って少し笑った。

笑い方までどこか蕗川に似ている気がした。

「一つ言い忘れてたわ」

「何だ？」

「社会復帰、おめでとう」

Act.2　誰も語らず

1

東京に戻った翌日、國は葛西にある竹田の会社に行ってみた。

事務所はあったが、看板は出ておらず、営業している様子はない。中を覗《のぞ》くと、見たことのある古株のおばちゃん従業員が、一人で事務所の片付けをしていた。

國がガラス窓を叩《たた》くと、おばちゃんはすぐにドアを開けて中に入れてくれた。

「——社長に会いに来たんでしょう？　一足遅れでしたよ。ちょっと前に社長から連絡があって、事情があって休業することにした。数カ月したら新体制が決まるだろうから、そうしたらまたよろしく頼むって。そんなこと言ってましたけどね」

「それだけ？」

「ええ」

突然職場がなくなったというのに、落ち着いたものだ。

國が耳にした噂《うわさ》では、彼女はもう三〇年以上この業界にかかわっている。いわば、バブル期の密入国全盛期にさんざん甘い汁を吸った〝裏ルート斡旋《あっせん》業者〟の生き残りだ。それだけに経験も豊富で、突然会社がなくなるというのも、これが初めてではないのだろう。

裏ルートを扱っている会社は、ライバル組織の圧力や捜査当局の気配を感じると、すぐさま会社を畳《たた》む。そして、しばらくするとどこからか名義だけ借りてきて、住所も代表者も社名もまったく違う新会社を設立するが、実態は前の会社と同じだ。

嘘《うそ》八百並べて、何の効果もない健康食品やダイエットサプリを扱う会社と一緒だ。行政から「効果なし」と判断され改善命令が出されたとたんに計画倒産し、代表者と幹部は雲隠れ。苦情を言うのも裁判を起こすのも難しくなり、被害者は泣き寝入りするしかない。そして、ほとぼりが冷めればまた同じことをくり返す。

竹田が消えたこと自体は問題ではないが、気になるのはその理由だ。

「ねえ、おばちゃん、竹田社長は何か危ない橋でも渡ってたの？　そんな噂、まったく聞いてなかったんだけど」

「あたしも聞いてないよ」

「本当に？」

「本当さ。竹田社長になってから商売は順調だった。前の社長以上にやり手だったから、かなり稼いでたんじゃないかねぇ。人当たりも金払いも良かったよ」

「ここに来る前は何をしてたの？」

「知らない。そういうことはまったく言わなかった」

「家族は？」

「それも知らないよ。とにかく自分のことは何一つ言わなかったし、前の社長からも、新しい社長によけいなことは訊《き》くなよとも言われていたから。みんな心得ててうまくやってたし、おかげで儲《もう》かってたんだから、早く次の社長に来て欲しいねぇ」

おばちゃんはそう言うと、残念そうに大きなため息を吐《つ》いた。

事務所を出た國は、前社長の矢部に電話をした。

横井の話では、生まれ故郷の大分に帰り、息子夫婦と同居しているということだった。横井とはいまも賀状のやり取りがあり、住所と電話番号はすぐに分かった。

「──竹田のことを知りたいと言われてもねぇ……」

矢部は困ったような声で続けた。「わたしもね、実はあまりよく知らないんだよ。

体調のこともあってぼちぼち引退しようかと考えて、ある人に相談したんだ。そうしたら彼を紹介されて、いろいろ条件を話し合った末に会社を譲ることに決めた」

「ある人って？」

「困ったなぁ……。言わない約束なんだが」

「そこを何とかお願いしますよ。矢部さんだって、いまごろになって面倒に巻き込まれたくはないでしょう？　せっかく息子さん夫婦と楽しい隠居生活をしてるんだから、昔の義理よりいまの幸せですよ。違いますか？」

「あいかわらずタコのやり口は汚いねぇ」

大きなため息が聞こえた。

「うちは口が固いの知ってるでしょう。何の心配もありませんよ」

またため息。

しばらく間を置いてから、矢部は小さな声で言った。

「八神会の理事長の兼岩《かねいわ》さんだ」

「すると、竹田さんは八神会の身内ですか？」

これは意外だった。

というのも竹田の会社と仕事をしたこの数年、八神会の影すら感じたことはなかったからだ。

「それはどうかな。ただ、兼岩さんと関係が深いのは間違いないと思うよ。それと、これはわたしの勘だが、たぶん竹田というのは本当の名前じゃない」

「偽名？」

「いや、書類上はちゃんと〝竹田〟なんだが、養子縁組か結婚で、新しく得た名字だろう。もちろん偽装で。紹介されたばかりのとき、『竹田さん』と呼んでも、すぐに反応しないときが何度かあったんだよ。まだ慣れてないって雰囲気だったな。兼岩さんはいつも下の名前で『おい、久則《ひさのり》』って呼んでいたんだが、そのときは何の違和感もなく反応していた。それでピンときたんだ。つい最近、名字を変えたに違いないってね」

「なるほど」

「会社を譲るにあたっては、かなりいい条件を貰《もら》った。約束の金も全額現金で支払ってもらったし、面倒な手続きも全部あっちがやってくれたので、何の不満もなかった。しかも引き継いでからの経営の方は順調だという噂を耳にして安心してたのに……」

「経営が順調というのは本当みたいですよ。――八神会の兼岩って、金庫番とか言われてるあの兼岩ですよね？」

「そういう話だが、詳しいことは知らんよ」

「どういった縁で？」

「バブル期からの腐れ縁ってやつさ。あの人は、見るからにヤクザというタイプじゃない。むしろ典型的な経済ヤクザで、当時からすでに、これからのヤクザは喧嘩《けんか》じゃなくて金で物事を解決しないとやっていけなくなると言い切っていた。物言いは穏やかで外見も普通、長い懲役に行ったことがなく、彫り物も入れていなかったはずだ。八神会の事業を広げることに力を入れていて、わたしたちみたいな人間にとっては付き合いやすい人だった。それだけのことだよ。時代は変わった。昔通りのやり方を続けていたら、連中だってもう生き残ってはいけない。兼岩さんは、それが分かっていたんだろう」

2

波岡は、一足違いで蕗川に会えなかった。

出所日の朝に蕗川の病状は悪化し、深夜に息を引き取ったからだ。

ユリアは翌朝、桂川から電話でそれを聞き、波岡に伝えたが、波岡は「そうか」と言っただけで、それ以上は何も言わなかった。

相変わらず尾行は付いて来ていたが、何を仕掛けてくるわけでもなかったので、予定通り三人は東京に戻った。

吉原の事務所で蕗川から預かった金を渡すと、波岡は何とも言えない奇妙な表情でそれを受け取った。それから、シルバー・オクトパシーの方で用意しておいた大久保のアパートに身を落ち着け、身辺が整ったら近くの居酒屋で働くことが決まった。

何の問題もなく、すんなりとこの仕事は終わった——はずだった。


二週間が経《た》った頃、波岡が何者かに撃たれたので助けてくれと連絡してきた。

ルディを見つけ出す才能は誰よりも優れているユリアは、すぐに彼を見つけ出し、引きずるようにして二人で大久保に向かった。

波岡のアパート近くまで来たときだ。

「タコの別嬪《べっぴん》さん、こっちこっち」

という声がした。振り向くと、波岡が路地の隙間《すきま》から手招きしている。ユリアは急いで路地に入った。ルディはその前の道で周囲のようすをうかがっている。

波岡は左腕にタオルを巻いていた。

ユリアはすぐさまタオルを外して傷を見た。このところの寒さのせいか、ダウンジャケットを着込んでいたこともあり、たいした怪我《けが》ではない。ジャケットは焦げていたが、おかげで傷はかすった程度だ。

「たいしたことないわ。仮にも元ヤクザでしょう。このくらいで騒ぐんじゃないわよ」

ユリアはすぐさま言った。

「冷たい女だな。俺は撃たれたんだぜ。もうちょっと優しい言葉でもかけてもらえないもんかね」

「甘ったれるな。撃ったのは誰よ？」

「知らない。俺よりは若い男だった」

「あんたより若い男なんて、掃いて捨てるほどいるわ。名前くらい聞いときなさい、バカ」

ユリアが吐き捨てると、波岡は呆《あき》れ顔でため息を吐いた。

ルディが安全だというサインを送ってきた。二人は路地を出て、全員でひとまず吉原に戻り、シルバー・オクトパシーとは長い付き合いの風俗店の従業員寮の一室に波岡を匿《かくま》うことにした。

「──東京に戻ってからも、俺はずっと誰かに見張られてた。旭川から付いて来た連中と同じかどうかまでは分からないけど、とにかく監視されていたのは確かだ。でも、それだけで何もしてこなかったし、部屋を空けるときも注意していたが、留守中に誰か入って何か盗っていったような形跡もなかった。それで、安心してたんだ。どこの誰か知らないが、そのうち向こうから声をかけてくるか、あるいは、いなくなるだろうって」

「それが撃たれたってわけ……。呑気《のんき》に構えてるから、そんなことになるのよ」

「厳しいね」

波岡はバツが悪そうな顔をした。

強面《こわもて》だが、そんな顔をすると一瞬憎めなくなる。長く刑務所にいたせいか、どこかピントがずれてるところもあるし、しっかりしているのか頼りないのか分からない不思議な男だった。

「相手は何か言った？」

「何も。アパート前で待ち伏せしていて、コンビニから帰って来た俺にいきなり銃を向けてきたんだ」

「それで？」

「もちろん、慌てて逃げたよ」

「何発撃った？」

「一発だけだと思う。大きな音はしなかったんで、周りにいた人間は気がついていなかったようだ。でも俺が叫んだから、慌てて逃げ出した」

「サイレンサー付きを使ったのは感心だけど、肝心の腕が悪かったってわけね。慣れた感じだった？」

「いや、どう見ても人なんか撃ったことない感じだったな。撃たれた俺よりもあたふたしてやがった。とどめを刺すどころじゃなかったんだろう」

「あたしなら一発で仕留《しと》めたのに」

「ルディさん、この別嬪さん、そっちの腕もいいのか？」

ルディは笑いながら答えた。

「試してみろ。まったく苦しまずに一瞬で天国にイカせてもらえるぞ」

「へぇ、おっかないね。黙ってりゃいい女なのに」

波岡はぶるっと身を震わせた。

「あんたを狙《ねら》った奴《やつ》だが、一番考えられるのは、六本木のマンションで弾《はじ》いた奴の身内ってことになる」

ルディが小さな声で言った。

「俺もそう思う」

「しかしなぁ……。確か、弾いたのは『六甲連合』の枝の『卜部組《うらべ》』だっけ。でもあの組はとっくの昔に代替りしてるし、当時イケイケだった連中は、みんなけっこうな歳になってて、おそらく、ほとんどが足を洗っているはずだ。いまだに稼業を続けている者がいたとしても、一七年も経ってるのに、若いチンピラを使って仕返しに来るとは、とても思えない。旭川から尾行して来たのは、金も頭数も用意できる連中だ。用意周到で用心深い。その証拠に、ずっと尾行していながら、軽率な行動には出なかった。もしどこかの組だとしたら、いまもまだ活動している組だ。おそらく卜部組とは無関係だと俺は思う」

「あたしも同感だわ。もう一つ考えられるのは、強盗」

「強盗？」

「そうよ。あんなボロアパートに住んでいても、あんた本当は金持ちじゃない」

ユリアは謝礼の金は数えたが、波岡に渡す金にはいっさい手を触れなかった。しかし、見た感じと重さから判断すれば、五千万円以上あったのは間違いない。

「そうか。そういや、あの金はどうしたんだ？」

「安全な場所に預けた」

「ならいい。金のことを誰かに話したか？　例えば酔った勢いでつい自慢したとか」

「出所した夜に、札幌のホテルであんたらと飲んで以来、他の人間とは飲んでない。仕事は始めたばかりだし、親しい人間もいない」

「昔の知り合いとは会ってないの？」

ユリアは不思議に思って訊《たず》ねた。

一六年も服役していたのだ。家族、親戚《しんせき》、昔の仲間とは疎遠《そえん》と言っても、懐かしくて会いに行くのが人情だろう。

「誰とも会っていない」

波岡はごく普通に答えた。「――ヤクザになったときから身内とは他人だ。組がなくなれば組の連中とも縁は切れる。昔の仲間とは道で会ってもこっちからは挨拶《あいさつ》しない。それがこの世界の筋ってもんじゃないか」

それが当たり前といった顔だ。寂しそうでも辛《つら》そうでも悔しそうでもない。

一六年の刑務所暮らしも、この男からヤクザ根性を消すことはできなかったようだ。

ユリアは蕗川の言葉を思い出した。

――波岡って男は、昔ながらのヤクザさ。要するに、ヤクザしかやれない古いタイプなんだよ。

そして、別のことも思い出した。

「あんたが誰にも話してなくても、蕗川が話していたかもしれない。それに蕗川も黙っていたとしても、持っていたはずの金がなくなっていれば、当然身内は気付くでしょう。特にその金を当てにしていた者は、まっさきに金を探すはず」

「この間、愛人に産ませた娘が蕗川の世話してたと言ってたな。亭主が事業に失敗して金に困っているからと……」

腑に落ちたという顔でルディが呟《つぶや》いた。

「そうよ。枢軸国、その娘のことを調べて。蕗川からこの男のことを頼むと言われ、謝礼も充分受け取ってるんだし、このままにもしておけないでしょう」

3

ルディは蕗川の周辺を調べに出かけた。

とりあえずユリアは、事情がはっきりするまでは波岡のボディガードをすることになった。

とは言え、二人で部屋に閉じ籠《こ》もっていてもしかたないし、こんなことに時間をかけたくない。さっさと片付けてしまいたいので、波岡を連れ出すことにした。

「つまり、俺を囮《おとり》にするのか？」

波岡が訊いた。

「そうよ。あんたがうろついていれば、誰かが狙って来る。そいつを始末すれば、ことは簡単じゃない」

「もしまた俺が撃たれて、死んだら？」

「そのときは運が悪かったと思って諦《あきら》めるのね。人間、どうせいつかは死ぬんだし」

ユリアはバッグから愛用のベビーイーグルを出すと、弾倉を確認してからコートの内ポケットに入れた。

「おい、すごい道具を持ってるな。何て銃だ？」

「ジェリコ941のコンパクトタイプよ。フレームは軽いしメンテナンスも簡単。コンパクトでも一三プラス一発は撃てるわ」

「使いこなせるのか？」

「もちろん」

ユリアは自信たっぷりに答えた。

「たいしたもんだな。俺が昔使ったチャカなんて、中国からの密輸入品で、トカレフかなんかのちゃちなコピーで、しょっちゅう弾が出なくなるようなひどいもんだった。そんないい道具が使えるなんて羨《うらや》ましいぜ。いまは組の連中もそういうのを持ってるのか？」

「最近は、手榴弾《しゅりゅうだん》からロケット・ランチャーまで持ってるところもあるらしいわ。もっとも使った時点で速攻、サツの総攻撃に遭《あ》って幹部全員が使用者責任で引っ張られて、一生ムショの中って仕組みになってるけどね」

「厳しいねぇ」

「いまの日本じゃね、変質者が幼児をレイプして殺しても、悪質な詐欺集団が善良な年寄りの年金を全部騙《だま》し取っても、危険ドラッグでラリったガキどもが車で歩道につっこんで歩行者を轢《ひ》き殺しても、加害者の人権ってのが認められて、法律の下の平等とやらで守ってもらえるの。〝心の病〟ってのが起こした犯罪は、本人の責任でも、親の責任でも、誰の責任でもないらしいわ。でも、暴力団員というだけで、別件でパクられようが、微罪、えん罪だろうが、一生ムショにぶち込んでも構わないって流れになってんのよ。ヤクザに〝心の病〟は通用しない。ヤクザはヤクザってことらしいわ。ヤクザだけは、法の下でも不平等ってわけ。憶《おぼ》えとくのね」

「そりゃあんまりだ。納得できないな」

「あんたもうカタギなんでしょう？　関係ないじゃん」

「それもそうだな」

波岡は一瞬、きまり悪そうな顔をしたが、すぐに笑顔になった。

「囮だろうが、あんたみたいな外人の別嬪を連れて歩くなんて二〇年ぶりだ。――さあ、行こうぜ」

狙われているくせに上機嫌だ。

一応、馴染《なじ》みの医者に傷の手当てもしてもらったが、医者も「かすり傷」だと言っていた。念のために飲んだ鎮痛剤のせいかは分からないが、テンションが上がっているようだ。

二人は連れだって外に出た。

今日も寒いが天気は良く、散歩日和《びより》にはもってこいだ。

「どこ行くんだ？」

「散歩がてら、秋葉原なんてどう？　あんたがムショにいる間にすっかり変わってるから驚くわよ。うちの社員もいるし」

「そうか。出所してから全然観光してないし、案内してもらうか。それにしても、ボディガードまでしてくれるとは、やけにサービスがいいな」

「あんたのことは、蕗川の遺言《ゆいごん》みたいなものだからね」

「やけにこだわるな。——姐さん、蕗川さんとは本当に仕事だけの間柄だったのか？」

「そうよ」

「もったいない。俺なら絶対に口説いたぞ」

ふと、ユリアの頭の中に昔のことが蘇《よみがえ》った。

一九九一年に不滅の赤い帝国と思われていたソ連が、あっけなく崩壊した。コウモリのごとく、日本政府とソ連共産党の顔色を窺《うかが》いながら、両者の間を綱渡りすることで生きる場所を見つけてきたユリアと家族の運命は、そのとき一八〇度変わった。

二つの国のおかげで重宝された一家は、一つが無くなったことで両方から用済みと見なされた。

若かったユリアは、新しい道を探さねばならなくなった。そして、シルバー・オクトパシーにスカウトされた。

蕗川とはその頃からの付き合いだ。

なぜか、昨日のことのように鮮やかに思い出された。

「――蕗川と知り合ったのは、もうずいぶん昔のことよ。バブルが弾けた年とも言われてるけど、当時はまだそんな自覚はなかった。狂ったような好景気の余韻は残っていて、みんなまだ何とかなる、夢の続きはあると信じていた。軽い微熱に浮かされたみたいに、誰も彼もゆらゆらしていた。ヤクザもカタギも、みんなね……。どんどん時代が悪くなっていくという実感が湧《わ》いてこなかったのよ。あたしはこの業界ではまだ駆け出しで、右も左も分からない新人。蕗川と言えば、ヤクザとしての花を満開に咲かせていた時期よ。いまじゃ誰もが隠すようにしている代紋も金バッジも、あの頃はまだあの男の胸できらきら輝いていたし、世間もそれにある種の敬意を払っていた。あたしも蕗川も、金になるならなんでもやった。あいつは、清々《すがすが》しいほどの悪党だったわ。敵になったり味方になったり、嘘を吐いたり、こっそり真実を打ち明けたりしながら、良くも悪くも日の当たらない場所で、一緒に同じ時代の空気を吸ってきた。まったく信用はしていなかったけど、利用し合うことは何度もあった。――そして、蕗川は先に死んだ。死ぬ直前に依頼してきた仕事に関しても、ちゃんとアフターサービス込みの料金を前払いしていった。心残りがないようにって……さっぱりしたもんよ。あの男は最後まで商売のルールを守ったんだから、こっちもルールは守る。それだけのこと」

「そういう男か……」

波岡は小さな声で言ったが、ユリアは聞き逃さなかった。

「よく知ってるでしょう？」

「いや、あっ……知ってたのはずいぶん昔だからな」

波岡は適当にごまかしたが、ユリアは騙されなかった。確か出所して来た日にも、同じようなことがあった。

――もしかしたら、蕗川のことは知らないのかもしれない。

だが、蕗川は間違いなく波岡を知っていたし、知らない男に大金を残すのも変な話だ。

とはいえ、蕗川が語らず、波岡も語ろうとしないことを訊き出すことはあるまい。

吉原から秋葉原は、そんなに遠くはない。

昭和通りに出てまっすぐ歩けば、通りを隔てた先に並行して走る中央線が見える。

秋葉原駅に近づくにつれ、波岡は観光客のようにきょろきょろと周囲を見回し、あれは何だ、これは何だと質問を始めた。

彼が知っている秋葉原はもうどこにも残っていないのだから、それもしかたない。

ユリアとて詳しいわけではないが、適当な説明でお茶を濁し、しばらく歩いてからメイド・カフェに入った。自動ドアが開いたとたん、波岡は目を丸くした。

「週刊誌で、こういう店があるのは知っていたが、すごいなぁ……」

「こんなのまだ序の口。裏通りに行けば、新手の風俗まがいの店がいっぱいあるから、あとで案内してあげる」

「へぇ……」

店は満員。観光客が多く、どこから見ても外国人のユリアと初老の波岡というカップルも違和感はない。

「週刊誌って、中で自由に読めたの？」

席に着き、メニューを開きながらユリアは訊いた。

「昔と違って、いまは新聞や週刊誌はけっこう自由だ。前のところはやり過ぎなくらい厳しかったんだが、旭川に移ってからは部屋も個室で、かなり読みたいものが読めた」

「前のところ？」

「途中で引っ越ししたんだよ。──俺、この〝ラブ・ミー・アラモード〟ってのがいいな。プリンとアイスが一緒なんだろ？」

刑務所暮らしの長い人間は、みな出所すると甘い物を欲しがるが、波岡も例外ではないようだ。

「個室とは贅沢《ぜいたく》ね。テレビは？」

「全部ってわけじゃないが、許可された番組は見られた。新入りたちの話だと、他と比べても旭川はかなりいい施設だと言っていた。あそこはほとんどがLB級だから、情報通が多くてね。最果ての小さな街にいても、外の話はいろいろ耳に入ってきた」

　周りの目を気にしてから、波岡は〝ムショ〟という言葉は使わなかった。

　L級とは、執行刑期が一〇年以上の受刑者のことで、B級は白書などによると「再犯者または反社会集団への所属性が強く、反抗的で協調性に欠けて犯罪傾向が進んだ者」と回りくどい言い方をしているが、要するに筋金入りの暴力団員のことだ。

　旭川刑務所の収容者数は四〇〇人に満たないが、無期刑の者が三分の一を占めるとも言われている。ほとんどが、ムショ暮らしを熟知しているということだ。

　店の雰囲気におおよそ似合わない会話をしているうちに、メイド服の若い娘がプリンとアイスの入ったハート形のどんぶりを運んで来た。

　波岡はメイドとどんぶりを交互に見つめ、それから嬉《うれ》しそうに食べ始めた。

　そのときだ。

「あっ、いたいた！」

　頭が痛くなりそうな甲高い声とともに、ブーツのヒール音を響かせながら、若作りの化け物が店に入って来た。

　紫と黒のレース満開のミニドレス、薄ピンクのパニエ、黒の模様入りストッキングにショートブーツ。最近、スチームパンクに凝《こ》っているらしく、なぜか無用なゴーグルを付け、片手だけ革手袋をしている。

「ユリアちゃん、みーつけたにゃん」

「死ね妖怪《ようかい》」

　波岡がプリンを食べる手を止め、口を半分開けたまま呆然《ぼうぜん》としている。スプーンからプリンが落ちた。

「こぼれたわよ」

　ユリアは優しく言いながら、ナプキンで波岡の口許《くちもと》を拭《ふ》いてやった。

　気持ちは分かる。まともな人間の反応だ。

「こ、これは……」

「あんたが務めをしてる間に、この界隈《かいわい》に増えた新種の妖怪。猫は年取ると尾が二つに分かれて猫又になるって言うけど、この妖怪は年取るほどに、処女膜が一枚二枚一

○○枚千枚……と増えていくの。言いにくいけど、うちの社員」
「サオリンにゃん。よろしくにゃん」

「爺《じい》さんの心臓を止める気？　普通に喋《しゃべ》れ」

「これが普通にゃん」

「一枚二枚……って、番町皿屋敷じゃあるまいし……」

「似たようなもんよ」

「そ、そんな……」

関西の組に一人でカチコミをかけた強面ヤクザも形無しだ。だが、これで真の意味でシャバに戻ったと実感できただろう。

刑務所の中はある意味平和だが、シャバには魑魅魍魎《ちみもうりょう》が溢《あふ》れ、頭の悪い奴の生き血を啜《すす》り、気の弱い奴の魂を抜いていくということを、思い出したはずだ。

とはいえ、一六年の刑期を終えてシャバに復帰したばかりの人間には、刺激が強すぎる。ユリアは少し波岡に同情した。

「奴隷は？」

そう訊くと、サオリの顔から作り笑顔が消えた。

「仕事中よ。ちょっと調べたいことがあってね」

かろうじて聞き取れるほどの小さな声で、いつものサオリだ。

「何かあったの？」

「この前、この辺で危険ドラッグ薬局の一斉手入れがあったでしょう？　〝本局〟を仕切っていたのは広田という男で、末広町の〝支店〟は清原、須田は三上、花岡町は富田だか富山……まあ、名前なんかどうでもいいわ。どうせ嘘っぱちなんだから。問題は、この連中がどこの誰なのか、まったく分からないってことよ」

「警察が知らなくても、売人や客引きは知ってるでしょう」

「普通はそうよ。でも、誰一人知らないの。うちの会社と目と鼻の先にあるこの場所で商売している連中のことが、まったく分からないってことある？　うちに挨拶なし、付け届けもなし。自分らだけで甘い汁を吸ってたなんて、玉引き抜いて、ぶち殺してやりたい」

サオリは不満そうに鼻を鳴らした。

波岡がまたプリンをこぼした。

しかし、サオリの言う通りだ。

大がかりな危険ドラッグの売買は、少人数でできることではない。密輸する者、それを小売店に捌《さば》く者、客を見つけてくる者、配達する者、集金する者……違法ビジネスの中でも、かなり組織だっており、役割が細部まで分担されている。

昔と違い、違法なシノギを穏やかに進めるために、いまは同業者との共存が必要不可欠だ。シマを奪い合うのではなく共有することでしか、警察や第三勢力から自分たちの利益を守ることはできない。

「そういう連中は、昨日今日この商売を始めたわけじゃない。前にもどこかで似たようなことをしてるはずよ」

「そう思って、奴隷を走らせているんだけど、不思議なことに広田も清原も三上も、過去の話が一つも出てこない。つまり、過去がないのよ」

「過去がない？」

ユリアがそう言ったとき、波岡が小さな咳払《せきばら》いをすると、またプリンを食べ始めた。

4

蕗川の女房、翔子《しょうこ》は銀座八丁目で小さなクラブをやっている。

開店前の夜七時。ルディが店に行くと、翔子は男物のセーターにジーンズ、すっぴんという格好で準備の最中だった。

「まあ、驚いた。久しぶりね」

翔子は嬉しそうに言った。

「元気?」

「まあね。葬式のときはどうも。桂川さんにはいろいろ気を使ってもらって……。あなたも来てくれれば良かったのに」

「さすがに、俺が顔出すわけにもいかないだろう」

ルディは頭を搔《か》いた。仕事半分、趣味半分で、この女とはいろいろあった。蕗川もそのことは承知していた。

「そんな心が狭い男じゃなかったわよ、蕗川は」

「それは知ってる」

「じゃあ、何の用?」

あの男も翔子も貞淑《ていしゅく》な配偶者というわけではなかったし、よく派手な喧嘩もしていたが、それでも結婚生活を終わらせようという気配は、どちらにもまったくなかった。

逮捕と出所をくり返す筋金入りのヤクザの女房など、誰にでも務まるものではない。二人の間には、他人が入り込めない何かがあることは、周囲の者はみな感じていたはずだ。

それだけに、いまさら彼女が死んだ亭主の顔に泥を塗るとは思えなかった。

「単刀直入に訊くが、あんた、つい最近出所したばかりの男を狙ったか？」

「何のために？」

翔子は不思議そうな顔で訊いた。

「金のため。蕗川はその男に金を残していた」

「本当に？　知っていたら狙ったわ。いくらあったのよ？」

本音だな。

ルディはすぐにそう感じた。

「正確な額は知らないが、けっこうまとまった額だ」

「最近出所したって誰かしら」

翔子は首を傾《かし》げた。この様子だと、波岡のことも含めてまったく何も知らないようだ。

「蕗川は、昔のことは何も言わなかったのか？」

「引退しても昔のことはべらべら喋るものじゃない。蕗川みたいな昔気質の極道は、特にそうよ。ただ、組のことはとても気にしていたわ。年々、状況が悪くなってるからね」

「しかたないだろう。ある意味、辞めて正解だったぜ。ヤクザに未来はない」

「病気の悪化で仮釈もらったようなものだし、組が望んだから引退しないわけにいかなかったんだけど、本人は死ぬまで極道でいたかったんでしょう。でも、出所してからもほとんど病院暮らしだったから、組に戻っても役には立たなかったでしょうね」

「引退金は貰《もら》ったんだろう？」

「一応。でも、昔に比べれば雀の涙みたいなもんよ」

かつて、そこそこの組の組長から幹部クラスとなれば、引退金は一億円からが相場だと言われていた。しかし昨今では数百万、あるいはまったく貰えなかったという話も珍しくない。

「だったら、生活費はあんたが出してたのか？」

「まさか。八神会の若頭までやった男が、そんな無様な真似するわけないでしょう。自分の食い扶持《ぶち》くらいはちゃんと貯《た》めたみたいで、あたしに金を無心したことは一度もないわよ」

「遺産はどのくらいあったんだ？」

「どうしてそんなこと訊くの？」

翔子がルディを見た。

「仕事でね。気を悪くしないでくれよ」

ルディは翔子を抱き寄せ軽いキスをしたが、翔子はふっと鼻で笑った。

「その手が通用するほど、あたしももう若くないわ」

「まだ充分イケると思うけどな」

「お世辞はけっこう。遺産ってほどでもないけど、この店と大宮のマンション、それにあの人の故郷の岩手にある不動産は、もうだいぶ前にあたしの名義になってる。何しろ、ヤクザは月極駐車場だって借りられないご時世だからって、あの人が早々に名義を変更したのよ。おかげで助かったわ。借金もないわよ」

「愛人に産ませたという娘にはどうだ？」

「二年ほど前に、蕗川があの娘の亭主の借金を肩代わりしてやったの。そのとき、これは遺産の前渡しだと言ってた。本当かどうか知らないけどね」

「娘の亭主ってのは堅気《かたぎ》だろう？」

「ええ。でも甲斐性《かいしょう》なしよ。根性もなくて、どの仕事も長続きせず、才覚もないくせに事業に手を出しては、借金の山をこしらえてるみたいね」

だとしたら、やはり波岡を狙う理由があるのは娘の方だということになる。

それならそれでいいが、何かもう一つすっきりしなかった。少なくとも、旭川からずっとルディたちの後をつけていたのは、堅気の娘が差し向けるような連中ではなかった。

「引退してから組とは？」

「まったく無関係だと思うわ。でも昔馴染みが見舞いに来ることはあったみたい。あたしは店もあるし普段は東京で、週末にしかあっちに行かなかったんで、顔を合わせたことはないんだけど、見舞いの品や高そうな花があったから、組の人間でしょう」

「娘とは通夜や葬式で顔を合わせただろう。そのとき、自分の取り分について何か言ってたか？」

「蕗川は、そういったことは全部弁護士の柏木さんに任せていた。あの人とは長い付き合いで、信頼していたしね。自分が死んだ後に身内で争うようなことがないように、その辺のことはしっかり頼んでいたみたいよ。もし取り分のことを言うとしたら、あたしにじゃなくて柏木さんにでしょうね」

「そうか。何もかも承知ってわけか。いい亭主で良かったな」

ルディの言葉に翔子は微笑《ほほえ》んだ。

「死ねばみんないい亭主よ。問題は、いつ死ぬかなのよ。早くても遅くても困る。ちょうどいい時に死んでくれる亭主ってのが、本当にいい亭主よ。蕗川みたいにね」

5

ユリアはルディからの電話を切ると、サオリに腕を引かれて少し前を歩いて行く波岡を見た。

見る者すべてが珍しいようで、きょろきょろしっぱなし。変わった格好の若い子とすれ違う度に、目を丸くして眺めている。サオリと並んでいると、田舎から出てきた何も知らないオヤジを、海千山千の都会娘が手玉に取っているようにしか見えないが、波岡は楽しそうだった。

ユリアはサオリに近寄り、そっと耳打ちした。

「枢軸国が、そろそろじじいを餌《えさ》にしてどっかにおびき出せって。頭数がいるかもしれないから、奴隷もこっちに回して。それから手順だけど……」

話を聞き終えるとサオリはにやりと笑い、腕をほどいて波岡から離れて行った。

「あれ、もう観光ガイドは終わりか?」

サオリの背中を眺め、波岡が残念そうに言った。

「続きはあたしがするわ。不満？」

ユリアは波岡の隣に並んだ。

「とんでもない。美人二人に交互に相手してもらえるとは、シャバに出て来た甲斐があったってもんだ。さっきの子ほど若くはないが、あんたは涎《よだれ》が出るほど綺麗《きれい》だ。それに俺は若い子よりも、脂ののりきった年増《としま》の方が好きなんだ」

「あっそう」

そろそろ日が落ちる時間だ。

この時間になると街を埋め尽くしていた観光客たちは、夜遊べる場所へと移動していく。浅草、秋葉原、上野は世界でも名の通った観光地だが、夜になると驚くほど静かだ。暗くなるほど賑《にぎ》やかさを増す渋谷、新宿、六本木といった街とは、そこがまったく違う。

駅前から離れて佐久間町の河岸《かし》に向かうとたんに数も減り、リバーサイドの遊歩道を歩いているのは、学生や買い物帰りの主婦、ペットの散歩をする人やホームレスといった地元の者ばかり。

幸い冬の夕暮れは短く、すぐに真っ暗になる。陽《ひ》が落ちると、川風が急に冷たくなった。

波岡はダウンジャケットのファスナーを上げ、素手の両手をこすり合わせた。出所してもう何日も経つ。金もたっぷりあるのに、まだ手袋すら買っていないようだ。

「――寒い？」

そう訊くと、波岡は笑った。

「旭川はもっと寒かった」

「疲れた？」

「俺はあそこで一〇年も屋外作業やってたんだ。このくらいで疲れるものか」

「だったら今度はうまく避《よ》けな。二度も弾に当たってみせる必要はないからね！」

そう言うと同時に、ユリアは波岡を突き飛ばした。

プシュッという鈍い音。その先に、若い男が立っていた。

ユリアは男に向かってバッグを投げつけ、相手が怯《ひる》んだ隙《すき》に蹴《け》りを一発見舞った。見事に命中し、男は体勢を崩した。その腹に、波岡が強烈なパンチを入れ、崩れ落ちようとする男の腕をがっちりと摑《つか》んだ。

歳のわりに機敏な動きだ。

パンチもかなり重いようで、充分に効いているのは一目で分かった。

ユリアは男の手から素早く銃を奪い取り、自分のコートのポケットに放り込んだ。

男は何か言おうとしたが、波岡が腕を強く絞り上げて黙らせた。すっかり脅《おび》えて、抵抗する気力もないようだ。

周《まわ》りにはぽつぽつと人影もあったが、この辺ではちょっとした喧嘩やいざこざはよくあることで、関《かか》わらないのが一番ということらしく、みな無関心を貫いている。

「さすがね。ムショでしっかり鍛えてたみたいじゃない」

ユリアは落ちたバッグを拾いながら感心して言った。

「他にすることがないし、ムショで身体《からだ》壊したら目も当てられねぇ。それにしても、こんな柔な奴なら、姐さん一人でも充分だったな」

「プロなら、一度であんたを仕留めてるわ。丸腰のあんた相手にまともに一発も撃ち込めないような奴、どう考えても素人よ。サイレンサー付きの上物の道具を持ってるくせに、まったく使いこなせてない。――それより、つけられてることに気づいていたとは、さすがね」

「姐さんの様子で分かったんだよ。俺は、ぜんぜん気がつかなかった。それで、こいつどうするんだ？」

「ゆっくり話が出来る場所に連れて行くわ。大声を出したり暴れたりしたら、撃ち殺すからね」

ユリアは凄《すご》みを効かせて若い男を睨《にら》んだ。

男は泣き出しそうな顔をしている。

波岡と二人で左右から男の腕を摑み、川沿いの遊歩道を離れた。一般道に出るとすぐに、二人の前に一台の黒いセダンが停《と》まった。

ユリアは後部座席のドアを開け、男と波岡を押し込んだ。運転席にいたサオリが後ろに移り、ユリアが運転席に座った。

「おっさん、ユリアとのデートは楽しかった？」

不気味な笑顔を浮かべ、革手袋をした手を揉《も》み合わせながら、サオリが訊いた。

「ああ。もっと一緒にいたいよ」

「延長料払ってお願いしな。——で、このボケは誰？」

「ルディは、蕗川の娘が雇ったんだろうって言ってたけど、本当にそうかどうかは、本人からじっくり訊いてちょうだい。あんたに任せるから」

「そうだよ！　お、俺は蕗川って人の娘に金を取り返してくれって言われて……」

「どチンピラ、もっと粘れよ！」

サオリが思い切り男の頰を拳で殴った。

男は奇妙な声を出し、車の中で血を吐いた。

「一発も殴られないうちから、あっさりゲロするんじゃないよ。楽しみがなくなるだろうが！」

サオリが冷たく言い放った。

「おい、素直に喋ってるんだからそんな乱暴するなよ。若い娘が暴力はいかんぞ。だいたい、ヤクザだってそんなことしないぞ」

波岡が呆れている。

「我が社は堅気、ヤクザとは違うんだよ。それに、あたしはすぐイク男は嫌いなんだ！」

「――堅気だと？　これじゃ、ヤクザの方がずっとマシだ」

波岡は小さな声で呟いたが、ちゃんとユリアの耳には届いていた。

「サオリ、その男はあんたに任せるから、どっかで好きなだけやって。そいつは大きな問題じゃないけど、気になるのはもう片方の尾行者よ。どうなってる？」

間違いなく、尾行者は二組いた。

一つはこの間抜けですぐに分かったが、もう一組は明らかに複数で、この男よりもずっと慎重に動いていた。ユリアは二人まで確認できたが、もっといた可能性もある。

「そっちは奴隷に尾行させてる」

「あの役立たず一人で？」

「まさか。もう一組はプロみたいだったから、会社に電話して応援を頼んだわ。ちょうど國と庚が帰って来たばかりだったから、奴隷に合流してもらった」

「なら大丈夫ね」

ユリアは車をスタートさせた。

「もう一組の尾行って？」

後ろから波岡の声がした。

「たぶん、あんたの出所を出迎えてくれた連中だと思う。このバカと違って、なかなか襲って来ないから、そろそろこっちから挨拶に行った方がいいんじゃないかと思ってね。いつまでも付き合ってられるほど、うちも暇じゃないのよ」

そう言って、ユリアはハンドルを切った。


サオリと若い男を北千住の倉庫まで送り、ユリアは波岡と一緒に夕食を食べに行くことにした。落ち着いた場所がいいと言うので、根津の小料理屋を選んだ。

波岡はまったく動じるふうもなく、また狙われるかもしれないからどこかに匿ってくれとも言わなかった。

「尾行者に心当たりは？」

波岡のグラスにビールを注ぎながら、ユリアは訊いた。

「前にも言ったが、俺を恨《うら》んでいる者だとしたら幹部を取られた関西の連中しかいない。しかし、いまだに連中があのときのことを根に持っているとは思えない。それに、もしそうならとっくに襲って来てるだろう。それがヤクザってもんだ」

「そうね。あの連中は関西とは無関係でしょう。それなら、ムショの中で誰かの恨みを買ったってことはない？」

「俺は模範囚だったんだぜ」

「あんたが？」

波岡はにやりと笑ってから、何か思い出したように目を細めた。

「ＬＢ級用施設と言えば、凶悪犯の溜まり場で、さぞや荒《すさ》んでいると思ってるんだろうが、受刑者同士のいざこざは少ないんだ。何しろこの先何年もずっと同じ連中と顔付き合わせて狭い塀の中で暮らしていかなきゃならない。顔ぶれが変わるのは死ぬか出所、それに新入りが来たときだけだ。入所してすぐはちょっとしたことで揉めたりもするが、だんだんと自分が置かれた状況を理解できてくると、みんな諦《あきら》める。そうなると、次はいかにこの環境で少しでも居心地好く暮らしていくかを考え始める」

「いたって自然の流れね。不自由な環境だからこそ、少しでも居心地好くしたいと思うのは当然だわ。凶悪犯でも知恵はあるからね」

「その通り。だから、何年も一緒に過ごしている受刑者仲間には、奇妙な絆《きずな》が生まれるんだよ。要するに、心地好いムショ暮らしのためには、みんな協力しなくちゃいけないって身体と経験で憶えるわけだ。変な話だが、シャバにいるときには想像もできないほど濃密な人間関係が出来上がって、気がつけば身内よりもよくお互いのことを知っているってことも多い。作業所で分からないことがあればあいつに訊けばいい、面会時に頼みたいことがあればこいつ、看守のことなら……って感じで、いつの間にか細かな担当や分担が決まってくる。そこには金銭のやり取りはなく、私利私欲もないから、ある意味、理想的な小さな共同体とも言えるな」

「ぶち込まれる前に、それに気づくべきだったわね。模範市民になれなかった連中が、模範囚になって理想的な共同体を作るなんて、お笑いぐさだわ」

「まったくだ」

波岡は笑っている。

笑顔までも、ヤクザそのものだとユリアは感じた。昔はこの男や蕗川みたいな連中が、まだ大勢いた。しかし、最近は会うこともなくなった。

いまやこいつらは、保護されない絶滅危惧種《ぜつめつきぐしゅ》みたいなもので、社会全体が絶滅するのを待っている。彼らが絶滅したからといって、彼らがやっている違法行為が減ることなど絶対にない。他の誰かが引き継ぐだけのことなのに、とりあえず絶滅させれば気がすむのだろう。

「俺にとってムショは最悪の場所じゃなかったが、やはり出て来て良かったよ。あんたみたいないい女と一緒に美味《うま》い飯が食えるんだからな」

「金欲しさに、見知らぬ男に銃で撃たれても？」

「シャバってのは、そういうもんだ。犯罪者が集まってるムショでは絶対に起きないことが起きる、だから〝娑婆《しゃば》〟なんだよ。娑婆ってのは、仏教で〝苦しみに満ちた耐え忍ぶべき世界〟って意味なんだそうだ」

そのとき、ユリアは蕗川と会ったときのことを思い出した。

金のことばかり気にしていて、経を受け取ったことをすっかり忘れていた。

「写経はムショの中で憶えたの？」

一瞬、波岡は驚いた顔でユリアを見た。

「俺、そんな話をしたかな」

「してないわ。でも、蕗川がそう言っていたから。あんたに渡した金の中にお経があったでしょう」

「あったな。——見たのか?」

「あたし、金以外は興味ないの」

「はっきりしてるな。だが、俺ははっきりしてる女は好きだ。しかも金髪で日本語がぺらぺらで、一緒に米の飯まで食ってくれる女なら、言うことなしだ。朝、目が覚めたときにあんたみたいな女が横にいたら、最高だろうな」

「口説いてるの? せっかくだけど、前科持ちはお断りよ。サオリも言ってたでしょう? うちは堅い会社なの」

「俺が留守してるうちに、堅気ってものがずいぶん変わったんだなぁ。それはともかく、口説かれてみたらどうだ?」

波岡は少しも真剣味のない口調で言うと、楽しそうに笑い、いかにも美味そうに食事をしていた。

6

ユリアが確認した二人の尾行者は、神田でさらに三人の男と合流した。おそらく、交代だろう。今度はその三人がユリアたちを追い、さっきまで尾行していた二人は徒歩で神田に向かい、そこからタクシーに乗った。

「──ったく、どうして疲れてる俺らを使うのかねぇ」

國は不満たっぷりに助手席の木村を見た。

「うちの妖怪どもは、ぜんぜん達郎を信用してないから仕方ないだろう」

木村はあきらめ顔だ。

新規の三人は鈴木に任せているが、彼らは波岡を尾行しているので、行き先ははっきりしている。ラクな仕事だ。

そして、國と木村はタクシーに乗った二人を追っていた。

どちらもごく地味なスーツを普通に着こなしている。肩で風切って歩くわけでもなく、誰かとぶつかっても凄んだりしない。どこにでもいる普通の社会人にしか見えない。

しかし、厭《いや》と言うほどヤクザと付き合ってきた者の目はごまかせない。

「──いまどきのヤクザって、みんなあんな感じだね」

國がそう言うと、木村は微笑んだ。

「声を大きくしてもダメ、組の名を口にしてもバッジを見せてもダメ、傷や刺青《いれずみ》を見せてもダメ、本当はヤクザでもヤクザに見られたらダメ。そんなご時世じゃ、サラリーマンみたいに振る舞うしかないだろう」

「ヤクザがヤクザらしく振る舞えないなんて、おかしな世の中だな。見かけで人が判断できるから、善良な市民は近寄っちゃいけない人間を見極めることができるんじゃないか。善人と悪人が同じ格好をしてるなんて、紛《まぎ》らわしいったらないぜ。それって、犯罪を助長してるとしか思えないんだけど」

「ところが司法はそうは思っていない。法の下ではすべての国民が平等だと言いながら、同じ犯罪を犯しても、明らかにヤクザの方が重い量刑が科せられるし、何の情状も酌量されない。大量無差別殺人事件を引き起こしたカルト教団の信者にだって認められている人権ってやつが、なぜかヤクザにだけは認められない。他の連中は〝疑わしきはシロ〟だが、ヤクザだけは〝疑わしきはクロ〟。そして、世間もそれに疑問を呈しない。要するに、世の中にはどんなに叩いても不平等に扱ってもいい連中が必要だってことだな」

「でもさ、それを一番肌で感じてるのは連中だろ？　それでもヤクザを辞めないってのは、どうなのかねぇ」

「俺に訊くな。人それぞれ事情があるのさ。その点については、うちの社員も同じだろ？」

「そうだな」

そんなことを話している間、先を行く二人は池袋でタクシーを下りた。西口の小さな中華料理店に入り、そこで食事をすませると、西池袋公園の方面へと歩いて行く。

二人ともリラックスした表情で、時折笑顔も交えて何か喋っていた。周囲を警戒している雰囲気はまったくない。さっきまで波岡を尾行していた自分たちが、いまは尾行されているとは思っていないのだろう。

二人は西池袋公園近くのありふれた雑居ビルに入り、エレベーターに乗った。じゃんけんに負けた國は全力で階段を駆け上がり、二人が何階で下りるのかを確かめた。

一二階だったが、どの部屋に入ったかまでは分からない。一階の郵便ポストで確かめたところ、一二階には四つ部屋があり、表札が出ていたのは二つ、どちらも事務所のようだ。

「——どうする？」

急いで車に戻った國は、呼吸を荒くしながら木村に訊いた。

「鈴木にテナントを調べさせてるから、もうちょっと待て。波岡にはユリアが付いてるから、役立たずのあいつは必要ないだろう」

「分かった」

國は助手席に乗り、窓からビルを見上げた。

ごく普通の古い雑居ビルで、どう見ても組事務所の雰囲気はない。

三〇分ほど待っていると、鮮やかな緑のＺＸ－６Ｒが隣に停まったので、國は窓を開けた。

「分かったか？」

「はい」

鈴木はヘルメットを脱ぎ、大きく息を吐いた。すでに周囲は真っ暗で、吐く息が白く曇る。

「ちょうー寒かったー」

「好きで二輪に乗ってる奴がつべこべ言うな。それよりも仕事だ」

「はいはい、分かってますって。このビルの一二階は『グランデン企画』と『一デン商会』という二つの事務所が入ってますが、おそらく系列でしょう。契約者名義は違いますが、光熱費の支払いが一緒でした。テナントそのものは何の問題もありませんが、どっちも業務の実態はありません」

「ゴーストカンパニーか」

　木村が呟いた。

「そんなもんでしょうね」

「で、肝心のゴーストの実態は？　調べてませんとか言ったら、サオリの奴隷に逆戻りだぞ」

　國が脅すと、鈴木の表情が変わった。

「勘弁してよ。やっと最悪の労働条件から脱出できたんですから。ゴーストの親ですが、『関東一心会』って組織です。家賃を始めとする金は全部ここから出てます。ただ、いったい何をやってるのかは、この程度の時間じゃ分かりませんよ。もっとしっかり調べないと」

「だったら、しっかり調べろ。関東一心会なら、何か裏商売をしてるはずだ」

　木村は冷たく言ったが、短時間のわりには上出来と言えた。

「知ってるんですか？」

　日本に来て日が浅い鈴木は無邪気に訊いた。

「八神会の二次団体で、所帯は小さいが古参の直参直系だ。あの業界じゃ、直参か外様の枝かで扱いがずいぶん違うらしいぜ」

國が答えた。

「だったら、波岡って男の昔の仲間ってことでしょ？　心配することもないんじゃないですか」

「仲間がどうしてこそこそ尾行なんかするんだよ」

「さあ」

鈴木はあまり興味なさそうだ。

「それじゃ鬼と妖怪の雌が納得しない」

「なぜです？　血も涙もない雌鬼畜二匹が、なぜかあの波岡っておっさんにはずいぶん優しいみたいですけど」

鈴木は不満げだ。

木村はにやりと笑った。

「絶滅危惧種の保護活動さ」

「何ですか、それ？」

「女ってのは理屈抜きに、絶滅寸前の恐竜みたいな動物には弱いんだよ。言葉が通じず、何を考えているのかも分からない、その動物が凶暴で無慈悲で毒を持っていようが、どういうわけか滅ぼしたくないと思うらしい。妖怪が俺たちには氷のように冷たいのはな、その辺にごろごろいる男で、ぜんぜん絶滅しそうにないからだ」

「確かに、ありきたりなタイプだ。世の中に掃いて捨てるほどいるもんな」

木村の説明がおかしくて、國は噴き出した。

「妖怪の理屈を押しつけられても迷惑ですよ。こっちは人間なんですから」

鈴木は不満顔で呟いた。

「そんなことより、関東一心会があの会社使って何をシノいでるのか、詳しく調べて来い。保護活動家の中には、テロリスト以上に過激なのも多いんだぞ」

「はいはい、分かりましたよ」

鈴木はヘルメットを被り、バイクのエンジンをかけた。

遠ざかるエンジン音の中、二人は黙っていたが、しばらく経って木村がぽつりと
「関東一心会か……」と呟いた。

「何か心当たりでも？」

「何もない。ただ、新暴対法のおかげで勢力は削られたとはいえ、あそこは老舗《しにせ》中の老舗だ。昔のこととはいえ、人殺しまでして組に貢献した男を出迎えもせず、こそこそつけ回しているのは妙だと思っただけだ」

「いまは警察がうるさいからだろう。出所してきた者が組に戻らないように、あの手

この手で阻止してるって話じゃないか。おおっぴらに接触できないから、様子を見ているだけかも」

「だが、波岡の組はもうないし、本家でも復帰の動きはないと聞く。何より、本人にその気がないんなら、普通は放っておくだろう。引退、解散ってのはヤクザのけじめとしては、殺される次に重いものだし、引退した奴には手を出さない。それが連中の守ってきたルールのはずだ」

「そうだな。しかもあの歳だし……。とりあえず尾行者の正体は分かったんだから、今日は帰るか」

國は車のエンジンをかけた。

そのときバックミラー越しに、後ろに停まったタクシーから、男が下りて来るのが見えた。酔っているのか、機嫌良さげに運転手に短い言葉をかけると、軽い足取りでビルの中に入って行った。

國は窓ガラスを下ろし、身を乗り出した。冷たい風が一気に車内に吹き込んだ。

「どうした?」

木村が國の顔を見た。

「竹田だ。いま入って行った奴、葛西の事務所から姿を消した竹田だよ!」

「本当か？」

「間違いない。俺はあいつには何度も会ってるからね。そう言えば、前社長に竹田を紹介していたのは八神会の兼岩だって話だった」

「つまり、竹田は八神会の身内か企業舎弟だってことか」

「おそらく。だけど、どうして葛西の事務所を放り出して身を隠した奴がこんなところにいるんだろう」

國は窓から身を乗り出し、ビルを見上げた。

――二階の二つの部屋には、灯《あか》りが点いていた。

7

倉庫に入ったとたん、生臭い悪臭がした。

ルディはうんざりした顔でため息を吐いた。好きにしていいとは言ったが、やり過ぎは困る。あいつはいつも、やるだけやって、後始末は人任せだ。

「ちゃんとシートを敷いたのか？　ルミノール反応ってのはしつこいんだぞ」

ハンカチで鼻を押さえ、ルディは文句を言った。

「ちゃんと敷いたわよ」

「消臭剤入りのだぞ。それでこの臭《にお》いって……お前さ、最近欲求不満なんじゃないか？」

「かもね」

「俺が何とかしてやろうか？」

「そう？　じゃあ、こいつの後始末頼むわ」

サオリはシートの上に転がっていた血まみれの若い男を足で押した。

「まさか殺してないよな？」

「この程度でいちいち殺してたら、大量殺人犯になっちゃうにゃん。サオリン、そんなことしないにゃん」

「嘘吐《うそつ》け」

「殺すもなにも、手応えがなさ過ぎてがっかりだよ。根性の欠片《かけら》もありゃしない。しっかり弱味も握っておいたし、このチキンが警察に駆け込む心配はないから安心して。ただ……」

「何か気になることでも？　雇い主は蕗川の娘だったんだろう？」

「うん、それはこっちの見込み通り。でもね、蕗川の娘は素人よ。あんなチンピラを雇ったり、サプレッサー付きのルガーを用意したり出来ると思う？」

「思わない。蕗川の女房の話だと、娘はずっと女手一つで育てられた。母親ってのは、蕗川と知り合った頃はホステスだったが、子供を産んでからはエステの会社に勤めていて、ヤクザ社会とはまったく関係なかったそうだ」

「やっぱりね。それであたしもこいつにその辺のことを訊いたの。そうしたら、どうも誰かが娘に入れ知恵をしてたみたい。だいたい、娘はどうやって波岡のことを知ったの？　蕗川は、そんなことべらべら喋るような男だった？」

「いや、あいつはそんな男じゃない。女房の翔子だって、波岡のことはまったく知らなかった。翔子に話さないことを実子とはいえ、縁の薄い人間に話すとは思えない」

「だよねー」

サオリは勝ち誇った顔で頷いた。

にゃんにゃん言いながら若い男を半殺しにするようなイカれ女だが、決してバカではない。それどころか、妖怪ならではの根拠のない勘と猿並みの運動神経の良さは抜群だ。

「誰が娘に入れ知恵したんだ？」

「蕗川の昔なじみだろうって言ってた。病院に見舞いに来たときに、娘と顔見知りになった男みたい。それ以上詳しいことは、このバカは知らないってさ。こいつの印象だと、娘もその男にいいように踊らされていたようね」

「なるほど」

「娘は、遺産欲しさに病院に通ってたんでしょ？　そこで、父親が税務署に内緒のまとまった金を持っていると知って、喉《のど》から手が出るほど欲しくなった……と、そこまでは分かるわ。けどさ、その娘に金や波岡のことを教えてやって、チンピラを雇うような知恵を付け、あげくに銃まで用意してやるなんて、ちょっと親切すぎない？」

「俺が知る限り、世間にそんな親切な男はいない。それは親切じゃなくて下心だな」

「どんな？」

「さあ……。このサンドバッグは、知らないのか？」

「ぜんぜん。ただ、ちょっと気になることを言ってたのよ」

「どんな？」

「こいつに仕事を持ちかけたのは、グレ仲間の先輩で、定職もないハンパ者らしいんだけど、最近、木更津《きさらづ》の組に出入りしてるんだって。それで、いずれ盃《さかずき》をもらうとか吹いてるそうよ」

「木更津の組か」

昔と違い、次々に組が潰れて行く昨今、大都会以外で複数の組事務所が共存できるような場所はない。

木更津の組と言えば、八神会の二次団体『総国会』一つだけだ。

縁が切れたとはいえ、八神会が蕗川の金のこと、それを波岡に渡す気でいたことを知っていたとしても不思議はない。

昔気質のヤクザならそんなことは思いつきもしないだろうが、いまのご時世では、その金を奪おうとするような道に外れた者がいたとしても、これまた不思議ではない。

だが、そんな仁義を欠いた奴が、波岡の出所まで待つだろうか。病床の蕗川から金を盗むのは難しいことではないし、まして娘をけしかけ、チンピラまで雇う必要はないはずだ。

「——金目当てとばかり思っていたが、本命は波岡か」

思わずルディは呟いた。

サオリも同じように考えていたようだ。

「たぶんそうでしょうね。娘は金を奪うためだけにこいつを雇ったつもりなんでしょうけど、けしかけた方は、波岡を殺すことが目的だった。だから、こんなドジを選んだんだよ。プロだったら、銃なんか使わずに誰にも気付かれずに静かに金を盗んで来るくらいわけないからね。でも、それじゃ波岡には傷一つつけられない。だいたい、盗みが目的なのにあんな銃を持たせること自体不自然よ」

「大当たり、と言いたいところだが、なぜ波岡を殺すんだ？　しかも昔の本家筋に当たる八神会が」

組が使い捨ての鉄砲玉を消すのは珍しいことではない。だが、一六年も服役していた波岡には、消される理由が見当たらない。

唯一、あるとしたら一七年前の襲撃事件だが、あれはすっかり片付いた事件だ。万が一、波岡がそれを蒸し返したところで、当事者が全員死んだか引退したいまでは、八神会は痛くも痒《かゆ》くもない。

それならなぜ波岡を……。

「ねえルディ」

いつもからは想像もできないサオリの静かな声がした。

「何だ？」

「一度訊いてみたかったんだけど、あんたとユリアって、八神会とはずいぶん縁が深いみたいね」

「まあな」

「蕗川とも？」

「ああ。特にユリアがな」

「ひょっとして昔のコレ？」

サオリは親指を立てた。

「さあね……。俺がタコに関係するようになったのはバブルの末期、ユリアはバブルが弾けた直後だ。あの頃、乗っていたジェットコースターが急降下を始めたヤクザや右翼団体が、我が社を駆け込み寺と勘違いして凄い勢いで飛び込んで来た。おかげでうちは大繁盛になった。特に八神会は上客だった」

「あの八神会が？」

「いまの八神会しか知らないお前がそう思うのも無理ないか……。当時の八神会のシノギの大きさは、いまとは想像も出来ないほど莫大《ばくだい》だったんだ。ちょっと前に、世界的な経済誌が日本最大の広域暴力団の年間収入は八百億ドルを超えるという記事を載せて話題になったろう？　あの数字が正確とは思わないが、おそらく最盛期の収入を元に弾きだしたに違いない。日本円で八兆円を超える額を稼いでいても不思議はないと思わせるほどの勢いだったってことだ。だから連中は、組を守るために必要な金は惜しまなかった」

サオリが小さく口笛を吹いた。

「そりゃ確かに上客だわ」

「俺は女専門だったので、自然とユリアは男担当になった。蕗川はその中の一人で、ユリアを気にいっていた。こっちの世界を渡って行くのに必要な知恵や作法、仁義ってものをユリアに教えたのは、ある意味で八神会であり蕗川だ。それが、どっかの喫茶店か料亭かベッドの中かなんて、どうでもいいことだ。とにかく、おかげであいつはすぐに一本立ち出来る腕利きになったってわけだ。それを一番分かっているのはユリア自身さ。考えようによっては恩人と言えなくもないが、ただそれだけのことだ。恩なんてものはな、相手が返せと言わない限りは返す必要はないんだ」

ルディはそう言うと、シートで男を巻き始めた。

8

パラオにも日本人ヤクザはいたし、中国系マフィアもポリネシア系ギャングもいたが、日本にいる連中とは、かなり様子が異なっていた。

この二〇年、パラオの景気は上向きと言われている。だが、それでもたいした資源もない小さな途上国に過ぎない南の島で稼げる額など微々たるものだ。先進国とはシノギの規模がまるで違う。

ちょっと前に、有名な経済誌が世界中の反社会勢力の年収を取り上げて話題になった。

数字の信憑性《しんぴょうせい》はさておき、政治的背景を持たず、テロ組織でもない、いわゆる〝ヤクザ〟と称される日本の反社会勢力の収入が莫大な額に上る——と、世界中の人間たちに思われているのは確かだ。

そもそもその記事では、ＩＳＩＬやボコ・ハラム、アルカイーダといった組織と、まったく性格の違う日本のヤクザの年収を比較していたのだから、それだけでもいかにヤクザが特殊か分かろうというものだ。

——いまのヤクザは虫の息だ。

シルバー・オクトパシーの連中はみんなそう言うし、実際にそうなのだろう。

しかし、かつてヤクザが手にしていた富はまだここにある。それを狙って、世界中からあらゆる人種が集まり、あの手この手で円を稼ぎ、祖国へ持ち帰ろうと必死だ。アジアは言うに及ばず、アフリカ、中東、北欧まで地下銀行を通して送金できない場所はない。

鈴木が子供の頃パラオに来る日本人ヤクザの多くは逃亡者か、あるいは資金洗浄係で、パラオで稼ぐのが目的ではなかった。そのせいか、みんなどこかのんびりとしていて、話に聞くような凄みはなかった。

指がない男を見たのは一度だけで、他の男はみんな指があった。話に聞いていた通りだったのは、ミクロネシアの物とはまったく異なる見とれるほどに鮮やかで美しい刺青だけだった。

彼らは仕事らしい仕事もせず、毎日釣りをしたり、船で沖の小島に遊びに行ったり、あるいは現地の女たちと一緒に暮らしたりして、南国暮らしをエンジョイしているように見えた。しかし誰一人居着く者はおらず、何年かするとふっと消えていなくなっていった。

——ほとぼりが覚めたら日本に帰って、でかいことやって男を上げたいぜ。

それが、幼い頃よく一緒に釣りをした、背中に見事な彫り物をした若い男の口癖だった。それからしばらくして、この男もまた他と同じようにふっといなくなった。

再会したのは昨年だ。

どこでどうやって聞いたのか、男は鈴木がシルバー・オクトパシーにスカウトされて日本に来ていることを知っていた。

でかいことをやったかどうかは知らないが、いまは千葉にある右翼団体の、それなりの地位にいるということだ。

事務所に電話をして「シルバー・オクトパシーの鈴木です。北斗《ほくと》さんをお願いします」と言うと、やけに丁寧な口調の若者が、すぐにかけ直すと言った。

電話を切って待っていると、しばらくして北斗から電話がかかってきた。彼は数カ月ごとに携帯を取り替えるので、番号は聞くだけ無駄だ。用があるときは事務所に電話をし、若い〝隊員〟に取り次いでもらうのが一番早い。

「たっちゃんか、元気にしてたか？」

「元気。ケンさんは？」

昔と変わらない気さくな声だ。

「まだ無事だけど、他の前ではケンさんと呼ぶな。いまは『国粋義勇団』の北斗武士《たけし》、副団長だ」

「なにそれ？　マンガの主人公からでも取ったの？」

「右翼結社なんぞやってると、本名は使わない方がいいんだ」

「本名は使えない、の間違いだろ。それに田中健一なんて平凡すぎるし」

「俺をからかうために電話してきたのか？」

「まさか。昔のよしみで、教えて欲しいことがあるんだ」

「うちがタコに教えてやれることなんてあるかな。だいたい、そっちの方が遥《はる》かに情報通だろう」

「先輩たちはそうでも僕は違う。しかもあそこの連中は、後輩を助けてやろうって気はぜんぜんない」

「いい会社だな。うちも見習いたい。何しろ、近頃の若い連中は根性がないから、助けてやらないとすぐ逃げ出しやがる」

「僕も妖怪から逃げたい。――ケンさんの団って、関東一心会と付き合いがあるって聞いたんだけど」

「ああ。うちの団長とあそこのオヤジは兄弟分だからな」

「だったら西池袋にある幽霊会社が、どんなシノギをやってるのか知らない？」

「いきなりそんなこと言われてもなぁ……」

「グランデン企画と一デン商会。名前からして、何をやってるのかさっぱり分からない幽霊会社さ。一応オフィスはあるんだけど、若い連中がごろごろしてるだけで、仕事らしい仕事をしてる様子はない。それにシノギのためのペーパーカンパニーだとしても、同じビルの中に二つも置く必要ないと思うんだけど」

「西池袋の幽霊会社ねぇ……」

北斗はちょっとの間考えていたが、やがて「分かった」と言った。

「うまいシノギ？」

「違う違う。そんなけっこうなもんじゃないよ」

そう言うと、何がおかしいのか北斗は笑い出した。

「何笑ってるの？」

「いや、これもご時世だと思ってね」

「ご時世？」

「ああ。パラオ育ちのたっちゃんが、昔気質のヤクザの事情に詳しくないのも無理ないか。ヤクザってのは家族だ。組は家で、組長は親、そして兄弟、子がいる。兄弟や子が組のために死んだり服役したら、残された家族の面倒を見るのは組の務めだ。羽振りが良かった頃のヤクザってのは、その辺のことはきっちりやっていた。だから亭主が誰かの身代わりに長期の刑に服しても、女房や子供が困ることはなかった。組が生活の面倒を見てくれたからな。だがいまは違う。どこの組もそんな余裕はないし、警察や世間もそれを許さなくなった。だからといって、普通の会社みたいに『財政難なので、福利厚生は切り捨てます』ってわけにもいかんだろう。メンツってもんがある。そしてヤクザってのは、命よりもメンツを大事にする連中だ」

「ピンとこないけど、そういうものなのか」

「小さな組ならいざ知らず、八神会みたいな大きいところは、その辺のことをないがしろにすると命取りになりかねない。何しろ警察は、鵜《う》の目鷹《たか》の目で暴力団を潰す理由を探しているからな。服役者の口からマズイ情報が漏れたりしないように、残された家族に対してもそれなりの誠意を見せているというところを示しておかないと、中にも外にも格好がつかない」

「言ってることは分かるけど、それと幽霊会社の関係は？」

「おい、そんなに呑み込みが悪くて、よくタコの社員が勤まるな。お前、じきにクビになるんじゃないか？　そしたらうちに来い。パラオにガラかわしていたときにお前の家には世話になったから、うちの隊員にしてやるぞ。副団長付きにしてやるから心配するな」

　北斗の声は本気で心配しているように聞こえた。いまの会社をクビになるのは仕方ないにしても、右翼政治結社の隊員なんて、まっぴらだった。

「だからさ、クビにならないために、事情をちゃんと説明してよ」

「関東一心会は八神組の中でも古株だから、バブルの頃から服役者の家族の面倒を任せられていた。これは俺の推測だが、おそらくいまもだろう。その幽霊会社を通して、家族への生活費や見舞金を流しているんじゃないかな。帳簿上は社員への給与って形にでもして……。警察も怖いが、ヤクザにとってもっと怖いのは税務署だ。金のことで足が付くと、そこから芋《いも》づる式にずるずると持っていかれてしまう。お前がガキのときにさ、一緒にビデオでアル・カポネの映画を見たじゃないか。あのカポネだってそれで切り崩されて、とうとうアルカトラズ行きになってただろう？　昔みたいに、組のバッジを付けた連中が残された家族のところに景気よく現金バラ撒《ま》いて組の威光を見せつけるようなやり方はもう通用しない。だから、幽霊会社が必要なんだよ」

「そういうことか。ヤクザも大変だな」

「そうだ。堅気の方がずっとラクだから、ヤクザになり手がいないんだ」

「右翼団体はなり手がいるの？」

「うちも大変だ。だから、クビになったら来い」

「ありがとう。またね、ケンさん」

鈴木は勧誘される前にさっさと電話を切った。

いまの話が事実なら、期待外れもいいところだ。何か美味《おい》しいシノギなら、あの妖怪たちも舌なめずりして喜んだだろうに、ヤクザの福利厚生のためのゴーストカンパニーでは、絡んだところで甘い汁は吸えまい。

「あーあ、これじゃ本当にクビになるかもな」

鈴木は大きなため息を吐いた。

こんな話、がらにもなく絶滅危惧種の保護に目覚めている二匹の魑魅魍魎《ちみもうりょう》に報告できるはずもない。


その夜、鈴木は吉原中の風俗店を走り回り、やっと見つけたルディに頼み込み、このままでは妖怪たちに取り殺されると泣き落とし、何とか強引に引っ張り出して、西池袋の事務所に忍び込んだ。

グランデン企画の方は夕方には誰もいなくなったようだが、一デン商会の方は遅くまで灯りが点いていた。灯りが消え、最後まで事務所にいた二人の男がビルを出たのは深夜二時過ぎだ。

ビルは古く、入り口に防犯カメラはあるものの裏口やエレベーターには何もない。一階のテナントだけは警備会社の防犯システムに加入していたが、一二階にある一心会の二つの会社はセキュリティ・サービスにはまったく加入していなかった。事務所のドアも普通の鍵で、ディンプルキーにすら変えていない。

これを見る限り、ここに大金やマズイ物を置くことは、まずないのだろう。

「こう無防備ってことは、やっぱりケンさんの言う通りかな……」

鈴木は事務所の中を見回した。

電話、パソコン、ＦＡＸと、一応事務所の体裁は整っているが、商売に関係するような書類が見当たらず、郵便物は広告や請求書だけで、取り引き相手らしきものの気配はない。

部屋の真ん中には雀卓《ジャンたく》、ソファーには花札やトランプ、テレビの前にはＡＶのＤＶＤが無造作に置かれている。

ルディは懐中電灯を持ち、キャビネットの中を調べていた。ファイルがいくつかあったが、冴《さ》えない表情を見るとどれもたいしたものはないようだ。

「――全部給与明細だよ。税務署向けだな。お前の調べた通り、この会社を通して、服役中の組員の家族に給与やパート賃金という形で金を回しているんだろう」

「やっぱりシノギとは無関係ですか？」

「そのようだな。しかし、さすがに八神会だ。たいした額じゃないにしても、ちゃんと家族に生活費を回しているとは、腐っても鯛《たい》ってところか。いまどき、ここまで面倒見のいい組は少ないぞ」

「骨折り損か」

鈴木はがっかりした。

「さて、それはどうかな……」

ルディはキャビネットを閉じ、机の引き出しやパソコンを調べ始めた。

「――ってことは、波岡の家族にも金を払っていたんでしょうかね」

鈴木の頭にそんな考えが浮かんだ。

ルディは一瞬手を止め、鈴木を見た。

「波岡に？」

「だって、波岡は本家の八神会のために事件を起こしたんでしょう？　彼の組はとっくに解散してるし、一六年も服役となれば家族は大変じゃないですか」

「あいつは天涯孤独だ。出迎えに行く前に一応身辺は洗ったが、両親はとっくの昔に他界してるし、兄弟もいない」

「女は？」

「いただろうが、出所を待つほどの情はなかったようだ。――おい、もう一つの事務所も調べて来い」

「はい」

ここはルディに任せ、鈴木は移動した。

もう一つも似たようなもので、これといって変わった物は何もなかった。

キャビネットやパソコンを一通り調べ終え、給湯室を覗いた。小さい冷蔵庫とカップ麺《めん》が入った段ボールが置いてあった。

冷蔵庫の上の高い場所に棚があったので、事務所から椅子《いす》を持って来て扉を開けた。

中には布で包まれ、紐《ひも》で結わえられた長方形の固まりがいくつも重ねてあった。さほど大きくはなく、触ってみると固くも重くもない。

携帯で知らせると、すぐにルディが来た。

「何か見つかったか？」

「あれなんですけど、何でしょうね」

鈴木は棚を指さした。

ルディは椅子に上がり、布で包まれた物を一つ取り出すと丁寧に紐をほどいた。布を取ると中には和紙のノートみたいなものが入っていた。めくると、漢字がびっしりと並んでいる。鈴木の知らない字の方が多い。

「中国語の本ですか？」

鈴木が訊くと、ルディは小さな声で言った。

「お経だよ。と言っても本物じゃない。写経といって、素人が写したものだ。それにしても、やけに不似合いな物があるじゃないか……」

ルディは呟き、しばらくそれを眺めていた。

ACT.3　娑婆《しゃば》の風

1

馴染《なじ》みの警察官に鼻薬を効かせて揺さぶりをかけさせたら、蕗川の娘はあっさり口を割った。

やはりチンピラを雇ったのは彼女で、その知恵を付けたのは、何度か病院に見舞いに来たことのある蕗川の昔の知り合いだった。名刺には木更津の総国会の名が記してあったそうだ。

ただ、思った通り彼女は父親の金を取り返すことだけが目的で、波岡の名前すら知らなかった。

蕗川との関係も、波岡に金を渡した理由も、ましてや、入れ知恵した連中の真の目的が波岡の命にあったとは夢にも思っていなかったようだ。

「――それで、どうする？」

チーフの桂川は、愛用のローデンストックをマイクロファイバーで拭《ふ》きながらユリアに訊《き》いた。

事務所には二人だけで、他《ほか》はみな出払っている。

「蕗川の娘の方は心配ないわ。サツにたっぷり灸《きゅう》を据《す》えてもらったから、懲《こ》りたでしょう。波岡も被害届けを出す気はないと言ってる」

「すると、問題はもう片方か」

桂川はふっと小さく息を吐いた。「――けしかけたのは本当に八神会なのか？」

「たぶんね。ただ、総国会には波岡を狙う理由はないし、本家に黙って浪岡を消そうとしているとも思えない。絶対に本家は知ってるはずだし、あるいは本家の意志――その可能性が一番高いと思うんだけど、組の命令なのか幹部個人の命令なのかは分からない」

「最近のヤクザは、そう簡単には殺さない。特に組の命令ではな」

「そうね。でも、どっちにしても理由が分かれば、使い道はあるわ。八神会の弱味には違いないんだから。たぶん、蕗川はこうなることを察していたのよ。だから、死ぬ前に波岡のことをわざわざうちに依頼した」

「だろうな。出所者の出迎えにしてはやけに多い謝礼だと思ったが、そういう事情なら、もうちょっと貰《もら》っておけば良かった」

「まったくだわ。ただ、蕗川自身も八神会がそこまでするか、分からなかったんでしょう。波岡の命が危険だとはっきりしていれば、あんな奥歯に物が挟まったような頼み方はしなかったはず。とにかく、八神会と話を付けるためにも、波岡が狙《ねら》われる理由をつきとめるしかない」

「本人に訊け。サオリの話では、ずいぶんお前を気にいってるってことだし、ベッドで優しい言葉の一つもかけてやればすぐに話すだろう」

「狙われる理由を本人が自覚してれば、どんな手を使っても口を割らせればいい。でも、あの様子じゃ分かってないのかも。ムショボケを差し引いても、のんびりし過ぎだもの」

「度胸がいいだけじゃないか？」

「それを差し引いても」

「本当に知らないのか？」

「心当たりくらいはあるかもしれない。でも、寝物語で吐くような男じゃない。蕗川が死ぬまで何も言わなかったようにね。あの連中は筋金入りよ。いまだにヤクザの意地ってものを通そうとしているバカどもよ」

「今時まだそんな連中が残っているとはな」

何がおもしろいのか、桂川はくすっと笑った。「――絶滅危惧種《ぜつめつきぐしゅ》の保護活動か」

「何、それ?」

「何でもない。分かっているだろうが、うちは引き受けた仕事は必ずやる。しかし、ただ働きはしない。この件で追加料金が発生した場合は……」

「八神会に請求する」

ユリアはすぐさま答えた。

八神会の弱味を握れば、それをネタに金は引き出せる。問題は、その弱味をどうやって引き出すかだ。

「ところで八神会絡みでもう一つ。國と木村が葛西の竹田を西池袋の事務所で見たというのは知ってるな?」

「聞いたわ。でも、竹田は八神会の身内らしいし、二次団体である関東一心会の事務所に出入りしてても不思議はないでしょう」

「確かに」

「八神会の傘の下なら、ある意味、スジも道理もないメチャクチャな半グレや不良外国人よりも、言葉が通じるだけマシよ」

「通じるだけに厄介な面もあるがな」

「チーフ、手を回して」

「どこに？」

「旭川刑務所。波岡の面会記録、電話やパソコンによる外部との通話記録……そこまで許可されていたのかは不明だけど」

「なぜだ？」

「波岡は一六年もムショにいた。だから、あたしも彼も、狙われる理由は一七年前の事件にしかないと思い込んでいた。でも、いくら考えてもあの事件の関係者がお礼参りに来たとは思えない」

「それだけ？」

「もう一つ気になるのは、蕗川と波岡の関係」

「昔なじみだろ」

「てっきりそうだと思っていたけど、もしかしたら、面識はないのかもしれない」

「どういうことだ？」

桂川は眼鏡を拭く手を止めた。

「彼に会ったときから、何となく感じてた違和感。それに気がついたの。蕗川の話を振ると、波岡は一瞬奇妙な顔をした。蕗川という人間をまるで知らないような……。蕗川の娘や女房にも訊いてみたけど、波岡の名前どころか服役中の男のことなど一度も訊いたことがないって。そんな話を家族にするタイプじゃなかったしね。ルディが当時の組のことをよく知ってる人間に当たってみたんだけど、当時の蕗川はイケイケの若頭で、小さな組の鉄砲玉を知っていたとは思えないって。事件の後、波岡の名前くらいは知ったでしょうけど、それでも直接付き合いがあったとは思えないということだった」

「だったら、誰かに頼まれたんじゃないか？」

「誰によ？　引退したとはいえ、蕗川に使いを頼める人間なんて多くないわよ」

「金の出所は調べたんだろ？」

「もちろん。間違いなく、蕗川のポケットマネーだった」

「すると蕗川は、ほとんど面識のない男に大金を残し、その男の行く末まで案じていたってわけだな」

「あたしの想像だけど、蕗川は出所した波岡が命を狙われると知っていた。それも、古巣の八神会から……。だから、うちに頼んだのよ。あれだけの男だもの。組の中には、いまでも力を貸してくれそうな人間はいるはずなのに、その連中には頼めなかったんだわ」

　桂川は納得したように、頷《うなず》いた。

「分かった。服役中の記録はちょっと面倒だが、何とかしよう」

「――ところでサオリは？」

「秋葉原から消えた薬局の連中を捜している。自分の庭で荒稼ぎされたのが、よほど頭にきてるんだろう。とっつかまえてショバ代払わせてやるって、息巻いてる」

「気持ちは分かるけど、上司として、そろそろ庭を変えるように言ってやったら？　アキバはいい情報源だけど、もうキツい歳じゃないの」

「〝アキバ・アイドルブログ〟には、『サオリン、いつまでも、みんなのハートをきゅんきゅんしたいにゃ』とあったから、まだしばらくはあそこに集まるバカどものケツの毛までむしって、骨までしゃぶる気だ」

「あんた、まだあんなの見てるの⁉」

　ユリアは思わず桂川の涼しげな顔を見つめた。ローデンストックを外せば、実年齢より一〇は若く見える。

「FBも始めたらしい。スクール水着の写真に〝いいね！〟が六五八」

「よくねぇ」

思わずユリアは吐き捨てた。

2

サオリは秋葉原から忽然《こつぜん》と消えた薬局のルートを追っていた。

客の話から推察すると、かなりの量のドラッグを扱っていて、顧客も多かった。となれば、すぐにまたどこかで商売を始めるはずだ。

麻取《マトリ》や警察は盛大な手入れを行ったものの、たいした成果は得られなかったようだ。わずかなブツを押収し、何も知らないアルバイトを十数人逮捕しただけで、幹部には全員逃げられたというのだから、間抜けな話だ。どうやら事前に手入れの情報が漏れていたらしい。

サオリはあらゆるコネとツテを駆使して、薬局で定期的にドラッグを購入していた者を何人か見つけた。

その中の一人、澤辻零哉《さわつじれいや》という、名前からしてサオリのかんに障《さわ》る男は名家の三男坊で、脳味噌《のうみそ》も精力も根性も信念も信用もないが、資産と政治家や文化人の親戚《しんせき》は多いというクズだった。

要するに、危険ドラッグの常習者だと分かると、本人以上に周りが迷惑するという典型的なタイプ、薬局を経営している連中にとっては理想的な顧客だ。

零哉は中毒者たちの間ではかなり有名だった。どこの薬局でも顔パス、秘密ドラッグ・パーティの常連、電話一本でどんな薬でも取り寄せることができるとか。

取り巻きにちやほやされ、甘やかされて育った世間知らずだけに、騙《だま》して誘《おび》き出すのは簡単だった。ホテルの部屋に入り、ベッドに座っているサオリの姿を見たとたん、零哉は警戒するより満面の笑みを浮かべた。

ヴィクトリア調のくすんだピンクのミニ・ドレス、黒のコルセットとガーター・ベルト、いかさま博打《ばくち》で鈴木から巻き上げた金で買ったレトロな革の編み上げブーツ、ロール・ツインテールに黒のゴーグル、指無し手袋。

――秋葉原限定のローカル・アイドルと頭がぶっ飛ぶようなドラッグをキメて、朝まで乱交。

そんな誘い言葉を信じた零哉は、嬉《うれ》しそうに近づいて来た。

いちいち説明するのも面倒臭い。

サオリは笑顔で立ち上がり、それから思い切り拳《こぶし》で零哉を殴った。ちゃんと手袋の下はテーピングしてある。こんな柔な男を殴って、手に傷でも付けたら笑い者だ。

零哉は派手に後ろに尻餅《しりもち》をつき、頬《ほお》を押さえて何か言おうとした。すぐさまサオリはブーツの太い踵《かかと》で零哉の腰辺りを数回激しく蹴《け》りつけてから、思い切り股間《こかん》を踏みつけた。

「ぎゃぁぁ――!!」

零哉が変な声を上げた。

「叫《わめ》くな腐れホヤ!」

「ホ、ホヤ……?」

「あたしはホヤが嫌いなんだよ!」

サオリは零哉の股間に乗せた足をぐいぐいと回した。

零哉がまた奇妙な声を上げた。

「いくら叫いても防音だよ。てめぇが、声が外に漏れない部屋がいいって言うから、ここにしてやったんだ。有り難く思えよ」

「君……何なんだ……」

零哉はぼろぼろ涙を流し始めた。

「アキバ薬局の三上を知ってる？」

「し、知らない……」

「じゃ末広町の清原か花岡町の富田は？」

「き、清原さんは知ってるよ」

「いつもあいつから薬を？」

「そうだよ」

「いつ頃から？」

「二年くらい前から……」

「アキバの前はどこで？」

「渋谷で。その前は新宿。……頼むから、足をどけてくれ。すごく痛いんだ」

苦しそうに顔を歪《ゆが》め、零哉は濡《ぬ》れた目でサオリを見上げた。こういう顔をされると、ますますボコボコにしてやりたくなるのがサオリの性分だということを分かってないらしい。

さらに踵に体重を乗せる。柔らかい肉に踵がめり込んでいくのが分かる。

「あたしはね、ホヤの次に柔らかいペニスが嫌いなんだよ！」

「そ、そんな……」

「そんなに腐れ縁が続いてるなら、清原のこともよく知ってるでしょう?」

「し、知らないよ!」

零哉はすぐさま答えた。

「嘘吐《うそつ》け」

「本当だ。だって渋谷にいたときは藤井で新宿では松田って名乗ってた。本名すら知らないんだから……」

「偽名ばかりとは用心深いわね」

「そ、そうかな……。でも僕、免許証は見たことがある」

「免許証? 清原の?」

「そう。それ知り合ったばかりの頃《ころ》、松田のも……」

一瞬、サオリは頭が混乱した。

「二人は同じ人間なんでしょ? それで免許証の名前はちゃんと清原と松田だったのね」

「ああ。下の名前は同じだったから、本名かもしれない」

「インポのホヤのくせに、何まともなこと言ってんのよ」

サオリは少しだけ踵にかけた力を抜いた。

薬局があったテナントを調べたが、賃貸の契約書を始め、必要な書類はすべて完璧《かんぺき》だった。偽造ではなく、ちゃんと本物が揃《そろ》っていた。

――書類だけは本名で揃え、他は全部偽名を使っていたってこと？　そんなややこしいことを、一人ではなく複数の人間が揃ってできる？

「他には？　知ってることを全部吐かないと、部屋を出るときは玉無しだよ」

「ま、待って！　思い出すから待って！」

零哉は泣きながら懇願し、本気で何か思い出そうとしていた。しばらくして、下からサオリを見上げた。

「少し前に六本木のクラブで、ばったり清原に会ったんだ。そのとき、僕と同じくらいの男と一緒だった」

「その男も売人？」

「たぶんそうだと思う。清原はかなり酔っていて、僕に『坊ちゃん、今度俺たち兄弟になったんですよ』って紹介してくれた」

「兄弟……って姻戚、それとも盃を交わしたってこと？」

「そんなことまで知らないよ。僕も酔っていたし、適当に聞き流していたから」

「他には？」

「何も無いよ。だって客としての付き合いしかなかったんだ。プライベートなことは何も知らないんだ」

「じゃあ、仕事のことは？　薬の仕入れ先とか保管場所、集金係なんかは？」

「そんなこと知らない。ぜんぜん興味ないもの」

零哉は泣きながら訴えている。

嘘ではあるまい。この箱入りのバカ息子はドラッグにしか関心がないのだろう。サオリは呆《あき》れてため息を吐いた。

「ドラッグしか見てないのかよ……」

「だって、あそこはすごく品揃えが良かったんだよ。お香もクリーナーもラッシュも、新しい商品がすぐに入って来るんだ。デザイナーズ・ドラッグの種類はピカ一だったよ。それに、その気があれば純度一〇〇のシュガー・パウダーだって手に入れられるって、清原がそんな話をしてたのを聞いたことがある。日本ではまず手に入らないような上物だって」

「吹いてたんじゃないの？　純度一〇〇だなんて、日本で簡単に手に入るものじゃない。純度一〇〇と純度が高いものってのは、まったく違うのよ」

市場に出回っているヘロインには、割合の差こそあれ必ず混ぜものが含まれている。それをしなければ、大勢の仲介者は利益を得ることができないからだ。

本物の純度一〇〇パーセントのヘロインを体験したいなら、海外の法などあってないに等しい地域に行くしかない。

そして、東南アジアや中東の芥子《けし》畑に囲まれた掃き溜めのような場所で、経験したことのないような、混ざり物がいっさいない真の薬物の快感に溺《おぼ》れて廃人になっていく。それがシャブ中の末路だ。

「友達が試したんだ。正真正銘のピュア一〇〇、経験したことないようなぶっ飛び方で最高だったって興奮してた。パパの仕事でずっとアメリカで暮らしてて、いろんなドラッグを知ってる奴《やつ》がそこまで言うんだから、間違いないよ」

――もしその話が本当なら、清原のグループは、カクテル・ドラッグの原料になるヘロインの産地直送の独自のルートまで持っていたということになる。数人の売人グループでは、そんなことは出来ない。現地で質のいいブツを買い付け、安全に日本に運び込んで、加工したり、あるいはピュアな状態で各地の薬局で手際よく捌《さば》く。そんなことが出来るのは、かなり大きくて統制の取れた組織だけだ。寄せ集めの半グレには無理。そうなると候補は絞られる。

サオリはにやりと笑った。

やっと金の成る木の姿が見えてきたようだ。

3

竹田の居場所は簡単に割れた。

向ヶ丘遊園駅近くの小さなワンルームマンションで暮らしていて、そこから西池袋の関東一心会の会社に通い、忙しそうに何かやっている。

数日間張り込んだ結果、竹田がまたどこかの旅行会社の社長に納まる準備をしているようだというのは分かってきた。それを見ている限り、これといって不審な点はない。

慌てて逃げ出しておきながら、またすぐに同じ商売を始める準備をしているということは、よほど美味《おい》しいシノギなのだろう。

國は葛西の会社で会ったおばちゃんを小綺麗《こぎれい》な喫茶店に呼び出した。誘い水をかけたところ、二日前に竹田から電話があり、「近いうちにまた商売を始めるつもりだから、そのときはうちに来ないか?」という連絡があったことを認めた。

やはり慣れた社員は貴重なのだろう。

準備が整えば、新しい会社で古い社員と、同じ仕事を始めるということだ。

國はおばちゃんに謝礼を渡して、店から少し離れた場所に駐車していた車に向かった。

助手席に座ると、運転席の木村がJPSの箱を差し出した。

「喫茶店じゃ吸えなかっただろう」

「店内全席禁煙なんて冗談じゃない。役所も駅も野球場もダメ。酒場でしか吸えないなんて、不自由な世の中だな」

「酒場もそのうち吸えなくなるかもしれないぞ」

「マジかよ？」

「オリンピックまでに、日本中からニコチンを排除しようって連中がいるからな」

「そいつらたぶん、肺がんの発生率よりも、ストレスによる自殺の発生率を上げたい連中だ。自殺を推進する悪魔教の秘密結社に違いないな。だいたい、オリンピックというドーピング成果発表会のためにニコチンやタールを規制するなんて、本末転倒だぜ。健康への影響なら、ドーピングの方が遥《はる》かに危険じゃないか」

「喫煙者の主張なら他でやれ。——何か分かったか？」

木村が火を差し出した。

話をする前に、國は煙草《たばこ》に火を点《つ》け、煙を深々と吸い込んだ。

「予想通り。竹田は近いうちにまた商売を始める」

「やけに早いな。普通はもうちょっと時間を置くものだろう」

「それが置けない事情があるんだろう。おばちゃんの話だと、竹田は会社名義で海外に口座を持っていて、そこに会社の経理を通さない金を入れていたらしい。つまり、それだけ儲《もう》かっていた。——どう思う？」

國は煙草を銜《くわ》えたまま、助手席のシートを倒して木村を見た。

木村はハンドルにもたれかかって何か考えていたが、しばらくして口を開いた。

「國、川崎のよつばトラベルに行ったとき、副社長の横井が言ったこと憶えてるか？」

「竹田が中央アジアから人を運んでるって話だろ」

「それもだが、あそこの社員が葛西の会社に寄ったときのことだ」

「会社の前に高級車が停まっていたとか……」

「そうだ。そして客と竹田が、ＨＳＢＣがどうしたとかっていう内緒話をしていた」

「そういや、そんなことを言ってたな。ＨＳＢＣ、香港上海銀行か……」

そこまで言ったとき、國はピンときた。「——マネーロンダリングってわけか」

「そうだ。FBIやICPOが国境を越えた犯罪資金の流れに厳しく目を光らせるようになったいま、タックスヘイブンはヘブンじゃなくなったと言われている。そんな中で、汚れた金の出入りにもっとも甘いのはHSBCだ。『中国政府の庇護《ひご》下で世界中の脱税資金が香港に集まる』とまで言われてるほどだ」

「でも、あそこを使うほどとなれば、かなりの額のはずだろう。数千万なんて単位じゃない。間違いなく数億、あるいはそれ以上だ。いくら繁盛してると言っても、あんな小さな入国斡旋《あっせん》業者が、留学生や研修生を運んでそれだけ稼げるとは思えない」

「——中央アジアさ」

木村が低い声で呟《つぶや》いた。

「どういうこと？」

「先週、仕事で『安甲』会長の前川に会った」

前川は木村が担当しているシルバー・オクトパシーの顧客で、安甲は神戸に本部を置く広域指定暴力団のフロント企業だ。

関西を中心に、金融業、運送業、風俗、飲食、美容業など一〇以上のグループ会社を所有している。

「それで？」

「あそこが関東進出を目論《もくろ》んでるのは知ってるだろう」

「知ってる何も、関東進出は、関西の連中にとっては長年の夢だからね。戦争が終わってからずっと年中そんなこと言ってるじゃないか」

「そうだ。だが表向きは堅気でも、安甲の背後に関西の組がいるのは周知のことだから、関東が黙っていない。ヤクザってのはメンツの次に大切なのはシマ、命はその次って人種だからな」

「それと竹田が関係あるの？」

「あるかもしれない。前川は『最近、関東の組が息を吹き返している。ネタ元は〝薬物〟だ』と話していたんだ」

「ふうん……でも、〝薬物〟が暴力団の収入源になったのは、かなり前からだぜ」

「ところが原料については以前は黄金の三角地帯から、あるいは北朝鮮からだったが、最近はアフガニスタンやイランから中央アジアを経由して入るブツが主流になってるらしい」

「確かにイランとアフガニスタンは世界最大の芥子の産地だから不思議はないけど……な」

「カザフスタンやウズベキスタンといった中央アジアの国々はアフガニスタンと隣接しているが、国境警備は超脆弱《ちょうぜいじゃく》と言われている。中央アジア五カ国間の国境管理能力もかなり低いそうだ。要するに国境なんて、あって無きようなもので、アフガニスタンから麻薬、武器、テロリストが規制のない状態で中央アジアに流入することが大きな問題になっているそうだ。ところが、ソ連崩壊後の中央アジアでは、欧米やアジアとの交流が急速に活発化している。前川と会ったあと、気になって調べてみたが、日本政府も留学生や技術研修生を毎年受け入れていて、その数は年々増えている。それもかなり受け入れ基準が甘い。アフガニスタンの麻薬、武器は、中央アジアを経由して世界に輸出されてるって話だ。もちろん、日本にだってかなり入って来ているはずだ」

「すると、竹田がそれに一枚噛《か》んでいたってこと？」

「そう考えれば辻褄《つじつま》が合うだろう。人だけ運んで得られる額は知れてるが、一緒に麻薬や武器を運んで来れば、何十倍何百倍って額になる。日本の場合武器の持ち込みは大変だが、薬物ならかさも小さいし、いくらでも形を変えられる。しかも、四方を海に囲まれた島国だ。ルートはいくつでも作れる」

「ちきしょう……。そんないいシノギを持っていながら、うちに安料金で完璧に近い偽造書類を作らせてたなんて、許せないな」

「その通り。いままでの分もまとめて追加料金を請求してもバチは当たるまい」

木村はそう言うと車のエンジンをかけた。

4

波岡は、本人が言ったように模範囚だったようだ。旭川刑務所にいた一〇年の間、一度も懲罰がなく、長期刑の受刑者らしく、問題を起こさずじょうずに立ち回っていたようだ。最後の四年は夏場の屋外作業班の班長もやっていたというから、刑務官からも信頼されていたのだろう。

旭川刑務所にいた間、面会に来たのは二人だけ。一人は元青流会組員の矢板勝郎という男で、襲撃事件の際に波岡と一緒に逮捕され、六年の実刑を食らった。出所後しばらくして、足を洗うと決め、兄貴分だった波岡へ挨拶《あいさつ》に来たということだった。

それから矢板は結婚して家庭を持ち、二年ほど神奈川の建設会社で働いていたそうだが、その後、消息が途絶えた。

当時の同僚の話では、なかなか職場に馴染《なじ》めず、博打《ばくち》好きもたたって借金は増える一方、妻とも諍《いさか》いが絶えず、ある日ふっと姿を消したということだった。元妻から捜索願いも出されていた。

その頃、矢板は闇金《やみきん》からかなり厳しい追い込みをかけられていて、それで姿を消したのだろうというのが大方の見方だった。

「――本当に、それっきり矢板から連絡はないの？」

ユリアは書類から目を離し、正面に座っているルディの顔を見た。

「元女房はそう言ってた。亭主の残した借金のせいで酷《ひど》い目に遭った、連絡なんかして来たら、すぐに闇金に教えてやるって鬼の形相だ。嘘を言ってるとは思えない」

「相変わらず、女の口を割らせるのはうまいわね」

「それがなぁ……」

ルディは小さなため息を吐いた。「最近は口を割らせるまで時間がかかるようになった」

「歳でしょう。毎朝生卵飲んで、夜はすっぽんを頭から食って、米俵に打ち込んで鍛えな。あんたの取り柄は、人より丈夫なペニスだけ。それが使えなくなったら、空気の抜けたダッチワイフと同じよ」

「長い付き合いなのに冷たいな。俺のペニスを、ゆりかごから墓場まで見届けたいとは思わないか?」

「あたしが見たいのは、若鯉《わかごい》みたいにぴちぴちした活きのいいペニスだけよ。——矢板は、本当に足を洗う挨拶のためだけに面会に来たってこと?」

「そのようだ。さすがに、自分だけが先に堅気になるのが後ろめたくて、波岡にだけは挨拶をしておかないと、と思ったんだろう。事件のとき、波岡は一人で事務所に乗り込み、舎弟の矢板は外の車に待たせていた。おかげで、矢板は六年ですんだんだ」

「それで自分は控訴しないで一六年か。あのバカらしいわ」

ユリアは微笑《ほほえ》んだ。

「青流会の組長はすぐさま解散声明を出して、一番最初に堅気になったっていうのにな。貧乏くじを引いたのは、波岡一人ってわけだ」

「もう一人の面会者は『西東京法律事務所』の弁護士、柏木正敏。計三回で、最後の面会は波岡が出所する三カ月前」

「ちょっと待て。いま柏木って言ったな」

ルディは机越しに身を乗り出し、ユリアの手許《てもと》の書類を覗《のぞ》いた。

「そう」

「女房の翔子が言ってた、蕗川の弁護士じゃないか。そうか……二人を繋《つな》いでいたのは柏木だったのか。ひょっとして、裁判のときも柏木だったのか？」

ユリアはパソコンのマウスに手を伸ばした。

蕗川に依頼されてから、波岡に関するあらゆるデータは集めてあった。その中には、もちろん裁判の記録もある。

「違う。裁判のときは青流会の顧問弁護士。でも、この先生は三年前に死んでる。波岡は控訴《こうそ》せず組も解散したから、その後は何の関係もなかったんじゃないの。おそらく柏木は、蕗川の依頼で波岡に面会に行ったんでしょう。西東京法律事務所だけど、裏社会との関わりはないみたい。柏木もとりたてて悪い評判はなく、実績は中堅といった感じのごく平均的な弁護士よ。蕗川は堅気になったときに、組の息がかかった弁護士とは手を切ったんだと思う」

「面会の目的は……と言っても、弁護士は守秘義務があるから、そう簡単には口を割らないだろうな。まして、そんなまともな弁護士相手に、うちのＳＭ地獄責め女看守は使えないし」

「そんなことしたら、すぐに営業停止よ。何を話したかは不明だけど、どうやら二人の間に即席の友情が生まれたらしい。その後、波岡はほぼ月に一度のペースで柏木の事務所に〝着信発信〟してるもの」

「着信発信って、柏木と文通でも始めたのか？」

ルディが不思議そうな顔をした。

「そのようね」

「恋文か？　検閲があるんだから、当然中身は分かるよな」

「中身は写経」

「写経？」

「そう。波岡はムショで、自分が殺した人間への供養だと言って、写経を始めた。それを被害者縁《ゆかり》の寺に納めてもらいたいと柏木に頼み、柏木も引き受けた——刑務官への説明はそうなってる。そういう事情ならと許可が下りた。受刑者の被害者に対する反省や謝罪というのは、施設側の実績でもあるから、反対する理由はないでしょう。もちろん、ちゃんと検閲済みの〝桜判〟を押してるんだから、中身には何の問題もなかった、ただの写経だということよ」

「妙な一致だな……」

ルディは何か考え込んでいる。

「何が？」

ルディは立ち上がり、鈴木の机に置いてあったノートパソコンを開いた。

「この間、西池袋の関東一心会の幽霊会社に潜り込んだんだが、そのとき、事務所で妙なものを見つけた。それがどう見ても写経だった」

「盗んでくれればよかったのに。下半身が役に立たないなら、せめて頭を使え」

「多少は使った。仕舞ってあった棚は片付いていて、埃《ほこり》も付いていなかった。頻繁に開け閉めしてるってことだから、持ち出せばすぐにバレる。いまの段階で、誰かがあそこを調べていることが分かるのは、國たちにとって有り難くないだろう。達郎に写真を撮らせたんだが、それがここにあるはず……」

少しして、ルディはノートパソコンをユリアの前に置いた。

びっしりと漢字が並んだ紙ばかりが何枚も写っている。

経に詳しいわけではないが、そこに写っているものはどう見ても写経にしか見えない。

「ホントだわ。えらく場違いな物が……いったい誰が写したんだろう。それに、けっこうな量あるじゃない」

「ヤクザの間で写経が流行《はや》ってるって噂《うわさ》も聞かないが……」

「ヤクザが坊主の手を煩《わずら》わせるのも悪いと思ったんじゃないの」

軽口を叩きながらも、ユリアはしばらくその画像を見ていた。

もしかしたら、これは波岡が写したものかも……いや、それにしては多い。

刑務所では、受刑者から外へ出す手紙は、便せんで数枚までと決まっている。過去には、二重封筒の内側に別の手紙を隠したり、暗号や外国語、果汁のあぶり出しまで使って、外部に刑務官には言えないことを伝えようとした受刑者が数多くいたそうで、どこの刑務所でも中から外への発信には、厳しい規制と検閲がある。

波岡が毎月、許可された最大枚数を送っていたとしても、その数は限られるはずだ。

ユリアの頭に、最後に蕗川に会ったときの言葉が浮かんだ。預かったバッグの中には、「金と経」が入っていると言っていた。何気なく言った言葉に聞こえたので聞き流していたが、わざわざ「経」を加えたのは、いまにして思えば何か含みがあったのかもしれない。

「――ところで、波岡は途中でムショを替わってるんだな」

「そうなの。これ見て、驚いたわ。そう言えば、喋っているときに何となく違和感はあったんだけど、まったく気にしてなかった。いまから思うと、前のムショのことは話題にしたくなかったのかもしれない。旭川のことはけっこう喋ってくれたのに、その前のことはおくびにも出さなかったから」

「前は西部四国刑務所か。そこでの記録はないのか？」

「チーフ！」

ユリアは奥の個室にいる桂川に向かって叫んだ。すぐに桂川が出て来て、質問する前にこれ以上ないくらい分かりやすく答えた。

「西部四国は無理だ」

「どうして？」

「あそこはまだ、受刑者虐待疑惑に関する訴訟の真っ最中で、いくら裏から手を回しても、受刑者に関する情報はいっさい出さない。不利な証拠になるのを恐れているんだろう」

「そういえば、昔そんな話もあったような……。でも、あれって一〇年以上も前のことじゃなかった？」

「報道されてないだけで、実はまだ延々と、わずかな歩み寄りもないまま、怨恨《えんこん》と利害関係と国家権力の体面を引きずったまま続いているらしい」

桂川はそう言って、ユリアの机に「持ち出し禁止」と判の押された別の書類を置いた

「これは？」

「NPO法人『犯罪者人権センター』の報告書だ。西部四国刑務所の悪名を世間に

轟《とどろ》かせたのが、その団体だ」

ユリアは報告書をめくった。

一二年前、四国にある西部四国刑務所で、刑務官が受刑者を死亡させるという事件が起きた。

管理者の説明は、作業所で暴れ出した受刑者を刑務官が放水によって止めようとして起きたということだった。しかし、その措置を巡っては当初から疑念が持たれていた。

それからしばらくして、刑務官の処分に不満を持った受刑者八〇名あまりが、施設内での医師および職員による受刑者への日常的な厭《いや》がらせ、暴行、性的虐待を集団告発した。

さらに、体調を崩した服役者に対して充分な薬を与えない、治療しない、診察拒否等の厭がらせを日常的に行っていた医療スタッフも告発された。

「――これが本当なら、かなり酷い話ね」

ユリアは呆れて舌打ちをした。

「当初施設は、一部の刑務官の行き過ぎた行動に目が届かなかったと釈明し、二人の刑務官を処分しただけで、ことを終わらせようとした。だが、受刑者と彼らの支援者たちは、現場のやっていたことを所長が知らなかったはずはない、組織ぐるみで行っていたことだと反論した」

「それで？」

「弁護士と支援団体は、県警に告発し、法務大臣にも直接訴えたが直接面会はできなかった。さらに県警の捜査の方ものらりくらり。身内のことだからまったく進展しない。警察は信用できないと判断して、支援者たちはこの件をマスコミに告発し、生放送の報道番組内で公開告発した。——憶えてないか？」

「ない」

ユリアはあっさり言ったが、ルディは思い出したのか「そういえばあったな、そんな番組が」と呟いた。

「——俺の記憶では、スクープには違いないが、世間の反応はいまひとつだったはずだ。児童福祉施設や老人介護施設で同じことが行われていたらもっと大騒ぎだったろうが、よりにもよって悪名高き西部四国だったからな」

「そんなに酷いの？」

桂川は、ローデンストックの奥の涼しげな目を細めて、優しく言った。

「西部四国刑務所、略して四刑、つまり死刑に引っかけて〝西の死刑所〟と呼んでる連中もいるそうだ。何しろ、八〇〇人以上いる服役者のほぼ全員が終身、一〇年以上の長期刑となれば、あながち大袈裟《おおげさ》でもないだろう。こんなことは無意味だが、虐待されていた数と、彼らが殺した数を比べる者もいた」

「罪なき大衆は残酷ね」

ユリアは小さなため息を吐いた。

「警察も法務局もこの件の捜査には消極的だった。そこで支援者たちは独自に調査したことを、積極的にマスコミに流し始めた。複数の有名週刊誌や大手新聞が取材に動き出し、特集記事で取り上げるに至って、さすがにうやむやに済ませることは難しいと感じた刑務所側は、ついに内部調査の実施を発表した。結果的には、それがますます事態をややこしくすることになった」

「どうして？」

「内部調査ってのが、自分たちの落ち度を調査するんじゃなくて、どこの誰がマスコミに情報を流しているかを調査するものだったから……そうだろ、チーフ？」

ルディの言葉に桂川は頷いた。

「まさにその通り。〝死刑所〟では密かに支援者グループと繋がっているとおぼしき者を特定し、その連中を他と引き離す手段に出た。独居房に隔離したり、極秘で他の刑務所に移送を検討し始めた。ところが、そのことに気がついた受刑者たちは所内で暴動を起こし、日頃から恨み辛《つら》みが溜《た》まっていた刑務官数名を袋叩きにした」

「それなら憶えてる。かなりニュースで流れていたもの。でも、その後どうなったのかは、ぜんぜん流れてなかったわね」

さすがにユリアも思い出した。

「どうにもなってない。刑務所側は『内部調査継続中』と発表しただけだ。マスコミや支援団体に通じていた者、暴動に深く関与していた者は他の刑務所に移し、施設側の関係者はみんな、異動となった。それから数年間の間に、ほぼ全員が退職しているが、すべて依願で懲戒免職はいない」

「裁判でシロクロつく前に、きっちり退職金が支払われたってわけか」

「まさか、波岡もそれで旭川に移送されたの？」

「さあね。それは分からない。さっきも言ったように、刑務所から情報を引き出すのは無理だ。その後、受刑者とその親族から、刑務所長を筆頭に関係者数名が、特別公務員暴行陵《りょうぎゃく》虐致傷の容疑で地検に刑事告訴された。他にも、受刑者への虐待や面会の権利の侵害で、いくつかの訴訟を起こされている」

「それで？」

「刑務所長と関係者への告訴については、地検は不起訴処分としたが、受刑者と親族の代理人が、検察審査会に審査申し立てを行った。最初の告発から一〇年以上も経ったいまも、ぐだぐだの争いが続いている。何しろ密室で起こった事件で、当事者はどちらも自分たちに有利なことしか言わない。しかも被害者側は、裁判で真実を述べたことのない連中ばかりとなれば、真相など永久に分かるはずもない。他の訴訟も似たようなものだ。刑務所側にしてみれば一刻も早く終わらせて忘れたいのに、当時の受刑者に関する情報を教えてくれるわけがないだろう？」

俺ができることは全部してやったんだ。

これ以上のことが知りたいと言うなら、あとは自分で調べろ。

桂川の顔にそう書いてあるのが、ユリアにははっきりと見えた。

5

ルディが目星を付けたのは、『西東京法律事務所』で働く三四歳の女性事務員だった。

まともな弁護士なら口は固いし、警戒もする。直接当たっても無駄だということは、これまでの経験で知っていた。

事務所で一番古株の弁護士の遠縁に当たるというその女は、いかにも育ちの良さそうな、そして男にはもてそうにないタイプだった。

事務所の外で女を待ち伏せ、声をかける。

女は好奇心と警戒心が入り交じった目でルディを見る。

こういう女には、考える時間を与えないのが大切だ。考える前に、思い込ませる。それさえ出来れば、あとは簡単。

ルディはドイツとイタリアの血が色濃く滲《にじ》む容姿を最大限に生かし、流暢《りゅうちょう》な日本語で、しかし、どこか恥ずかしげに切り出した。

――あなた、『西東京法律事務所』の方でしょう？　実は僕、あることを相談できる弁護士さんを捜していて……。それで下調べをしているんです。例えば……その……料金とか、どんな方がいて、どんな質問をされるのかとか……。言いにくいんですけど、女性関係のトラブルで……。あの、少しでいいですからお時間ありますか。近くでお茶でも飲みませんか？

女は少しも疑わず、誘いに応じた。

近くの喫茶店に一緒に入り、笑顔を絶やさず、実に親切丁寧に、そして優しく「ぜひ、うちの事務所に相談して下さい。経験豊富な先生ばかりですから安心ですわ」と勧めてくれた。

「ありがとうございます。ああ、良かった。何て優しくて親切なんだろう。聞いていた通りだ」

「あら、どなたかの紹介ですか？」

「ええ。蕗川さんという方です。先日お亡くなりになったんですが、生前、何か困ったことがあったらそちらの事務所に相談するといい、とてもいい弁護士がいると話しておられました」

「蕗川さん……？」

ピンとこないようだ。

ルディはティーカップを持とうとした女の手をそっと握った。

「大きな声では言えませんが、実はその方の身内が罪を犯して、そちらの事務所の先生にはとてもお世話になったんです。彼は刑務所に行くことになりましたが、みなさんの気持ちが通じて更生を誓い、毎月、刑務所から先生に手紙を送ってくるほどになったとか。確か、柏木弁護士とか……。蕗川さんは、それはもう感謝しておられました」

「もしかして、北海道から毎月届いていた……」

「そうです！」

ルディは女の手を握った指先に力を込めた。

「感謝だなんて……仕事ですから。それに、届いたらすぐに転送するだけですから、どうってことありません」

——そうか、そういうことか。

ルディは、はっとした。

波岡は柏木と文通していたわけではなく、局留めの代わりに利用していただけだ。

受刑者が外に郵便を出すとき、受け取る側への配慮から、局留めを利用する場合も多い。刑務所から手紙が届くことを隠しておきたい者も多いからだ。

だが、波岡にはそんな身内はいないはずだ。

「どちらへ転送されてたんでしたっけ？」

ルディは飛びきり甘い笑みを浮かべた。

「木更津の事務所ですよ。自宅に刑務所からの手紙が届くのは体裁が悪いから、そっちに送ってくれってことでしたから」

「ああ、そうでした。やはり近所には知られたくないですからね。親身になって相談に乗って下さるという噂は本当でした」

女は頬を赤らめている。

ルディはそっと握った手を離した。

――何がムショボケだ。俺たちを騙すとは、波岡の奴、たいした狸《たぬき》じゃないか。

帰りのタクシーの中で、思わずルディは舌打ちした。

すっかり組とは手が切れたような顔をしてたが、実はその逆の可能性が高くなってきた。一六年も服役していながら、その間もずっと組と繋がっていたのかもしれない。

木更津の事務所というのは、おそらく総国会のことだろう。西池袋の会社は関東一心会。どちらも八神会の手足だ。これらはみんな、どこかで波岡と繋がっているはずだ。

鈴木の調べでは、西池袋の会社は服役者の家族のためのものだ。もし木更津も同じだとしたら……。

――とすれば、ここまではそう悪い話でもないじゃないか。

ルディはそう思った。

ヤクザといえども人間だ。

暴力団と呼ばれ世間から疎《うと》まれているが、かつて存在した〝俠《おとこ》〟たちは、〝盃〟で結ばれた疑似家族にも似た組織に異常なほど忠実だった。

法の目をかいくぐってまで服役者の家族に金を送ってやるのは、ある意味、美談だ。

だが……。

——それならなぜ、波岡を消す必要があるんだ？　しかも、心底殺してやりたいと思っているなら、出所後即座に鉄砲玉を飛ばせばいい。チャンスはいくらでもあったんだ。ところが連中は、こざかしい小芝居で蕗川の娘を騙し、ど素人の鉄砲玉を飛ばした。何が何でも、波岡とは関係ないという立場を貫きたいに違いない。組とは無関係なところで、波岡に死んで欲しいんだ。

それに……。

次に頭に浮かんだ疑問は、自分自身への問いかけだった。

——社会から完全に抹殺されようとしてる連中に、真の美談なんてあるのか？　息絶え絶えの獣がやることと言えば、静かに死ぬか、恥も外聞もかなぐり捨てて、最後の力を振り絞って手段を選ばず生き残るか……そのどちらかしかないだろう。

6

種田は、ちょっと前まで警視庁組織犯罪対策第五課に勤務の、いわゆる〝マル暴の刑事《デカ》さん〟だった。昨年、わけあって表向きは依願退職という形で、楽しい公務員生活に別れを告げた。

現在無職。

風俗嬢に寄生している、極右系政治団体から小遣いを貰ってる、昔の上司を強請《ゆす》っている、外国人マフィアの上前を撥《は》ねている、いろいろ噂があるが、たぶん全部本当だ。

だが、評判の悪さと同じだけ、マル暴の刑事としては非常に優秀だったのも事実だ。

「──狙いは牝馬戦《ひんばせん》?」

國はホット・チューハイを差し出しながら訊いた。

天気はいいが気温は低い土曜日。

東京ドーム近くのWINS前は人でごった返している。種田は少し離れたコンコースの花壇に腰掛け、ロングのダウンコートにマフラーという姿で競馬新聞を広げていた。

ちらりと國を見てから、ホット・チューハイを受け取った。

「――あんたか」

「元気？」

「まあな。そっちはどうだ？　商売は繁盛してるのか」

「まあまあかな」

「用件は？」

「違法薬物の現状について、専門家のご意見を伺いたくて」

「元、専門家だ」

「いまもけっこう専門家だと聞いてるよ。もっとも前とは立場が逆だって話だけど」

「仕事が変われば立場も変わる。レースが始まるから、手短に頼む」

「最近、八神会が薬物で稼いでると耳にしたんだけど、本当？」

「最近じゃない。ずっと前からだ。八神会に限らず、ほとんどの組が手を出してるよ。高校生が危険ドラッグにハマる時代だ。少しの金があれば試すことが出来るんだからな」

「特に新しいルートを開拓して、羽振りよくやってるとか」

「新ルート？」

國は種田の隣に腰を下ろし、耳元で囁《ささや》いた。

「中央アジア直通便。ピュアな上物」

「あれか……。相変わらずタコは目敏《めざと》いな。でも、言うほど新しくはないんだぜ」

「すると前から？」

「ああ。だけど、量はそれほど多くなかった。個人の持ち込みに毛が生えた程度だったが、この数年間で大幅に増えたらしい」

「いい輸送方法が見つかったってことか」

「そうだろう」

「やけにあっさり言うけど、もしかしてうちが知らないだけで、八神会の中央アジアルートは有名だったの？」

「そうでもないが、組織犯罪対策課は把握していた。兼岩は昔、あっちに数年間いたからな。タジキスタンだったかウズベキスタンだったか……」

「ちょっと待って。兼岩って、八神会の理事長の兼岩のこと？」

思いがけない名が出て、一瞬國は戸惑った。

「他に誰がいる。その兼岩だよ。昔は若頭なんて呼んでいたが、いまは理事長や副理事長、専務までいる。ヤクザ色を消したいんだろう」

「そんな男がどうして……」

「まだ二十代の頃につまらねぇ傷害事件を起こして、それであっちにガラを交わしてって話だ」

「それなら、何も砂漠の途上国でなくてもフィリピンとかタイとか」

「遠縁を頼って行ったんだ。あそこまで逃げれば、警察の目も届かないと思ったんだろうな」

「あんなとこに親戚がいるの？」

種田は小さく笑った。

「兼岩は在日だ。地元は足立区興野《おきの》で、父親は朝鮮総連足立支部の幹部だった」

「在日……ああ、それであっちに親戚がいるのか」

やっと腑《ふ》に落ちた。

日本には五〇万人以上の在日朝鮮人がいるが、タジキスタンやウズベキスタンを中心に中央アジアにも同じくらいの数の朝鮮人がいると言われている。

李氏《りし》朝鮮消滅後にロシアに逃れた朝鮮人は、戦後、スターリンの民族移植政策によって、中央アジアのタジキスタン、ウズベキスタンに強制連行された。その子孫たちだ。

　昔はともかく、ソ連崩壊後、政治経済ともに西側との交流が活発になったいまでは、中央アジアの朝鮮人たちは韓国や日本との貿易の仲介役として重宝されていて、中流あるいはそれ以上の暮らし向きの者が急増していると聞いたことがある。

「四、五年いたらしいから、人脈を作るには充分な時間だ」

「確かに」

「若い衆の一人だった当時と違い、いまでは兼岩も大幹部の一人だ。いまの幹部は、資金調達能力がすべてだ。度胸や腕っぷしがあっても、金を集められない奴は出世しない。兼岩は理事長の中で一番若い。ということは、それだけ資金調達能力があるということだ」

「すると、兼岩のスピード出世はドラッグ・マネーのおかげか」

「間違いない。しかも八神会の組長はいま服役中で、シャバに出て来るのは二年後だ。組長不在の間、実権を握っているのは理事会で、その中でも兼岩は、金庫番と呼ばれるほどの実力者だ。五代目も出所する頃には七〇歳だ。出所してきたら、おそらく六代目を誰にするかを一番に論じることになるんじゃないかな」

「兼岩が六代目になる可能性は？」

「なくはないが、五代目はあまり好いてないという噂だ。ああいう昔風のヤクザは、兼岩みたいに堂々と薬を扱うタイプは好きになれないんだろう。社会のゴミみたいな連中でも、組織の頂点に立つ人間には人望が必要らしいぜ」

「面倒臭い連中だな」

「半グレや外国人マフィアと違って、そこがあいつらの可愛《かわい》いところさ。第五課は、木更津の総国会が八神会のドラッグ担当と睨んでいた。と言うのも、総国会は、兼岩の出身母体だからな」

國の頭の中で、いくつかのパズルのピースがぴたりとはまった。

そういう事情なら、自分には直接関係ない事件でも竹田が慌てて姿を隠したのも納得できる。

ポッキーなんてあだ名の会ったこともないベトナム人研修生崩れのために、組の大事なシノギを犠牲にはできまい。

「――参考になったよ。これ、牝馬の餌代《えさだい》にして」

コートのポケットから封筒を出すと、種田はすぐさま受け取った。

「薄いな」

「相場だろ」

「腹黒い亡八どものことだ。吸盤の付いた足を広げて八神会のシノギに絡みたいと考えてるんだろうが、一つだけ忠告しておいてやる」

「どんな？」

「いまの八神会を昔の八神会だと思うな」

「どういう意味？」

「昔の八神会は暴力団、任俠《にんきょう》団体、極道だったが、いまは策謀団、地下経済団体、違法ビジネス・サラリーマンさ」

種田はそう言うと、チューハイを飲みながらレースの予想に戻った。

7

西部四国刑務所で波岡と同じ時期に服役していて、すでに出所した者を捜すのは大変だった。

何しろ入る者より、出て行く人間の方が少ないと言われるほどの場所だ。しかも長期刑の受刑者ばかり。無事満期出所しても、身内が温かく迎えてくれる者は少なく、行き場がない者も多い。出所後、しばらくすると行き方知れずになる者も多いという。

八方手を尽くし、やっと二年ほど前に出所して、いまは東北で除染作業員をしている宮原を見つけ出した。

この日木村は、こざっぱりした安物のスーツに紺色のコートを羽織り、髪をきちんと七三に分けて、黒縁の眼鏡をかけて福島に出向いた。

本来ならユリアかルディの仕事だが、あの二人の、日本人とはほど遠い目立つ容姿で無駄に派手な存在感では、相手の不信感を煽《あお》るだけだ。

サオリは問題外だし、鈴木に至っては数にも入っていない。結局、外面だけなら人畜無害の日本人に見える木村か國しかおらず、じゃんけんに負けた木村が出張することになった。

東京駅から新幹線で郡山駅へ、そこからタクシーで宮原との待ち合わせ場所である店に向かった。

東京よりもずっと寒く、ちらほら雪が舞っている。

政府は復興は進んでいると説明している。

確かに、一時期に比べればマシかもしれないが、かつての活気にはまだほど遠いようだ。

それでも駅の売店には若い売り子がいて、みじんの暗さもない笑顔で対応しているし、明らかに商談のためにやって来たらしきサラリーマンの姿も数多く見受けられた。

景気が良かろうが悪かろうが、前に進むしかない。町全体から、そんな覚悟が感じられた。木村がタクシーを下りるとき、運転手はことさら元気な声で、「お気を付けて。またどうぞ」と言った。

宮原が選んだのは、小さな飲み屋が並んだ路地にある古いスナックだった。といっても午後のこの時間は、喫茶店として営業しているようだ。

店には建設現場の作業員ふうの男の客が四人いた。幸い、ここにはまだ悪の秘密結社ニコチン撲滅同盟の手は伸びていないらしく、店内には煙草の煙が充満していた。

壁際のテーブル席に、グレーの作業服を着た男が一人で座っている。木村は男に近寄った。

「宮原さんですね。電話でお話しした、犯罪者人権センターの木村です」

宮原は慌てて唇の前に、人差し指を立て「しー」と言った。

「こっちでは、その名前で呼ぶな」

「すみません。確か、田村さんでしたね」

木村は正面に座り、声を落として訊いた。

「そうだ。別れた女房の旧姓を借りてるんだ」

宮原は小さな声で言った。「――それより、あんた本当にシゲさんの紹介なんだな？」

「本当です」

木村は携帯電話を出し、大久保の店で撮った波岡の写真を見せた。ユリアが撮ったもので、大久保の居酒屋の従業員と一緒に写っている集合写真だ。

宮原は食い入るように見ていたが、感極まったように言った。

「ホントだ……シゲさんじゃないか。出て来てんだ。元気そうじゃないか。ここで働いてるのか？」

「ええ」

「よく雇って貰えたな。もちろん、内緒なんだろ？」

「いいえ、事情はご存知です。こちらの店は協力雇用主ですから」

宮原を目を丸くして木村を見た。

「シゲさん、ラッキーだな。羨ましいよ……」

心の奥から絞り出したような声だった。

無理もない。

前科がある者にとって、就職は至難の業だ。出所者が世間の冷たさを一番感じるときだとも言われている。

刑務所には就職支援官がいるが、彼らのアドバイスが役に立ったという話は聞いたことがないし、出所者が最初に出向く保護観察所も就職先は探してくれない。

蕗川に波岡のことを依頼されたとき、ユリアはまず仕事を探した。幸い、ロンがいいツテを持っていたので何とかなった。

前科者の店主が自分と同じような苦労をしている人間たちに救いの手を差し伸べる……と言えば聞こえはいいが、店主とて、まったくの善意から前科者を雇用しているわけではない。

犯罪者の更生支援のために、いまは協力雇用主には政府から補助金が出る。

「波岡さんとは西部四国で一緒だったとか」

「シゲさんが余所に移るまでの三年ほどかな」

「移されたのは、やはり暴動が原因だったんですか？」

「他にないだろう。シゲさんは、ちゃんとした服役囚だったんだから」

ちゃんとした服役囚というのも妙な感じだが、言わんとしていることは伝わった。

「ちゃんとした人がなぜ暴動に参加をしたんですか？」

「あれは、刑務官が悪いんだよ」

宮原は憎々しげに顔を歪めた。

「虐待のことですね？」

「そうだ。あいつら、ずっと前から日常的に囚人をいたぶっていやがった。俺たちも臑《すね》に傷がある身だし、多少のことなら我慢する。だけど、あいつらの陰湿さは異常だった。ただ殴る蹴《け》るだけじゃなくて、執拗《しつよう》に性的な厭《いや》がらせをくり返した。シゲさんは、いたぶられてる連中をいつも庇《かば》っていた。何とかしてやりたいと頑張ってたけど、あんな場所じゃどうにもならない」

「波岡さんも刑務官から暴行を受けていたんですか？」

「まさか」

宮原は驚いた顔で木村を見た。「――あんな卑怯《ひきょう》な連中に、そんなことができるわけがないだろう」

「どういう意味ですか？」

「クソ刑務官どもがいたぶっていたのは、終身刑か、それに近い長期刑の高齢者やシャバに身寄りのない者ばっかりだった。身内がいれば、身内が騒ぎ出す可能性があるからな。シゲさんみたいに、でっかい組の息がかかった者は、むしろ避けてたくらいだ。武闘派と呼ばれる組は、刑務官の家から家族、子供、親兄弟までみんな把握してる。刑務官の中には、組の連中から直接『あいつのこと、よろしくお願いします』なんて、頼まれてる奴だっているんだぜ」

「そう言われると、迂闊なことはできませんね」

「そういうこと。それにあそこに入れられるような連中は、どうして自分がここに来たのかってことは、ちゃんと分かってるんだ。口には出さないけどな……。だから、スジの通った懲罰だったら文句は言わないし、報復も考えない。だけど、〝死刑所〟の奴らがやってたことは違う。俺たちと同じか、それ以下のクズのやることだ。組の身内にあんなことをやってみろ、外の者が黙ってない」

「すると、みなさん波岡さんの後ろには組がいると、知ってたんですね？」

「もちろんさ」

宮原は、当たり前だろうという顔をした。

「波岡さん自身がそういう話をされたんですか？」

「いや、シゲさんは自分のことはほとんど何も言わない人だった。でもあそこにはB級も大勢いたから、自然と噂は広まる。他のムショを知ってる連中はみんな、あそこは特別だって言うんだ。刑期が長い連中が集まってるから、囚人の横の繋がりが異常に強い。情報もツーカーだし、仲間意識がハンパじゃない。だけど、刑務官は囚人が親しくなるのを嫌うんだ。ムショの中で犯罪仲間に誘われたり、兄弟分になったりするからだ。それで、囚人同士の繋がりには注意を払っているけど、それも最初のうちだけで、長くなると意味がなくなってくる」

「狭い場所で大勢が一緒に暮らしているんですから、どうしてもそうなるでしょうね」

「そうさ。特に〝死刑所〟はそれが強くて、妙な団結力がある。だから、あの暴動のときも誰一人職員に密告するものはいなかった」

確かに、海外の刑務所ならいざ知らず、現在の日本の刑務所では暴動はまず起こらない。

それだけに、西部四国刑務所で起きたことが異常であり、いかに囚人たちの鬱憤《うっぷん》が溜まっていたかを表している。

「シゲさんは……まあ、みんなのリーダーみたいなところがあったから、それで他に移した方がいいと思ったんじゃないかな」

「そうでしたか」

だ。

これまでの話を聞く限り、波岡と八神会の関係は、彼が服役中も良好だったようだ。

それなら幹部が出所時に出迎え、組でそれなりの地位を与えるはずだ。

だが迎えに来たのは姿を見せない尾行だけだし、八神会には波岡の座る席は用意されていない。

「当時、波岡さんは写経をしてましたか？」

「写経？　いや、シゲさんは木工作業所でタンスを作っていた。写経なんかしていなかった」

「そうですか……」

だとしたら、彼が写経をはじめたのは旭川に移ってからということになる。

「人権センターが、何でそんなことを訊くんだ？」

木村は慌てて気弱そうな笑顔を浮かべた。

「先日、波岡さんにお会いしたときに、自分が殺した方への供養のために刑務所で写経をしていたと話しておられました。なかなか出来ることじゃないと思いまして」

「何だ、そうだったのか。でもシゲさんの場合、自分の恨み辛みで殺したわけじゃないからなぁ……」

「宮、いえ田村さんは五年前に出所されたんでしたね？」

「ああ」

「それじゃ、その後は波岡さんとはまったく接点はないんですか？」

「俺はね」

「と言いますと？」

「他の連中があるかもしれない」

「と言っても、波岡さんが出所されたのはつい最近でしょ」

「直接って意味じゃないよ。俺はいま南相馬で除染仕事をしてるんだけど、そこに三人、前科持ちがいるんだ。大きな声じゃ言えないが、手配師に声をかけられた連中が集まって来るんだ。もちろん、履歴書に堂々とそんなことを書いてくるのはいないけどさ、一緒にいると何となく分かってくるものさ。そのうち誰かが、『あっ、俺あいつとムショで一緒だったよ』とか言い出してさ……もちろん、会社や地元の連中の前では言わないけどな。それに会社だって、実は暴力団のフロントです、ってのも中にはあってね。きっと、類は仕事を呼ぶんだな。いや、この場合、仕事が類を呼んでるのかな……」

「そ、そうですか……」

としか、言いようがなかった。

「とにかく三人のうちの一人が、昔ちょっとだけ組にいたんだ。八神会の枝の枝の枝……かなり下の方で、すぐにケツ割って辞めちまったらしいんだけど、出所してから組を辞めたことを後悔してた。シゲさんのコネがあれば、〝前科消《マエケシ》し〟なんか簡単なのにって……」

「八神会のコネではなくて、波岡さんのコネですか？」

「そうだよ。どうも、八神会系の連中の間では、そんな噂が流れてるみたいだ。シゲさんは人望があるから、あんな大きな組でも顔が利《き》くんだろうな。シゲさんに頼めば、前科消《マエケシ》しなんて一発だとか……」

「でもそれって、費用がかかるんじゃないですか？　噂で聞いたことありますけど、ホームレスの戸籍を買ったりするんでしょう？　数百万は必要とか」

「それが、そうでもないらしい。ただ、八神会の者でないとダメだって話だけどな。やっぱり、大きな組は違うよな」

前科消《マエケシ》し自体は珍しい話でもないが、そこになぜ波岡が噛んでいるのか分からない。

一六年も服役していた彼に、いまでもそんな人脈があるのだろうか。第一、それならまず一番に自分の前科を消すはずだ。

「八神会に所属していれば、何とかなるというわけですか」

「全員ってわけじゃないぞ。やっぱりさ、組に貢献してないとな。ヤクザってのは、そういうもんだろう？」

その通りだ。

ヤクザは組に貢献してこそ一人前。

そして、その点でいえばどこから見ても、波岡は一人前のヤクザだ。それ以外の何者でもない。

8

蕗川の娘の件が落ち着くと、波岡は大久保のアパートに戻り、毎日近くにある居酒屋で働いていた。

ここの店主は日本人と中国人の血を引き、業務上過失致死の前科があり、社員のロンとは昔からの知り合いだ。

すでに七〇歳近く、店で愛想良く客の相手をしている姿はどこから見ても人の好さそうな老人で、そんな過去はみじんも感じられない。

駅に近い大衆店で、小綺麗とは言えないがけっこう繁盛していた。老店主の他に板場を預かる中年男と接客の中国人女、そして厨房《ちゅうぼう》の奥で洗い物や掃除を担当する波岡。全員が訳有りだ。

その夜、ユリアは大久保に向かった。

鈴木は店の前にバイクを停め、近くの牛丼《ぎゅうどん》店から居酒屋のようすを窺っている。牛丼店の窓越しにユリアの姿を見つけると、すぐに店の外に出て来た。

「外は寒いっすねー」

そう言うそばから、息が白く曇る。

短い秋は完全に終わり、早足で冬が来ていた。

「好きでバイクを使ってるんでしょ」

「みんな同じこと言うな」

「南国ボケのあんたには、このくらいの寒さがちょうどいいのよ」

「ひでぇ。だいたい、ロンさんは出張と言いながら観光旅行で、ルディさんは聞き込みと称して女と寝てるし、妖怪は仕事でスプラッタ・パーティでしょう。みんな好き勝手やってるのに、どうして僕だけこの寒空でムショ帰りのおっさんの張り込みなんですか。パラオじゃ考えられないよ、この寒さ」

「このくらいしか、間抜けのあんたに出来ることはないから。それも出来なくなったら、保険掛けてパラオの海に沈めてやる。一つくらい、会社の役に立て」

「一度訊いてみたかったんですけど、日本の会社って、どこも新入社員にそんなこと言うんですか？」

「そうよ」

ユリアはきっぱり言い切った。「役立たず社員の一人も海に沈められないような企業は、長期デフレを脱却できない国じゃ、生き残れないの」

「先進国って大変ですね」

納得したのかどうか、鈴木は大きなため息を吐いた。

「何か変わったことは？」

「何も」

すぐに鈴木は答えた。「——この一週間、毎日アパートと居酒屋と銭湯の往復だけ。金はあるはずなのに、派手な買い物やギャンブルはしないし、食事もできるだけ店のまかないですませてるようだし、質素なもんですよ」

「誰か訪ねて来た？」

「誰も」

「電話は？」

「おっさん、電話持ってるんですか？」

「アパートの部屋にはなし。管理人の部屋にあるだけ。携帯も持ってないって言うから、自分で買うまでうちの社のを一つ持たせてる」

「だったら、まずユリアさんにかけるんじゃないですか？　お気に入りなんでしょ？　処女膜増幅装置が言ってましたよ。でも携帯を使ってるところ、見たことないな。顔文字のメールとか、きます？」

「メールのやり方が分からないって」

鈴木がぷっと噴き出した。

「さすが、絶滅危惧種だ」

「例の尾行は？」

「ちらほら姿が見えますが、さすがに二四時間張り付くわけにはいかないみたいですよ。この数日は姿がありません。おっさん、生活パターンが同じだから、たまに来ればいいと判断したんじゃないですか。――また誰か襲ってくると思ってるんですか？」

「分からない。蕗川の娘をけしかけて失敗したから、次を送り込むか、他の手を考えるか……。どっちにしろあっさり諦《あきら》めるわけない」

「まさか、それまでずっと張り込んでろなんて言うんじゃないでしょうね⁉」

鈴木が情けない声を上げた。

「それはないわ。張り込みは引き上げよ」

冷たい声だった。「──うちの仕事は料金内までだから、それ以上のことはしない。たとえ波岡が殺されることになってもね」

鈴木を牛丼店に残し、ユリアは居酒屋に向かった。店の一番奥にある席に座り、店主に目配せした。この席にだけ長い暖簾《のれん》がかけられていて、他から見えないようになっている。

ユリアは暖簾を下ろしてから、椅子に座った。

しばらくして、厨房から店の名をプリントしたエプロンを着けた波岡が出て来た。

「──ユリアちゃんじゃないか。来てくれるなんて嬉しいぜ」

波岡は顔をくしゃくしゃにして喜んでいる。

「その格好、なかなか似合うじゃない」

「そうか?」

「塀の中でもエプロンをしてたの?」

「いや、作業着だけだ。俺は食堂班になったことはないんだ。外が好きなんだよ。ああいう場所にいたから余計に、そうだったのかもしれないな。夏は暑くて秋冬は身を切るように寒かったが、それでも俺は屋外作業班を希望した。吹き付ける風や冷たい雨が感じられる場所にいたかったんだ。自分は外にいるんだ……そんな気がしてな」

「いまは?」

「いまは暖かい場所にいたい。あんたみたいないい女とね」

少しも本気には聞こえない口調だったが、ユリアは微笑んだ。

「あたしも命は一つしかないから、遠慮しとくわ。あんたに訊きたいことがあるの」

「俺に?」

「そうよ。ムショで柏木弁護士と文通してたわね」

一瞬、波岡の顔から笑顔が消えた。

「ああ」

「内容は?」

「俺が弾いた奴への供養のために、写経を送ってたんだよ。寺に納めてもらうためにさ」

「どこの寺？」

「先生に任せていた。この寺じゃないとダメだってのもなかったし、納めた場所を訊いたこともない」

「あんたの裁判を担当したのは違う弁護士よ。なぜ柏木が面会に来たの？」

「八神会に俺の様子を見てきてくれと頼まれたそうだ。俺は天涯孤独の身だから、何かあったとき最後の世話をするのは組だからって……。意外かもしれないが、八神会ってところはそういう情の厚いところがあるんだ。昔はどこの組もそうだったけどな」

まったく嘘を言っているわけでもあるまい。だが、すべて真実とも思えなかった。この男は見かけや生活パターンほど単純ではない。もっと複雑で強情だ。

「それを頼んだのが蕗川ね」

「そうだ」

「本当は面識、ないんでしょう？」

波岡はバツが悪そうに頷いた。

「名前は知っていたが、会ったことはなかった。弁護士先生から事情を聞いて、『本家の頭《かしら》が寄越したのか』と思った程度だ」

「柏木を通して、蕗川から何か頼まれたんじゃないの？」

ユリアは波岡を見つめた。

波岡は少しも表情を変えず、「いや」と言った。

「先生は、本当に俺の様子を見に来ただけだよ。仮に蕗川さんに何か思惑があったとしても、先生は何も知らない。それだけは間違いない」

その言葉に嘘はなさそうだった。

何か知っていれば、波岡同様、八神会が柏木も放っておくわけがない。

「あんたが送っていた写経は、寺ではなく木更津の会社に送られていた。――知っていた？」

「いや、ぜんぜん。木更津の会社って？」

「さあね。とにかく寺でないのは確かよ。心当たり、ある？」

「ない」

波岡ははっきり言い切った。

ないはずはない。だが、ユリアはもう諦めていた。

――何を訊いても無駄か。

「ところで、旭川の前は四国にいたんですってね」

明らかに波岡の表情が変わり、見るからに厭な顔をした。

「ユリアちゃん、いくら俺に惚《ほ》れたからって、そんなことまで調べるなよ」

「触れられたくないみたいね」

「思い出したくもねぇ。あそこはクソみたいな場所だった」

「ムショなんてみんなそうでしょう」

「その中でも下の下。ムショが掃き溜めなら、〝死刑所〟は肥溜《こえだ》め。みんなそう言ってた」

「旭川に移送されたのは、あの暴動が原因？」

「かもな。移送の理由なんて、いちいち受刑者には説明しないよ」

「暴動には加わってたのね？」

「運動不足だったから。あんなことでもなきゃ、ストレス発散ができない。――そんな話をしに来たのか？」

波岡が不満そうにユリアを見た。

「本題はこれから」

「そうか。どうぞ」

「プレゼント持って来たの」

ユリアはテーブルの上に伊勢丹《いせたん》の袋を置いた。

「俺に？」

「ええ」

波岡がだらしなく表情を崩した。まるで誕生日の子供みたいな笑顔を浮かべてユリアを見ている。

ユリアは袋からリボンのかかった二つの箱を出した。

「おいおい、本当なのか？　夢みたいだな」

「赤いリボンの方は手袋。これからもっと寒くなるから使って。黒いリボンの方は……」

ユリアは一呼吸置き、声を落とした。「――マカロフよ。一六年もシャバを離れていた人間には、こういうタイプの方が使いやすいと思って」

「マカロフって言うのは、トカレフの親戚だな？」

「そう。あんたが六本木襲撃のときに使ったのはトカレフだったわね。いまのヤクザのトレンドはこのマカロフ。けっこう国内に出回ってるから、逆に足が付く心配がないわ。使い方はトカレフと変わらない。これは前科のないバージンだから、安心して突っ込んで」

「弾は？」

「9ミリ。馴染みの密売人に頼んで、四箱入れておいた。サービスよ」

「必要なのか？」

「はっきり言うけど、八神会の誰か、またはどこかの組があんたを狙っている可能性が高い。たぶん、あんたは狙われる理由の心当たりがある。だけど、下らないヤクザの意地だかメンツだかのために、それを打ち明ける気はない」

「そうかもな……」

「言いたくないなら言わなくてもいいわ。うちは藹川から、あんたのことを頼むと依頼されたから協力はする。でも、命懸けで守ってやるほどの謝礼は貰ってない。まして、相手がもし八神会本家だとしたら……」

「関東一のヤクザを相手にするには、金額が不足か」

「正解。手打ちするなら間に立つくらいはしてあげるけど、うちが正面切ってあそこととぶつかることはない。あれでも、うちにとって上客だからね」

「自分の身は自分で守れか。分かった、有り難くいただくよ」

波岡は二つの箱を袋に入れて引き寄せた。

「――ユリアちゃん、今度デートしてくれよ」

波岡は何事もなかったかのように軽い調子で言った。

「いいわよ。あんたがそれまで生きていればね」

そう言って、ユリアは席を立った。

Act.4　極道転生

1

朝、九時。

竹田は向ヶ丘遊園のマンションを出て、池袋に向かった。

西池袋公園近くの例の幽霊会社に入り、昼過ぎにきちんとしたスーツ姿でブリーフケースを抱えて出て来た。どこから見ても、ありふれたサラリーマンだ。

竹田はその姿で、池袋駅側のホテルに入り、ラウンジで四人の、堅気ふうの男たちと面会した。

名刺を交換し、テーブルの上に資料を広げて穏やかな表情で何か話をしている。どう見てもごく普通の――それもいい感じに進んでいる――商談だ。

おそらくあの四人は、今度始める会社の関係者に違いない。二時間後、どうやらいい雰囲気を見る限り、話は大詰めに入っているようだった。四人は満足そうな笑顔で席を立った。形でまとまったようで、四人は満足そうな笑顔で席を立った。

残った竹田も満足気だった。

にやにやしながら、机の上の書類を片付け始めたときだ。

「──めでたく交渉成立みたいだね」

さっきまで四人がいた席に、國は滑り込むように座った。「社長、久しぶり」

「誰かと思ったら……三笠さんか」

竹田はバツの悪そうな顔で國を見た。

「いきなりトンズラとは冷たいね」

「悪かった。ちょっといろいろあって……」

「例のベトナム人のことなら、府警と話がついてる。研修生として運んで来た会社についてては不問に付すってことで、うちのチーフがまとめた。感謝してくれ」

「そうか。そりゃ有り難い。さすがタコは抜け目がない」

「うちだって一枚嚙《か》んでたわけだからね。だけど、有り難いと思ってるなら、今後のことを話し合おうじゃないか」

「今後のこと？」

國はジャケットのポケットからマルボロを出した。

「ここは禁煙だぞ」

「ヤクザの台詞《せりふ》とは思えない」

國は竹田を見てにやりと笑った。

「何のことだ？」

「まさか社長が八神組の身内とはね。指には傷一つないし背中もきれいなもんだ。どっからどう見ても堅気なんで、うちもすっかり騙《だま》されたよ」

「おい三笠……」

「しかも、理事長の兼岩の金庫である総国会のシノギにまで絡んでいたとは、夢にも思ってなかったよ。社長もたいした狸《たぬき》だ」

「ちょっと待て」

竹田は慌《あわ》てて國を制して周囲を見渡した。

「そうズバズバ言うな。こっちにも立場あるんだから」

「その立場のことは、さっきの四人は知らないんだろう？　研修生と偽って外国人労働者を運んだり、偽造パスポートに目を瞑《つむ》るくらいのことはするかもしれないが、まさか組織ぐるみの薬物密輸に関わっているとは夢にも思ってないよね。知ってたら、自分たちだってサツのブラックリストに載ることになるんだ。まさか一緒に商売を始めようとは……」

「よせ」

竹田は國を睨《にら》んだ。「煙草《たばこ》は吸ってもいいが、それ以上は言うな。長い付き合いのタコに黙っていたのは悪かった。だが、何でもかんでも喋《しゃべ》れるわけじゃない。素人じゃないんだから、そのくらいのことは分かるだろう?」

「もちろん。別に怒っちゃいないよ」

國はにっこり微笑《ほほえ》んだ。

「怒ってないなら、なお悪い」

竹田は苦々しげに呟《つぶや》いた。何を言われるか、もう分かっているのだろう。

「仲良くしよう。秘密はなしだ」

國はストレートに言った。

「俺の一存じゃ決められない。シノギに関《かか》わる気なら、理事長に話を通さないとマズい」

「それなら、こっちで通すから心配するな。それはそうと、ちょっと訊《き》きたいことがあるんだ」

「何だ？」

「前科消し《マエケシ》。得意なんだってな。あんたも利用したんだろう？　前の名前は竹田じゃないもんな」

國は囁《ささや》いてから、煙草に火を点《つ》けた。

「参ったな……それも知ってるのかよ。お前らタコは、どこにでも張り付くんだな。タコのくせにデバガメもやるとは呆《あき》れるぜ」

「我が社に節操はいらない。必要なら、タコでもカメでも妖怪《ようかい》にでもなる。――それで、そっちの方はどういうからくりなの？」

「基本的には昔からやってることと同じさ。戸籍の売買、偽装結婚、偽装養子縁組……これをくり返せば、目に見える場所に前科は残らない。もちろん本格的に調べられれば別だが」

「でも、言うほど簡単じゃないだろう。時間も金もかかる」

「そうだ。ところが、それを効率よく、かつ金をかけずにやる仕組みみたいなものを作ったんだ」

「誰が？」

「前の頭じゃないかって噂《うわさ》だけど、実際に使い始めたのはいまの理事長だ」

前の頭、つまり蕗川に違いない。

せっかくそんないい仕組みを考えたのに、自分は服役中に身体《からだ》を壊して引退したから、活用することはなかったのだろう。

「あんたも知ってのとおり、前科消しには金がかかる。戸籍を売ってくれる人間、偽装結婚の相手、どれも捜すのにも時間がかかるし、年齢性別が合うものとなるとさらに時間がかかる。値段の交渉も大変だ。だいたい、そういうことをする連中はみんな金に困っているから、ふっかけてくるんだよ。しかも、過去にも売ってる可能性が高く、安全かどうかも分からない。なにせ、いまは素人の方が強《したた》かで、ヤクザの足許《あしもと》をみやがるからな。向こうから売り込んできて値を釣り上げる奴《やつ》までいるんだぜ」

「それは言える」

國は頷《うなず》いた。

「だからてっとり早く、偽造書類で間に合わせようとするが、偽物はしょせん偽物。通用する場所は限られるし、簡単にバレることが多く、そこから足が付く。見破られない偽造品を手に入れようと思ったら、これが本物以上に金がかかるから困る」

だからこそ、シルバー・オクトパシーのような会社が重宝されるという一面もあるのだが、それについては國は触れないことにした。

「とは言っても、景気の良かった頃《ころ》は組には金が溢《あふ》れていた。そのくらいの金はどうってことなかったんだが、いまじゃなぁ……」

竹田は大きなため息を吐《つ》いた。

どこもかしこも言うことは同じ。

不景気は、警察の頂上作戦以上に暴力団に打撃を与えたようだ。

「協力者はどうやって集めてるんだ？」

「それは総国会の担当で、たぶんあの手この手で集めているんだろう。何しろ、あそこは理事長の金庫なんだから、死に物狂いでやってんじゃないのか？」

「あそこは直系なのか？」

「古い組だからそう思われているようだが、実は違うんだ。外様だよ。だから、兼岩さんが理事長に就くとき、かなり内部に反対があったという話だ。だけど、最後はオヤジの一言で決まった。何しろ、いま八神会で一番資金力があるのは兼岩さんだからな」

「そのために総国会はドラッグを必死で売り歩いたってわけか」

「だから、そうはっきり言うなって」

竹田はいっそう声を落とした。「――非合法なものを必死で売り歩くためには、合法的な会社がいくつも必要なんだよ。そうすることで、流通をスムーズにできるし、社会の目をごまかせる。だが、合法的な会社には、前科のある奴は向かない」

「確かに」

「総国会は日頃からけっこうな数の協力者を集めていて、前科消しが必要だと判断した者には、それを使うんだ。てっとり早いのは前科のある俺が、見たこともあったこともない田中って人間と養子縁組をする。すると俺は竹田久則から田中久則になる。この時点ではまだ、戸籍から竹田久則の記録は消えないが、しばらくして俺は、顔も身体も知らない山田花子と結婚するわけだ。すると新世帯として新しい戸籍が作られる。俺の旧姓の田中だけが残り、竹田久則の記録はそこで消える。しばらくしたら山田花子と離婚して、また新しい戸籍になる。名字は田中でも山田でもいいが、新戸籍には個人にとって過去の不利益な情報は記載されないから、まっさらな新しい人間が誕生するってわけだ。警察の捜査でも入らない限り、竹田久則の名が表に出ることはない。これで、免許証もクレジットカードも万事オーケー。もちろん会社の登記もスムーズで、すぐに新しい商売が始められるってわけだ。堅気に混じってシノギをやっていくには、どうしても前科は消しておかないとならないんだよ。――分かったら、ちっとは協力してくれよ」

「もちろんだ。我が社のモットーは、〝顧客の要求は充分に満たせ、客の金は我々の金〟、だからね。全力で協力させてもらうよ。そっちが厭《いや》だと言っても協力する」

國はにっこり笑って煙草を揉《も》み消した。

2

その日、大久保の居酒屋は遅くまで客足が途切れることなく、暖簾《のれん》を下ろしたのは深夜三時過ぎだった。

波岡は厨房《ちゅうぼう》の洗い物をすませ、ゴミをまとめてからやっとエプロンを外した。

「親方、それじゃ、俺は帰りますからこれで」

店主に声をかけた。店主はこのビルの一階と二階を借りていて、二階が自宅兼店の倉庫で、そこで接客担当の女と一緒に暮らしていた。

「お疲れさん」

店主はそう言ってから、帰ろうとする波岡に近寄り、耳打ちした。「——外に中東系の半グレみたいな奴らがいたって、チーがそんなことを言ってたよ。いつも歌舞伎《かぶき》町《ちょう》でくだ巻いてる連中で、こっちまで来ることは滅多にないのに、何しに来たんだろうって」

チーとは、料理人の男のことだ。

ここの連中がみな訳有りなことは、最初に聞いた。訳があるから慎重で、そして用心深い。

「そうですか」

波岡はダウンジャケットを羽織り、ポケットの中のマカロフを確認した。

店を出て、ゆっくりと歩く。大久保といえども、さすがにこの時間は人が少ない。人が増える新宿駅には向かわず、静かな戸山方向に向かう。五分も歩くと、後ろから外国人の男が数人ついて来ているのが分かった。

三人、四人。もしかしたらそれ以上かもしれない。とは言っても、人数が多いということは、銃まで持参している可能性は低い。

銃があるなら、一人で充分。こんなオヤジ一人始末するのに、群れて来るはずがない。

波岡はダウンジャケットのポケットに手を入れ、銃を握った。

この周辺はスポーツ施設や学校が多いせいか、都心にしては緑が多く、夜は人影がない。だがさすがに都会だけあって、車はけっこう走っている。それも乗用車ではなくトラックのような業務車両が多い。

周囲に人は居ないが、決して静かではないというのは好都合だ。

どこかの学校の校庭前まで来たとき、波岡は足を止めて振り返った。アラブ系の男が四人、数メートル後ろにいた。

「何か用か？」

波岡がそう訊くと同時に、四人が波岡に飛びかかってきた。

波岡は迷うことなく、先頭にいた男の腰から下を狙《ねら》って撃った。

どこに当たったか分からないが、先頭の男がもんどり打って倒れ、路上で転げ回っていた。何か言っているが、日本語ではないので分からない。

他の一人がナイフを持って飛びかかって来た。波岡は慌てて銃を向けたが、その前にナイフが肩口をかすった。

波岡は後方によろけた。

その隙《すき》にもう一人が飛びかかって来て、銃を奪おうとした。

そのときだった、波岡から銃を奪おうとしていた男が奇妙な声を上げて寄りかかってきた。

波岡が急いで男の身体を押しのけると、男は全身を小刻みに震わせて、ゆっくりと路上に倒れた。

何が起きたのか分からなかった。

顔を上げて見ると、残る二人は走って逃げて行くところだった。波岡が撃った男はまだ路上で転げ回っている。足首を押さえているから、そこに当たったのだろう。

もう一人は、ぴくりとも動かず眠るように倒れていた。

「――おっさん、まだ生きてる？」

女の声だ。

波岡は声の主を見た。

「あんた、確か妖怪《ようかい》のサオリちゃん……」

「命の恩人に向かって失礼ね。殺すぞ、じじい」

波岡が知らない世界の衣装を着たサオリが、手に一メートルくらいの黒い棒のようなものを持って立っていた。

「どうしてここに？」

「ちょっと前に、大久保の店のおやじから、『外に見慣れない外国人がいる』って会社に電話があったから。運悪く、あたししか会社にいなかったの」

「どうせならユリアちゃんが来てくれれば良かったのに……」

波岡は本音を言いながら立ち上がった。

「誰のせいでユリアが忙しいと思ってんだ、ボケじじい」

「俺のせいか？　もしかして、俺を助けたくて走り回っているとか」

「八神会の上前撥《は》ねるために走り回ってるんだよ、脳天気じじい」

「何だそうか……。──ところでその棒、何だ？」

「バイブ」

「そんなでかいの使うのか!?」

「電磁警棒だよ、バカ」

「びっくりしたぜ。処女膜が増えるってだけでもすごいのに、そんなバイブを使ってるなんて、本物の妖怪でもそこまでやらんだろう」

「あたしは永遠の処女よ。あんたみたいな、電池の切れたバイブと遊んでる暇はない。長居は無用。とっとと逃げるよ」

サオリは歩き出した。

「幻の処女じゃないのか。──あいつらはどうするんだ？」

「ほっときな。どうせビザ切れか不法滞在の警察には駆け込めない連中だから、心配しなくていいわ。そんなことより、八神会はどうあっても自分たちの手は汚したくないようね。不良外国人を使って、あんたを始末しようなんて、広域暴力団の名が泣くよ。暴力団が暴力使わず、頭を使うなんてバッカじゃないの」

「まったくだな」

波岡はため息を吐《つ》いた。「──ヤクザが自分の手を汚すのを厭がるようになっちゃ、終《しま》いだぜ」

眩《まぶ》しい冬の日の出とともに、サオリが波岡を連れて会社に戻って来た。

元気よくドアを開け、入ってきたとたん拳《こぶし》が入りそうなほどの大欠伸《あくび》をした。

「このじじいのせいで、ちょー眠いんだよ。寝不足はお肌の敵なのに」

「もう若くないからな。目許《めもと》とか、気をつけた方がいいぞ。妖怪のサオリちゃんはスタイルは抜群だけど、ちょっと化粧が厚いんじゃないか？」

「八神会に売るぞ、死に損ない」

「人間に会いたい。──ユリアちゃんは、どこだ？」

波岡はきょろきょろと事務所内を見回していたが、奥の部屋からユリアが出て来ると顔を綻《ほころ》ばせた。

「おはよう。朝見る美人は、一段ときれいだな」

「あんたは、ずいぶんぼろぼろね。服に付いてるのは血みたいだけど」

「あっ、これか？　俺の血じゃないから安心してくれ」

ユリアはちらっとサオリを見た。サオリはバトンのように電磁警棒をくるくる回してみせた。

「プレゼントが役に立ったみたいね」

「そうだな」

「だけど、次も無事とは限らない。いつまでもこんなこと続けてられないし、うちもそんなに暇じゃない。そろそろこの辺で区切りを付けたらどう？」

「それもそうだな」

波岡は静かな声で頷き、事務所の椅子《いす》に腰掛けた。

サオリは顎《あご》が外れたのかと思うほど欠伸を連発しながら、毛布を持って事務所のソファーに寝転んだ。

「あたし寝るから、痴話げんかが終わったら教えて。おいクソじじい、あんまりユリアを怒らせるな。怒るとすっげぇ怖いんだから」

「ユリアちゃんとなら、一生痴話げんかしていたい」

「茶化してごまかそうとしても無駄よ」

ユリアはぴしゃりと遮《さえぎ》った。

「もう全部話してくれてもいいでしょう。蕗川はムショにいるあんたに何かを頼んだ。引き受けたあんたは、被害者への供養と称して、毎月柏木弁護士に写経を送るようになった。その中に、何かのメッセージを隠していたんだわ。たぶん、出所後に前科消しが必要な連中の情報とか……そういう類《たぐい》のものじゃないの？　通常、受刑者の郵便物は厳しい検閲を受ける。だけど、写経の一文字一文字まで全部チェックする刑務官がいるかしら。最初の一、二回はするかもしれない。だけど毎月となれば、おのずと検査も形骸化《けいがいか》してくるし、あんたは旭川では何の問題も起こさない模範囚だったと言ったから、被疑者への供養だなんて、もっともらしい理由に騙されて、チェックが甘くなっていたとも考えられる」

「いいアイデアだとは思うが、それが成功したとしても、たいしたことは伝えられないぞ。次は差し入れを頼む、とかその程度だ。長い文章は無理だし、数字も使えないんだ」

「かもね。だけど、八神会にとってはそれが重要だったのかもしれない」

ユリアは表情一つ変えない波岡を見つめた。

「いろんなことを想像するのは勝手だが、本家の頭だった蕗川さんが死ぬまで言わなかったことを、俺の口から言うわけにはいかん。あんたたちは素人じゃないんだから、そのくらい分かってるはずだ」

ユリアは大きなため息を吐いた。

頑固だ。

いまどき珍しいくらい頑固で融通《ゆうずう》が利かなくて、そして超が付くバカだ。

この男は、いまの自分が置かれている状況が分からないほど頭が悪いわけではないし、己の腕っ節と器量で危機を突破出来ると信じているような自惚《うぬぼ》れ屋でもない。

この先自分がどうなるか分かっていて、この態度だ。

「まあ、いいわ……。別に謎《なぞ》解《と》きをしたいわけじゃないから」

「じゃあ、何をしたい？」

「うちのビジネスの得になることよ。——分からないのは、塀の中でまで組のために尽くしていたあんたを、なぜ出所したとたん組が狙うのかよ。それも、わざわざ組とは無関係のチンピラを雇って……。八神会と何があったの？」

「何もない。だいたい、俺は青流会が解散したときに足を洗ったんだ」

「それは表向きでしょう。解散時、あんたは勾留中で盃を直す暇なんかなかった。もしそうでなければ、八神会の枝のどこかに世話になっていたはずだわ」

「かもしれないが、もう終わったことだ」

波岡の声は静かだった。

ユリアは、少し声の調子を落とした。

「このままじゃ、あんた死ぬわよ。それもそう遠くないうちに」

「その前にデートしてくれ」

「喪服で？」

波岡は苦笑いを浮かべた。

「似合うよ。目の前で見られないのが残念だが」

そう言って、波岡は立ち上がった。「どうやら、あんたたちが蕗川さんから受け取った金は、ここで底をついたようだな。いろいろ世話になった。助かったよ。あとは自分で決着を付けるから、俺のことは忘れてくれ」

そう言い残すと、波岡は事務所を出て行った。

ドアが閉まって数秒後、サオリが毛布から顔を出した。

「予想以上に頑固だね、あのじじい」

「骨の髄までヤクザよ。それも昔気質《むかしかたぎ》のね」

「どうする？　本当に喪服を着る気？　あたしも付き合おうっと。ユリアは黒が似合うから、あいつも棺桶《かんおけ》の中で喜ぶでしょうね」

「棺桶の中で喜ばれても、うちの儲《もう》けにはならない。――そうでしょう？」

ユリアはサオリを見た。

サオリはにやりと笑い、また毛布を被《かぶ》った。

3

一六年という月日は、普通に考えれば長い。

だが、どんな長い時間も塀の中では止まってしまうようだ。

春夏秋冬季節は巡り、桜が咲く時季を数えることで、確かに月日が流れていることは分かる。同房の服役囚が、そして自分自身も年とともに老いていくのも感じていた。

だが、それでも塀の中では時間は止まる。

動かそうとしても、動かないのだ。

「――よく歌の文句に、〝川の流れに身を任せ〟とか〝時の流れるまま〟なんて言うのがあるだろ？」

波岡はカウンター越しに、大久保の居酒屋の店主に話しかけた。

「ありすぎるくらいあるな」

店主はカウンターの中に座り、コップで冷や酒を飲んでいる。

暖簾を仕舞ったあとで、店には二人だけだった。波岡は店の外の自販機で買ったウーロン茶だ。

「シャバに出て、しみじみそう感じたよ。時間は川と同じだ。世間では、川はいつも流れてる。だけど塀の中では川は流れず、ずっと溜まったきりなんだ」

「そんなもんかね。俺は一年半しかいなかったから、そんなことはちっとも感じなかったが……」

店主は低い声でぽつりと言った。

「一年半なんて、昼寝みたいなもんだ」

「かもな」

「時が流れない場所に長く居ると、想像できなくなるんだ。外がどんなふうに変わっているかを……」

「いまは、テレビも本もけっこう見せてもらえると聞くが」

「見られるよ。だけど、そんなもので見たところで、世の中の本当の姿は分からない。まして、人間がどんなふうに変わってしまうかなんて、想像もできない。いや、想像はしていても、現実とはかけ離れたことしか思いつかないのさ。たぶん、自分の都合のいいことばかり考えているからだろうな」

「そうかい。でも、みんなそうやって長い懲役を過ごすんじゃないのか？　都合の悪いことを考えたら、とても務まらないだろう」

店主は空になったコップに、一升瓶から酒を注ぎながら笑った。「――あんたの知り合いは、みんなそんなに変わっていたか？」

「知り合いなんていない。身内とも青流会とも、とっくの昔に縁が切れてる」

「だったら、誰が変わってたんだ？　あんたがそこまで肩を落としてるのは、がっかりするほど変わっちまった奴がいるからじゃないのか？」

波岡は店主を見て微笑《ほほえ》んだ。

「ムショから出たら、女房が他の男と一緒になっていた、親や兄弟に冷たくされた、子供に縁を切られた……そういう話はよく聞くが、俺はそれは当たり前のことだと思うんだ。そういう人たちが変わったからと言って、誰が責めることが出来る？　一番悪いのは、ムショに入るようなことをした自分だろ。まっとうな暮らしがある人間は、ムショ帰りとは関わり合いになりたくないし、それでいいんだと思う。変わったわけじゃない。普通の判断をしただけだ。でもな……」

波岡はカウンターに視線を落とした。「――それは、堅気さんの話じゃないか」

「言われてみりゃ、そうだな」

「ヤクザみたいなクズは、時代がどんなふうに変わろうといなくなるもんじゃない。だって、世界中どこを見たって〝反社会勢力〟って呼ばれる連中はいるじゃないか。豊かな国にも貧乏な国にも、平和な国にも戦争してる国にも、そんなこと関係なく存在してて、どんなことがあってもしぶとく生き残るものだ。クズはどこにいてもクズだし、どんなに時間が経とうとクズのままだ。違うか？」

「やけに難しいこと言うなぁ。そんなこと俺に訊かれても分からないが、確かにヤクザみたいな連中は世界中どこにでもいるよな」

店主は誤魔化すように、コップ酒を呷《あお》った。

「俺は、クズだけは変わらないと思ってた。どんなに世の中が変わっても、クズはずっとクズのまま、クズなりの道理に従って生き続ける。ヤクザってのは、そういうものだと思ってたんだがなぁ……」

「そりゃ買い被りじゃないのか？」

店主は笑った。

「まったくだ。これが、正真正銘のムショボケってやつだな」

波岡も笑った。

ひとしきり笑ってから、店主が訊いた。

「これからどうするんだ？」

「タコの別嬪《べっぴん》さんに、いつまでもこんなことやってられないと言われた。俺もそう思う。早くけじめをつけないとな」

「けじめって？」

「ヤクザのけじめって言ったら、一つしかないじゃないか」

波岡はそう言って、残ったお茶を一気に飲み干した。

翌日、波岡は店に行く前に街に出て、旭川で六年ほど一緒だった高山という男を捜し始めた。

出所後は、千葉の東金市にある組のフロント企業で働いているという噂を耳にしていた。会社の名前も住所も知らなかったが、詳しい人間に組関係だと言うと、ほどなく分かった。

デイケア・サービスの会社で、高山は営業副部長という肩書きを持っていた。さっそく会いに行くと、愛想良く迎えてくれた。

「シゲさん、久しぶりですね。いつ出て来たんですか?」

「ちょっと前だ」

「どうしてすぐ来てくれなかったんですか。いま、どうしてるんです?」

「仕事の準備とか、いろいろあって。それより頼みがある」

「何ですか?」

「本家の理事長の兼岩さんのことなんだが、スケジュールが知りたいんだ」

「どうして?」

一瞬、高山の表情が変わった。

波岡は高山の肩を抱き、耳許《みみもと》で言った。

「——実はな、祝い金の額を直談判したいんだよ。知っての通り、俺は組のために一六年も食らったんだぜ。もう少し弾んでもらえないかと思ってさ。だけど正面切って言い出すと、幹部会やら何やらの承認が必要になるし、反対する奴も出てくる。噂では、兼岩さんはずいぶん羽振りがいいって言うじゃないか。あれだけの器量の人なんだから、ちょっとくらいなら、何とかしてくれると思うんだ」

「ああ、そういうことですか」

高山は納得顔で頷《うなず》いた。「最近、祝い金やら見舞金の額が相当渋いですからね」

「そうらしいな。体面を大事にするのは分かるが、他の組への祝い事には気前良く出すくせに、身内に回す分は渋るっていうのは、あんまりじゃないか。こっちも、これから暮らしていかないといけないんだ」

「まったくだよな。みんな口には出さないけど、同じこと思ってますよ」

「だから、こっそり頼んでるんじゃないか。身内が大勢いるところでそれを言うと、理事長の顔を潰《つぶ》すことになる。それはマズイだろ」

「分かりました。そういうことなら、本家にいる知り合いに、それとなく訊いてみますよ。二、三日待って下さい。連絡しますから。――連絡先、教えて下さい」

高山は気安く引き受けた。

「この携帯に頼む。えーっと番号は、どうやったら出るんだったかな」

波岡はユリアに借りた携帯電話を出した。

覗《のぞ》き込んだ高山がびっくりしたような声を上げた。

「何ですか、この待ち受け!?　シゲさんがコスプレイヤーの待ち受けって、驚いたなあ」

この携帯を使うとき、なぜか最初に見るのは耳と羽を付けた珍妙な格好をしたサオリの姿だ。

「この携帯は借り物で、貸してくれた会社の人間がやったみたいなんだ。俺はどうしても別の女の写真にしたいんだが、やり方が分からない。もしかしたら、魔除《まよ》けのつもりなのかもしれない」

「へぇ……気の利いた会社っスね」

——そうだろうか？　逆じゃないのか？

波岡は心の中でそう思ったが、口には出さなかった。

高山は波岡の携帯の番号を登録すると、笑顔で「そんなに待たせませんから」と言った。

波岡が八神会に戻ったとばかり信じているので、特に疑問も感じていないようだ。

刑務所内では、誰もが出所したら波岡は幹部になるに違いないと思っていた。

波岡自身も、世間という川の流れの速さを思い知るまでは、そう思っていた。

三日後、約束通り高山が電話をかけてきて、兼岩の来週のスケジュールを教えてくれた。波岡は礼を言って電話を切り、それから下調べを開始した。

立ち寄り先の確認。建物の形状、出入り口、防犯カメラ、付近の道路状況。使用している車、ボディガードの有無と数と経歴。

──一七年前と同じだ。

波岡の胸に、同時のことが鮮やかに蘇《よみがえ》ってきた。

あの頃はまだ血気盛んだった。いまとは勢いが違った。

関西の組の連中を弾いて、一気に出世階段を駆け上ってやろうという野心もあった。もっと組を大きくしてやろうとも考えた。

自分だけではない。周りの連中も同じだった。確かに、同じ熱さを持っていたはずだ。

「──一六年か」

道路の向こうにある洒落《しゃれ》たマンションを眺めながら、波岡は呟《つぶや》いた。

中にいるときは感じなかった時間の長さを、外に出て初めて実感するとは……。

自分の川は、どれだけ長いこと流れずにいたのか。すっかり淀《よど》んでしまったいま、また流れ始めることがあるんだろうか。

4

抜けるような青空に向かって、ルディは煙草《たばこ》の煙を吐き出した。屋根がある場所はことごとく禁煙になるなら、寒い外で吸うしかない。気温は九度。風はなし。快適な冬の日だが、空の下で生きている人間にとっては、そうでもないようだ。

視線の先にある八階建てのビルが八神会本部だ。昔は入り口に、ぴかぴかの大きな代紋がかけてあったが、いまは中に引っ込めてある。近隣への配慮らしい。

理事長の兼岩は週に四日はスーツを着て毎朝そこに行き、夕方には出る。それだけ見ているとサラリーマンと変わらない。

八神会には他にも理事長がいるが、中でも兼岩が一番忙しそうだった。

日本有数の暴力団といっても、現在は組員一五〇〇人足らず、実質は間違いなくそれを切っている。

かつては日本一の三万人以上の組員数を抱えていた関西の日本一の組ですら、いまは一万人を切り、組員の離脱に歯止めがかからない状態だ。

兼岩が忙しいのは、組の斜陽に歯止めをかけるためだ。いまはどこも組の規模を大きくするより、とにかく全力で現状を維持し、いつか来る、あるいは来ないかもしれない復活の時期に賭《か》けている。

そのとき、ルディの携帯電話にユリアから連絡がきた。

「そっちはどう？」

「異常なし。なかなか働き者の理事長だぜ。墨も入れてないって噂《うわさ》だし、人当たりも悪くなさそうだ。引退したって、あれならちょっとした会社くらい切り盛り出来ると思うがね」

「引退するにしたって、ブタ箱にぶち込まれるのが先でしょう。実際に動いているのは総国会だけだとしても、あそこが薬物密輸で挙げられたら、使用者責任の追及は免れないわよ」

「使用者責任、か。便利な言葉だな。我が社の方針も、個人責任から使用者責任にしないか？」

「社長に言って。他はどうしてる？」

「國とサオリがスタンバイしてる。鈴木は、寒風の中バイクで荷物を配達中だ。――波岡はどうしてる？」

「昨日から店を休んでいるそうよ。店長には、『一週間経《た》っても戻って来なかったら、自分のことは忘れて新しい人間を雇ってくれ』と言い残してね」

「すると、そろそろか」

「そうね」

「骨くらい拾ってやらないと、蕗川に恨まれるからな」

ルディはそう言って、青い空に白い煙を吐き出した。


翌日、兼岩は早朝から伊豆にゴルフに出かけた。フロント企業関係者とのコンペで、参加者はみなヤクザには見えない格好をして、クラブハウスでも大人しく、他の客たちにわずかの迷惑もかけずにプレイしていた。

コンペを終え、市内の旅館で食事をしてから、解散となった。兼岩は今夜は東京には戻らず、運転手と一緒に宿を取っていたが、夜一〇時ころ、一人で宿を出てタクシーで数分の場所にあるマンションに向かった。

三年前から世話をしている愛人が、このマンションに住んでいる。警察に知られたくないために、東京から離れた場所に住まわせているという噂だ。

通称〝マル暴〟の四課のリストには、本人と配偶者だけでなく愛人も載る。ダンス教室のインストラクターを愛人にした組長が、愛人の教え子のリストまでマル暴が持っていたのには驚いたと話していたほどだ。

兼岩は愛人の部屋を訪れるときはいつも、連れの連中を宿に残して一人だった。ヤクザの愛人だと分かったら賃貸契約を打ち切られる時代では、それも仕方ない。

タクシーから下りた兼岩は、合い鍵でオートロックを開け、住人のような顔で入って行った。

部屋のドアには鍵がかかっていなかった。

今夜、自分が来ることは分かっているから、それで開けているのだろうが、それにしても不用心だ。これからはちゃんと施錠しておくように言わないと……。そんなことを考えながら、兼岩はドアを開けた。

「おい、不用心だぞ。いくらうちの連中しか知らないからって……」

そこで言葉が止まった。

こめかみに冷たい銃口の感触を感じたからだ。

波岡は片手でドアを閉め、兼岩を部屋の奥へと促した。

「——女はどうした。まさか殺したんじゃないだろうな?」

兼岩はまっさきにそう訊いた。

「安心しろ。縛って浴室に閉じ込めてある」

兼岩はほっと小さく息を吐くと、背筋を伸ばして波岡を見た。

日頃は息を潜めて堅気みたいな顔で生きていても、土壇場の居直りはやはりヤクザだ。

「この礼儀知らずが。どこの組だ？　うちはいま、どことも揉めていないはずだが」

「俺も誰とも揉めていない。ムショを出たばかりだしな」

　それを聞き、兼岩の表情が動いた。

　しばらくじっと波岡を見つめていたが、やがて「お前、波岡か？」と訊いた。

「俺は、顔すら分かっていない人間にタマを狙われていたわけか」

「ちょっと待て。俺は命まで取れとは言ってないぞ」

「じゃあ何を言った？」

「総国会に……波岡の動きにはよく注意しておけ、と言っただけだ」

「注意して、もし何かあったら？」

「そのときは、それなりの処置をしろと……。ただ、あそこは年中サツに目を付けられているから、自分たちで動くわけにはいかない。サツがまったく関心を持っていない枝の組にやらせろとも言った。だが、殺せとは言ってないぞ。そんなことは一言だって口にしていない」

「そりゃ、使用者責任ってのがあるんだから、はっきりとは言えないよな。『親の心を汲《く》み取るのが子の役目だ』なんて綺麗事《きれいごと》を並べてるが、何かあったら、自分は何も知らなかった、全部子分がやったと言うのがこの世界だ。だが、俺はそれをどうこう言ってるんじゃない。そんなことは知ってて稼業の道に入ったんだから、理不尽だと言うつもりはない」

「じゃあ何だ？」

波岡はあの日のことを思い出し、目を細めた。

「――俺の出所を迎えてくれたのは、頭の……いや、頭だったと言うべきかな……蕗川さんが寄越した人間だった。その人から、頭に頼まれて迎えに来たこと、頭が俺に金を残してくれたことを聞いて、すぐにピンときた。これは、頭からの〝詫《わ》び金〟に違いないと。頭は俺に『いろいろ言いたいことがあるだろうが、全部胸の内に収めて、この金ですべて水に流してくれ。組のことは忘れてくれ』と言うつもりだったんだろう。一足遅れで、それは間に合わなかったけどな」

兼岩は何とも言えない渋い表情で黙っていた。

「俺と頭は面識はなかったが、あれほどの人が、俺を騙すはずがない。俺はあの人を信じて協力したんだ。塀の中に居ても、組や頭の役に立てることが誇らしかった。もちろん、そのときにはまだ出世への色気もあったから、これで俺も出所後は幹部だ、なんて想像をしたこともあった」

そこまで言って、波岡は大きく一つ息を吐いた。

「せめてもの救いは、蕗川さんが、俺が思っていた通りの人だったってことだけだ。あの人は、俺に金と一緒に経を残していた。その経の間に手紙が挟んであって、『こんなはずじゃなかったんだが、それもこれもみんな組のためと思って諦《あきら》めるしかない。お前には悪いことをしたと思っている』と書いてあった。予定が狂ってしまったのは、あの人のせいじゃない。サツにもっていかれてムショの中で身体を壊して引退するしかなかったことも、さらに悪いことに組長まで服役することになり、組のナンバー1と2が留守の間に、若手幹部の一人に過ぎなかったあんたがちゃっかり、自分の後釜《あとがま》に座ったことも、誰にもどうすることも出来なかったことだ。きっと、そういう運命だったんだろう。だからこそ、頭は俺に詫びようとしたんだ。そして、この金で新しい人生を始めてくれと言いたかったんだと思う。俺はそうするつもりだった。お前らが俺を放っておいてくれさえしたら、俺はここには来なかったんだ」

「分かった。そっとしておくから……本当だ。総国会には俺から言う。だから銃を仕舞え」

「信用できない」

波岡は低い声で吐き捨てた。「──あんたは俺や蕗川さんに嘘を吐いた。だが、蕗川さんは、組のためだと言うあんたを信じて、その嘘に目を瞑《つむ》ったんだろう。それに、組があんたを必要としているのも本当なんだろう。だから俺もそうするつもりだったのに……。二度騙されるつもりはない。ここで引き下がったら、自分の中でけじめがつかないんだよ」

そう言うと、波岡は迷わず引き金に手をかけた。

そのときだ。

玄関のドアから誰かが音も立てずに、だが勢いよく飛び込んで来た。一人はルディだとすぐに分かった。もう一人は、背中に小さな羽を付け、パンツが見えそうなくらい短いスカートに白いリボン、片手で電磁警棒をバトンのようにくるくる回し、もう片方に銃を持った女が……。

「月に代わってSMよ──って、そんなわけねぇーだろ！」

あまりの驚きに気が遠くなった波岡は、つい引き金を引いてしまった。

銃声がして、兼岩が小さな声を上げたかと思うと、ゆっくりと倒れた。

5

三時間後。

「――歳のわりに血の気が多いな」

ルディは後部座席に座っている波岡に罐《かん》ビールを差し出しながら、にやにや笑って言った。

波岡はそれを受け取り、まじまじとルディと運転席の若い男を見た。確かこの男もシルバー・オクトパシーの社員のはずだ。

隣に座っているサオリのことは、敢《あ》えて見ないようにした。

兼岩を撃つ直前、部屋の中に入って来たのが彼らだった。

素早く静かに進入して来て、あっという間に波岡を拉致《らち》していった。

「なぜあそこに来たんだ？」

波岡はプルトップを引きながら訊いた。

「兼岩を見張っていたんだよ。あんたが来るなら、ボディガードがいる東京ではなく、兼岩が一人で行動する地方だと思ってね。もっとも、ボディガードがいたところで、あんたにとっては大きな問題じゃなかったと思うよ」

運転席の男が答えた。

「どうしてだ？」

「いまは昔みたいに、ぞろぞろボディガードを連れて歩くことはない。見るからに人相が悪そうなのを引き連れてたら、すぐに近隣から苦情が来て警察が動き出すからね。まして、経済ヤクザの兼岩は、ソフトなイメージを通したいという事情もある。それに、以前みたいに組長が狙われたからって、身体を張って盾になるような組員もいないよ。何しろ組員だって分かったら、生命保険にも入れないいんだぜ。癌《がん》や糖尿病の持病があっても入れる保険はたくさんあるのに、ヤクザだけは入れない。組からもわずかな見舞金しか出ないとなれば、誰も身代わりに死んだりしないさ」

「おかしな世の中だな」

波岡はそう呟くと、ビールを飲んだ。

「そう。ところが、世の中がおかしくなってることを分かってないあんたは、こっちの読み通りに、わざわざ伊豆まで行って女のマンションで兼岩を待ち伏せていた。それで、俺たちもここまで来たってわけ」

ルディは何でもないことのように軽い口調で言った。

「そこまでは邪魔しないでくれたことは感謝するよ」

「邪魔なんてするものか。うちは、自己責任がモットーだ」

「だが、その後が悪い」

波岡はちらっとサオリを見たが、目が合ったとたん顔を背けた。「——妖怪に驚いて、つい撃っちまったじゃないか」

「何言ってんの。撃つ気満々だったくせに。ヤクザが銃持って、人を撃たずに何撃つのさ？　射的でも撃つ気？！」

サオリが不満そうに口を挟んだ。

「そりゃそうだが、心の準備ってものがあるだろう。お化け屋敷に入ったら、いきなりろくろ首が出て来たんで、驚いて撃ってしまいましたじゃ、格好が悪い」

「贅沢《ぜいたく》言うんじゃないよ、ボケじじい」

「なあ、あんたが持ってるそれ……片方はバイブで、片方は何て銃だ？　そんな銃、見たことない」

「マイクロＵＺＩだよ。短機関銃、と言ってもストックを畳めば拳銃くらいの大きさになるし、照準器装着も簡単。接近戦での威力は抜群。フルオートで敵も味方も皆殺しよ」

「助手席と替わりたい」

「ボンネットに裸でしばりつけてやろうか」

「あとにしろ」

ルディが振り返って言った。「まだ仕事が残ってるんだ」

「何をする気か知らんが、これ以上俺と関わらない方がいいぞ。あのまま兼岩が死んだら、俺は殺人犯だ。あんたらには世話になったから、迷惑をかける気はない」

「それなら心配ない。兼岩はぴんぴんしてるから」

運転席の若い男が、ミラー越しに笑いながら言った。

「何だと？　妖気にあてられたとはいえ、間違いなく腹に一発撃ち込んだ。とどめはささなかったが、ちゃんと当たったんだから命があったとしても、軽傷じゃないはずだ」

「その通り。でも、兼岩は防弾ベストを着てたんだ。ＳＷＡＴも装備している最新型で、９ミリ弾を食らっても大丈夫なやつだ。欲しければ一枚売るよ。――八掛けでどう？」

若い男が言った。

「あいつ、妾の家に行くのにそんなものを着てるのか?」

驚いた波岡は、もう少しで罐ビールを落としそうになった。

「まさか。うちの新人社員が寒空にバイクを飛ばして、宿まで配達したんだ。『あなたは命を狙われてます。どうぞこれを使って下さい』って」

「どうしてそんなことを……」

「人助け」

すぐさま若い男が言った。ルディは声を上げて笑い出した。

「ここで兼岩を殺して、何が変わると思う? あんたはまたムショに逆戻りで、もう二度と戻って来られない。八神会には新理事長が誕生し、けっこうな額の香典を手にするだけだ。そして——ここが肝心なところだが」

ルディは一呼吸置いてから、ゆっくりと続けた。「我が社はまったく得しない」

「なんだと?」

「これから、うちがあんたと兼岩の間に入って、話をまとめる。まかせておけ。交渉は得意だ。兼岩にはあんたのことをきれいに忘れさせるから、あんたも八神会のことは忘れろ。うちは兼岩に大きな恩を背負わせて、これから仲良くやっていくつもりだ」

——何を言ってるんだ？

意味が分からず、しばらくの間波岡は呆然《ぼうぜん》としていたが、次第に状況が呑み込めてきた。

——なんて連中だ。そういうつもりで、俺や兼岩を見張っていたのか。

波岡はしばらく言葉がなかった。

やっと出た言葉が、「——汚いねぇ」だった。

「よく言われる」

とルディ。

「血の気が多いだけじゃなく、歳のわりにウブだな、おっさん」

と若い方。

「サオリ姫さま、もっと虐《いじ》めてと言え」

これは問題外としても、どうやらこの連中の方が何枚も上手らしい。

波岡はビールを半分くらい一気に飲み、それから前席の二人を見た。

「一つだけ教えてくれ。俺が兼岩を弾きに行くと、なぜ分かった」

ルディの顔から笑みが消えた。

「ユリアが言ったんだ。あんたは、最後まで自分のスジを通そうとする、そういう男だって。蕗川がつけられなかったカタを、代わりにつける気だ、ってね。賭けるかと誘われたが、やめておいた。俺も同じ考えだったから、賭けにならない」

6

ルディたちが波岡をさらって行った後、入れ違いに部屋に入って来たのはシルバー・オクトパシーのナンバー2である桂川だった。

「言った通りだったでしょ、兼岩さん」

桂川はローデンストックの奥の優しそうな目を細めた。「狙われてるって」

「ああ、まったくだ。おかげで助かった。撃たれたときは死んだかと思ったよ」

桂川はリビングのソファーに腰を下ろし、脚を組んだ。兼岩も正面に座った。

「その防弾ベストなら、頭でも撃たれない限り、まず問題ありませんよ。SWATが突入用に開発したという話ですから、軽くて頑丈だ。女にはよく言い含めて、何もなかったことにすることとです。八神会の理事長が狙われたことが外に漏れると、組の体面もさることながら、ここぞとばかりに警察が動き出すでしょう。何しろ彼らにとって、あなたが加害者か被害者かなんて関係ない。捜査に入る口実があればいいんですから」

兼岩はネクタイを緩めながら、桂川を見た。桂川は穏やかな声で続けた。

「もしこの件が警察の耳に入り、警察が波岡を捕まえたら……。あの男はもう組を離れた人間だ。蕗川が死んだいまとなっては、庇《かば》い立てする必要もないから、きっと全部喋《しゃべ》るでしょうね」

「何が言いたい」

低い、凄《すご》みある声だ。

普段は穏やかに振る舞っていても、こういうときにヤクザの片鱗《へんりん》が顔を出す。

「前の頭の蕗川さんは昔気質のヤクザ、いわゆる極道ってやつでしたね。何より盃を大切にし、それによって結んだ縁こそがヤクザのすべてだと信じているような人だった。親のために子が死ぬのは当たり前、そして、親や組のために尽くしてくれた子のために、親が出来る限りのことをしてやるのも当たり前だ。――違います？」

「まさしくその通りだ。立派な人だった。だがな、時代ってものを分かってなかった」

「それは認めます」

桂川は静かに頷いた。

「あの人はヤクザの一番いい時代を知ってたから、しょうがねぇけどな……。みんな血気盛んで、自ら鉄砲玉を志願し、何かあったら一番に自分が親分の盾になる、そんな夢みたいな時代さ。だが、警察の頂上作戦によって、その夢は粉々に砕かれた。あんたらもよく知っての通り、いまの俺たちは息も絶え絶え、何とか生き残ってる状態だ。それなのに、若頭は組のために長い務めに行った連中の家族の面倒や出所後のことまで、すべて組で面倒を見る気でいた」

「そこだけ聞けば、任侠《にんきょう》映画にもなりそうないい話なんですがね。広域暴力団のモットーが、〝ゆりかごから墓場〟までなら、新規加入者が増えますよ」

「まったくだ。だが現実には、いい話なんてねぇんだ。頂上作戦以降、ヤクザの刑期は他より長いのが当たり前になった。同じ罪でも、暴力団員は他よりずっと長い。殺しともなれば軽く一五、二〇年を越える。想像してみろ、どれだけ長い年月か。その間、ずっと家族の面倒を見るのか？」

桂川には、兼岩が言わんとしていることがよく分かった。

一人の服役者に妻一人子一人だとして、どのくらいの金が必要になるか、計算するまでもない。

「バブルが弾けてからは、服役してる連中の家族に回す金はどんどん減っていった。いまでは出している組の方が少ないくらいだ。若頭はそのことを気に病んでいた。せめて、組員が長い務めから戻って来たときに、暮らし向きが立つようにしてやりたいと……。ほとんどの者は、シャバに戻って来るときはけっこうな歳だ。ヤクザを辞めるにしても続けるにしても、生業《なりわい》を持たせないことには暮らし向きがたたない。だが、そんな当たり前のことができないのが前科者だ」

「それで前科消しくらい、組で何とかしてやろうと思いついたんですね」

桂川の言葉に、兼岩は呆《あき》れ顔で頷《うなず》いた。

「あの人がそんな慈善事業みたいなことを考えていた頃だったかなぁ……悪名高い〝死刑所〟で暴動が起きた。その首謀者が、八神会の枝の組員で六本木襲撃事件の立役者、波岡らしいという噂が流れてきた」

「それで、蕗川さんは波岡とコンタクトを取る気になったわけですか」

「たぶんな。これは俺の想像だが、あの人は波岡に若いときの自分を重ねていたのかもしれない。たった一人で関西の組事務所を襲撃した度胸の良さ、刑務所で暴動を指揮するほどの他の囚人からも信頼されてたという人間性……きっとそういうものが、若頭の趣味にぴったり合ったのさ」

皮肉っぽい口調だ。

生前、蕗川が兼岩を買っていなかったのは周知のことだ。

しかし、彼が服役している間に、結局若手幹部の中でももっとも資金力のある兼岩が理事長の椅子に座ることになった。

「波岡に刑務所内で、前科消しの協力者を集めさせるとは、考えましたね」

「まったくだよ。あの人、頭は悪くなかったんだがな……。妙な意地やメンツが鼻につくところがあって、それで敵も多かった」

しかし、それがあってのヤクザ稼業ではないのか？　桂川はそう思ったが、黙っていた。

「想像以上の集まりの良さだった？」

「その通りさ。前科消しに必要な協力者を、服役者の家族から集めるってのは、本当に名案だった。服役者の身内の間で、養子縁組、結婚、離婚をくり返すだけでいい。もちろん、服役者が組関係者である必要はない。詐欺、強盗、婦女暴行……罪状なんて関係ない。塀の中ではみんなお仲間ってわけだ」

「囚人Aの女房と両親が、Bの前科消しに協力する。すると、Aが出所したとき今度はBの身内が協力してくれる——こんな感じでしょうか」

「そうだ。実際は二者間ではなく、もっと複数の間でそれをやるわけだ。そうやって回していけば、どんどん新しい戸籍が出来ていくから、素性を調べるのが難しくなってくる。しかもこれの一番いいところは、金を動かす必要がないってところなんだ。助け合いの精神に基づく、いわゆる相互扶助ってやつだ」

兼岩はにやりと笑った。

「なるほど」

「しかも、前科を消したがっているのは本人だけでなく、むしろ家族の方が多いんだ。身内に前科者がいることを世間に隠して生きている連中は、いつ知られるんじゃないかとびくびくしている。結婚や就職を控えていれば、なおさらだ。前科消しによって、前科を持つ身内が自分たちの戸籍から見た目だけでも消えてくれるなら、それがどれほど有り難いことか分かるか？」

「ええ」

桂川は頷いた。「――波岡は、そのネットワークに加わることを了解した受刑者の名を、写経に隠して何も知らない柏木弁護士のところに送り、そこから総国会へと転送していた」

「よく知ってるな。さすがに吉原の亡八だ。お前らを引き込むなんて、頭もとんでもない置き土産をしていきやがって」

「ひょっとしたら、西池袋にある関東一心会の会社は、それに協力してくれた家族に金を回すために使われていた?」

「それも承知かよ」

二つの会社に大量の写経があった理由はそれだ。前科《マエ》消《ケ》し《シ》に協力してくれた家族には多少なりとも謝礼をという、わずかに残ったヤクザの見栄に違いない。

兼岩は憎々しげに舌打ちした。

「それは仕方ないでしょう。蕗川さんが服役中の組員のために、ヤクザとは思えぬ善意で思いついたことを、あの人が服役している間にあなたが自分の儲け話に勝手に利用し始めた。元気なときならともかく、服役中に身体を壊したあの人は、それを黙認するしかなかった」

兼岩が黙って桂川を睨《にら》んだ。

二人の間に、しばらく沈黙があった。それを破ったのは桂川だ。

「――中央アジアルートは儲かってるようですね」

若いとき、世界有数の芥子《けし》畑の近くで過ごした兼岩は、日本に戻ってからもずっとこの地域との取り引きを目論んでいたに違いない。

安定した供給をキープするためには、しっかりとしたネットワークの構築が必要だ。現地の有力者や役人を丸め込み、ちゃんとした日本の会社との貿易取り引きや人的交流という形を作る必要があった。

バックパッカーがわずかな量の薬物を持ち込もうとしても空港で捕まるが、政府の認可と税関通関証を持ち、堂々と運ばれてくる荷物の中身に隠されたものは、見つかりにくい。

兼岩は危険ドラッグの原料のための、合法的な会社作りを始めた。それに携わる人間の〝新しい身許〟を作るために、蕗川が集めた協力者が必要だった。

だが、蕗川の目の黒いうちはそこに割り込むことが出来なかったのだろう。

しかし彼が長期に服役することになり、状況は変わった。蕗川の留守の間、兼岩はちゃっかりと後釜に座り、波岡から送られて来る写経を自分の組で受け取って、いいように使っていた。

「シャブは御法度、なんて言うきれい事が通用したのは、もうずいぶん昔の話だ。いまは扱ってない組はないくらいで、扱わないとやっていけないのが現実だ。頭は俺がやってることを嫌っていたが、そのおかげで組が持ち直したことも分かっていたから、強くは言わなかった。言えなかったんだろう。病気のこともあったが、あっさり引退を決めたのは、それがあったからだろう。だが、その辺の事情をわざわざ波岡には知らせなかったみたいだな」

蕗川にしても、自分を信じていた波岡に対し、「本来の目的とは違うことに使われ始めたから、もうやめよう」とは言い出せるはずもない。

あるいは、組に対する忠誠だったのかもしれない。兼岩の言う通り、いまの八神会を支えているのはこのシノギだ。おそらくこれがなくなったら、八神会もなくなる。だから、せめてもの詫びに波岡のことをシルバー・オクトパシーに依頼して金を残したのだろう。

兼岩はシャツのボタンを外し、防弾ベストに視線を落とした。腹部に弾がめり込んでいる。それを指でつつき、何がおかしいのか、ふっと笑った。

「どうかしましたか?」

桂川が訊くと、兼岩は今度は大声で笑い出した。

「いまどき、たったその程度のことで俺を弾きに来るような根性の奴がいるなんて……。しかもたった一人で、ムショから出たばかりだって言うのに、後先なんかまったく考えてない。根っからのヤクザなんだな、あの波岡って男は」

「筋金入りですよ」

「あんなのは、もう塀の中にしか生息してないんだろうな」

兼岩はそう言って、防弾ベストにめり込んだ弾を見つめていた。

7

翌日の昼過ぎに、吉原の事務所に桂川が帰って来た。

事務所にいたのはサオリと鈴木だけだ。

いつものように花札をしていたが、いつものように一方的に鈴木がカモられているようだ。

「おかえりなさい」

鈴木が顔を上げた。

「他は？」

「國は竹田の新しい会社に挨拶、庚は安甲の前川のところ。いよいよ関東進出に本腰入れるって話だから、黙って見てる手はないわ。ルディは……どっかその辺でパンツを脱いでるんじゃないの」

「ユリアは？」

「デート」

「波岡とか？」

「たぶんね」

サオリは興味なさそうに言うと、桂川を見た。

「話はまとまった？」

「ああ。これ以上ないと言うほど、見事にまとまった」

言葉通り、満足げな表情だ。

「ふーん、そりゃ良かったじゃん」

「うちの庭先での八神会のシノギには目を瞑る。その代わりにショバ代はちゃんといただく。中央アジアルートについての秘密厳守料金もだ」

「当然」

「それと、うちが波岡の後釜を用意すると約束してきた。八神会のシノギを円滑に進めるためには、前科消しの協力者はこれからも必要だ」

「安請け合いして大丈夫？　あの男の後釜なんて、そうは見つからないと思うわよ。余計なことは喋らず、謝礼も要求せず、ただ黙々と組のために尽くすバカなんて、いるわけないじゃん」

「だろうな。絶滅危惧種を見つけるのは、難しいだろう。もしかしたら、あれが最後の一頭だったのかもしれないし」

桂川は穏やかな声で言った。

「無責任ね。どうする気？」

「何も珍しい動物を無理して捜す必要はない。どこにでもいる平凡な者に代わりをやらせればすむことだ」

「どういうこと？」

「サオリ、お前のファンに変態でオタクでラブライブ！のフィギュアを全部持ってる法務省の男がいたな。あんなのでもキャリアなんだろ？」

「ひょっとして福田のこと？」

サオリは厭そうな顔で訊いた。

「それだ。そいつに、ＬＢ級刑務所の職員、刑務官、医療スタッフのリストを貢がせろ。その中には、借金や愛人で苦労している者がいくらでもいるはずだ。受刑者を利用するより、こいつらを利用する方がずっと手っ取り早い。いままでは一つの刑務所だったが、これからは複数の刑務所で協力者を集められるんだ。兼岩は大喜びだろう。

すぐに波岡のことなんか忘れるさ」

「いいけどさー、あいつの機嫌取るのは疲れるのよね。餃子《ギョーザ》食うときも、にゃんにゃん言わないといけないし、オレンジの下着が一番興奮するとか、訳分かんないし……」

サオリはあまり乗り気がしないようだ。

「これも仕事だ。しっかり、月に代わってＳＭしてやれ。生かさず殺さず、一滴も出なくなるまで絞り取れ」

そう言うと、桂川は奥の部屋へと向かって行った。

六本木ヒルズを見るのは初めてだ。

波岡はそう言って、珍しそうに周囲を見回している。

無理もない。血気盛んなこの男が、銃を握りしめて六本木の組事務所を襲撃したとき、ここにはこんな建物はまだなかった。

この男は、あまりに長い時間を無駄にした。だが、本人は無駄だとは思っていないのかもしれない。

「懐かしい？」

ユリアが訊くと、波岡は「いや」と首を横に振った。

「あまりに変わっててピンとこない。懐かしく思えるものが何もないんだ。ここは俺の知らない街で、これだけたくさん歩いている連中も、みんな俺の知らない連中ばかりだ」

「そのうち、知り合いが出来るわよ」

「そうかな」

波岡はしばらく街を眺めていた。

やがて、静かな声で言った。

「——こうなるように仕向けたんだろ？　それで俺にチャカをプレゼントしてくれたんだな」

「そういうことかしらね……」

ユリアは正直に認めた。

「やっぱりな」

「八神会に狙われてると分かった人間がすることは三つしかない。警察に保護を求めるか、逃げるか。残る一つは、自分を狙っている奴を消すか。あんたの場合、警察に保護を求めることは、まずない」

「俺が逃げるとは思わなかったのか？」

「可能性はある。だから、マカロフを渡した。あんたみたいな男は、銃を握って、何もせずにすむはずがない……そう思ってね」

「俺みたいな男の習性をよく知ってるんだな」

波岡は少し笑ってから、ユリアを見つめた。

「俺が死んだら？」

「死ぬか生きるかは、運次第よ。あんたも長いこと極道を張ってきたんだから、覚悟はできてるはず。カチコミで死ねるなら本望だと思ってね。だけど、死んで欲しいと思ってたわけじゃないわよ。だから、ちゃんと助けてあげたでしょ？」

波岡が空を見上げて大きく一つ、息を吐いた。

息が白く曇る。予報では、週末には東京でも初雪が降るかもしれないということだ。

「俺をはめたな」

波岡が言った。

「何とでも」

「最初からそのつもりだったんだろう？　俺に兼岩を狙わせて、あんたらが間に立つ。稼ぐことに夢中の兼岩は、絶対に警察沙汰《ざた》にはしたくない。手を汚したくない、喧嘩《けんか》もしたくない。まして相手があんたらじゃ、八神会だって無傷ってわけにはいくまい。いまの組が、そんな危険を冒すわけがない。その綺麗な顔で、『うちが間に立ってやろう。波岡にはうちから話をつけてやる』とでも持ちかけられれば、兼岩は首を縦に振るしかない」

「ビンゴ」

「見返りは何だ？ 金か？」

「ビジネス関係の強化。それに……」

「それに何だ？」

「あんたの命」

何がおかしいのか、波岡は笑い出した。

「そうか、俺の命乞《いのちご》いまでしてくれたってわけか」

「蕗川の本当の望みはそれだった。――そうでしょう？」

「かもな。会ったこともないあの人だけが、俺のことを本当に考えてくれていたのかもしれない」

「これでもう狙われることはない代わりに、あんたと八神会の縁も完全に切れた。本当にもうヤクザ世界とは無縁よ。このまま東京にいるもよし、他の場所で新しく人生をやり直すもよし。前科消しが希望なら、いくらでも何とかしてあげる。何しろ、あんたが集めた協力者が大勢いるんだから、そのうちの一人、二人を自分のために使ったところで、八神会も目を瞑るでしょう」

「そんなこと言っても、俺は何もやり直す気はないよ。昔からこんな性格だし、この歳で直せるわけもない。いまさらなにをやり直せって言うんだ。前科は死ぬまで付いて回るものだ。消えることなんてないんだ」

波岡は困惑したような顔でユリアを見た。

ユリアはにっこり笑った。

「大久保の店の親父《おやじ》が、戻って来てくれって言ってたわよ。あんたに死なれたくないって、うちに泣きついてきた」

「本当か？　短い付き合いなのに、俺のことをそんなに心配してくれるなんて……」

波岡の表情が緩んだ。

「実はあの店、来春からスタートする更生者《こうせいしゃ》支援プログラムのモデルケースに選ばれて、来月から特別扶助金が支給されることになったの。いままでも、法務省の『協力雇用主に対する刑務所出所者等就労奨励金』も受け取ってて、これだけでも年間最大で七二万円が支給されるし、さらにそれプラスの扶助金がいただけるってわけ。あの欲深い爺さんから、もう二、三人手頃な出所者を回してくれって頼まれてるのよ。あんたみたいに、余計なことを言わず、安い給料でも文句を言わず、ついでに誰かに狙われるような臑《すね》に傷持つものなら、店のことをあれこれ喋ったりしないからって安心だって……」

波岡は口を半開きにして、ぽかんとした顔でユリアを見つめた。

「——どいつもこいつ、俺みたいな前科者を骨までしゃぶりやがって……。世の中、どうなってんだ」

「それがシャバよ」

「シャバってのは、酷い地獄だぜ」

波岡は肩を落として、大きなため息を吐いた。

「ムショに戻りたい？」

「いや」

そう言って、波岡はユリアを見た。「——あんたみたいにとっても魅力的で腹黒くて卑怯《ひきょう》な弁天さまは、あそこにはいない。ムショにいるのは、清く正しいシャバを夢見て更生しようとしてるいい奴ばかりさ」

そう言って、波岡は歩き出した。

解説——荒唐無稽でコンパクト、そして本物の凄味

村上貴史
（ミステリ書評家）

■亡八

亡八とは、客ではないのに吉原に存在していた男衆のことである。女郎屋を仕切ったり、女たちの用心棒のようなことをしていた連中だ。人間の八つの徳である「仁義礼智忠信孝悌」を忘れてしまった畜生同然であることから、亡八と呼ばれるようになった。

現在の吉原において、「イカ天国」というソープランドのビルの四階に事務所を構える情報屋シルバー・オクトパシーも、亡八と呼ばれている。

本書は、そんな亡八の活躍をたっぷりと堪能《たんのう》できる一冊だ。

■鉱物

一九九九年二月に超重量級のスパイ小説『プラチナ・ビーズ』によって、五條瑛は読者の前に姿を現した。

同書は、横須賀基地から失踪した米兵が金沢の海で死体になって見つかった事件を発端として、北朝鮮に関する極秘計画を主に在日米軍系の諜報機関である〈会社〉が暴いていく姿を描いた大作だ。文庫版で七三六ページというこの作品は、その極秘計画の設計そのものや終盤の洋上シーンの迫力も魅力ではあったが、最大の魅力は、小説の中心人物でもある葉山隆の属するチームの設定にあった。

まずはエディ。〈会社〉の一員としてチームを率いる彼は、HUMINT（人的情報収集）のプロであり、表向きは軍を離れたが、今でも根っからの軍人である。豊富な情報を持ち、知恵が回り、それを活かして部下への嫌がらせを愉《たの》しむのだが、その有能さは圧倒的であり、部下としては逃げ場がない。そしてそのエディの配下で動くのが、葉山隆である。彼の外見はまさに白人だが、思考も国籍も日本人である。同じくエディの指揮下にある坂下冬樹は、在日米軍横須賀基地NISC（海軍調査軍）の調査員である。アメリカ育ちの彼は、外見は全くの日本人だが、葉山とは逆に、思考も行動も徹底的にアメリカ人だ。そんな彼等――米国や日本と単純に割り切れないチーム――が、北朝鮮を巡る疑惑を探っていく物語なのである。

このチームの物語は《鉱物シリーズ》と呼ばれ、続篇である『スリー・アゲーツ』（九九年）や、番外篇と位置付けられる『夢の中の魚』（二〇〇〇年）や『君の夢はもう見ない』（〇二年）『3Way Waltz』（〇三年）『赤い羊は肉を喰う』（〇七年）『動物園で逢いましょう』（〇九年）と刊行されてきた五條瑛を代表するシリーズである。

これらのなかで、シリーズ第二長篇『スリー・アゲーツ』は、作家としての第二作でもあったが、早くも第三回大藪春彦賞に輝いた。同賞の第二回も新人作家の第二作である福井晴敏『亡国のイージス』だったが、彼が前年の江戸川乱歩賞受賞作家だったのに対し、五條瑛にはそうした〝箔〟はなく、また、五條作品と受賞を競った候補作のなかには江戸川乱歩賞受賞作家やサントリーミステリー大賞受賞作家の作品も含まれていた。つまりは追い風のないなかでの新人の第二作『スリー・アゲーツ』の受賞なのである。五條瑛の小説の力を純粋に物語る受賞といえよう。

五條瑛の小説の力とは、まずは状況を描く力である。

二〇一四年に刊行された『シルバー・オクトパシー』を紹介する徳間書店のWeb

サイトの著者紹介を引用しよう。「大学時代は安全保障問題を専攻。大学卒業後、防衛庁に就職し、調査専門職として勤務。退職後、フリーライターを経て」作家デビューとのことである。そうした経歴であるが故に、現状を把握する力量は抜群。それが作品の各所から立ち上ってくるのである。そこに小説家としての〝嘘〟を交えて、五條はある種の計画――例えば陰謀――を作り出すのだが、それが全体としてとにかくリアルで読み手を圧倒するのである。

そのうえで、その計画の全体像を把握すべく動くチームの造形力にも溢《あふ》れている。冒頭で紹介したエディのチームなどが代表例である（だからこそスピンオフしたキャラクターによる番外篇なども成立しているのだ）。

その二つの力が、より読みやすいかたちで活かされたのが、前述した『シルバー・オクトパシー』と、その姉妹篇である本書『極道転生』である。

■銀ダコ

このシリーズの第一弾となるのが『シルバー・オクトパシー』。冒頭に記した組織の名をタイトルとした作品だ。金のためなら何でもやる情報屋集団で、亡八として知られつつも、シルバー・オクトパシーは、〝一番確実で信用できる〟といわれている。その道では信頼された組織なのだ。ちなみにこのオクトパシー＝タコを彼等が名乗るのは、亡八の八に起因するものではなく、このチームが一つの頭と八つの足、すなわち八人のメンバーから成り立っていることによる。

八人のなかでチーフを務めるのが、桂川暁史。アメリカ国籍の日中ハーフで、有能なビジネスマン風の外見である。彼に続く古株が、日本とジョージアの血を引く永川ユリア。四〇代の金髪美女だ。ルディ・倉持は、枢軸国すなわち日独伊の血を引き、騙《だま》した女の数と偽装結婚回数はチーム随一という男。ロン・シャオは香港出身の中国人。高校から大学院まで、日本の学校を卒業している。この四人を古株とすると、中堅どころにあたるのが、在日三世の木村庚二と、チームで唯一の日本人である三笠國だ。ちなみに三笠國は、義父と三人の義母は皆外国人という環境で育った人物。彼等と同じく三十路ではあるが、場所によっては二一歳で通しているのが、自称〝永遠の処女〟というコスプレマニア、ゴーン・サオリだ。ミャンマーとタイの血を引く日本育ちである。そんなサオリが、一切の人権を認めず、自分の奴隷のように酷使しているのが新人の鈴木達郎。パラオの日系社会出身の若者だ。

この経歴も外見も思考もバラバラな八人の上に立つ社長すなわち「一つの頭」は、

読者の前には姿を現していない。それどころか、メンバーのなかでも一人しかその顔を見ていないという。それでもシルバー・オクトパシーは、機能しているのだ。

さて。

北朝鮮に五億円を届けて欲しい——それがシルバー・オクトパシーへの依頼だった。彼等の能力からすれば、特に無理な依頼というわけでもない。そんな彼等には、また別の依頼も舞い込んでいた。脱北者の女性を安全な先進国に逃がしてくれというのだ。こちらも金はかかるが難しいというわけでもない。これらの依頼に応《こた》えようとシルバー・オクトパシーは動き始めるが、依頼人の一人が不審な死を遂げるなど、好ましからぬ状況が生じ始めた……。

『シルバー・オクトパシー』は、「読楽」の二〇一二年五月号から一三年一二月号にかけて連載された後、改稿を加えて二〇一四年に単行本として刊行された。朝鮮半島と日本の事情を背景に、私利私欲と政治的思惑が複雑に入り組んだ〝好ましからぬ状況〟を、シルバー・オクトパシーの面々が個々の才覚や人脈や技量を活かして打開し、依頼を果たしていく様が痛快かつ軽快な小説であり、最終的に浮かび上がる〝真実〟も意外性に富みつつ説得力があるという贅沢な一冊であった。それから二年。本書『極道転生』が文庫書き下ろしとして世に出ることとなった。前回の題材が北朝鮮なら、今回の題材はヤクザ、あるいは極道である。

関東一の構成員数を誇った広域指定暴力団『八神会』の若頭を務めた䕃川清治郎は、現在病床にあった。その彼がユリアに依頼したのは、かつて八神会の二次団体『青流会』で幹部を務め、四三歳の時に関西の組の幹部を弾《はじ》いて一六年の刑をくらった波岡に関することだった。いよいよ出所することになった波岡だが、彼は筋金入りのヤクザであり、新暴対法が施行された今となっては組に戻すことはできない。そこで、その事情を波岡に伝え、金などの入った鞄を渡して欲しいというのだ。ユリアは旭川刑務所を訪れ、その依頼を果たす。依頼は無事完了という認識だったが、二週間後、波岡から助けを求める連絡が入った。何者かに撃たれたというのだ……。

この波岡の娑婆《しゃば》への復帰を巡るストーリーを軸として、入国の際にシルバー・オクトパシーが書類の偽装で関与した外国人研修生が起こした無差別殺傷事件など、複数のエピソードを絡めた『極道転生』は、やはり五條瑛の持ち味が十分に発揮された一冊である。新暴対法が極道の世界に与えた影響をきっちりと分析し、彼等が生き延びるために知恵を絞った結果としての巧妙な〝絵図〟を描き出す。そしてその絵図を探る役としてシルバー・オクトパシーの面々を配置し、さらに、義理人情と冷徹な計算という新旧の極道の対比を際立たせつつ計画が計画通り進まなくなる不確定要素として波岡を放り込む。隅々まできちんと設計された小説なのだ。

しかも展開はスピーディーだし、前作『シルバー・オクトパシー』をお読みの方はご承知だろうが、チームの面々の個性が生み出すユーモアにも満ちている（なかでもユリアとサオリは相変わらず強烈な存在感を放っている）。また、波岡の姿を通じて塀の内側と外側のどちらが地獄なのかを考えさせる深みを備え、現代ヤクザと東南アジアの関係を踏まえて案出された〝ビジネス〟に凄味《すごみ》を感じさせつつ、ボリュームは二五〇ページ程度とコンパクトに仕上がっている。そう、一息で読み切れるタイプの魅力を備えているのだ。朝鮮半島問題を題材とした前作とは独立した一冊なので、本書を先に読んでも構わない。五條瑛という存在が気になっていた方に是非とも手にとって戴きたい作品だ。

■五條瑛

荒唐無稽なキャラクターを操り、現代社会のリアリティをリアルなままにエンターテインメントに昇華させる五條瑛の才能。これは紛れもなく本物である。

その本物の才能が、これからも本シリーズを書き続け、いつの日か社長も読者の前に登場させてくれることを願い、さらに、連載が完了している《鉱物シリーズ》本篇の第三弾『パーフェクト・クォーツ』を一冊に纏《まと》めてくれることを望みつつ、本稿を終えるとしよう。

二〇一六年五月

この作品は徳間文庫のために書下されました。
なお本作品はフィクションであり実在の個人・団体などとは一切関係がありません。

徳間文庫

シルバー・オクトパシー
極《ごく》道《どう》転《てん》生《しょう》

2016年8月15日 初刷

著者 五《ご》條《じょう》瑛《あきら》
発行者 平野健一
発行所 東京都港区芝大門二―二―一 〒105―8055
株式会社 徳間書店
電話 編集〇三(五四〇三)四三四九
販売〇四八(四五一)五九六〇
振替 〇〇一四〇―〇―四四三九二
印刷 本郷印刷株式会社
製本 ナショナル製本協同組合

ISBN978-4-19-894130-7 (乱丁、落丁本はお取りかえいたします)

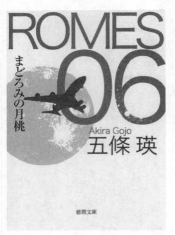

名利無縁

高千穂町岩戸 故郷《ふるさと》を拓いた気骨の系譜

工藤　寛 著

みやざき文庫 138

目次

名利無縁

高千穂町岩戸　故郷《ふるさと》を拓いた気骨の系譜

3章 田成《たなり》の里――総延長五八キロ・岩戸山腹用水路開削史 ―― 107

[本書の関係地名]

（村の表示は旧村名）

[高千穂町岩戸地区山腹用水路地図]

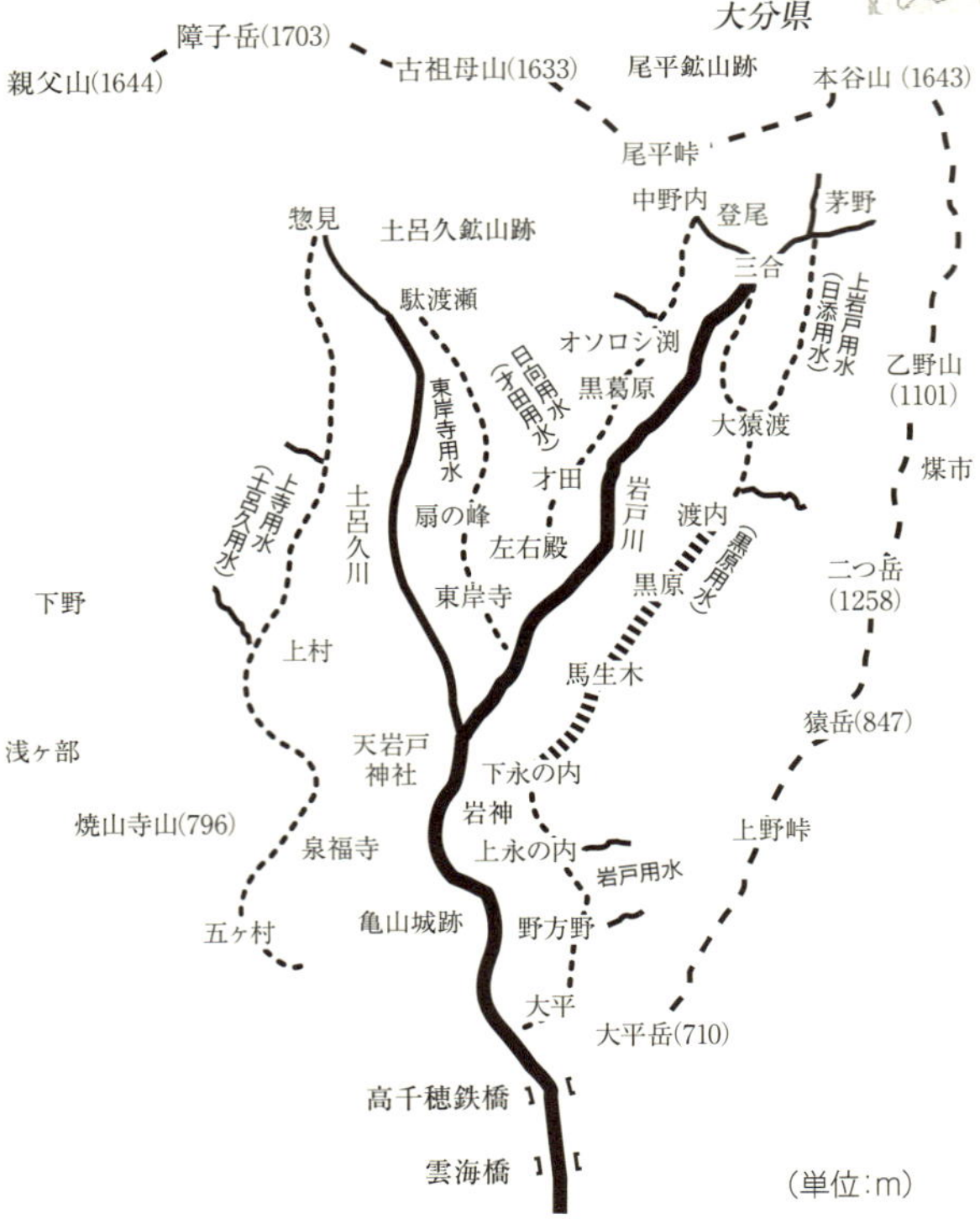

1章

国学と洋学
――庄屋と蘭方医

碓井元亮一家が最初に暮らした戸川《とごう》集落（現五ヶ瀬町）

序節　津《つ》花《ばな》峠

山頭火と高千穂

分け入っても　分け入っても青い山　　山頭火

自由律の独自な句。昭和初期の俳句界の異端児、種田山頭火が網代笠と鉄鉢と念珠と破れかかった地下足袋姿で、大正十五年（一九二六）五月に、熊本から高千穂へ向かう途中の峠を越える時に詠んだ句ともいわれている。この句には、「解くすべもない惑ひを背負うて、行乞流転《ぎょうこつるてん》の旅に出た」と前書きがある。

生家のある山口県防府で、母と弟は自殺、家業の造り酒屋は倒産、妻との離婚。あげくには、関東大震災に遭い、避難中に拉致され東京・巣鴨刑務所留置。その後、熊本市に移住したが、商売に行き詰まり、市の公会堂前で電車の前に仁王立ちし自殺未遂。この時出会った市内禅寺の報恩寺住職望月義庵によって導かれ、仏門に入る。大正十四年出家得度し、翌年四月、流浪の旅に発ち、熊本から高千穂路に分け入った時の詠が冒頭の句である。まさしく「どうしようもない私が歩いてゐるのであり　風の中のおのれを責めつ、あるく旅」に出たのである。

流浪の僧であり、自己破滅的自虐性を持ち脱俗を試みた山頭火が、今から九十年ほど前の春に一人で越えた峠の名は、津花峠（六七八メートル）と呼ばれる。山頭火にとって峠に吹く風は、春とはいえまだ冷たく、背中を押すでもなく行く手を遮るでもなく、まさにどうしようもない風であった。

九州のほぼ中央部に位置し、宮崎県最北部にある西臼杵郡は、今は高千穂、日之影、五ヶ瀬の三町からなるが、当時はまだ江戸、明治の姿を残す茅葺屋根の寒村で、高千穂郷と呼ばれ、村の数は十八もあった。

この地域の中心部は高千穂町三田井と呼ばれ、ここに行くには、長い険路と峠を越えるしかなかった。沿海地の延岡から高千穂に至る五ヶ瀬川沿いの道を高千穂往還と呼び、高千穂から五ヶ瀬を経て熊本へ通じる道を肥後往還、高千穂から大分竹田《たけた》へ通じる道を竹田往還と呼んだ。この二つの街道筋の、熊本県馬見原《まみはら》（現山都町）と、大分県竹田（竹田市）は商業の町で、高千穂方面への物資や文化もほとんど、この二つの町を通じて移入されていた。馬見原から五ヶ瀬（当時は三ヶ所村）を通り高千穂へ通じる道筋で、津花峠は最大の難所であった。

明治に入り文明開化の足音とともに、村々の開発は、まず道路の改善からとの気運が高まり、明治二十二年（一八八九）、村の予算に建設費を計上し工事入札を行ったが、村には大きな道路工事請負の経験者がなく入札不落となり、その後、宮崎県に嘆願し、同三十年、ようやく三田井から馬見原に通じる県道が開通した。三ヶ所村の中心地赤谷まで定期乗合自動車が運行するようになったの

は、大正十四年（一九二五）のことであった。現在は、昭和四十六年（一九七一）に、全長九四七メートルの津花トンネルが開通し、隔世の感である。

峠を越える一家

山頭火が、津花峠を越えた年から九十年前の天保九年（一八三八）のある日、まだ馬車さえ通らないこの峠道を越えようとしている一家があった。その家族は四人で、夫は六十二歳、妻は一回り以上若い四十二歳、連れている男の子は八歳、その妹は、まだあどけなさの残る五歳であった。

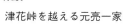

峠にある一本杉の根元に立っている小さな地蔵に手を合わせ、一家は腰を降ろした。当時の六十二歳といえば、もう十分に老境に達した年齢であるが、一家の主《あるじ》には、年を感じさせない学者然とした威厳が漂っていた。妻には、武家の出のような気品があった。一家は、峠でしばらく休むと、十五年近く暮らした三ヶ所村に別れを告げた。

津花峠を越える元亮一家

しかし、夫婦には、この地を去るに及んで、幼な子三人を亡くし、その墓も集落の小高い丘にある墓地に残したままで離れるのが大きな心残りであった。優しかった里人とよく釣り糸を垂れていた小川の水面《みなも》への想いを絶ち得ないまま、眼前に果てしなく広がる青い山々の、その奥にある村を

津花峠付近から見える高千穂方面の山々

目指して一家は、峠に吹く風に身を任せながらゆっくりと峠道を下って行った。

三ヶ所村を離れることに決めた理由の一つに、同村に来る前から学問を通じて深い交流を続け、この地に住むことになる縁をつくってくれた庄屋の岡田善右衛門が亡くなったこともある。そのことを詠んだ歌が残っている。

憂きよりはすみよけれども山里は
花見る友のなきぞわびしき　元亮

この一家が向かっていたのは、青い山のずっと先にある、岩戸という村の異色の庄屋のもとであった。

儒医・碓井元亮《うすいげんりょう》から玄良・昇の父子三代と、岩戸村庄屋土持整信《つちもちまさのぶ》・信贇《のぶよし》父子二代にわたる長く深い交流の、それはまた高千穂地方の江戸後期から明治近代への、幕が明けようとしていた。

第一節　岩戸村庄屋・土持氏――その出自と系譜

この本の内容の主な舞台となる高千穂町
上永の内・下永の内地区

(一)土持氏と富高氏・工藤氏――岩戸村庄屋の出自

天の岩戸神社の真下を流れる岩戸川を挟んで東の方角の山裾に、東西に長く広がる地域が永の内と呼ばれ、山に近い方が上永の内、その下手にあるのが下永の内の集落である。

この地域に、いつ頃から人が住み始めたかは明らかではないが、畑の中から鏃《やじり》や土器のかけらが出てきたり、古墳が見つかったりすることから、古い時代から人が住んでいたことがわかる。ここから、直線距離にすると一〇キロもない峠を越えた山奥（日之影町見立）に出羽《いずるは》洞穴があり、その中に、二万年以上も大昔の、九州でも指折りの石器時代の遺跡もある。

大昔の話は別として、この地域には、土持と富高《とみたか》の姓が多く、この二つの姓から永の内の歴史をたどってみることにす

る。

十八代反正《はんぜい》天皇五世の孫に、直彦宿祢《なおひこのすくね》という皇族があった。宿祢は古代、皇族から臣下に降《くだ》った重臣を親しみ尊んで呼んだ敬称であり、連《むらじ》の姓を持っていた朝廷豪族中の有力な諸氏に与えられた。

今から一五〇〇年前の西暦五七〇年頃、欽明《きんめい》天皇の代に直彦宿祢は、宇佐神宮の造営勅使として宇佐に下り、神宮の地開きにかかるが、宮の敷地が夜ごとに崩れて成就しないので、勅使自ら着物の袖に土を少し包んで運び始めたら、それから何の支障もなく宮が完成した。都に帰って天皇に神宮成就を報告したら、天皇は大変お喜びになって、直彦宿祢に田部《たべ》連土持の姓を賜ったという。

その十五世の孫土持信村という人が文治二年（一一八六）、日向国臼杵郡司となり日向に移り、今の日向市の富高に住んだという。後世、土持氏の一族は地名にちなみ、富高氏を苗字とする。現在は「トミタカ」と言っているが、江戸時代までは「トダカ」と発音していたようで、江戸時代の文書には「戸高」と書いたものがある。後に登場する永の内の土持氏の先祖富高将監や大膳も「トダカショウゲン」「トダカダイゼン」と今も呼ばれているのをみても、「トダカ」であったことがわかる。

土持信村の五世の孫土持冠者栄妙《よしただ》の代に、それまで日向国司であった日下部盛平から日向国の国司職を譲られるが、その孫の代になると土持一族は日向国内各地で繁栄して、土持七党と呼ばれるようになり、南北朝時代（一三三六～九二）が最も栄えた。その中で、延岡に住んだ土持氏は、ずっと豊臣時代まで七〇〇年もの長期にわたって、日向の大半を支配することになるが、第九代の延岡

城主土持豊前守秋綱の弟である土持若狭守弘綱が、高千穂に入って定着した。

富高氏と工藤氏

その子孫は、当時高千穂地方を治めていた三田井氏に仕えて、永の内の岩戸城や大野原の亀山城の城主となるが、弘綱の子の時代から、延岡の土持氏に遠慮したものか、または遠祖である土持榮妙の代から富高を所領して富高氏を称していたためか、土持姓を名乗らず富高《とだか》姓を名乗るのである。

この富高氏が、本陣を構えた場所が、上永の内・中の園の「陣内」で、この地区では「ヂンネ」と呼ばれている。現在、下永の内の「陣」と呼ばれている場所は、本来は「下陣《しもじん》」という所で、今で言えば、前衛隊のいた場所である。軍馬の運動や軍兵の教練をした場所が下永の内の「馬場」であり、引き陣を構えた場所が上永の内の「引地《ひきじ》」であり、第一陣の陣地を構えた所が「上陣」で、これが「河地《こうじ》」になったという。

富高氏は、前述したように、延岡城主土持豊前守秋綱の弟である若狭守弘綱が高千穂に入り、その子富高将監大夫昌重《とだかしょうげんだゆうまさしげ》（越前守重綱）が、上永の内・松原《まつわら》の上に岩戸城を構え、中の園の「陣内《じんね》」に居住した。

この重綱は、永禄四年（一五六一）三田井氏の臣となると記

上永の内地区にある御霊神社。
岩戸城主富高将監の創建

録にあるが、それから四年後の同八年には、先祖の霊を慰めるために、上永の内「鶴門《つるかど》」の奥に「御霊《ごりょう》神社」を建立している。現存する棟札の写しには「永禄八年二月二十五日、岩戸城主富高将監大夫、大工馬原刑部之充、鍛治工藤大隅守」とあり、この大隅守は馬場の工藤氏で、今でも「鍛冶屋敷」という屋号で呼ばれている。

上永の内は、永の内川を挟んで、右岸を日向《ひなた》、左岸を日陰《ひぞえ》と呼んでいるが、左岸側には工藤姓が多く、「布城《ぬのしろ》」という屋号もある。工藤姓の先祖は鎌倉の御家人で、曽我兄弟で名を知られる工藤祐経が日向の地頭職（荘園を管理し、租税を徴収した職名）となるが、日向には下らなかった。その孫祐時が、伊豆の伊東に入り伊東氏となるが、その子の代に初めて日向に入り、その子孫が、田島（佐土原）、門川、木脇（国富）に住み地名を苗字として名乗ったが、伊東氏の一部は旧姓工藤氏として、日向の伊東氏やその親類筋の豊後の大友氏に仕えた。大友氏に仕えた工藤氏は、三田井氏が大友方であった時代に、岩戸に移って三田井氏に仕えたが、三田井氏が島津氏の支配下になると工藤氏は勢力を失って農民になった。

戦国時代末期に、土持氏が永の内に陣を構えるまで、工藤氏は永の内城主として河地を本拠としていたものと思われる。佐目木《さめき》の速川橋近くの小さな丘と、布城の村はずれの観音堂の横にある室町時代の五輪塔と宝篋《ほうきょう》印塔は、工藤氏の先祖の墓と見られる。

㈡ 富高将監

二つの系図

工藤氏の後に永の内に入り、松原の上に岩戸城を構えたのが、延岡城主土持豊前守秋綱の弟若狭弘綱の子富高将監大夫昌重である。

延岡の土持氏の系図によると、秋綱の後に、全綱、宣綱、常綱、親栄、親佐、親成と六代あって、天正六年（一五七八）の四月に、大友氏に攻め滅ぼされるが、岩戸の土持氏の系図では、秋綱の弟弘綱の子がいきなり将監となり、この間一代しかなく、百三十年の差がある。

この空白期間について、郷土史家西川功は、次のように解釈している。土持弘綱は、高千穂に移った後、最初は岩戸村の上村《かむら》（現上寺《かみてら》地区）に居を構え、その子孫が数代（百年くらい）上村に定住して、富高将監の代になって、工藤氏が没落したので、永の内に移住して岩戸城を築いたという。

その裏付けとして、最初から永の内に居住したものとすれば、その百年間の武将の墓があるはずであるが、前述の工藤氏の墓と思われる日陰側二カ所の五輪塔以外に、岩戸城のあった方の日向側には、将監以前の古い墓が無いことに引き換え、現在、上寺の富高氏の屋敷周りには、多くの五輪塔や宝篋印塔が現存していることでも窺《うかが》える。さらに、立宿《たちやどり》地区にある落立《おちたて》神社の棟札に、「三田井親武が富高主水之助《もんどのすけ》昌繁に命じて、落立若一《にゃくいち》王子権現を再興させ、永禄六年（一五六三）三月二

初代岩戸村庄屋・
富高清右衛門重次の墓

十一日成就、宣命職佐藤忠左衛門尉」とあるが、土持氏系図には、富高主水之助という名は見当たらず、将監の別名か上村に残った同族ではないかとも考えられる。

その後、富高将監の孫勘兵衛重家の代に、豊前国香春《かわら》から延岡藩に転封《てんぽう》した高橋元種に攻められて、一時亡ぶが、新たに慶長十九年（一六一四）、肥前国島原から移封《いほう》してきた有馬左兵衛佐は、重家の子である清右衛門重次の代に、由緒ある家系の故をもって岩戸村の初代庄屋に取り立てた。この重次は、「俺が死んだら生まれた家が見える所に埋葬せよ」と遺言したので、上村の見える下永の内の愛宕山に葬ったと伝えられ、初代庄屋の墓だけ、現在も、代々の墓から離れた山の上に建っている。

以上のことから、富高氏は、約百年間ぐらい上村に居住していたため、延岡土持氏系図と高千穂土持氏系図に、この間の空白があるものと西川功は判断している。

栂牟礼《とがむれ》の敗戦

富高将監重綱の代は、延岡の土持本家は十六代土持弾正《だんじょう》少弼《ひつ》親成《ちかなり》の時代であったが、天正六年（一五七八）四月十五日、大友宗麟の島津攻めの際、島津方であった土持氏を行きがけの駄賃とばかりに攻め、松尾城（現延岡市松山町）にいた養子相模守久綱（別名高信）と、行縢《むかばき》山の近くにいた土

岩戸城主富高将監大夫夫妻の
墓は上永の内中の園にある

佐伯市本匠
堂ノ間にあ
る富高将監
の供養塔

持親成を攻め落とし、延岡の土持氏は亡びた。久綱の養子親信（親成の子であるが、幼少であったため久綱が親成の後を一時嗣いだ）は、同族の土持山城守が護って鹿児島の島津氏を頼った。

延岡の土持氏が滅亡して八年後の天正十四年（一五八六）、今度は、薩摩の島津氏が、豊後の大友氏を攻めにかかり、同地に向けて兵を進めた。

岩戸城にいた富高将監重綱は、土持の家名再興の好機来りとばかりに、騎馬兵、徒歩兵百人の部下を率いて、島津軍と合流するため、豊後佐伯本匠村の因尾《いんび》という山奥まで兵を進めた。

ここは、栂牟礼《とがむれ》城主佐伯惟定の領地であるが、この青年武将は大友軍中、無類の戦上手の猛将で、島津の大友攻めの際、栂牟礼城だけは最後まで攻め落とすことができなかったという。

島津軍の本隊は、佐伯城を落とせないまま府内まで進軍していたので、富高将監率いる岩戸隊は、本隊に合流すべく因尾まで兵を進めていたものの、ここで佐伯惟定の命を受けた因尾の士柳井左馬之助に急襲されて、今もある文治五年（一一八九）創建と伝わる三竈江《みかまえ》神社の前で、全員討死した。

この時の様子は、元禄時代に書かれた『筑紫軍記　巻の第十』に、「佐伯太郎兵を伏せて戸高将監を討つ事、十二月十七日栂牟礼の城主佐伯太郎惟定、因尾より薩州方の軍兵乱入するを聞きて、路《みち》の要害に多勢を伏せ置き相待つ処に、同（天正十四年十二月）十八日日向国県《あがた》の住人、戸高将監騎士三十六騎、歩立《かち》の軍兵数多《あまた》随《したが》へて押し来る。時に伝え岩の下、三隋江《みかまえ》大明神の前並に小坂屋の辺りより伏兵大いに起って、日州勢を真中《まんなか》に取籠《とりこめ》て之を討つ。就中《なかんずく》、柳井左馬助勇み進んで戸高将監に槍を着け、終に引組んで首を捕《と》る。惟定大いに悦《よろこ》んで急ぎ首を宗麟（大友）に献ず。其れよりは島津勢は因尾の路を避けて、直入郡南部朽網《くたみ》の赤穴《あかな》より往来す」とあり、土持家系図にも「天正十四年十二月十七日豊後境にて討死」とある。戦没の日に一日の違いがある。

富高将監とその奥方の墓は、上永の内中の園にあり、宝篋印塔で台座幅が七〇センチ、高さが二メートルもあり、この時代のものでは大きい墓である。また、佐伯市本匠堂ノ間の水田の中に、今でも石灯籠の灯室の部分が、六地蔵となっている二メートルほどの高さの重制石幢《せきどう》がある。これが、柳井左馬之助に討たれた日州（日向）の兵たちを供養するために建てられたと地元では伝わっている。今から四三〇年前に岩戸から遠征して討たれた富高将監と、その兵たちを供養して建てられたものと思われる。

落城

その頃、富高将監の嫡子、大膳大夫重長は岩戸城にあり、孫の弥十郎長義は三田井城の出城であ

天正19年（1591）9月 延岡城主高橋元種によって攻められた亀山城跡（高千穂町三田井大野原）

る大野原の亀山城主であったが、天正十九年（一五九一）九月の延岡城主高橋元種の三田井氏征伐によって、三田井城とともに亀山城も落城した。

城主長義は、家老藤田右京の忠死によって、一旦、肥後矢部城（現熊本県山都町）に落ちのびたものの、文禄二年（一五九三）、肥後の領主加藤清正の侵攻によって落城し、諸塚を経て、主従十七人で、島津を頼るべく薩摩へ向かった。

長義主従を討ち取って、領主高橋元種の恩賞にあずかろうとしていた家代《えしろ》村（現諸塚村）の郷士甲斐与惣左衛門と農民兵二百人余りは、九左衛門峠（現美郷町北郷区）で待ち伏せた。いかに農民兵とはいえ、十七人と二百人では勝負にならず、二十四歳の青年武将長義は自刃した。土持氏の系図には、「大野原亀山城主富高弥十郎長義、文禄二年（一五九三）三月二十二日、家代峠討死、或ハ言フ乱軍ノ中、豊前中津在藩、黒田家ニ頼リ千石ヲ領ス」とあって、生死両様に書いてある。

その後、慶長三年（一五九八）、三田井氏の遺臣である七折《ななおり》宮水の甲斐氏の囲《かこい》城、岩戸の岩戸城、河内の亀頭山城は、高橋氏に臣従しようとしなかったため、高橋氏は、残臣掃討の軍を起こし、八百の大軍で岩戸城を攻め立てた。

城主富高大膳重長は、支え切れず、上永の内の御霊神社の前の凹《くぼ》みで、自刃して果てた。父富高

富高勘兵衛重家が隠れていたといわれる大膳ヶ岩ヶ屋がある猿岳(847m)

将監が、三十三年前の永禄八年（一五六五）に建てた御霊神社に最期の参拝をし、その前で自ら果てるという運命であった。

この乱の中で、富高大膳の二男である勘兵衛重家は、家来に守られて、上永の内の猿岳（八四七メートル）の懸崖《けんがい》の上にある山中に隠れて助かり、元和元年（一六一五）になり、高橋氏改易後、新領主有馬直純から、名門の故をもって重家の子の富高清右衛門重次が取り立てられて、初代岩戸村庄屋に任命され、後に土持姓となる。このことは次項に述べるが、岩戸の土持氏の祖先は、初代重綱、二代重長、三代長義と三代にわたって戦国の乱世に、戦場の露と消えている。戦国の世に、一城を差配する武家の統領の宿命とはいえ、非情の極みである。

(三) 三〇〇年続く土持庄屋

初代重次から八代信安

初代岩戸村庄屋富高清右衛門重次から、十三代土持信敞《のぶたか》が明治三十四年（一九〇一）に岩戸村長を退くまで、二八六年の長きにわたって土持庄屋の行政が続いた。この長さは県下でも異例であるばかりでなく、代々の庄屋に傑物が多く、異色の庄屋の家系である。

初代重次は、亀山城落城の際、家来が連れて猿岳に隠れた富高勘兵衛尉重家の子で、戦乱が終わって猿岳を降り、永の内の旧宅に帰って百姓をしていた。重次は、元和（一六一五〜二三）の昔に、高千穂で最初の中の園用水を開削している（3章参照）。二代紋右衛門重信は、寛永十五年（一六三八）の天草の乱に際し、高千穂十八カ村の総代として島原まで陣中見舞に行き、時の藩主有馬直純から感謝状をもらっている。

八代瀬左衛門信安は、敬神の念が強く神社を再興し、また、数々の貴重な記録を残している。その弟である恵月和尚は、延岡の台雲寺の第十一世住職となり、宝暦五年（一七五五）の山裏村百姓逃散に際しては、豊後岡藩まで出向き、百姓たちを説得し解決に尽力している（3章参照）。

十一代整信と十二代信賛

十一代庄屋土持完治整信は、土持家中興の祖というべき人物で、その子信賛は、手記「刀剣録」の中で、「完治整信は、信賛が父なり、神祇《じんぎ》を敬神すること無比好古の性質、倹約を専らにして家産をふやす。実に当家の中興なり、八十二歳にて没す」と記している。

整信は凡庸の士ではなかった。整信が再建した神社の棟札などに残る筆跡や、文章の内容からもすばらしい学者であったことが窺えるし、政治家としても優れていたようで、茶、椎茸、こうぞ、薬草などの栽培を奨励しており、三田井城址、玄武山城址をはじめ、四皇子峰、天の真名井の顕彰に力を尽くし、延岡の国学者樋口種実の『高千穂神跡明細記』の記述にも協力している。

整信には、男子四人、女子五人の九人の子どもがいた。長子こまは、三田井村の庄屋田崎岱造《たいぞう》の妻となり、次子が信贇で、後の十二代庄屋となり、異色の庄屋家系の中でも傑物中の傑物であった。三子は新治といい庄屋家敷のすぐ下に分家した（子孫は代々岩戸郵便局長を務めた）。四子は女児であったが、四歳で早世している。五子は四郎吉で、後に民之丞と名を改め、下野《しもの》村庄屋となる。六子はよねといい、同族土持仲四郎に嫁し、七子三千治は、三田井村十社大明神（現高千穂神社）の大宮司田尻豊前正の養子となって田尻大隅弾正と称した。八子きょうは後に、医師碓井元亮の嫡子玄良の妻となり、九子かじは、岩戸村の素封家で酒造業の甲斐久之助惟清の妻となった。

信贇の母その女は、上野村関の酒屋半蔵の養女であったが、よく出来た人で和漢の学に通じ、家庭教育は頗《すこぶ》る厳格であったという。信贇が、後年家人に語った話として、次の逸話が残っている。

「自分が今尚、食事の際に、めったに湯茶を用いないのは母の躾である。子どもの頃、母が常に『男は、何時如何なる難儀にあうかわからない。人の頭に立つ者は、普段が戦争と考え、庶民のために身体を張って働かねばならない。粗食はおろか、凍った握り飯など、湯茶がなければ食べられないようでは、物の役に立たない。平素から、その習慣をつけておかねばならない』と言って、如何なる寒中でも湯茶をかけて飯を食うことをいましめられた」と話していたという。

信贇は、幼名を佐藤茂弥といい、元服して土持霊太郎信贇といった。幼年から優れて賢く、父母の教育によって、早くから詩文をよくし国史に通じた。中でも、その書は天稟《てんぴん》のものか、高千穂随一無比の能筆家と評され、天の岩戸神社の石灯籠に残る文字は、十歳の時の書と自書している。

幼名の時が佐藤で、元服後が土持の苗字なのは奇異に感ぜられるが、岩戸庄屋土持氏は、最初、遠祖の苗字富高を使い、初代から六代まで富高姓を名乗り、七代庄屋紋右衛門信常の代になり、母方の姓佐藤氏を名乗った。富高を佐藤に改めた理由はわからないが、その後、十代までは佐藤姓を名乗る。十一代整信は、当初は佐藤富弥と言っていたが、国学を修めるに従い、旧姓に復する必要があるとして、一族と協議し、文政三年（一八二〇）に土持姓に復し、名も土持完治整信と改めたのである。同時に、同族も、整信より五代以上前に分家した家は富高を、四代以降に分家した家は土持を名乗ることにした。現在、岩戸地区に三十戸近くある土持姓、富高姓の家がそれぞれの祖先以来の家系が判然としているのは、整信と信賛が記録を残していたことにある。

第二節　シーボルトに学んだ儒医

(一) 上州から豊後へ

碓氷《うすい》峠

群馬県安中市松井田町坂本と長野県北佐久郡軽井沢町との境にある峠が碓氷峠である。標高は九六〇メートル。信濃川水系と利根川水系とを分ける中央分水嶺で、峠の長野県側に降った雨は日本海へ、群馬県側に降った雨は太平洋へと流れる。

古代には碓氷坂《うすひのさか》、宇須比坂、碓日坂などといい、中世には臼居峠、臼井峠とも書かれた。この碓氷坂および駿河・相模国境の足柄坂より東の地域を坂東《ばんどう》と呼び、古来より坂東と信濃国をつなぐ道であった。江戸時代には、中山道が五街道の一つとして整備され、碓氷峠は、関東と信濃国や北陸とを結ぶ重要な峠と位置づけられ、境界にある峠の麓には坂本宿、軽井沢宿があり、江戸側には坂本関も置かれて厳しい取り締まりが行われた。

明治に入ってもその重要性は変わらず、人や物資の往来は続いた。明治十一年（一八七八）、明治天皇の北陸道・東海道御巡幸では、天皇は徒歩で峠を通っている。『明治天皇紀』によれば、「峠の

険難は馬すらも通はず……」とあり、この時期においても難所であることには変わりがなかった。

大正以降は、トラックなどの往来も盛んになり拡幅工事も行われたが、第二次世界大戦中には、物資の輸送もまだ、牛や馬による峠越えであった。戦後の高度経済成長とともに交通量も増え、昭和四十六年（一九七一）に有料道路の碓氷バイパスが開通し、平成五年（一九九三）には上信越自動車道が開通したことにより、古代からの峠道もその役目を終えた。

天保九年（一八三八）、碓氷峠と同じように、九州のほぼ中央部にある日向と肥後を結ぶ交通の要所であった津花峠を越えた一家の主の祖先は、この碓氷峠近くの臼井という古い小さな村に発し、のちに子孫が豊後国で「臼井《うすい》」と名乗った。

豊後臼井家

碓井氏の先祖は、平安後期の武将・新羅三郎義光四世の孫武田清時に発する。新羅三郎義光は、源氏で清和天皇六世の孫八幡太郎義家の弟である。義光の二男・逸見冠者義清は、甲斐国武田に居り、武田と姓を名乗った。武田信玄は、義清の十五世の孫である。

義清の曾孫・清時は、初めは武田逸見清時と言ったが、後に上州（群馬県）臼井に住み、臼井壱岐守清時と称した。これが臼井家の起こりである。清時より八世の孫伯耆《ほうき》守清吉は、弟とともに豊後に下向した。時に永正三年（一五〇六）であった。当時、九州に君臨していた大友氏に仕え、度々戦功を立て、その名を挙げた。弟の臼井日向守清宗は、佐伯氏に仕え、大永三年（一五二三。同七年

ともあり）に佐伯惟治の陣で討死した。その弟太郎兵衛清貞は、永禄五年（一五六二）、伊東大和守に従って日州都城《みやこのじょう》（現宮崎県都城市）に下向した。

伯耆守清吉七世の孫臼井清勝は、享禄三年（一五三〇）、豊後佐伯に住み、爾来大友佐伯氏の武門として元亮の父清恒に至った。清恒は嘉三郎惟義といい、大分県南海部郡上野村（現佐伯市弥生町上野）に住んだ。清恒には四子あり、一を甚太郎清辰、二を止め女、三を作次郎清豊、四を縫女という。作次郎清豊、即ち後の碓井元亮維貞《これさだ》である。元亮は、古い書物には維就《これなり（ゆき）》と書いてある。一時維就と称し、名乗りが維就で文名が維貞であったのかもしれない。なお、元亮の代から「碓井」と書くようになった。

因《ちなみ》に元亮の父維義の墓は、同じ上野村山田内（同市弥生町山田内）にあり、法名は「項誉機外良要居士」、母は「辺誉妙海大姉」である。

(二) 儒医にして蘭方医

佐伯堅田《かただ》

碓井元亮は、安永六年（一七七七）、佐伯堅田（佐伯市堅田）に生まれた。堅田は番匠川支流にある地で、堅田の「堅」は湾や入江を意味する「潟《かた》」からきているといわれる。江戸時代の堅田は天領で、特に柏江《はくえ》港は京阪神方面との海上交通の中心として栄え、上方《かみがた》文化の影響を受けて洗練された

雄井元亮が生まれた大分県佐伯市堅田

文化が発達し、芝居、詩歌、俳諧、舞踊などが盛んであった。

佐伯堅田は、豊後国海部郡の南半分を領有した外様小藩の佐伯藩に属した。佐伯藩は、慶長六年（一六〇一）、毛利高政が日田郡隈（現大分県日田市）から二万石で移封されて成立した。高政は、佐伯城を築き両町（内町・船頭町）と呼ばれる城下町を整備した。以後、藩主の異動はなく、明治の廃藩まで毛利家が続いた。

元亮が生まれた時の藩主は八代高標《たかすえ》で、高標は、学問に力を注ぎ、その年（安永六年）五月に藩校四教堂《しこうどう》を設け、漢籍の収集に努め、その数は三万三千冊に及ぶといわれた。文政十年（一八二七）には、そのうちの主要な二万冊が幕府に献上された。いわゆる佐伯文庫である。

儒学と国学

学問好きの藩主の代に生まれた元亮も、幼い頃から学問を好み、同藩家老の梶西氏とともに江戸に学び、林大儒の門に入ったといわれる。大儒とは、すぐれた儒学者、大学者のことで、明和五年（一七六八）生まれの江戸時代後期の儒学者、林家八代の林述斎を指していると思われる。

述斎の学問は、朱子学を基礎としつつも清朝の考証学に関心を示し、『徳川実紀』など幕府の編纂事業も主導した。和漢の詩才にもすぐれ歌集『家園漫吟』などがある。寛政の三博士といわれる

柴野栗山、古賀精里、尾藤二州らとともに儒学の教学の刷新にも力を尽くし、昌平坂学問所（昌平《しょうへい》黌《こう》）の幕府直轄化を推進した。述斎は、寛政五年（一七九三）林錦峯の養子となり林家を継いでおり、その時、元亮は十六歳であり、述斎から教えを受けたことは十分考えられる。

元亮は、その後、紀州和歌山の本居内遠《うちとお》に就いて国学も修めた。内遠は寛政四年生まれで、元亮より十五歳年下である。医者としても名高い国学の大成者本居宣長の養嗣子大平《おおひら》の養子で本居家を継ぎ、和歌山藩に仕え、『紀伊続風土記』の編述にもあたった江戸時代後期の国学者である。岩戸村十二代庄屋土持霊太郎信賛も通信書状で内遠に師事した。

当時の学者は、学者でありながら医者でもあった。本居宣長は、偉大な国学者であり立派な小児科医でもあり、講義中でも急患の場合は、中断して往診に赴いたといわれている。

医学への道

元亮は、江戸において高い志を有し勉学に励んだが、病に罹《かか》り志半ばで郷里の佐伯に帰ることになった。佐伯の地で、ゆっくり静養を続けながら詩歌の道を歩んでいた。

元亮は、病が癒えると医学の道を志した。その理由はわからないが、武門の出であるものの病弱のため武士の道を断念して医に関わる道を選んだのか、あるいは、林述斎から学んだ朱子学、本居内遠から学んだ国学の影響に加え、当時、豊後の国から、杉田玄白らとともに、日本で初めての解剖図譜「解体新書」を出した前野良澤、シーボルトに学んだ同じ門下生で脱獄中の高野長英を自宅

の土蔵に四十余日匿《かくま》った中津藩典医村上玄水、京都における種痘の創始者日野鼎哉《ていさい》などの有名なシーボルト門下生の蘭方医たちがいたことの影響も大きかったものと思われる。

元亮が最初に師事したのは、肥後熊本の村井琴山《きんざん》である。琴山は、熊本医学校再春館教授で、医家としても著名であった見朴の長男として享保十八年（一七三三）に生まれた。琴山は、江戸時代の医学の一派をなしていた「古医法」の四大家の一人、吉益東洞門中第一人者と称せられ、字は大年、通称は椿寿、琴山はその号である。豪傑肌の人で細事に拘泥することなく、容貌もまた魁偉《かいい》で、口唇がすこぶる厚かったと伝えられている。元亮が熊本において医学を学んだ時期も年齢も明らかではないが、おそらく三十歳は過ぎていただろうと思われる。師の琴山が文化十二年（一八一五）に八十三歳で死去しているので、晩年に師事したものであろう。

元亮は、朱子学、国学、医学と学び続けながら、これらの師の影響も受け、好きな詩歌の道にも、その深みを求め続け、当時から各地の多くの文人墨客《ぶんじんぼっかく》たちとも交流を続けていたものと思われる。

生来、学問好きで好学心の旺盛な元亮は、さらに学ぶ道を選んだ。当時唯一、西欧との取引が許された長崎には、全国から数多くの新しい海外の医学を学ぶ志高い若者たちが最新の知識や技術を求めて、笈《おい》を背負い長崎へと集まって来た。それらの若者に比べると年齢と人生経験を大きく重ねていた元亮であったが、長崎へと向かったのである。

『高千穂町史』（昭和四十八年刊）及び『宮崎県医史』（昭和五十三年刊）においても、元亮は長崎においてオランダ医学をドイツ人医師シーボルトの鳴滝塾に学んだことが明記され、医史においては、

シーボルトと関わる本県唯一の史話とも記されている。

(三) 長崎・シーボルト

オランダから日本へ

フィリップ・フランツ・フォン・シーボルトは、一七九六年二月十七日、バイエルン王国の学園都市ヴュルツブルグ（現在のドイツ連邦共和国バイエルン州ヴュルツブルグ市）に生まれた。

シーボルトの一族は、ヨーロッパでも有数の医学の名門で、彼が生まれた当時、父親をはじめ祖父や叔父など一族のうち四人がヴュルツブルグ大学医学部の教授を務めていた。

一七九六年は、イギリス人医師ジェンナーが牛痘の接種に成功し、日本では寛政八年にあたり、司馬江漢が「和蘭天球地図」を描き、鳥取藩医稲村三伯、津山藩医宇田川玄隨らがオランダの出版業者ハルマの蘭仏辞典を和訳し刊行した。この頃、高千穂地方は飢饉に見舞われ、その年（寛政八年）の八月二日、「大風雨村々不作に付き常食に差支え葛根《かんね》を掘って食す」と、五ヶ所村（現高千穂町大字五ヶ所）の庄屋を代々務めていた矢津田家に残る日記に記録されている。

一八一五年、シーボルトは、ヴュルツブルグ大学医学部に入学した。この大学には、医学教育ばかりでなく第一線で活躍する多くの自然科学者が集まっており、シーボルトは動物学や植物学さらには地理学、民族学まで学び、これらの広範な知識は、在日中に日本を科学的に調査研究すること

に大いに役立った。と同時に、後で不幸な事件へと巻き込まれることにもなったのである。

一八二〇年、シーボルトは、医学部の卒業試験に合格し、外科・産科・内科の博士号を得て開業し、豊富な知識と正確な診療により患者の信頼を集めたが、二年足らずで病院を閉めた。シーボルトには、アメリカかアジアへ行き、学生時代から熱心に続けていた動植物学や民族学の研究を続けたいとの夢があった。

この夢は、シーボルトの叔父でベルリン大学医学部教授アダム・エリアス・フォン・シーボルトが、知り合いのオランダ軍医総監ハルバウルに依頼することで実現した。シーボルトは一八二二年、待望のオランダ領東インド陸軍外科少佐に任命され、任地のバタビア（現在のインドネシア共和国首都ジャカルタ）へ行くことになった。

バタビアに到着したシーボルトは、オランダ領東インド政庁の総督カペレンから、医師としての技術の高さや自然科学に関する知識の豊富さを高く評価され、長崎の出島にあるオランダ商館の医師兼自然調査官として、日本に派遣されることになった。その背景のひとつには、当時のオランダ政府が、衰退しつつあった日本とオランダ貿易を建て直す必要に迫られており、この目的を達成するために、日本を市場として総合的に調査できる優秀な人材を探していたという事情もあった。

オランダ商館

江戸時代の日本は、幕府の鎖国政策により、西洋の学術や文化はすべてオランダを介して伝えら

れていたことから、西洋の学術は蘭学と呼ばれ、全国の向学心にあふれる医師を中心にオランダ商館の医師は、最新の科学知識を伝える学者として大歓迎されていた。

一八二三年（文政六年）六月二十八日、シーボルトは、新任の商館長ヨハン・ウィリレム・ド・スチュルレルとともにバタビアを出航し、未知の国日本へと向かった。シーボルト二十七歳であった。

シーボルトを乗せたド・ドリー・ヘズステル号が長崎半島南端の野母崎《のもざき》に近づくと、長崎奉行所の役人とオランダ通詞（通訳）が乗った船が接舷し、上陸許可の審査を受けた。許可をもらったオランダ船は、八月十一日、長崎の港に入港した。その後、一行は、もともと長崎の町中に住んでいたポルトガル人を隔離するために幕府によって築かれた人工の島・出島に住むことになった。

シーボルトは、出島に到着するとすぐに活動を始めた。出島の診療室において毎週三回、西洋の進んだ科学を学ぼうとするオランダ通詞や医師に対してオランダ語で医学や植物学の講義を行った。しかし、講義を受けたくても、一般の日本人の出入りは禁止されており、講義を聞きたい者は、通詞の従者ということにして認められた特定の者に限られていた。その中に、出入りが許されていたごく一部の女性がいた。丸山・寄合町の遊女であった。

シーボルトは、その年の秋に一人の日本人女性と知り合った。彼女は「たき」といった。遊女以外の女性が出島へ出入りすることは禁じられていたので、たきは「其扇《そのぎ》」という源氏名（遊女の呼び名）で、丸山の置屋引田《ひけた》屋の抱え遊女となり、出島のシーボルトのもとに通った。シーボルト

は、たきのことを伯父ロッツにあてた手紙の中で、こう書いている。「私もまた、古いオランダの風習に従い、愛くるしい十六歳の日本人女性と結ばれました。私は、おそらく彼女をヨーロッパの女性と取り換えることはないと思います」と。

シーボルトは、最愛の日本人妻を得たことにより、一層日本人への講義と診療に力を注ぎながら、日本に関するあらゆる研究や調査に没頭したが、出島から自由に外に出て資料収集や調査の範囲を広げることは容易ではなかった。そこで、商館長スチュルレルは、当時の長崎奉行高橋越前守へ、シーボルトの外出許可を求めた。奉行所の許可を得たシーボルトは、市中にある蘭方医吉雄幸戴と楢林栄建・宗建が自宅で開いていた塾に出かけて、診察や講義を行った。

シーボルトは、長崎市中において日本人の目の前で、西洋の最新医学の知識と技術で、不治と思われていた多くの病気を次々に治していった。医師としての名声はさらに高まり、全国各地から多くの医師が長崎に次々と集まり門弟となり、最新の医学を教わった。

しかし、吉雄塾や楢林塾だけでの診療や講義では、全国から次々に遊学に来る医師たちの指導にも限界が生じ始め、また、優秀な高弟も育ちつつあったため、シーボルトと交遊のあったオランダ通詞中山作三郎らの協力を得て、長崎郊外の鳴滝に民家を買い求め、「鳴滝塾」と名付けて医学教

鳴滝塾で医学を講ずるシーボルト

育の場とした。全国各地から峠を越え海を渡り、笈を背負い長崎へと遊学のために来た医師たちは、シーボルトの教えを一言も聞き漏らすまいと、熱心に勉学に励んだのである。

㈣ 長崎でシーボルトに学ぶ

遊学の標《しるべ》

江戸時代の長崎は、海外からの情報が入手できる日本で唯一の地であり、全国各地から、藩命で来た者、あるいは脱藩し自らの意志でいくつもの峠道を越え、港から港へと海の道を辿りながら命がけでやってきた者、旅の途すがら立ち寄り医学、語学から政治まで真剣に学ぼうとする者が集まっていた。彼らは郷里や各地にその成果を広め、国家を大きく動かし、東洋の一小国を自らの手で世界に知らしめた若者、あるいは、長崎で学んだ医学の知識や技術で我が国の医学史に残る成果を上げ、後世にその名を残した者も多くいた。

我が国医制の初めにドイツ医学の採用を主張した佐賀の相良知安、金沢大学医学部の基礎を築いた石川の黒川良安、大坂適塾で多くの青年医師を育てた岡山の緒方洪庵、佐倉順天堂の創始者千葉の佐藤泰然らがいた反面、その一生を郷里の町医者として名を残すこともなく、静かに終えた者も多くいたのも事実である。

その中の一人に、江戸末期、私の祖母方の先祖がいたらしいことを知ったのは、故郷である高千

穂地方の古い歴史や人物に興味を持ち始めた三十年近く前のことである。

私の祖母の祖父に碓井玄良《げんりょう》という医師がいるが、この玄良の父について、『高千穂町史』（昭和四十八年刊）第十四編・人物「碓井玄良」の欄に「父元亮《げんりょう》は、大分県佐伯市堅田で安永六年（一七七七）に生まれ、長じて長崎に赴き蘭学を学び、オランダ医学をドイツ人医師シーボルトの鳴滝塾に修め帰郷した」と記され、『宮崎県医史上巻』（昭和五十三年刊）には、シーボルト門人として元亮のことが書かれ、「何れにせよシーボルトとかかわる本県唯一の史話である」と結ばれている。

十年ほど前、あるきっかけから急に遠い先祖のことを少し調べてみようと思い立った。妻は、学生時代を長崎市で過ごしており、ある年の新年早々に、毎年旧正月に行われる「長崎ランタンフェスティバル」に友人と出かけた。私は以前、妻に、祖母方の先祖に長崎で医学を学んだ医師がいたことを話していた。妻は、市内観光で出島を訪ね、そこで偶然手にした長崎文献社編の『長崎游学の標』に、江戸時代から明治期に至るまでに長崎に遊学した七六六名の名前が列挙してあり、その中に「碓井元亮」と「碓井玄良」の名前を見つけ出し、すぐに電話で連絡してきたのである。

シーボルト記念館と長崎歴史文化博物館

妻が長崎で手にした一冊の本から、「元亮」「玄良」父子が長崎に遊学し医学を学んだことは確認できたが、いつ誰に師事したかまでは記載されておらず、これを機会に、さらに詳しく調査を進めることにした。私は、平成二十八年（二〇一六）十月、妻が長崎市で開催される同期会に出席する

機会を利用して、一緒に長崎に出かけた。

小雨の降る中、最初に、平成元年（一九八九）十月に長崎市の市制施行百周年記念施設として、シーボルトが開いた鳴滝塾跡の隣接地に設置されたシーボルト記念館を訪ねた。建物の外観は、オランダ・ライデン市のシーボルト旧宅を、玄関はシーボルトの祖父カール・カスパル宅をイメージしたとされ、吹き抜けの壁面には、シーボルト家の紋章がステンドグラスとレリーフで表現され、小雨に濡れた若き日のシーボルトの銅像が、長崎らしい異国情緒を漂わせていた。その日は、シーボルト研究者の国際シンポジウムが開催されており、担当の学芸員は不在であったが、翌日の再訪を伝えて記念館を後にし、次に長崎歴史文化博物館を訪ねることにした。

長崎市シーボルト記念館（上）にあるシーボルトの胸像

長崎歴史文化博物館は、さすがにその昔、海外に開かれた唯一の都市長崎だけに展示物も豊富で、展示方法にも多くの工夫が凝らされ目を見張る内容で、時間の経つのも忘れるくらいであった。展示室の一角に、かなりのスペースを使って長崎遊学者に関するコーナーがあり、そこに部門別全国遊学者検索用パソコンがあった。

取りあえず「宮崎」「医学」のキーを押してみた。すぐに、碓井元亮（一七七七・医学・シーボルト門下生）、碓井玄良（一八三〇・医学・モーニッケに師事）とはっきりと画面に現れた。

さらに詳細な情報を得ようと、資料室の学芸員に出典を尋ねたところ、『長崎遊学者事典』（平松勘治著・渓水社・一九九九刊）をその根拠として示された。元県立高校長の著者が、全国の都道府県から集めた資料を時間をかけて精査し、一〇五三名の長崎遊学者についてまとめた労作で、早速手にして「宮崎」「医学」の欄をめくると、先ほど検索した画面より少し詳しい内容が記されていた。

これで元亮・玄良父子の長崎遊学の事実と元亮がシーボルト門下生であったことを確認し、長崎で遠い先祖の足跡を見つけたような気分の高まりを覚えつつ小雨の降る中、博物館を後にした。

「シーボルトの門人」

翌日は再び小雨の中、シーボルト記念館を訪ねた。前日に来意は他の職員に告げてあったので、学芸員の織田毅係長の丁重で親切な対応を受けることができた。氏の説明によると、シーボルトに学んだ鳴滝塾の門人たちの実態を示すような名簿は現存しない。初めから名簿が作成されていなかったか、もし作成されていたとしても、シーボルトが帰国に際し、暴風雨により大破した船から国外持ち出しが禁止されていた日本地図などが見つかり、多くの関係者が逮捕され処罰された、いわゆるシーボルト事件（文政十一年〈一八二八〉）によって、破棄されたであろうとのことであった。

また、先祖がシーボルトに医学を学んだという伝承の確認についての問い合わせが時々あり、そ

の際に一番頼りとなる参考文献は、呉秀三著『シーボルト先生』（大正十五年刊）であるが、この本には医学史に名を残すような高名な医師が主に書かれ、すべてを網羅しているものではないこと。問い合わせの内容や時期が、シーボルトの在日期間と整合性がないものや、先祖とシーボルトを何とか結び付けたいとの思いの方が強すぎる場合もあるとのことであった。私もその中の一人であることには違いないが、時代背景や年代については否定的な材料を見いだせなかった。

その時、関連資料として織田学芸員から手渡されたのが「シーボルトの門人・交友者」である。「シーボルト記念館鳴滝紀要」第十八号（二〇〇八年刊）に記載されている学芸員扇浦正義氏の論文で、先述の『長崎遊学者事典』掲載内容に、さらに検討や考証を加えたシーボルト門人・交友者たち七十名の名があり、その中に「碓井元亮」の名があった。氏がさらに精査したシーボルトの門人・交友者・面会者の区分中、①初渡来時の門人・交友者（一八二三〈文政六年〉～一八二九〈同十二年〉）七十八名の中に、「碓井元亮・医者・大分県・一七七七～一八四九」と明記されていた。

出身地が大分県とあるのは、元亮が宮崎に来たのは、大分県からシーボルトの鳴滝塾に医学を学びに行き、そのまま何らかの縁があって、宮崎の地に居を構えたことによるものではないかと思われる。また、この七十八名の中には、元亮とほぼ同じ世代の大分県出身者が九名もいたことは特筆すべきで、さらに、元亮とシーボルトの接点を強く結び付けるものではないかと感じた。

この中には、宮崎県出身者は一人もいなかった。この期間から逆算すれば、元亮がシーボルトに学んだのは四十代後半であり、当時としては、かなりの晩学であったと思われる。

第三節　国学者・元亮

(一) 二足の草鞋《わらじ》

三ヶ所村　戸川《とごう》

豊後国佐伯生まれの元亮が、なぜ日向国高千穂に住むことになったかについては、本人が書き残したものはない。元亮と高千穂地方を結びつけた要因を、残されている資料を掘り起こし、当時の世相を整理して探ってみることとする。

前節で述べたように、元亮の長崎遊学の時期は文政六年（一八二三）から同八年頃であろうと類推され、安永六年（一七七七）生まれの元亮が四十六歳から四十八歳の間だったことになる。その後の行先が気になるが、高千穂地方で元亮の名が最初に登場するのは、肥後との県境にある三ヶ所村（現五ヶ瀬町）である。『五ヶ瀬町史』（昭和五十六年刊）によると「天保四年（一八三三）三月、三ヶ所村の百姓、戸ノ口橋普請勘定につき庄屋等の不当を代官所に訴えて騒ぐ。八月十四日、三ヶ所村騒動につき、庄屋岡田善右衛門等二十名を処分する」（矢津田文書）。また、「九月二十八日、三ヶ所村医師碓井元亮、戸ノ口橋勘定事件に加わらない百姓を助けて出銭し、普請を完成させた功により

士分取立」（碓井文書）ともあり、六十歳の時には、医師として高い社会的な地位と、経済力を有して積極的に活動していたようである。また、三ヶ所神社には、文政十一年（一八二八）六月・豊後州佐伯碓井元亮として献灯された大きな石灯籠も現存する。この時、元亮は五十一歳であることからして、四十代後半に高千穂地方に足を踏み入れたと思われる。

三ヶ所村で居を構えたのは、当時、神社、お寺、酒屋があり、医者もいた村の中心地宮野原から半里ほど山に入り込んだ、戸数もわずか十数戸の戸川という静かな集落であった。なぜ、この場所を選んだのかは定かではないが、周りを山に囲まれ日当たりも良く、家の前に小川が流れている静かな環境が、風流好みの元亮に合ったのかもしれない。あるいは、三ヶ所神社の石灯籠には豊後州佐伯と明記されていることから、いずれ故郷の佐伯に帰るつもりで、仮の住処と思っていたのかもしれない。

碓井元亮一家が最初に住んだ
三ヶ所村（現五ヶ瀬町）戸川集落

元亮は、この地で、延岡藩士渡辺治右衛門の長女イソを娶《めと》った。過去帳によるとイソは、寛政十年（一七九八）生まれであるから元亮との年の差は二十一歳もあった。

晩婚であった元亮と若妻イソは、この地で五人の子どもをもうけた。長男左門、二男豊、長女知恵、次女八重、三男主税《ちから》の三男二女であったが、二男豊と次女八重以外の三人は、この地

で早世した。前述のように、一家が津花峠を越える時、振り返り振り返り偲んだ戸川に残る小さな墓に眠っている三人は六月と七月、十月に亡くなっており、腸チフスや天然痘などの感染症であったと思われ、長崎で近代西洋医学を学んだ元亮にとっては多産多死の時代とはいえ、医師として、その無念さはいかばかりであったか、察するに余りある。

元亮が五十五歳の時の子二男豊は、後に父同様文字こそ違え「ゲンリョウ」(玄良)と名を改め、元亮と同じく医学を修めたばかりでなく、事業家としても政治家としても地方史に名を残すことになるが、このことについては次章で詳しく述べることとする。

三ヶ所庄屋・岡田善助

なお、ここで元亮が高千穂地方に最初に足を踏み入れたのが三ヶ所村であった理由について、西川功著「碓井家の研究」(昭和八年)から抜粋してみる(現代文表記に改めている)。

「元亮が、三ヶ所へ居を定めた事については、今尚判明しないが、思うに当時三ヶ所には岡田善助なる庄屋が居て、元亮と古くからの知り合いにて、この地に招いたものと思われる。岡田善助は、文化九年(一八一二)山崎民助に代わって三ヶ所村の庄屋となり、文政六年(一八二三)善助を善右衛門と改め天保四年(一八三三)迄庄屋を務めた人で、元亮三十五歳より五十六歳迄の間でほとんど同年配であったと見て差支えあるまい。

尚、岡田善助が凡人でなかった事は、郷社三ヶ所神社へ大きな石灯籠の献燈をしたり、其の他

の仕事をして居る事でもわかるが、最も貴重な資料は、第一代庄屋より明治に至る迄代々高千穂十八ヶ村の大庄屋として、村政の上に或いは学問の上にも名高い岩戸村庄屋後の土持友彦宅へ伝わる書籍写本へ『文政四辛巳年三ヶ所村。岡田善助所持のものを借りて写す』とあり、然も其の本が並の書物でなく、かつ岡田善右衛門は親ゆずりの庄屋ではなく、特に延岡藩に見立てられて庄屋となったのであるから、決して四書五経位の書物を読んだ人ではない。文を以て聞こえた岩戸の庄屋が本を借りに来る程の人であるから、当時郡内の一大学識であったに相違ない。さすれば元亮との間に往来が無かった筈はない」

元亮の本業は医師である。しかも、当時としては進んだ医学を学んだ紛れもない有能な医師である。生地佐伯藩の命により医学を学んだのか、自らの意志により学んだのかについてはわからない。気の通った学友でもある三ヶ所村庄屋岡田善助（後の善右衛門）の強い誘いで三ヶ所村に来たが、三ヶ所村には客人としてしばらく逗留しただけで、佐伯に帰れば、上級の藩医として厚遇される道も待ち受けていたであろう。

元亮は、当時としては、もう若くはなかった。老境の域に差しかかっていた。三ヶ所村に居を構えるについては、迷いに迷い悩んだことであろう。三ヶ所神社に献灯した石灯籠に、はっきりと刻み込まれた『豊後州佐伯碓井元亮』の文字からも、そのことが窺える。

この「碓井家の研究」の前書きに、「碓井家が日州高千穂に移り住んだについては、俗間に色々な言い伝えがある。玄良の祖は代々医者で御殿医として、代々豊後の殿様に仕えて居たが、ふとし

たことで御殿女中と割ない仲となり、安住の地を求めてこの高千穂へ移り住むと云々。然るにこの度、碓井家の研究をするに当り、それはとんでもない誤りである事を知った。碓井家は実は歴然たる武門の出である」とあるが、いずれにせよ元亮の迷いは、相当のものであったと察せられる。

生来、学問が好きであった元亮は、医学とは別に朱子学から国学まで学び、詩歌も好み、中でも後年は、江戸時代に興った学問で、わが国の古典によって仏教・儒教が伝来する以前の、わが国民の国民性や文化を見いだした学問といわれる「国学」に傾倒していった。当時、臼杵地方と呼ばれた日向国北部地域には、多くの同門の学友がおり、天孫降臨の地と伝わり、関連する神蹟や史跡も多い高千穂や、春になると居を構えた戸川の周りの山々に点々と咲き始める山桜に、国学の祖である本居宣長の有名な歌「敷島の大和心を人問はば朝日に匂ふ山桜花」と重ね合わせながら、医師と国学者の二足の草鞋を履いていた元亮は、この高千穂を終《つい》の住処《すみか》と定めたのであろう。また、二十一歳も若い延岡の出である妻のことも考えての選択であったかもしれない。

(二) 国学と高千穂 ── 整信・信賛と元亮

大平内遠と高千穂

江戸時代後期の文政年間から、草深い高千穂地方で、ある学問が盛んになり始めた。元亮と高千穂の関係を辿ると、この学問のことに触れざるをえない。とはいえ、この学問の領域は奥が深く、

何の知識も持ち合わせない私が、この学問について触れるのはおこがましい限りであるが、いくつかの文献や資料を参考にしながら、非学を省ることなく説明してみることにする。

この学問とは「国学」のことである。国学を大成したといわれる本居宣長（一七三〇～一八〇一）は、元亮と同じ医師でもあった。宣長の国学は「鈴屋《すずのや》の学」と呼ばれる。『古事記伝』四十四巻を驚異的な精神力で、約三十年かけて執筆し、その時、眠くなると書斎の柱に掛けた鈴を鳴らして睡魔を払ったことから、「鈴屋」と言われた。

元亮は、若い時に、紀州徳川家に仕えていた本居宣長の養嗣子、本居大平《おおひら》の養子内遠《うちとお》に就いて国学を修めたとされている。この大平・内遠の時代が、全国的に国学が普及した時代で、天保時代（一八三〇年代）になると日向でも数多くの者が、内遠の門弟になっており、それが皆、臼杵郡（現在の延岡市を中心とした東臼杵郡と高千穂町を中心とした西臼杵郡）であるので、当時、延岡・高千穂地方で国学がいかに盛んであったかが窺える。

幕末の安政六年（一八五九）、淡路の高階惟昌が著した『国學人物志』には一九〇三人の名が載せられ、その中で日向十二名とあり、高千穂地方の者も含まれていると思われる。因みに豊後は全国三位の一三〇名であり、元亮が国学を学んだ素地は、既に豊後時代に培われていたものであろう。

宣長の養子大平の門には、延岡の小田清左衛門の妻八千が入門し、大平の死後、天保八年（一八三七）には黒木次右衛門、同十年には河野駒助徳能（岩戸村十一代庄屋土持整信の弟浪治）が、翌年には橋本用七郎玄貞、山口角弥惟道、樋口英吉、松田専蔵、高千穂の土持霊太郎信贇、碓井元亮が、

大平の養子内遠の門人になっている。樋口英吉は、延岡藩の学者樋口種実《たねみ》の長子で、種実と元亮は先代の本居大平の門人である。この他にも延岡の白瀬永年（医師・『延陵世鑑の著者』）、竹石道生、藤本為仲、安藤通故がおり、早くから元亮や岩戸村庄屋土持完治整信の長子信賛との交流が盛んで、彼らは高千穂の神跡をたびたび訪れ、歌を多く詠んでいる。

樋口種実（一七九三〜一八六四）は、延岡藩の国学者で、北方村曽木に隠棲していた国学者の武石道生《どうせい》（一七四七〜一八三二）に就いて教えを受け、さらに上京した後、紀伊国和歌山で本居大平にも教えを乞うた。大平は種実の帰国に際し、

神の代の古りし昔を問いきけば　日向の国はむかしくもあるか　大平

の一首を書いて与えたが、種実は、帰国後も絶えず大平と文通して、教えを受けた。

種実は、高千穂にも、よく足を運び、学友や歌仲間と交流し、多くの歌を詠んでいる。

あなたふと神の大御道明らけき　みし大御世にうまれあへるは　種実

これらの臼杵郡の国学者は、たびたび歌会を催して交遊を深め、師匠の本居大平や内遠に絶えず手紙を送って教えを受けている。

国学を大成したといわれる本居宣長は、国学の入門書である『うひ山ぶみ』の中で、この学問を「神学」「有識《ゆうそく》の学」「記録」「歌学」の四つに分け、「歌学」は歌や文章による日本の古典文学に対

する学問で、歌を詠むとは、古い歌文を究め、その言葉を用いるものであると言っている。

まさに、高千穂は、宣長が明和八年（一七七一）に『直毘霊《なおびのみたま》』で説いた「日本は天照大神《あまてらすおおみかみ》の御《み》国《くに》」そのものであり、それらに因んだ神話や神跡も多く、風光も明媚であることから国学が盛んになる要素を十分に持っていたのである。

整信・信賛と元亮

高千穂における国学の基礎をなした中心人物は、岩戸村十一代庄屋土持完治整信である。整信の長子霊太郎信賛は、これらの優れた国学者たちに囲まれて成長した。天保三年（一八三二）に、庄屋職は整信から、十九歳の長子信賛が任命された。正月に庄屋見習いとなり、二月二十五日には父整信が村廻役に任ぜられたことにより退職、三月一日に、信賛が第十二代庄屋に着任している。

整信夫婦は、嫡子信賛の教育には特に熱心で、幼い頃から厳しく教育しており、延岡に遊学させたが、その才をさらに伸ばすために、当時、岩戸村に医師がいなかったこともあり、高千穂地方随一の国学者であり、医師でもあった三ケ所村（現五ヶ瀬村）戸川の碓井元亮維貞を、無医村であった岩戸村に医師を招くという名目で招聘したのである。

政治家としても学者としても優れていた整信が、後継者の信賛の教育のために、わざわざ居宅まで用意して招いたほどであるから、延岡の国学者樋口種実の推選もあったと思われるが、碓井元亮の国学者としての名声は、相当高かったものであろう。

整信の先祖は、二五二年前の天正十四年（一五八六）、佐伯の武将佐伯惟定に討たれており、その因縁のある佐伯生まれの元亮を信賛の師として迎えたのは、整信の博愛精神はもとより、元亮の学識と人柄によるものであったのだろう。

前節で述べたように、元亮は三ヶ所村で五子をもうけ、三子をその地で幼くして亡くした。三ヶ所村には強い愛着があり、当時としては高齢の域に入り思い悩んだ挙げ句、二男玄良と次女八重の将来へのことも思い、岩戸村行きを決めたのであろう。十五年近くを過ごした三ヶ所村から、岩戸村へ向かう途中で津花峠を越えたのは、天保九年（一八三八）のことであった。

元亮が信賛の師として招かれた時期は、幕末の国情騒然とした時代で、外国船が次々に、日本各地の沿岸に来航し、国書を示して通商を求めてきた。日本の将来を憂えた勤王の志士や国学者たちは、盛んに交流を深めながら敬神崇祖、忠君愛国を唱え、特に、古くから天孫降臨の地と伝わる高千穂地方は、その歴史と、特有の精神風土からも、遠近の多くの国学者から注目されていた。

六十二歳の元亮を師とした二十六歳の信賛は、高千穂で国学を学ぶ者の中では一番若かったが、前にも記したように延岡の学者たちとも広く交流があり、天賦の才にも加え師の教えも功を奏し、早い時期から中央の学者や志士の間にも、その名が知られていた。

庄屋職を信賛に譲った整信には、楽隠居は認められず、延岡藩は、高千穂十八カ村の庄屋や農民を取り締まる高千穂郷士中最高の職である村廻役に任命した。岩戸村で、村廻役に任命されたのは整信だけである。天保五年（一八三四）に、病弱を理由に退役し、後任の村廻役には、七折村の佐

藤伊兵衛がなった。整信は、慶応四年（明治元年〈一八六八〉）に八十二歳で没した。

信贇の国学

信贇は、年齢ははっきりしないが、少年時代に、延岡に出て、藩の御用学者樋口種実の門に入り国学を修めた。さらに、種実の紹介で、本居内遠の門人となり、今でいう通信教育で、学問や和歌の批評添削をしてもらうようになり、内遠が没した後に、その長子豊頴《とよかい》と交流を続けた。このことを示す飛脚便の封書だけが残っている。

封書の表書きにある本居弥四郎とは、本居家を継いだ内遠のことである。この飛脚便が、なぜ、内遠に届かなかったかについて考えると、内遠は、安政二年（一八五五）、江戸で六十三歳で没している。信贇は、当時二十二歳である。封書の裏書きは「己二月五日発」とあり、安政四年（一八五七）と思われ、内遠は、二年前に江戸で死亡しており、表書きの紀州若山（和歌山）の本居弥四郎（内遠）宅に書状が届いたとしても本人死亡で、返送されたものであろう。

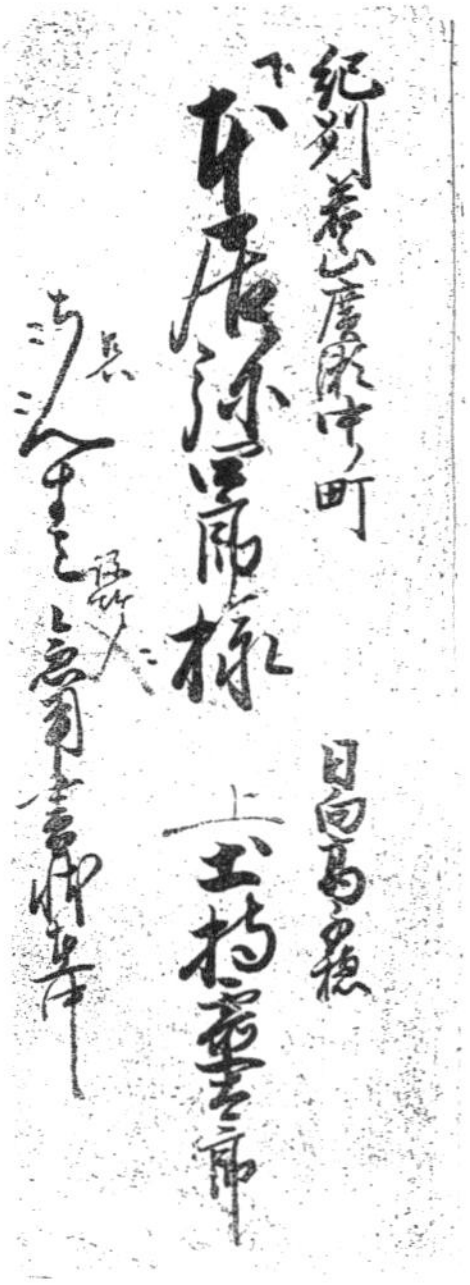

土持信贇（霊太郎）が和歌山の本居豊頴に宛てて出した封書の表書（碓井哲也氏所蔵）

その後、内遠の次子樟三郎からの御礼状も届いており、若い時から信贇は、中

央の高名な国学者たちと親交が深かったことを物語っている。

信贇は、父の整信はもとより、樋口種実、本居内遠、本居豊頴に加え、碓井元亮らの当時名の通った師に恵まれ、天賦の才を十二分に発揮させ、特にその歌才は、日々に円熟味を増し、三万首の和歌を残している。岩戸村という一寒村の小吏に甘んじ、功名心も薄かった信贇であるが、もし、中央に、その活躍の場を得るか、地の利の良い藩主の膝元にいたら、おそらく国史に名を残すような高名な歌人か学者になっていたものと思われる。

こう書いてくると、信贇は、書物の山に囲まれて育った軟弱な学者風情の庄屋であったように思われるが、実は、延岡遊学中に、藩の剣術指南番、小野万右衛門満幹に就いて剣術を修行した。ここでも才を発揮し、十七歳にして師匠から、免許中伝を得ている。まさに文武両道の異色の庄屋であった。

このような環境の中で育った信贇は、これらの国学者との交友も多く、寒村の一庄屋としては、驚くべき広がりであった。天保年間の日向での本居家門人は、高千穂では、碓井元亮（後に子の玄良も入門）、土持信贇の二人であったことは触れたが、信贇の交友の広さを示す話として、伊勢の勤王家山田親彦との交流がある。山田は井伊直弼が大老に就任した安政五年（一八五八）一月二日、四人の同志とともに、岩戸村まで信贇を訪ねてきている。山田親彦は全国にお伊勢講を広め、その講が参宮する時は宿を供する御師《おんし》で、御炊大夫《おおいだゆう》ともいわれ、信贇との出会いはその十四年前の天保十五年（一八四四）のことで、その時の信贇の上京日記を見ると、京都で用事を終え、帰路、伊勢

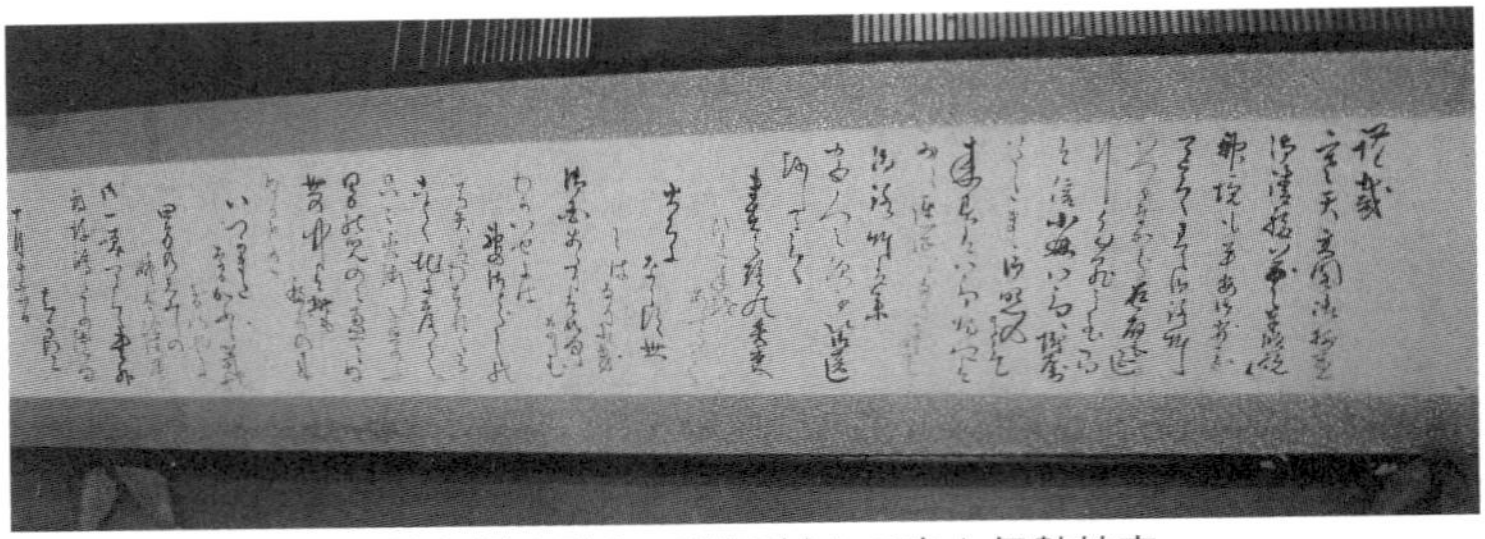

土持信賛を訪ねて岩戸村まで来た伊勢神宮の御師山田親彦の書（甲斐頌一郎氏所蔵）

参宮の際に、山田親彦宅に泊まっている。

その時の上京は、一般の物見遊山ではなかったことが、三月十四日の日記に書いてある。信賛が訪ねたのは、高千穂の上野村正念《しょうねん》寺から入山した第十代住職寛隆の弟隆音が住職を務める名声《みょうしょう》寺であり、隆音と同道して壬生を訪ねたとあり、武者小路公家や殿下の家臣を通じて延岡藩の家老へ書面を送らせたりしている。

このような行為は、地方の寒村の一庄屋の身分でできることではなく、隆音の仲介もあったとは思われるが、信賛の人格、識見ともに京の都でも十分に通用するものを持っていたと思われる。信賛は、二十九歳の時の天保十四年（一八四三）四月三日から六月二十六日までの八十五日間上京し、さらに、翌年の二月一日から四月三十日までの八十八日間、二回目の上京をしているが、そのことについては4章で触れることにする。

山田親彦は、岩戸村まで遠路はるばる信賛を訪ねてきたが、信賛は、熊本に出張中で留守であったので、非常に残念がって、

日向には君をとかねて頼みつつきし甲斐もなきけふにやあらぬ

御留守のほどに参りあはせて　いといとねもころなる御あしらひども忝《かたじけな》うこそ　かへりまさば人々によろしうねきらひ報玉《むくいたま》はむことなむ願いはべる　あなかしこ　ちかひこ上

と書き残して帰っている。

信贇の交遊

全国に多くの学友がいた信贇であるが、残された短冊や文章から、交遊が深かった著名人は、次のとおりである。

○阿蘇惟敦《これあつ》　阿蘇神社大宮司、佐々木弘綱に国学を学ぶ。勤王の士とも交流が深く、和歌をよく詠んだ。正五位。

○足代弘訓《あじろひろのり》　伊勢神宮の神主で国学者、通称権太夫、本居大平、本居春庭に学ぶ。友人に大塩平八郎がおり、吉田松陰とも交流があった。

○海上胤平《うながみたねひら》　下総（千葉県）の人、歌人。千葉周作に剣を学び、加納諸平《かのうもろひら》に歌を学ぶ。明治の新派和歌運動の先駆者。和歌の著書多数。

○加納諸平　本居宣長の門人夏目甕麻呂《みかまろ》の子。本居大平に学び、紀州藩国学所総裁。『紀続風土記』編纂者。長歌に巧で著書多数。

○本居豊頴　本居宣長の義理の曽孫で内遠の子。明治になり帝国大学講師、文学博士。帝国学士院

会員。三条実美の葬儀斎主。

○八田知紀《はったとものり》　鹿児島藩士、国学者。和歌を香川景樹に学び管内省歌道御用掛となる。宮中歌人高崎正風の師。「芳野山霞の奥は知らねども　見ゆる限りは桜なりけり」は、彼の詠歌中最も知られた歌である。

八田知紀は、天孫降臨の地が高千穂峰（霧島山）か臼杵の高千穂かの論争が盛んになっていた明治三年（一八七〇）に高千穂を訪れ、信賛が案内して、三田井の庄屋に泊まった。その時、信賛は、八田知紀に次の歌を送っている。

高千穂のみねはときみに問はれても　ふること知らぬ身は甲斐ぞなき
高千穂の山さくら花この春は　君がためとやとくにほふらむ

これに対して知紀は、次のように返している。

しるべする君なかりせば高千穂の　神のみあとをいかで知らまし
我がために咲きけむ花の色そえて　かけし言葉の露ぞさやけき

この頃から、高千穂の神蹟顕彰運動も、一段と盛んになってきた。日向の一庄屋である信賛が国学者や歌人として歴史に名を残すような人々と、対等に交流していたことは、実に驚くべきことである。

高千穂という九州の山奥の一地方にいても、中央にも十分通じる大学者で歌人でもあった信賛は、弟子らしい者は置いていない。本業の庄屋という公職があり、時間的余裕もなかったと思われるが、郷土史家西川功が若い時、直接、本人から聞いた話が残されている。本稿でも、その多くを引用したが、西川が書いた宮崎県地方史研究紀要「異色の庄屋・土持信賛」の中に出てくる。

例外の弟子に、三ヶ所神社宮司原賢一郎の曽祖父である原照重がいた。原家は、先祖代々社家であり、照重は、十三、四歳の頃、高千穂郷の社家の頭領である信賛の家に、住み込み修行に出された。照重は、信賛に就いて、国典はもとより『論語』『孟子』『十八史略』等を教わったという。昼は、信賛は忙しいので、勉強は夜であったが、照重が勉強する間、信賛は必ず、薄暗いローソクの下で読書するか習字をしており、十二時までも一時までも、照重が、勉強している間は、自分もきちんと正座して、無言で勉強していたという。

信賛の師であった元亮は、かつて三ヶ所神社の近くに住み、石灯籠も寄進していることからの縁があったものであろう。

第四節　名利《みょうり》無縁

内藤政義公と元亮

政治家としても学者としても優れていた岩戸村第十一代庄屋土持完治整信から、無医村であった岩戸村に医師を招くという名目とともに、長子で後継者の霊太郎信賛の個人教師として、居宅まで用意し三顧の礼を尽くして招かれた碓井元亮であった。

しかし、元亮は来村した時、当時としては高齢の六十二歳であったため、激務の医業より、若い時から学び続けていた国学や詩歌の道に力を入れ、好きな酒も飲みながら、名利を求めることも蓄財に目を向けることもなく、余生を過ごしていたようである。

元亮とその子玄良の父子は、共に医師を生業としていたが、育った時代背景も異なることに起因するものか生来のものかわからないが、その性格は大きく違っていた。

父元亮は、若い時に、儒学者の林大学の門で学び、さらに本居宣長の「鈴屋」の流れを継ぐ本居内遠の門を敲《たた》いて、本格的に国学を修めたほどであるから凡人であったはずはない。豊後佐伯城下で、藩医としての華やかな暮らしをすることを約束されていたとも考えられるが、元亮にはその選択肢は無かったと思われる。彼の弟子である庄屋の信賛と玄良には、卓越した行動力があり、事業

家であり政治家でもあり、地域の功労者としても、また歌人、俳人としても、その名を後世に残している。この二人に対して師の元亮は、もの静かで学者肌であった。しかし、当時の時代背景を反映して皇道精神は筋金入りで、そのあまり、仏教は皇道を圧迫するものであるとして、信賛とともに仏教排斥運動を起こしたこともあったが、上野村（現高千穂町上野）正念寺の寛隆とは歌を通じた交流もあり、度量は広かったと思われる。

ある時、元亮の歌才を耳にした第十五代延岡藩主内藤政義公が、延岡城へ元亮を呼び客分として待遇し、詩歌を所望された。おそらく、殿様自慢の奥庭の有様を詠めとでも仰せ付けられたものであろう。元亮は即座に「おそれながら目にいとまなき花の庭」と詠んだ。内藤公は、深く彼の歌心に感動され、給禄しようと仰せられ任官を求められたが、なぜか元亮は、これを辞退したという。

信賛は、その光栄を賀して、

碓井元亮今年君の御前に召されてくすしの……仰をかうむりにけるを賀して

我が君の恵そありて玉くしげ　みがきし光現れにけり

と詠じて師元亮の誉を祝した。この時が、元亮の一生で最も花の時であった。

元亮詠歌

今に残っている歌からは、自然の移ろいを愛でる風雅な人柄とともに、当時の時代背景や思想が窺える歌もみられる。以下、元亮の詠んだ歌を西川功著「碓井家の研究」より紹介する。

我が庭の桜春毎にいと美はしく咲ぬれど集いて見る人もなければ
春毎に愛でにし宿の桜花　あかね色香を人のしらなく

散る頃の面白ければ
今日の風に散るは惜しけれ桜花　誘う木の間の風心せよ
明暮れにいぶせく思う我が宿も　花見る今日は心豊けし

宿の紅梅盛りに詠みける
うぐいすにきせまほしけれ我が宿の　くれない深き梅の花笠

春　雨
石の上ふる春雨に青柳の　いと長き日と思う頃かな

帰　雁
散るときを憂しとや思い雁がねの　花を見捨てて帰るなるかも

池辺藤
池の上に今を盛りと咲く藤に　むらさき深き浪のよる見ゆ

白玉という大菊を愛でてよみける
白玉と名におうきくの白砂を　めづる人々よはひのふちふ

玉　津　島
世の中のうきをなくさの春風に　あかず見てまし玉津島山

海辺霞
あかねさすかすみこめたるのどけさよ　風もなきさの春のあけぼの
藤房に題して
坂道に踏み迷う身のならひかも　苔の衣に世々をのがれて
早春の山（天保十一年岩戸神社へ奉納歌）
天降ります神代の春の跡とめて　かすみそ染むる高千穂の峰
山家の春（同前）
山里は花うぐひすになぐさめば　住み憂かるべき柴の庵かは
世に集う君を寿ぐ雛鶴の　千代の初と呼かはすかな
初秋風
稲葉吹く萩の葉そよぎ我宿の　すだれにしるき秋の初風
初秋立
昨日今日秋立ちぬれば三日月の　ほのかに見ゆる秋の初風
月待つと人にと見やま長月の　あり明の空をかこら顔なる
七夕
七夕の年に一夜もなからめや　逢はで移らうちぎりあらねば
打ちとけて逢わぬ心の下紐と　きみや衣の関のせき守
泉
松陰の岩根の泉とりどりに　むすぶねもとに夏や忘れん

石所納涼

暑き日も心なぎさの浜風に　島山かけて涼しかりけり

菫

石の上ふりにし宿を菫咲く　色はむかしに変わらざりけり

暮春

深み行く春の名残は山吹の　花散る里の垣根川の道

寄花本懐

おもふとちうちつとひつつ咲き匂う　花の木陰に一夜寝なまし

春祝

花鳥にあそふ心は我ながら　おさまる御代の春とこそしれ

故郷の花

故郷にかへりて見れば花さきぬ　春や昔の春ならねども

述懐

咲き匂う花はむかしに変わらねど　昔の春ぞ恋しかりける

薄紅葉

うす紅葉濃き色よりもなつかしく　なとたのみある見ぬ人の為

萩

暮れゆきて来るは恋しき人ならで　あやしくも見る萩の上風

女郎花
女郎花匂うや萩の上風に　あとになびくも嬉しかりけり
恋
忍山しのぶ心をいかでかと　いわての森のいわで果つべき

元亮の墓石

私の生家の近くには、山深い高千穂の寒村で町医者としてその生涯を終えた祖母方の先祖の墓が、今は訪れる人もなく苔生したまま、かつて医者屋敷と呼ばれていたと古老の一部のみが知る竹藪の近くにある。

元亮は、三ヶ所村で長男、長女、三男の三人の子どもを幼くして失った。晩年は、酒好きが影響して中風（脳卒中）になり、手足の自由が利かず、家を嗣ぐべき子の豊（玄良）はまだ家計を助けるまでにはなっておらず、名利に疎く蓄えもなく、不自由な身体と貧困のうちに嘉永二年（一八四九）十二月二十四日、七十二歳を一期として上永の内中の園の自宅で永眠した。神葬で法名もなく、墓誌には、その名の他には何も刻まれていない。

嘉永２年（1849）72歳で没した碓井元亮の墓（高千穂町岩戸上永の内）

2章 医家三代

不治の病にぶどう棚を見ながら伏せる碓井等

第一節　「ゲンリョウ」父子

岩戸村庄屋整信の懇請で、三ヶ所村から岩戸村に居を変えた碓井元亮は、医師としての名声は地域内のみならず峠を越えた隣藩の村までも、すぐに伝わったようである。

大分県緒方町（現豊後大野市）歴史民俗資料館編『尾平鉱山誌』（平成十六年三月刊）中の歴史編に、幼女の病死についての記述がある。その内容は次のとおりである。

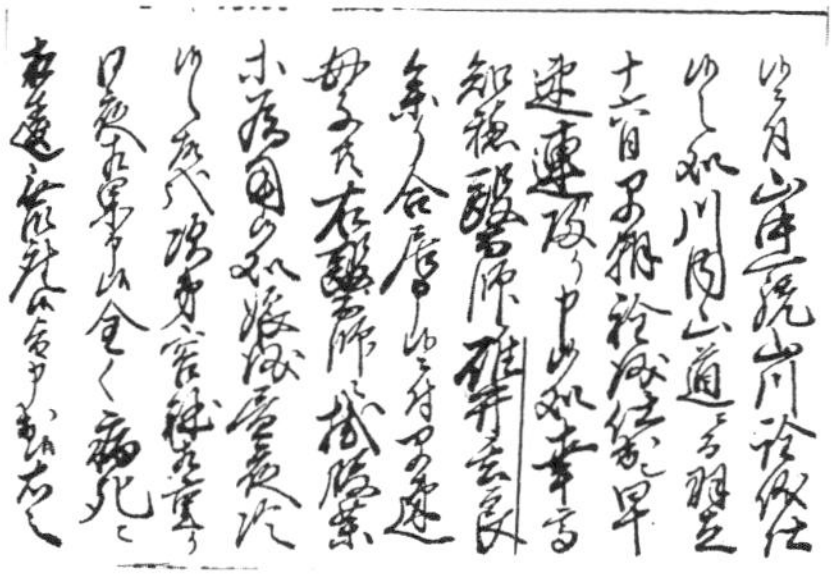
尾平鉱山記録の中に高千穂の医師碓井玄良が登場する（豊後大野市歴史民俗資料館所蔵）

「幼女の病死」

尾平山師三代蔵の娘ませは二歳であった。天保九年（一八三八）六月、重い麻疹を患っていたが少しは快方に向かっていた。三代蔵の女房は、かねがね気がふれていたなかでの介抱であったが、昼夜の介抱で乱心したらしい。同月十五日の夜、家出をしてしまった。娘ませも一緒である。山中一統、山・川を探したところ、翌十六日、川内山道で母子を発見し、

早速、連れ帰った。

幸い、高千穂の医師碓井玄良が尾平山に来ていたので、母子とも玄良に診てもらい、薬を服用させた。娘ませは昼夜の冷気が悪かったのであろうか、容態が重くなり、夜、果ててしまった。女房は何事もなかったらしい。このことは八月二十日になって役所に届けられた。届出が遅れたため、山役人たちは不行き届きをわびている。

ずっと後の慶応元年（一八六五）十月、三代蔵は尾平山中の疫病流行に際して、その夏以来、鎮静のために奔走したのであろうか、「心得宜しきにつき」藩から賞与として酒を下賜されている。あるいは、娘ませと女房の変事に対する山中への恩返しであったのだろうか。

この中で「高千穂の医師碓井玄良」と明記されているが、天保九年（一八三八）は、玄良はまだ八歳なので、これは父元亮のことかと思われ、確認のため豊後大野市歴史民俗資料館に問い合わせたところ、原文でもやはり玄良と明記されていた。この原文の表紙には「慶應三卯年諸願萬日記正月大吉日」とあり、慶応三年（一八六七）には玄良三十七歳で、元亮はすでに嘉永二年（一八四九）に亡くなっている。

記録の整合性が問われるところであるが、いずれにせよ、高千穂の碓井「ゲンリョウ」という医師が尾平まで往診していたことは確実である。この医師は「元亮」で、この記録は後に書かれ、その後に岡藩の竹田に医学修業に行った「玄良」の名が伝わっていたものか、あるいは、元亮が転居

する前に岩戸村に来ていて、子どもの玄良を連れて尾平峠を越えて往診に行っていたことも考えられる。

当時の光景を私なりに想像すると、老境に達した医師である父元亮と、薬箱を背負った子の玄良が険しい峠を越え、患家へと夜道を急ぐ姿が浮かぶのである。父の背中に老いを感じながらも、医師としての使命感にあふれ鬼気迫るような姿を目に焼き付け、不治の病に苦しむ母子の様子を目の当たりにし、父の後を継いで医師になる決心を固めたとも読み取れる、貴重な資料である。

第二節　二代玄良

㈠　医学への道

立志

元亮は、医師として豊富な経験と技術を持ち多くの患者の診療に当たり、また国学や和歌についても若い頃から中央の学者との交流があり卓越した才能を発揮していたが、名利を求めたり蓄財をすることには、まったく疎かったようである。このため妻のイソは、わずかな小商いを細々と続けて家計を助けながら玄良を育て、加えて晩年の元亮は、酒好きの影響から中風（脳卒中）を患い不自由な身体となり、碓井家の生活は、決して楽ではなかったようである。

古老の語るところによると、玄良の少年時代は、相当のいたずら者であったそうである。父元亮が不自由な身体になると玄良は、父の愛弟子信賛に就いて学んだが、さらに医学を学ぶため十三歳の時に、豊後竹田と肥前長崎に遊学に出た。

高い志を持ち、笈を背負い、日向と豊後をつなぐ尾平峠を越えたのは、天保十三年（一八四二）

尾平峠を越えて竹田へ医学修行のために向かう13歳の碓井玄良

のことである。「男子志を立て郷関《きょうかん》を出づ。学もし成らずんば死すとも帰らず」の心境であった。

尾平峠までの細い山道を歩く途中で、焼畑に頼るしかない原始的な農法から抜け出せない、いくつもの集落を見ながら、谷が深く水路が無く、米作が出来ない山村の窮状にも、心を痛め続けた。

岡藩竹田

いくつもの峠を越え、さらに歩き続けて着いた岡藩の竹田で、玄良が師事したのは、寛政三年（一七九一）生まれの岡藩御手医師中山白圭《はっけい》である。御手医師とは最上位の御匙《おさじ》医師に次ぐ位の医師で、遠近の門弟も多く患者は踵《きびす》を接するほど繁昌し、豪気で機知に富んだ先生であった。

当時の竹田は、十五万石を抱える岡藩の城下町で、延岡藩七万石の二倍の支配石数を有し、日田とともに中九州でも栄えていた城下町の一つである。十四歳の時に、初めて竹田を訪れた広瀬淡窓《たんそう》は、その時の感動を後年追憶して、次の漢詩を残している。

追憶南遊《なんゆうをついおくす》
千巌万壑入岡藩
士庶肩摩道陌喧
絶壁雲懸公子館
断崖泉落大夫門

千巌万壑《せんがくばんがく》　岡藩に入る
士庶《ししょ》　肩摩《けんま》して道陌喧《どうはくかま》びすし
絶壁《ぜっぺき》　雲は懸《かか》る　公子《こうし》の館《やかた》
断崖《だんがい》　泉は落つ　大夫《たいふ》の門

険しい山々、谷々のある竹田の岡藩に入る。道行く武士・庶民らの肩がふれあうほど街路は騒がしい。絶壁には高く雲が懸って君候のお屋敷があり、断崖からは滝が落ちていて、そこに家老の家の門がある。

広瀬淡窓は天明二年（一七八二）、豊後日田（現大分県日田市）に生まれ、近世後期の豊後を代表する学者である。三浦梅園《ばいえん》（一七二三～一七八九）、帆足万里《ほあしばんり》（一七七八～一八五二）とともに「豊後の三賢」と呼ばれる。私塾「咸宜園《かんぎえん》」主宰の教育者として、また「遠思楼詩鈔」の詩人として、さらに「敬天思想」を唱えた儒学者として知られている。安政三年（一八五六）に没している。

時は、五十年ほど後になるが、高千穂の山里から尾平峠を越えて、医学修業のために竹田に遊学した玄良も、淡窓と同じ思いで、岡城の下に広がる竹田の町の賑わいを見ていたであろう。また、父の元亮も佐伯時代に、同じ世代である広瀬淡窓や帆足万里、同じ歳で岡藩侍医の出で、はじめは儒学を志し後に南画家となった田能村竹田《たのむらちくでん》（一七七七～一八三五）らとの交流もあったものと考えられる。

(二) 蘭学と「種痘」

豊後は、父元亮の出身地であり、竹田は活気のある町で、玄良は大いに医学の修業に励んだものと思われる。竹田で学んだ医学は漢方を中心とした古医方と呼ばれるものであった。玄良はさらに、

最新の蘭学と呼ばれるオランダ医学を学び研鑽を積むため、当時、日本で一番進んだ学問が学べる長崎へ行くこととした。

長崎では、嘉永元年（一八四八）に商館医を任ぜられ長崎に赴任してきたオランダ人医師オットー・モーニッケと、シーボルトの弟子吉雄幸戴の二男である圭斎《かさい》（一八二二〜一八九四）に就いて医学を学んだ。玄良が、この二人の医師から学んだ最新の技術は「種痘《しゅとう》」術であった。

「風土病」天然痘

当時、天然痘は痘瘡《とうそう》と呼ばれ、有史以来、世界中の人類を悩ませ続けていた。致死率は二〇〜四〇パーセントで、通常、高熱のあと四日目頃から発疹し、仮に命を取りとめても、皮膚に痕が残り、失明の恐れもあり、顔貌も著しく見苦しくなるという、ウイルスによる恐ろしい伝染病である。

天然痘が、我が国の史書に初めて登場するのは、天平七年（七三五）の『続日本書紀』で、その中に「瘡《かさ》いでて死る者《みまかるもの》、身焼かれ、打たれ、砕かるる如く」とあり、瘡を発し、激しい苦痛と高熱を伴い、平城京で政権を担当していた藤原四兄弟も、天然痘（豌豆瘡《わんずかさ》）で死亡したといわれている。

養和元年（一一八一）の平清盛の死、戦国時代の東北の武将伊達政宗の独眼流は感染の後遺症といわれ、風土病のように我が国に定着し、江戸時代には頻繁に流行を繰り返し、領主から武士、農民、商人を問わず、日本人全体が、この悪疫に悩まされ続けていたのである。江戸時代中頃から人口が増えなくなったのは、子どもの痘瘡による死亡率が高かったせいともいわれる。一七世紀の

『オランダ商館日記』には、「長崎では、死者が続出し、一日で三十人、四十人、五十人、いや六、七十人もの人が埋葬されるが、その多くは、天然痘で死ぬ幼い子どもたちである」と書かれている。

流行は江戸時代後半にかけても起こり、宝暦元年（一七五一）の八代将軍、徳川吉宗の死も痘瘡によるものといわれている。日本中央部の山岳地帯である飛騨のような僻地でさえ、天然痘は三～四年の間隔で流行し、生まれた子ども全体の二〇パーセントの生命を奪い、その大半は、五歳未満であったとされている。宮崎県内では、清武町生まれの儒学者安井息軒の顔貌に、痘瘡痕（あばた）が甚だしかったことは有名で、三女登梅《とめ》も痘瘡で死亡している。

高千穂地方でも、同じような天然痘の流行があったと思われ、元亮一家が住んでいた三ヶ所村で、前述のように幼くして亡くなった玄良の三人の兄弟も、天然痘であったことは十分考えられる。

近代に入っても流行はおさまらず、記録では、明治十八年（一八八五）から二十年に死者三万二千人、同二十五年から二十七年に死者二万四千人、同二十九年から三十年に死者一万六千人と三度患者数が一万人に及ぶ大流行があり、これ以外にも、終戦直後の昭和二十一年（一九四六）には、外地からの引き揚げ者などにより大流行があり、三千人が死亡している。

牛痘法

一七九八年（寛政十）、イギリス人医師エドワード・ジェンナーは、牛の天然痘を人に接種し免疫を与え感染を防ぐ「牛痘法」を開発し、それが世界史上、痘瘡対策の転機となった。現在、広く使

われている各種のワクチンの魁《さきがけ》となる方法である。

牛痘を初めて日本に伝えたのはシーボルトであったが、牛痘苗輸送中の保存の失敗から種痘は成功しなかった。その後、嘉永元年（一八四八）、ドイツ人医師オットー・モーニッケは、来日に際して牛痘苗を持参していたが、シーボルトの時と同じように失活していた。この時、オランダ商館に牛痘苗を依頼していたのは佐賀藩主の鍋島直正や薩摩藩主の島津斉彬であった。

翌年に、バタビアから前年持ち込んだ漿《しょう》液（感染した牛痘の痘苗液）に加え乾燥された痘病苗（カサブタ）を持ち込み、長崎にいた佐賀藩医楢林宗建の孫に接種し見事に成功した。この成功により江戸の藩主鍋島直正、藩医の伊東玄朴に痘苗は送られ、藩邸で接種が行われた。また、オランダ商館からは、唐通事を通じて京都の日野鼎哉のもとに痘苗が送られ、そこから京都の医人だけでなく、大坂の緒方洪庵や越前の笠原良策に伝えられ、次第に全国へと広がっていった。ジェンナーが、牛痘接種の成功を発表してから五十年の歳月が経っていた。

モーニッケの種痘が成功した嘉永二年（一八四九）には、玄良は長崎に遊学しており、種痘成功の光景を目に焼き付けていたと思われる。

しかし、最新の西洋医学を寝食を忘れて貪るように学んでいた矢先に、岩戸村から父元亮の訃報が届いた。同年十二月二十四日、元亮七十二歳であった。

㈢ オランダ医

母の説教

玄良が、長崎で吉雄圭斎に就き、蘭方医学を学んでいた嘉永二年、父の元亮が亡くなり、豊後竹田と合わせて六年間の医学修業を止め、岩戸村に帰ることになった。早速、役所へ襲家届を出し、翌年に許可された。その時、玄良は十九歳であった。

岩戸村碓井元亮倅玄良

一、親元亮儀是迄宮水役所詰並郡中病用数年出精豊儀も村方病用出精相勤候付苗字御免被為候

一、同日豊儀玄良と名改めも御聞届候

この届により、名を豊から正式に玄良と改めた。

玄良は、青年時代、弓道に熱中していた。父元亮の愛弟子土持信賛が、当時延岡藩剣術指南の小野満幹に新当流を学んで、十七歳にして中伝を得ていたことにも影響されていたとも思われる。ある日、弓を引こうと弓具を取り出してみたところ、無残にも、愛弓と高価な矢が、真っ二つに折られ茫然としているところに、母のイソが来て言った。

「さぞ驚いたことでしょう。それが、お前の最愛の物であることは、この母もよく知っています。しかし、母より見れば、もっとも毒な物です。お前の父元亮は、学を修めること深く、主君の覚えもめでたかったが、死ぬまで書物を離さなかった。お前は、今から世に出ようというのに、わずかの学問に甘んじて、勉強を怠る風がみえる。母が、今まで豆腐を作り、揚げ豆腐を売りながら、お前を育てたのは、何のためと思いますか。それが、わからぬお前でもありますまい」

懇々と説教され、この時の、母に諭されたことは、相当身に染み、深く反省し、和漢、蘭学の勉強に励んだと、玄良は晩年までよく思い出話をしていたという。

種痘の実施と普及

玄良は、父元亮の後を継いで、二代目の医師として当時の神仏頼みや民間療法しかなかった地域の医療に尽くしたが、もっとも大きな業績に、種痘の普及がある。

長崎遊学中にモーニッケや吉雄圭斎の下で医学修業をした玄良は、早速、痘痂を取り寄せ、高千穂地方で実施した。このことにより役所から感謝状をもらっている。

岩戸村医師　碓井玄良

其方儀宮水役所詰ノ面々並郡中病用数年出精相勤且牛痘之儀不乗合処去る辰年より村内之者共相勤執行致猶又遠村迄茂罷越多人数接痘昼夜骨打着働候付別段之筋を以此度日傘御免被成候

安政三年正月二日

玄良が牛痘を実施したのは、この感謝状をもらう前年の安政二年（一八五五）からとみられるが、日本で初めて種痘が成功して、わずか六年後には高千穂地方でも実施されていたのは驚きである。

玄良は、天保元年（一八三〇）生まれの当時二十五歳で、新進気鋭の長崎帰りのオランダ医として、〝接種すると牛になる〟といわれていた牛痘について、その意義を説明しながら広め続けた。文久二年（一八六二）と慶応四年（一八六八）に、宮水役所は、玄良に帯刀を認め感謝状を与えている。

岩戸村医師　　碓井玄良

其方儀兼々医術心掛宜宮水役所詰之面々並村方病用数年出精尚又御自愛恐察仕献納銀願出奇特之事に候此度刀並提灯合印御免被成候

文久二戌十二月二十日

岩戸村医師　　碓井玄良

其方儀宮水役所詰ノ面々並郡中病用且小児接痘儀数年出精尚又御軍用方江三ヶ年割調達金被仰付候処御時合恐察仕即日献納願出致早皆納奇持之事に付此度小侍格被仰付候

慶應四辰六月二十一日

小侍格

玄良は、医業とは別に延岡藩のために、軍用金を献金し、金額が多かったのか「小侍格」に任命されている。藩財政が厳しかった時代には、献納金が多額であると、小侍に任用されたため「金上《かねあ》げ侍」という言葉も、当時はあったようである。

なお、玄良は、父元亮の生まれた豊後佐伯を訪ねており、その時、庄屋の土持信贇が発行した通行手形が残っている。「寅正月十八日」とあり、慶応二年（一八六六）のことかと思われる。使用人一人を連れての佐伯入りである。

往　来

日州臼杵郡高千穂庄岩戸村　碓井玄良

僕壱人

〆弐人

右之者用事有之豊後佐伯迄罷越申候間旅宿往来無異儀被成御通可被下候　以上

寅正月十八日　　内藤備後守領岩戸村大庄屋　土持霊太郎　印

所々御改所

父の後を継いで、一人前の医者になっていることを、先祖や親族に報告するため、父の故郷へ初

めて出かけたのかもしれない。父元亮は、佐伯藩の藩医になるべく医学を学んでいたが、故あって日向高千穂の寒村三ヶ所村に一旦居を構え、縁あって終の住み処を同じ高千穂の岩戸村に定め、十七年前に、そこで生涯を終えている。父元亮の故郷佐伯への足は遠のいていたと思われ、玄良の佐伯訪問にも複雑な思いもあったのではないだろうか。

㈣　明治のカルテ

玄良が、診療していた当時の医療事情を、庄屋日記から知ることができる。明治前期を中心に、いくつか取り上げてみる。

「明治十一年三月四日　中村ノ完蔵七折坂ニテ馬ニ蹴ラレ顔大怪我碓井方ニ来リ療養滞在」

「同五日　中村音吉遣ス完蔵致怪我候段為知遣ス」

七折村宮水の中村家の完蔵が、七折村から岩戸村へ越える七折峠で、機嫌を損ねた馬に顔を蹴られて療養したようである。自動車ならエンジンが止まるだけだが、馬は反撃に及んだのであろう。

「明治十二年六月十日　コレラ病諸方流行之由ニテ予防差支候由依テ神楽那《な》シ説詞（神事）斗《ばか》リ廉造相勤申シ候我等義夕方参詣人多シ」

蘭方を学んだオランダ医玄良でも、コレラのような伝染病の前には為す術もなく、ただ神仏に祈るだけで、医者としてさぞ無念であったことかと思われる。

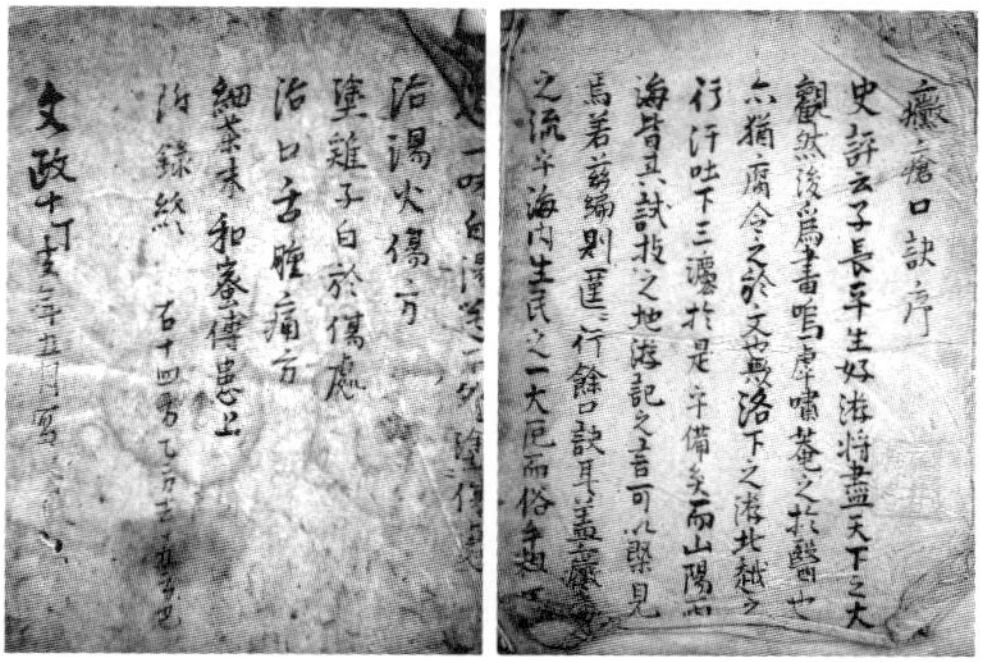

碓井元亮が使っていた医学書。文政10年（1827）に原本を写したようである

「明治十二年八月十九日　コレラ病鹿児島蔓延ニ付祭典説教其餘リ多人数集合候義当分差留候書布告状来ル」

平成二十三年（二〇一一）、宮崎県内で発生した家畜伝染病口蹄疫の時に、ほとんどの行事が中止され、大混乱を生じたことが思い起こされる。

「明治十四年六月二十四日　今日午前二時頃田尻ヲリ使両人来ルおみち事腹痛ニテ碓井迎ヒ並当宅江為知来ル依之即刻酒屋江申遣シ廉造事三田井へ参リ候様申シ遣スおまつ事夜明テ出立罷越シ申シ候召使参リ候菅吉郎昼過ニ帰ル腹痛和ラギ気分宜敷ヨシ申シ来ル」

名医として名を知られた玄良は、急患には、電話もない時代のこと、使いが来れば夜半であろうと往診した。おそらく提灯を下げた救急車代わりの迎えの馬に乗って、岩戸坂を患家へと急いだことであろう。

「明治十四年十一月十九日　山裏村上組中村工藤久五郎方ニテ昨夜旅人病死致候申ニテ久五郎当役場へ参リ居候ニ付山裏後藤文二郎江書面相添久五郎差遣シ申候右死人検使（死）トシテ三田井巡査上組門江今昼出張ニ相成候承

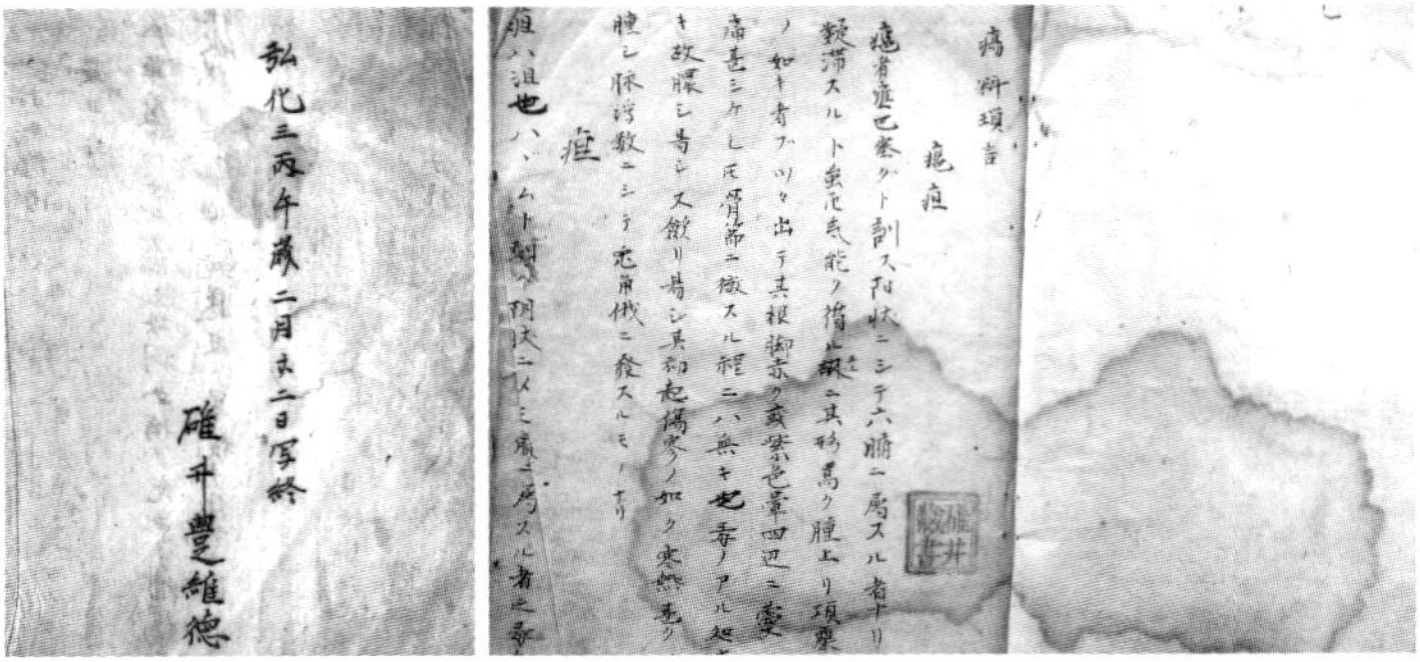

碓井玄良が使っていた医学書。弘化13年（1846）に原本を写したようである（右医学書とも資料提供 佐藤典子氏）

リ中候当村医師碓井玄良巡査江付添上組ヲリ罷越候也」

後藤文二郎は山裏村の副戸長で、門は当時の集落の単位の呼称である。この日記の内容からすると、旅人は、現在の法で定められているところの、警察でも自治体でも身元がつかめなかった、いわゆる「行旅死亡人」で、検死が必要な事例であったと思われる。巡査と二人で、紅葉が盛りの湾洞越《わんずごえ》を越え、現場で筵《むしろ》に包まれた死体の状況を確認して検案書を作成し、再び峠を越えて日暮れが近い山道を、急ぎ足で下る玄良の後ろ姿が目に浮かぶ。

「明治十六年八月十日　碓井玄良椎屋門ヲリ病用ニテ被参処大病ノ由告来リ候ニ付当宅ヲリ迎トシテ今朝弥差遣シ申候、今午後十二時頃碓井氏帰宅ニ相成候事」

隣村の七折村椎屋（現日之影町椎谷）からも急患往診依頼があり、玄良は、迎えの馬に乗り、夜半十二時頃に帰宅したようである。

「明治十七年十二月十一日　碓井妻コマ女今昼過頃ニ階ヲリ下リカケ梯ヲフミ落シ其上ニ落胴ヲ打大ニ痛依之碓

元亮・玄良父子が居を構えていた医者屋敷にあった、薬草を碾いたと思われる石臼（佐藤イサ氏所蔵）

井ハ上野村ニ参リ居候ニ付迎ニ徳蔵遣ス」

玄良は、妻京を慶応四年（一八六八）に亡くし、後妻にコマを明治三年（一八七〇）に迎えたが、そのコマが階段を踏み外し怪我をしたとの報せに、出張先の上野村から岩戸坂を越えて、大急ぎで帰ったことであろう。

「明治二十年一月二日　玄良末女お志う今日昼病死三日
右葬送ニ行夜ニ入引取」

多くの病人を診てきた玄良でも、治せないものは治せない。多産多死の時代とはいえ、我が子の最期を看取る玄良の、親として医師としての辛さと悲しみは、いかばかりであったかと同情を覚える。

㈤ 公人・玄良

玄良と昇

西臼杵郡で、初めて蘭方を学んだオランダ医の玄良は、その知識と技術を活かして、日夜を問わず地域の住民の診療に当たったった。明治維新により新しい時代を迎えたとはいえ、特に山間部の生活環境は厳しく、医者に診せることすらできない家の方が多く、医療制度も、まったく未熟なもので、

診療費も十分に払えない家も多かった。

幸いにして、玄良には、当時我が国の最高学府東京大学で、医学を学んでいた長男の昇がおり、碓井家三代目の医者として、卒業すると同時に、西臼杵郡の中心地三田井で明治二十年（一八八七）に開業した。医師そのものが、まだ珍しい時代に、三田井村に東大出の医師が開業したとあって、大いに評判を呼んだ。庄屋日記にも、昇の病院のことが書かれている。

「明治二十六年二月十二日　碓井方平吉三ヶ所ヨリ帰路三田井ニテ病気起リ昇方ニ寝付居候由十二日ニ為知来リ昼頃ヨリ組合一同かご持参迎ニ参リ日暮ニ連帰リ薬用致候処十四日朝死亡ス」

碓井家の使用人として深角（日之影町深角）生まれで、長く働いていた甲斐平吉が、三ヶ所村に用事で行った帰りに急に発病し、三田井で開業していた昇の病院に運び込まれた。同じ集落の者が、籠で迎えに行ったが翌々日の朝に死亡した。

何人もの門弟を育て、初代西臼杵郡医師会長を務めた玄良も、二代目の医師会長を長男昇に譲り、二男等も金沢医学校で学んでおり、徐々に医業から離れるようになった。

明治十六年（一八八三）、宮崎県庁が開庁し、翌年には西臼杵郡役所も開庁した。初代郡長には、越前国福井出身の小野次郎が着任し、これまでの庄屋中心の行政から、戸長役場と郡役所、県庁の連携による体系的な行政へと移行した。

このような状況の中で、玄良は、その人柄や器量は村人の誰からも尊敬と信頼を受け、また、信

賛や信敞との親密な交流もあって、村を発展させようと強い意志を持つ同志たちに強く押されて、次々に役職を得て、公の場で活躍するようになった。

玄良の事績

学者肌で静的であった父の元亮に対し、子の玄良は豪胆で、進取の気性にも富み動的であった。玄良は、当時蘭学を修めた気鋭の医者で、種痘の技術も修得しており、医術においてははるかに元亮を凌いでいたが、国学への造詣の深さと歌才においては、父に及ぶことはなかった。

幼い頃から玄良は、信賛と深く接していたため、庄屋としての信賛の考え方や行動に共鳴しており、地域の発展に後半の人生を捧げ、まさに人生意気に感ずの心境であった。それには、長男の昇が医者として帰郷して開業し、地域の医療を任せられるという安心感もあった。

玄良の経歴と業績を、すべて書き述べる紙幅はないが、主な活動歴を次に列記しておく。

碓井玄良事歴　※（　）は発令所

・明治七年五月二十八日　準訓導二等試補申付候事但し第二十六番中学区百二十番（宮崎県）

・同九年十月十九日　第七百六十一番神国講社副取締相勤可キ事

・同十七年十一月　岩戸村会議員当選候事（岩戸村戸長土持信敞）　岩戸村山裏村連合村会議員当選候事（岩戸村戸長　土持信敞）

・同十一月　高千穂十八ヶ村連合村会議員当選候事

・同十二月五日　岩戸村山裏村衛生委員タルヲ認ム（西臼杵郡長　小野次郎）

・同十八年七月二十一日　西臼杵郡十八ヶ村連合村会議員当選候事（西臼杵郡長　小野次郎）

・同十九年四月二十一日　延岡警察署三田井分署新築費へ金壱円寄付候段奇特ニ候事（宮崎県令
従五位　田辺輝実）

・同二十一年五月二十日　西臼杵郡選挙郡会議員ニ当選候事（西臼杵郡長　小野次郎）

・同九月二十五日　三田井七折村道路更正費へ金五円一銭寄付候事（宮崎県知事　岩山敬義）

・同二十二年一月一日　九州日々新聞社千号発刊記念祝賀会招待（社長肉筆）

・同五月二十日　村会議員当選、郡所得税調査委員町村選挙人に当選（郡長　片岡新）

・同八月二日　日本赤十字社正社員（社長　佐野常民）

・同十月二十二日　西臼杵郡勧業部第二区支部長ヲ嘱託ス（教育衛生勧業会頭　片岡新）

・同二十三年七月二十六日　西臼杵郡岩戸村費金四拾円寄付候段奇特ニ付ソノ賞トシテ木盃一個下
賜候事（宮崎県知事　岩山敬義）

・同九月二十日　国県道改修費へ壱円五拾銭寄付奇特ニ候事（宮崎県知事　岩山敬義）

・同二十七年十月　日本赤十字社宮崎県委員ヲ嘱託ス（社長子爵　佐野常民）

・同十月二十七日　日清交戦傷病兵救護費ノ内日本赤十字社へ白木綿五十反寄付（社長　佐野常民）

・同二十八年四月十日　可為少輔教（大社教育長　千家尊愛）

・同五月二十三日　岩戸村会議員当選
・同五月二十四日　郡役所修繕費へ金壱円寄付候段奇特ニ候事（宮崎県知事　千田貞暁）
・同二十九年六月三十日　日本赤十字社宮崎県委員嘱託中社業拡張ノ為其尽力少ナカラズ因テ其厚意ヲ謝ス（総裁　彰仁親王）
・同三十年　日本赤十字社終身社員藍色綵花ヲ交付サル（社長　佐野常民）
・同十月十五日　神武天皇御降誕大祭会地方委員ヲ嘱託ス（会長　千田貞暁）
・同三月五日　日州勧業会特別会員ニ推薦ス（会長　森尾茂助）
・同四月二十五日　豊太閤墳墓修理及ビ三百年祭ニ寄付第七等賞ヲ贈与（豊国会長　黒田長成）
・同三十二年十月十日　郡会議員当選（郡長　野村盛賢）
・同三十六年四月十八日　本社忠愛ノ主旨ニ協同尽力セラレ其ノ功労少ナカラズ仍テ総裁殿下ノ台聞ニ達シ木盃壱個ヲ贈リ永ク謝意ヲ表ス（日本赤十字社長伯爵　松方正義）
・同十一月七日　西臼杵郡三田井尋常高等小学校新築費へ寄付奇特ニ候（宮崎県知事　岩尾三郎）
・同三十八年三月一日　明治三十七八年戦没軍資ノ内へ献納報賞（宮崎県知事　岩尾三郎）
・同四十年六月十七日　神武天皇御降誕大祭会ニ寄付謝状（会長公爵　二条基弘）
・同二十一年五月　県会議員当選、西臼杵郡教育支部長、郡参事会議員

玄良は、次章に詳述するように岩戸地区の山腹用水路開削にも力を注いでおり、疎水開田の功労

により、次の緑白授有功章も授かり「証状」を贈られている。

夙ニ心ヲ農事ニ留メ居村地方古来水田ニ乏シク民食給セザルヲ憂ヒ首唱観説シテ疎水開田ヲ企テ経営惨憺百難ヲ排シテ遂ニ成功スル所アリ且ツ農会ノ事務ニ関与シ諸般ノ施設ニ斡旋シ励精多年斯業ノ改良発達ヲ図リ誘導夫役ニ努メ功労少ナカラストス仍テココニ大日本農会ノ有功章ヲ贈与シ以テ其ノ名誉ヲ表彰ス

明治四十一年五月十日　　大日本農会総裁大勲位功二級　貞愛親王

知恵玄良

もちろん玄良は、医師としても社会的、技術的な信頼も高く権威もあり、郡内出身の医師修業者は、明治新政府により諸法規が制定されるまで、玄良の証明書があれば、医師として開業することもできたようである。

また、玄良は職業柄とその性格から地域の住民からも広く愛され、困り事や込み入った問題が発生すると、何でも気軽に相談を受け的確な助言をすることから、「知恵玄良」と呼ばれていた。法廷で争わなければならないような大問題でも、事前に玄良の意見や助言を聞いて臨むと、そのとおりに有利な判決になることがほとんどで、皆に感謝された。

明治五年（一八七二）に庄屋が廃止され戸長制となり、信賛の長男信敞が戸長になっても、村の

ほとんどの問題は、信賛と玄良に信敞、その弟土持廉造の四人が中心となり協議して解決していた。

土持廉造は学才もあり、特に用水路開削による農業の発展には情熱を注ぎ、玄良の片腕となって奔走した。廉造の死を悼み、霊祭の時に玄良は「諸共に祝わんものを君あらば　世ぞ豊かなる秋のみのりを」の歌を送っている。

寒椿

元亮と玄良は、同じ医師として地域に大きく貢献したが、その性格は異にし、活動の範囲も大きく異なっていた。しかし、大きな石垣に囲まれた「元亮屋敷跡」や広大な「玄良山」の類が今に残っているものでもなく、財をなしたような形跡もなく、名利にはまったく疎かったことだけは共通していたようである。玄良が残した句の中に、詠んだ場所は書かれていないが、患家へと急ぐ道中での情景ともとれる句があり、いくつか選んでみた。

踏まれても起きる力や春の草　　雨の蓑振えば萩のこぼれけり
足もとの雉子に驚く山路かな　　秋の蝶稀には高くとびにけり
雨晴れて立派にそよぐ青田かな　　鹿なくや片割れ月は山の上
馬おりて鞍さましけり蝉のこえ　　葉隠れに一輪咲きぬ寒椿

第三節　ぶどう棚

左京様

玄良は、三十八歳の時に妻京に先立たれた。慶応四年（一八六八）四月、京四十一歳であった。京との間にスミ、チヨノ、ヤソ、キシ、昇、サワの一男五女がいた。

天正19年（1591）高橋元種に攻め落とされた亀山城跡（右杉林）。左岩壁の上が詰の尾羽根

母イソは、九年前の安政六年（一八五九）九月に六十一歳で亡くなった。三ヶ所村から子どもの時、両親に連れられて一緒に岩戸村へと、村境の津花峠を越えた妹八重は、成長した後、同じ岩戸村の甲斐槙治へ嫁いだが、慶応三年、妻が亡くなる前の年に、三十二歳の若さで世を去った。村でたった一人の医師として、玄良は短かい期間に妻、母、妹の三人の最後の脈を取ったのである。

後に勧める人があって、後妻に三田井村大野原の菊池常五郎の二女で、天保十三年（一八四二）生まれの、玄良より十三歳若いコマを迎えた。

大野原には、安土・桃山時代、高千穂四十八塁と呼ばれた山城の

中でも険阻な地形にあり、攻め落とすのは困難と思われた亀山城があった。時の城主は、先妻京の先祖でもある富高弥十郎長義であったが、天正十九年（一五九一）、時の延岡城主高橋元種は、岩井川村（現日之影町）の中崎城主甲斐宗攝《そうせつ》を、戦国時代特有の懐柔策と脅しで味方にし、本城の向山（現高千穂町向山）仲山城を落城させた後、宗攝の率いる兵と鹿狩戸《かがりど》口で合流し、総勢八百騎で攻め立てたが、亀山城は三方が岩戸川の絶壁で、一つだけある大野原側の攻め口は狭隘《きょうあい》で、家老藤田左京は手勢わずか数十騎で死守した。しかし、高橋勢は城対岸の詰《つめ》の尾羽根《おばね》と呼ぶ、突き出た高台から鉄砲隊により総攻撃を仕かけ、藤田左京も、もはやこれまでと城主と二人の兄弟を脱出させ、自らは切腹した。地元の人は、左京の非業の死を悼み、左京様といわれる社を建て、今も神楽を奉納し追善供養している。

この忠臣藤田左京の先祖は、菊地千本槍とともに高千穂に入った菊地氏と同祖である。先妻京の先祖と深い縁ある菊地家から玄良は後妻コマを迎えたのである。

長男昇と二男等

玄良とコマの間には、六女スマ、七女ミス、二男等の一男二女が生まれた。

明治三年（一八七〇）生まれのスマは、後に玄良の養子となり故あって土持姓を名乗る富高妙市に同二十六年（一八九三）に嫁し、トシ、ヒサ、悟、保、功、笑《えみ》を生んだ。なお、この妙市は獣医師となって、この地方の畜産振興につくすことになる（5章参照）。

明治六年生まれのミスは、同二十九年（一八九六）、田原村佐藤秀男に嫁し、男女数人を生んだが、不幸にも夭折し、田鶴、春子、チヅのみが成長した。

二男等は、同十二年（一八七九）十二月十五日に生まれた。岩戸村戸長役場日記には、「明治十二年十二月二十四日　晴　碓井方男子出生廿二日出生名ヲ等ト附ケ酒宴ヲ催シタリ夜遅方帰宅」とあり、昇に次いで十六年ぶりの二人目の男子誕生を玄良は大いに喜び、信賛と痛飲したようである。

長男昇は、元亮、玄良を継いで着実に医師の道を目指しており、等も幼い頃から大気溢れ頭脳明敏で、大いに将来を嘱望されていた。どのような縁があったのかわからないが、等は京都の同志社中学校に学んだ。この学校は明治八年（一八七五）、キリスト教の教育者である新島襄が創立した学校である。新島襄は、旧会津藩士山本覚馬の妹八重と結婚したことでも知られている。

金沢医学校在学中の碓井等（右）を訪ねた土持妙市（左）。中央の人物は不明（佐藤典子氏提供）

等は、玄良が四十九歳の時に生まれた男子だけに、長男の昇とはまた別の愛情を注いでいた。岩戸村から遠く離れた京都の地で、一人暮らしをしている等のことを思って詠んだ玄良の歌が残っている。

故郷の雪は如何にと思い出よ　鞍馬おろしの
さゆる夕は

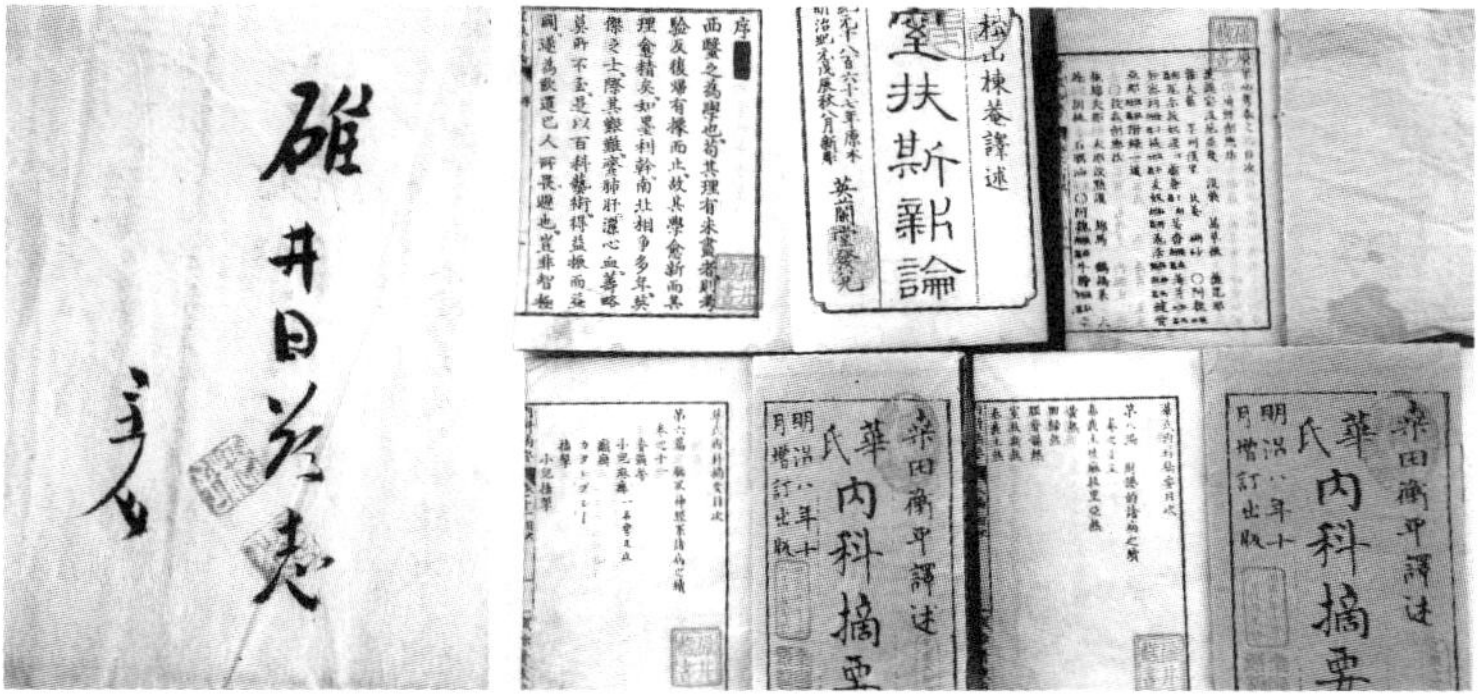

雄井等が金沢医学校時代に使っていた医学書。左は医学書にあったサイン。碓井日藤志か（佐藤典子氏提供）

結核で夭折した等

同志社中学を卒業した等は、祖父、父、兄と同じように医師の道を選び、北陸の金沢医学校に入学した。金沢医学校は、祖父や父と同じように長崎に遊学し、西洋流砲術の祖高島秋帆やオランダ通詞で医者の吉雄権之助に就いて、蘭学、医学、博物、天文、数学に及ぶ幅広い学問を身につけ、加賀藩で最初の種痘を行った黒川良安《まさやす》（一八一七〜九〇）が創立した学校である。

京都から、さらに離れた北陸の金沢で医学を学ぶことになったいきさつは不明であるが、祖父元亮と黒川良安の長崎遊学の時期は重なるようにも考えられ、二人に何らかの交流があり、その影響で金沢医学校を選んだと考えられないこともない。

しかし、この学業途中、等は結核（労咳）に罹《かか》った。当時、結核は国民に最も恐れられた病気である。労咳《ろうがい》とも呼ばれ、老若男女を問わず多くの人々が、治療法もなく全身

を蝕《むしば》まれ次々と亡くなった。明治という新たな国家を担う前途有望な多くの若者たちも、この病気により惜しまれながらこの世を去った。

等も祖父、父、兄に次いで医師の道を志し勉学に励んでいたが、遂に結核に罹病した。学業半ばにして岩戸村に転地療養も兼ねて帰ったのは明治三十四年（一九〇一）のことである。金沢時代には、玄良の養子となり弟のようにかわいがっていた七歳年下の妙市も、わざわざ遠路金沢まで訪ねている。

療養のため岩戸村に戻った等は、中の園の生家で両親に看病されながら療養に努めた。玄良は、岩戸村はもとより、西臼杵郡内に広く名の通った名医であったが、結核に対しては為す術もなかった。懸命の看病にもかかわらず等の病状は悪化し、衰弱するばかりであった。

当時、一般の家庭ではまだ珍しかった、庭のぶどうがたわわに実り色付き始めた頃、等は静かに息を引き取った。明治三十五年（一九〇二）八月二日午前十時。まだ二十四歳の若さであった。

父玄良の句が残っている。

次男等金沢医学校にて病に罹り、昨冬帰郷医治手を尽せるもその効なく、去る夏越しの日帰らぬ旅に打ち立てるとき

明日の秋またれぬものか桐一葉

また、等が臨終間際に詠んだとされる句も残っている。

だかれたら手も届きそうぶどうだな

いずれも、痛恨の句である。

等が亡くなった翌月の九月十九日、俳句の革新に努めた夏目漱石の無二の親友、正岡子規も結核との長い壮絶な闘病の末、三十五歳で息を引き取った。もうあまり口もきけなくなった子規が、仰向けになったまま画板に貼った唐紙に筆をとった辞世の句は「糸瓜《へちま》咲て痰《たん》のつまりし仏かな」、ひと息ついて「痰一斗糸瓜の水も間にあはず」、もう一息ついて「をとゝひのへちまの水も取らざりき」であった。

等の墓は、中の園にある碓井家の墓地に、父玄良と母コマに囲まれて、訪れる人もなく静かに建っている。墓碑銘には「碓井等　明治三十五年六月二十九日卒二十四歳　明治三十三年金澤醫學專門學校三十四年九月罹病帰郷翌年病没」とある。

第四節　赤門先生・三代昇

(一) 医師への道

英才教育

玄良と妻京の間に第一子が生まれたのは、文久三年（一八六三）七月十七日のことである。男子で、玄良の喜びはひとしおであった。玄良三十三歳、京三十六歳の時である。男子には昇と名付けた。

その年は、時の将軍徳川家茂《いえもち》が上洛して二条城に入ったり、長州藩が関門海峡を航行する外国船を砲撃したり、京都では近藤勇らの幕府浪士組が新選組を立ち上げたりと、尊攘激派の動きが活発になり、明治維新に向けて大きく動いた年である。そして、昇が生まれる二カ月前の五月十四日から六月十一日まで、延岡藩の国学者樋口種実（当時七十歳）が、藩命で高千穂一円を調査し、後にその報告書「高千穂神蹟明細記」を書いている。この時、玄良は種実と和歌の贈答をしている。

わけ登る君こそはらえ天降らし丶名さえ埋みし峯の八重雲　　玄良

我がせこがかねてわけずは高千穂の八重山雲やわびしからまし　　種実

また、霧島山を高千穂の峯なりとさかしら人の言うのに対して玄良は、「高千穂は高く尊く立ちまよふ　霧島山にまごう峯かは」と歌い、これに対し種実は「たちかくす霧島山は世に消えて名はいや高し高千穂のため」と答えている。

郡内はもとより、延岡藩内まで国学者としても名の通った岩戸村庄屋土持信贇、その師で国学者であり医師の祖父元亮の薫陶をうけたその子、父玄良の血を引いた昇は、天賦の才にも恵まれていたが、さらに信贇と玄良の英才教育も受け、幼い頃から非凡の才を発揮していた。

九歳より信贇に就き『四書五経』『国史略』『日本外史』『大史略』『史記』を学び、算術一般は、時の藩校延岡亮天社において十三歳まで修業した。明治十一年（一八七八）六月、十五歳の時、熊本県託麻郡本庄村（現熊本市本荘）の洋医竹田春岱《しゅんたい》に就き医学を学んだ。十二日の戸長役場日記（この頃から庄屋日記から戸長役場日記になっている）には、「碓井昇近々熊本学校江入校今日首途也」とある。同年十一月、第百大区区長から「筆四本右試験優等ニ付キ該品賞与候事」、翌月には鹿児島県から「日向国臼杵郡三田井村小学下等小学校卒業大試験一等賞ヲ与ウ」とあり、その俊才ぶりが窺える。

宮崎医学校

明治九年（一八七六）、宮崎県は廃止となり、鹿児島県に合併され、この時代は明治十六年まで続いた。合併した時に、県立鹿児島病院の支院が那珂郡瀬頭村（現宮崎市瀬頭町）に開設されたものの、

翌十年に勃発した西南戦争により、病院は薩軍の野戦病院と化し、医員はすべて従軍し、自然閉鎖の状態となった。

明治十二年に、この陸軍臨時病院が廃止され、その病院の後を引き継ぎ県費で宮崎病院として運営されることになった。この病院に付属して、翌十三年五月に設立されたのが宮崎医学校である。当時の院長は、大分県出身の久米維精で、県内から十五歳以上の生徒が三十名入校した。

昇は、二期生として同年十七歳の時に入校している。同年八月二十七日の戸長役場日記には、「碓井昇今日出立ニテ宮崎医学校江行」とある。この医学校での昇の秀才ぶりは、宮崎県医師会発行『宮崎県医史』（昭和五十三年刊）に詳しく書かれている。

人望も才覚もあった昇は、入校するとすぐに室長を命じられている。

第二期生徒　碓井昇
医学所室長申付候事
明治十三年九月二十八日　　　宮崎病院医学所

昇は勉学に相当励んだのだろう、医学所教頭より奨学金も受領している。久米維精は病院長であるが、校長は鹿児島医学校長橋良栓が兼務していた。

宮崎医学校之跡碑（宮崎市内橋公園）。裏面には判明している卒業生14名の名前が刻まれ、その中には碓井昇の名もある

足下、入舎以来勤勉苦学之由不堪感賞候之作聊学費補助トシテ、一ヶ月金一円ヅツ来タル五月ヨリ三ヶ月間進呈致候、尚此上耐忍勉学試験上実跡相現ルニ於テハ、惟精又他ニ存意有之候間、堅志苦学ヲ提祈

明治十三年四月廿九日　医学所教頭　久米維精

医学所の学科は、物理学、化学、解剖学、生理学、薬物学、内科、外科、眼科、産科、内科臨床講義、外科臨床講義、衛生学、裁判医学であった。

明治十三年六月の試験では昇は一番で、「右中試業一等褒賞トシテ金二百疋与候事」とあり、翌七月の大試業でも「大試業優等賞金一円下与候事」とあり、二回続けて一番の成績を修めている。十月と十一月の小試業と中試業では、一番の座を三宅義保に譲っている。因みに三宅は、二回とも百二十点満点で、昇は百十六点と百十八点という僅差であった。昇は、翌十四年一月五日に宮崎医学所を優秀な成績で退所した。

上京し猛勉強

向学心に燃える昇は、さらに医学の道を究めるため上京することになった。

明治十四年（一八八一）一月二十日の戸長役場日記には、「碓井昇医学ノ為東京へ可行首途也昼過ヨリ行夜ニ入引取」とあり、同月二十二日の日記には、「一月二十二日　烈敷風雨雷鳴　碓井昇今ヨリ出立也、延岡ニ出喜多氏同伴細島ヨリ乗船之積リ也」とあり、いよいよ東京へ行くことになった。

当時の日本の医学界は、新政府が「知識ヲ世界ニ求ムル」方針に基づき、漢方から洋方へと変わりつつあった。また、これまで日本で多く読まれていたオランダの医書は、ドイツの学問をオランダ語に訳したものが多かったことと、ドイツの医学は当時、世界で最も優れていると医学取調御用掛りであった佐賀藩の相良知安らが主張したため、ドイツ医学が採用された。

東京大学医学部は、明治十年（一八七七）、それまでの東京医学校が改称されて新たに出発した。その前年の末に和泉橋通りから今の本郷赤門の地に移転した。赤門は東京大学の南西隅の朱塗りの門で、元加賀前田藩上屋敷の御守殿門として、文政十年（一八二七）、将軍家斉《いえなり》の女溶姫《むすめようひめ》が十二代藩主前田斉泰《なりやす》に嫁した際に建造されたものである。「赤門」は東京大学の異称となった。

初代の医学部綜理は、池田謙斎であった。池田は越後の生まれで、緒方洪庵に師事した後、長崎でオランダ人医師ボードインに学び、その後ドイツ留学を経て、明治九年（一八七六）に陸軍軍医総監となり、翌十年に初代医学部綜理となった。同十九年から明治天皇の侍医も務め、我が国最初の医学博士でもある。

本科の教師は、皆ドイツ人で、生徒にドイツ語で教えた。他に医師速成のための別科が、同八年

からあり、そこでは日本人の教師が日本語で教えた。別科生は通学生とも呼ばれたが、それは、本科生は寄宿舎に住むのが建て前であったことによる。

当時の日本では、なお医師の大部分を漢方医が占め、明治七年（一八七四）には、漢方医八人に対して洋方医二人の割合であった。

昇は、東京大学医学部をめざし、上京するとすぐに猛勉強を続けた。

二月十八日　東京府下麹町の久保精一の漢学塾入舎

三月十六日　東京大学医学部入学応試温習所末松二郎の本郷活学舎入舎

六月一日　下谷区嚶鳴学舎（漢学独乙学数学）入舎

そして、その年の十二月、見事に我が国の最高学府東京大学医学部に合格した。もちろん西臼杵郡からは初めての合格者である。

東京大学医学部在学中の碓井昇
（碓井哲也氏提供）

東京大学医学部

昇が入学したのは、医学部別科であった。全国から選りすぐられた俊秀のために、海外で最新の医学を学んだ気鋭の教授陣が揃っていた。中でも、組織学の教授田口和美《かずよし》は、ドイツ留学後の明治十年（一八七七）に、東京大学医学部初代解

剖学教授になり「わが国解剖学の父」と呼ばれる。それまで「腑分け」と呼ばれ、刑場で刑死者にしかできなかった人体解剖を篤志とはいえ、刑場以外で行えるように制度が改正され、田口は、明治三年（一八七〇）十月から十二月の三カ月間で五十二体の解剖を熱心に行い研究を重ねた。

吉村昭の小説『梅の刺青』には、女の篤志解剖第一号で、三十四歳の遊女ミキの解剖執刀者を田口和美として描き、その一節に「美機女の腕には、梅の折枝と愛しい人の名が彫られた短冊の刺青があった」と書かれ、その墓は文京区の念速寺に今もあるという。

平成22年（2010）に宮崎県で発生した口蹄疫についての出前講義で東京大学を訪ねた筆者

昇は、田口教授の卒業試問にも合格し、同十九年十二月二十四日、五年間の学生生活を終え、東京大学医学部を卒業した。卒業証書には次のようにある。

碓井昇別課醫學科ヲ修メ卒業試問ヲ完ウシ
正ニ其業ヲ卒ヘリ仍テ之ヲ證ス
醫科大學長三宅秀代理
醫科大學教授兼醫科大學教頭
正六位　　大澤謙二
明治十九年十二月廿四日

文学の血

昇は東京大学で、最新の医学を学んだと同時に、祖父元亮と父玄良に加え地元の戸長信賛からも受け継いだ文学の血も大いに湧かせた。

当時の文学界は、昇が少年時代に接した漢詩や和歌を中心としたものから、文明開花に伴う新しい世界へと移っていた。昇は、学生時代には硯淵社《せきえんしゃ》という同人会を作って、盛んに都々逸《どどいつ》などを作っていた。次の艶物が残っている。

硯引きよせ淵なす涙受けて書いたる艶文《おもいぶみ》

自分を西海遊士浮世厄介生、無水庵主可祝と名乗り「誤盲苦迷誌《ごもくめし》」という詩あり唄あり、落語から医学のことまで書き連ねた冊子も書いている。

また、同じ東京大学英文科出身の仙台生まれで『荒城の月』の作詞者として知られる土井晩翠《ばんすい》とは、父子ともに交流があったと思われ、親玄良の訃報を聞き晩翠は次の発句を送っている。

悼　碓井迂水先生

咲きかゝる花を見捨てゝかへる雁　　晩翠

玄良は号を迂水としていた。

さらに昇は、勝海舟、高橋泥舟とともに、幕末三舟のひとりとして、江戸無血開城の立役者で明

治天皇の侍従や剣・禅・書の達人として世に知られる山岡鉄舟とも交流があったものと思われ、玄良のために書いた次の漢詩も残っている。

為碓井玄良君
芝蘭生於深林《しらんしんりんにしょうず》
不似無人而不秀《ぶにんにてふしゅうなるににず》

鉄太郎

徳行の正しい人格者は、逆境にあっても、その節操を曲げることなく強く生き抜くの意である。

(二) 赤門先生

帰郷・結婚

昇は医学を学び、文学にも親しみ、多くの知己を得た五年間の東京での学生生活を終え帰郷した。政府は、明治十二年（一八七九）に医師試験規則を制定し、さらに同十六年に医術開業試験規則及び医師免許規則を定めた。昇は同二十年に医師開業免状を受け、高千穂村の三田井（高千穂町三田井埋立・現在サングリーンごとうのある地）で開業した。まだ医者が珍しい山間部の村で、東京大学を出たばかりの若い洋医が開業したとあって、遠近から、その評判を聞きつけ多くの患者が押し寄せた。

明治二十年（一八八七）末の統計によると、医師総数四万四四一五人のうち、大学卒はわずか二・五％の一〇四一人で、府県免許による漢方医が三万二八三九人（七三・九％）であった。

昇は二十五歳の時、七折村（現日之影町）八戸《やと》の名家・高見一郎とエンの長女で慶応元年（一八六五）六月四日生まれの、二つ年下のキカを妻に迎えた。明治二十一年三月のことである。

キカの弟益蔵は後に数多くの要職を務めた地方の名士である。現在、高見家近くの元新町小学校（昭和三十三年四月閉校）跡地に頌徳碑があり、その碑文は次のとおりである。

高見益蔵翁頌徳碑

高見益蔵翁ハ明治九年一月三十日ヲ以テ七折村新町ニ生ル、宮崎中学卒業後直ニ家業ニ従ヒ繁忙ナル家政運用ノ傍ラ、村会議員、郡会議員ノ栄職ニアルコト三十数箇年、推サレテ七折村消防組頭、村農会長、信用組合長ヲ歴任シ功績アリ、翁聡明ニシテ純情温厚ニシテ、仁慈私財ヲ投シテ地方文化ノ進展ニ貢献シタルコト数ヲ知ラズ、新町校創立以来校地校舎校具ノ提供寄贈相踵《つ》キ、或ハ村内遊学生ニ対シテ学資ノ支援ヲナス等、教育ニ関スル寄與至大ナルヲ以テ、明治四十三年縣知事ヨリ表彰セラル　翌年起工ニ係ル區内里道開鑿ニ方リテハ、消防組合ヲ督励援助シ萬難ヲ排シテ之ヲ完通シ、理想的工事ヲ竣工セリ　其ノ他農耕土木ノ功績、畜産茶業ノ改善ナド翁ノ顕績ハ枚挙ニ遑《いとま》アラズ翁ノ撫育恩顧ヲ受ケタル郷党ノ徒輩翁ノ還暦ヲ迎ヘテ慶賀ニ堪エズ茲ニ翁ノ業ヲ讃シ徳ヲ慕フノ微意ヲ永世ニ傳ヘンコトヲ冀《こいねが》ヒ本碑ヲ建ツ

文字彫刻　阿部庄太

石工　津隈武雄、甲斐今朝蔵

高見益蔵翁頌徳謝恩會

昭和十二丁丑歳三月二十八日建立

社会奉仕活動

三田井村で医院を開業した昇は、地域の医療に尽くしたと同時に、玄良と同じように社会奉仕活動にも参加し、明治二十五年（一八九二）には日本赤十字社正社員となり、同二十八年には郡所得税調査員にも任命されている。その年に、西臼杵郡医を命ぜられ手当は月三十円（約六〇万円）であった。同三十年には、二十七・八年の戦役（日清戦争・高千穂から三十二名出征している）に際し従軍者家族へ、同三十一年には日本赤十字社へ、同三十二年には、二十九年六月に起きた岩手・宮城・青森の大津波（六月十五日発生の三陸大津波。死者二万七一二二人、流失破壊家屋一万三九〇戸）に対して、それぞれ寄付している。

この頃は、全国で赤痢が大流行し、同二十九年だけで、赤痢による死亡者は二万二千人を超え、また腸チフスによる死亡者も九百人を超えた。『高千穂町史』によると、同二十六年、郡内で赤痢が大流行し、患者五〇七人のうち八八人が死亡したと記されている。当時は、伝染病が多発していたようで戸長日記には、次のようなことも書き残されている。

「明治二十四年十月二十三日　務六妻タカ四、五日以前ヨリ痛風腸窒扶斯《チフス》ノ由碓井玄良ヨリ今

日三田井役場届ニナル務六二男筆次郎

チョウチブスハ俗ニ云ゴンノジュウ（高千穂地方の方言）痛風ノ由也」

いかに東京大学出身の医師でも、伝染病で次々に倒れる患者の前では非力であった。昇は、これらの感染症について、最新の知識を学ぶため、明治三十三年（一九〇〇）に再び上京し、東京顕微鏡院で講習を受けた。この院は、山形県生まれで東京大学医学部出身の遠山椿吉《ちんきち》が、同二十四年に創立した、結核などの感染症に対する知識と技術を学ぶための施設である。猛威をふるう伝染病に対する知識を深めようとした、昇の前向きな姿勢が窺えるが、その甲斐もなく異母弟の等は二年後に結核で亡くなった。結核は、昭和十九年（一九四四）にアメリカのワクスマンらが特効薬ストレプトマイシンを発見するまで、不治の病で打つ手はなかった。

昇は、その後も社会活動を積極的に続け、明治三十六年には三田井尋常高等小学校新築に際して寄付したり、同三十四年の阿蘇郡高森町の大火に際しても寄付している。

明治を生きぬいて

明治二十一年（一八八八）に設立された西臼杵郡医師会の初代会長を務めた玄良に次ぎ、昇は二代目の医師会長に選ばれた。多くの要職も引き受け、医業も盛業を極めた。後継者を得て後顧の憂いもなく老境に入り、好きな俳句を詠みながら悠悠自適の生活を送っていた父玄良を、当時としては長寿の八十二歳で明治四十二年（一九〇九）四月四日に見送った。

昇は、さらに地域の医療や社会奉仕活動に没頭していたが、人の運命は神のみ知るもので、天は、皮肉にも働き盛りの昇に長生の道を授けなかった。明治四十五年（一九一二）七月二十三日午前十時、四十九歳を一期として病魔に犯され、あの世へと早々と旅立った。その一週間後、明治天皇が崩御、大正と改元された。

父玄良譲りの知あり、才あり、仁あり、義ありの昇に、天がもう少し寿命を与えていれば、残した業績は大であったと思われる。泉下《せんか》の玄良も二男等に続き、早すぎる長男昇との再会に狼狽の色は隠せなかったことであろう。

昇と妻キカとの間には二男二女があり、長女チサは延岡市の古刹光勝寺住職権藤正行に嫁ぎ、二女夕へは都城市の佐藤弘に嫁いだが二十六歳で不帰の人となり、碓井家を継ぐべき長男貢も延岡中学在学中に黄泉の国へと旅立ち、二男介《たすく》が碓井家を継いだが、医業は昇の代までであった。妻のキカは、昭和七年（一九三二）十一月十日六十六歳で没した。

昇の墓は、日之影町八戸の高見家墓地にある。

碓井昇の墓は妻の実家があった
日之影町八戸高見家にある
（写真は現当主高見憲治氏）

碓井昇君之墓

碓井昇君者碓井玄良翁長男以文久三年七月十七日

生昇君性質温厚英敏明治二十年三月帝国大學医科

大學別科卒業同年開業於西臼杵郡三田井為同郡医會長盡粹産姿養成書開設及医學生郡費派遣其他
人民衛生注意不少於其患者□□□賤不問到妻者高見一郎末女喜嘉設二男二女長女知佐嫁權藤正行
惜哉明治四十四年八月罹病大正元年七月廿三日終逝去享年五十歳

銘曰

診察周到　悉我為人
老少雲表　如嚢其親

大正二年六月　七十五叟　權藤古川海　撰

3章　田成《たなり》の里
——総延長五八キロ・岩戸山腹用水路開削史

第一節　山腹用水路開削と岩戸村庄屋

藤寺非寳著『岩戸・山裏維新以前田成開発史・上向き田米』

高千穂を象徴する風景は、山と谷の間にある里の風景である。その里は、自然の地勢に逆らうことなく、長い年月をかけて人の手で作られた棚田を中心として成り立ち、初めて高千穂を訪れた多くの人々は、この棚田の美しさに目と足を止め、写真に撮っていく。

中国の長江中・下流域に起源するとされる稲作が、日本に伝わったのは二千年以上前といわれるが、高千穂のような山間部に定着するまでには、それからまだまだ長い年月を要した。平地の少ない山間部で稲作をするためには、山の斜面を削り田を開き、山と川の距離が一番近くなる、はるか上流に水源を求め、水を引いてくるという気の遠くなるような工程があった。

それでも、何としても米を作りたいと願った先祖たちは、決してあきらめることなく挑戦を続けた。山間《やまあい》の水源から、岩をも穿《うが》ち、水を呼ぶ作業とともに、山肌を自然の命ずる形のまま削り、曲がった畦で田の形にし、自然と人間の合作による苦労の結晶として完成させたのが、高千穂の棚田であり山腹用水路である。

これらの棚田のすべてに、いまも滔滔《とうとう》と水を送り続けている山腹用水路は、高千穂町内だけでも

一九二キロもあり、それは、高速バスで高千穂から博多までの距離に匹敵する。

全国的に幕末維新期は、国内の人口増加による主食である米の増産のための「水利土木事業の時代」といわれ、『明治以前日本土木史』によると享和元年～明治元年（一八〇一～六八）において、現在の用水路の三二パーセントと、新田の四五パーセントが開発されている。

高千穂地方の幕末における山腹用水路開削に関して詳細に書き残された記録が、幸いにして旧岩戸村と山裏村内のすべてについて残されていた。

昭和八年（一九三三）、当時の岩戸村役場（村長は第十三代甲斐徳次郎）の依頼により、泉福寺十三世住職藤寺非寳氏がまとめた克明な資料『岩戸・山裏維新以前田成開発史・上向き田米』がそれである（平成十二年〈二〇〇〇〉に碓井哲也氏復刻）。この資料にある「田成」とは、水田が完成し、田を成したとの意味で、「上向き田米《たごめ》」とは、年に一度の盆正月と村祭りで、里人が神仏への感謝を込めて供えた「田米」を、久しぶりに一家揃って炊きあげる時に、いつもの下向き手づかみとは違い、少しばかり秤《はか》りがよい上向きであったことが語源と思われる。

本章の大部分は『上向き田米・復刻版』から引用し、その他の関連資料を参考にしたり、私が現地を歩きながら取材し、まとめたものである。

この章から、幾多の困難を乗り越えて田米作りに挑戦した先人たちの気骨と、それを今も守り続ける里人の息吹きを、感じていただければありがたい。

振り米

耕地の少ない山間部の農業が、焼畑を中心とした原始的農業であったのは、それ程遠い昔のことではない。高い山々に囲まれ、水が流れるのは深い谷の底でしかなかった高千穂地方には、その昔はまとまった水田らしいものはなく、当時の農民の生活は困窮を極めた。

水田がほとんどなかった頃の農業は、原始農業の域を出なかった。その農法は、一反歩ほどの原野を焼いて、その灰を肥料としてトウキビ（高千穂地方のトウモロコシの呼び名）、アワ、ヒエ、キビ、麦、大根などを作付けするが、翌年は無肥料のため不作になる。そのため、次の新しい一反歩の原野を焼いて作付けする。輪作八年目にして、最初の一反歩に戻るという原始農法で、高千穂地方では、この農業を「八反がけ」と言っていた。この農法は、焼き畑（高千穂地方ではヤボ作り・ヤボ焼きという）農業そのものによる輪作耕法である。

このヤボ作八反がけ農業で、家族の口が凌《しの》げるうちは何とかなるが、いったん、天災に見舞われると農民たちは、山野に糧《かて》を求めた。その頃、こんな唄もあったようである。

〽カンネ掘りゃあー　むぞなぎい（かわいそう）ぞぇー
鍬をかちい（担ぐ）じょー　山んなんくり返し（掘り返し）ょー
のぼるカンネもなぁー　掘っちみりゃ下るがのぉー
下るカンネがぇー　いのちづるょぉー

カンネとは「葛の根《かずら》」のことで、カンネから澱粉を精成し食糧にしていたのである。天保時代(一八三〇〜四三)の、この地方の庄屋日記にも、相次ぐ大飢饉により、葛根を掘って食いつないだという記録は多く、天保の大飢饉では、全国のどこの山村でも同じような状況であったのである。

このカンネ掘りは、戦中戦後も行われた。今も、当時のことを葛の字の付く黒葛原《つづら》、葛原《かずらわら》やカンネ原という地名が江戸時代の飢饉を伝えている。

米にまつわる当時の山村の窮状を伝える伝説的な話に「振り米」の話がある。これは、今にも臨終を迎えようとする病人の枕許《もと》で、末期の水とともに、竹筒に入れた米粒を振って鳴らし、せめてこの世との別れ際に、米粒の音だけでも聞かせて見送りたいという、聞くも哀れな悲話である。

山裏百姓逃散《ちょうさん》事件

耐えることが身に染みていた当時の農民たちが、苦渋の選択として最後に選んだのは、他領に助けを求めて村を捨てる逃散一揆である。

江戸時代から明治の初めまで、高千穂地方の各地で強訴《ごうそ》、逃散などの農民の騒動は、幾度となく発生したが、宝暦五年(一七五五)九月二十八日、奥州岩城国(現福島県いわき市)平から延岡に移封してわずか八年目の藩主、内藤備後守政樹《まさき》が肝をつぶすような逃散が、領内の山裏村で発生した。

農民の他国領への逃亡は、徳川幕府の固い禁令であったが、その掟を破って山裏村(現在の高千穂町上岩戸と日之影町見立地区)の五十七世帯二四八人が、一夜にして国境の尾平峠を越えて豊後竹

田藩領域内に逃げ込んだのである。

日向高千穂と豊後の小京都・竹田を結ぶ道には、九州の屋根でもある祖母・傾連山を越える「尾平峠」（一〇二四メートル）がある。祖母傾以南の山地では峠を「越《こし》」と呼ぶのが一般的で、高千穂側からは竹田越、豊後側からは高千穂越とも呼ばれている。

尾平峠は、古くから盛んに利用された峠であるが、特に峠を挟んで両側に、かつて日本有数の尾平と土呂久《とろく》の二つの大きな鉱山が操業していた長い期間は、多くの関係者がこの峠を越え往来していた。江戸時代には、延岡藩が麓の中野内に三本松御番所を置き、駐在の役人を配していた。

尾平峠への登り口にあった三本松御番所跡

この尾平峠を越えた人々の足跡は数え切れないほどあるが、今から二六〇年ほど前に、突然二〇〇〇人を超える農民が、一夜にして峠を逃げるように越え、他藩に助けを求めた。山裏百姓逃散である。

事件の背景や顚末をこと細かに述べると大変長くなるが、平成二十二年（二〇一〇）四月に閉校になった上岩戸小学校の校庭に、この事件のことを伝える碑があり、その碑文をそのまま掲載することにする（カッコ内は筆者注）。碑文を書いたのは「碓井家の研究」を書き残した五ヶ瀬町の郷土史家西川功である。

山裏百姓逃散由来の碑

高千穂町長　甲斐�常書

宝暦五年（一七五五）延岡藩主内藤備後守政樹《まさき》の時代、山裏村の百姓組の内、大猿渡組、黒葛原組、白仁田組、奥村組の大部分五十七戸二百四十八人が、藩の重税とその取立て村役人に反抗して、豊後に逃散した事件をいう。

当時、この地域は焼畑農耕で、生活も苦しかった。この為、税の軽減と村役人取立の緩和を藩に嘆願しようと、各組の弁指《べんざし》（区長）五人が中心になり、連判状を提出することになった。しかし、村民の中には庄屋の親族もおり、連判状を出せば、徒党強訴《ととうごうそ》の罪になるといって、脱落する者も出始めた。この為、計画が露見すれば、処罰されるという恐れから、他藩へ逃散しようという事になった。九月二十八日、男女二百四十八人（男が二十人くらい多い）が、三本松御番所を避けて尾平峠を越し、豊後岡藩の小原村《こはる》（大分県豊後大野市緒方町）に逃散した。

小原の堂の内で、岡藩役人に押止められた一行は苦境を訴え、岡藩は同情して当地で保護した。

事件に驚いた高千穂代官を始め郷役人達は交代で豊後に出向き、帰村するように説得するが、庄屋を始め村廻役人を処分しなければ帰らないという。延岡藩は岡藩に役人を派遣して協力を依頼すると共に、庄屋と村廻役を処罰したうえ、山裏村と取引のあった延岡の商人井筒屋久右衛門、岩戸村庄屋出身の延岡台雲寺住職恵月和尚等に農民の説得を頼み、岡藩に出向かせた。

その結果、十二月になってようやく藩役人と百姓代表十七人との間で交渉がまとまり、

一、村に残った者等が我々を差別しない事

一、我々逃散者の中から一人たりとも処罰者を出さない事

一、我々は兼て困窮のうえに、数十日の騒動で植付収納が遅れており、当分生活に困るので、今後も農業が続けられるように配慮願いたい。

等の逃散百姓からの五ヶ条の要求を、藩が全面的に了承し、帰村する事が決った。

これは延岡藩が、事件が表沙汰になる事を恐れた為で、幕府に知れる事もなく十二月十二日、実に三ヶ月ぶりに全員が帰村した。

日本百姓逃散史上、只一人の罪人も出さず解決した異例の逃散事件であった。

平成二年十月二十八日

高千穂史談会々長　西川　功　識

中の園用水

耐えることの限界から、当時の農民たちが選んだ最終選択は逃散であったが、江戸末期の高千穂地方の為政者や村の有力者たちが選択したのは開田による田米作りであった。

しかし、水田を開くには、水路を通すことが必須である。ところが、深山幽谷に囲まれた高千穂地方で水路を新たに開通させるのは、大河川から平野部に水路を通すのとは比較にもならない困難

元和元年(1615)に通水した古い中の園用水。２本杉の下から水を取り入れ中央の永の内川の右岸を流れている。ビニルハウスの上に岩戸村庄屋があった

さが立ち塞がっていた。にもかかわらず、農民たちの窮状を見かねた当時の為政者や農民の有志たちは、容易ならざる水路開削に向けて、敢然と立ち上がったのである。

岩戸村で一番古い用水は、中の園用水といわれている。今の鶴門《つるかど》（上永の内）から岩神に至る約一・五キロの用水である。後に、代々岩戸村の庄屋職であった土持家の記録によると、元和《げんな》元年（一六一五）には通水していたようで、今から四百年以上も昔のことであり、西臼杵郡内はもとより、宮崎県内でも最古のものではないかと思われる。

慶長十四年（一六〇九）の岩戸竿帳（検地台帳）によると、鶴門に田が三反五畝二十八歩、陣に三反六畝二十歩、馬場に一反三畝十歩あり、いずれも豊臣秀吉が没した同三年（一五九八）に、永の内で自刃した武将富高大膳の子勘兵衛重家の自作地である。

鶴門の勘兵衛の畠の所在地に、「二反二畝二十七歩、井手ノ下」という記載があり、井手とは、高千穂地方で用水路のことであり、元和元年より六年も前に、鶴門には用水路があったことを証している。陣や馬場に、慶長年間に五反歩の田があったということは、すでに当時代以前に、馬場までは用水が掘られていたことになる。

勘兵衛重家の父富高大膳が、上永の内の御霊神社の下で自刃したのは、慶長三年（一五九八）であるから、同十四年までに、わずか十一年しか経っておらず、この年以前に用水があったということは、この中の園用水は、勘兵衛一家だけの労力のみで開削されたとは思えず、富高大膳かその父将監が岩戸城主時代に、家臣に命じて掘らせたものではないかと推察される。

有富《ありずみ》の百姓甚五の下々田《げげでん》（検地によって決めた上田等に対して最下級の田）は、この用水の水を使わず井川《いご》様（現在の八大竜王水神。高千穂地方では、清水の湧く所を井川と呼ぶ）の湧水を用いた田であったと思われる。

その後、勘兵衛重家の子孫が中の園、引地、陣に住み着いて繁栄して開田し、この用水を使うようになったと思われるが、用水を岩神まで引きながら開田されていないことからすると、馬場から下の岩神までは、酒造業甲斐家の先祖が、業務用に延長したものではないかと考えられる。

それからの約二百六十年間は、庄屋の田の他に、永の内川からの川水を利用できる区域は、川を堰《せ》き止めて小さな井堰を作り、そこから細い水路を引いて、自家用にしていた程度である。代表的なのは、左目木《さめき》の下にある工藤駒治が作った「駒さんの堰《せき》」であるが、開設の年代は、駒治の年齢から逆算すると明治初年（一八六八）頃の話と思われる。

十一代整信と十二代信贇

永の内川からの水が引けぬ少し高い地域に住む農民は、トウキビや麻を作るか麦作が中心で、米

が食える者は、ほとんどいなかった。

十一代岩戸村庄屋土持完治整信と十二代庄屋霊太郎信賛は、地元の永の内に限らず、岩戸村に水田が少ないことを案じて、用水開削に全力を注いだ。信賛は、父整信の意志を継いで、二十歳くらいから用水開削に並々ならぬ情熱を傾け、村人と協力しながら苦心して、現存する岩戸地区の用水の九割近くの開削に関わっている。

江戸末期の嘉永年間（一八四八〜五三）の岩戸村は、高千穂郷中で、もっとも戸数が多い村で、三田井村一八一戸、上野村二一〇戸に対し、二四六戸あった。一世帯あたり十人以上もいた大家族の時代であるから、人口も一番多かった。

しかし、穀類の収穫量は、三田井村で約七〇〇石（一石は十斗・約一八〇リットル）、上野村で八六〇石に対し、岩戸村は四三〇石足らずであった。

このような穀類の収穫量の少ない村の庄屋になった信賛は、農民の苦しみを共に味わい、何としても開田のための用水開削をと、常に考え続けていた。

第二節　黒原用水と東岸寺用水

(一) 黒原用水

英断

岩戸村の中央を流れる岩戸川は、大渓谷をなしており、その水面から一〇〇メートル以上も高低差のある段丘の畑作地帯に水を通すには、その勾配を利用するにしても、一〇キロ以上も上流の川上に水源を求めて、用水路を開削する以外に方法はなかった。

しかし、その川上までは、大昔の阿蘇山の大噴火による溶岩が固まった岩盤から成り、また起伏も複雑で、簡単に鍬や鶴嘴《つるはし》で掘れる所は、ほとんどなかった。また、仮に用水路開削工事に着手するにしても、それに要する莫大な経費の負担に、零細な農家が耐えられるかということと、農家は岩戸川を挟んで主に東西両岸にあり、一方だけに用水を引くということは、村の最高行政責任者としての公平性からも許されないことであった。

信賛は、事前調査や検討を何度も重ねた上で、村の弁指（高千穂地方では「べんぜ」と発音した。後の区長にあたる職で、住民の推薦により代官所から認証された公職）や村の有志を集めて、何度も用水路

開削について協議を重ねた。

この頃、延岡藩としても開田に力を入れ、各村に対して用水路の開削計画を立てて差し出すように命じたので、信賛は、さらに同志と現場を調べて、水源地、水路の勾配、開田面積など具体的な設計仕様書案を作成して代官所に提出した。現在のように専門の土木技術者がいるわけでもなく、精密な測量機器が揃っているわけでもなく、その苦労は、想像をはるかに超えていた。夜間に、提《ちょう》灯《ちん》を持たせた何十人もの人夫を、一定間隔を置いて山の斜面に立たせ、それにより水路のわずかな高低差を求める作業を続けたと伝わっている。

一年間協議を重ねた結果、永の内まで掘削する案の中で、試験的な第一期工事として、全体計画の約四分の一にあたる岩戸川左岸の黒原まで掘ることにした。この計画に沿って嘉永五年（一八五二）二月に、代官所から現地の下検分があったが、実際に工事に着手する段になると、二の足を踏む者も多く、代官所からの工事許可がすでに下りているのに手が付けられない状態であった。

天保の大飢饉により、多くの餓死者まで出した記憶が生々しく残っている農民としては、一刻も早く工事に取りかかってほしいが、膨大な経費に加え、重い年貢に喘《あえ》いでいる状況では、賛成はするものの、手が出せない現実があった。仮に工事が進んだとしても、果たして、この岩戸川から、かなり高い所にある焼畑や畑作地帯まで水が流れて来て、田米が確実に穫れるという保証はないのである。それは、最高責任者としての庄屋である信賛にとっても同じどころか、企画立案の責任者として、それ以上の不安があったが、この村の窮状を救うためには英断が必要であった。

年が明けた嘉永六年（一八五三）三月朔日、黒原の馬生木《もうぎ》（以前は午生木《ごうぎ》と呼んでいた）の百姓定吉方に関係者を集めて、黒原用水開削を決定し、それぞれ分担役職を決めた。世話方頭取に、村一番の金持ちで酒造業の甲斐久之助（代々久之助を名乗り、この時は三代久之助惟清）を選び、世話方に、地元の修験者の大乗院、有志甲斐常右衛門と永の内弁指武平の三人が当たることにした。

里山伏・大乗院

岩戸村における用水路開削の記録の中に、大乗院の名が何度も出てくるが、大乗院とは、岩戸村黒原に代々居を構えていた修験道里山伏（俗称やんぶし）である。

黒原用水開削時の嘉永七年、大乗院に対して「新用水掘通之節骨折致世話」とあり、「安政二卯年（一八五五）、去年黒原門新用水掘通之節各別骨折致世話候ニ付当主一代限合印御免被成候」とも、記録が残っている。

黒原用水開削に力を尽くした山伏大乗院家の墓と現当主の佐藤省一氏（高千穂町岩戸黒原）

山伏の大乗院は、加持祈祷による除魔、治病、火伏せ、虫ばらい、疱瘡《ほうそう》まじない、安産祈願から名付親など、村人の生活のあらゆる部分に立ち入り、重要な役割を担っていた。一方では、その博識を買われ、今でいう学識経験者として、

新たな取り組みを計画する際の助言者の立場で、庄屋の補佐的役割も果たしていたのである。

『岩戸・山裏維新前田成開発史』の編者で泉福寺十三世住職の藤寺非寶氏は、この治水史を編むに当たり、多くの功労者を挙げているが、「とりわけ、異色の功労者としては、社会と縁薄かるべき人の御努力として、黒原大乗院山伏佐藤黒可（明治十七年〈一八八四〉没）と社人佐藤参河《みかわ》殿（東岸寺才田）がいる」として、その功績を称えている。

文久三年（一八六三）五月十日、長州藩が、下関を通過するアメリカ商船についでフランス、オランダ船も砲撃し、下関事件といわれる国際紛争を引き起こしたが、長州藩の砲台は六月一日、アメリカ艦船により砲撃を受け、大被害を被った。

次々と開国を迫る列強諸国に対し、極度の不安を抱いていた第一二一代孝明天皇（一八三一～六六）は、下関事件前の三月十一日、賀茂社で攘夷を祈願、四月十一日には再び、石清水八幡社へ参詣した。それでも不安で、今度は、全国の修験者を命により、修験道の開祖役小角《えんのおづぬ》を祀る奈良県吉野の大峰山に集め、祈祷勤修《ごんしゅ》をさせたが、これに岩戸村から黒原の大乗院も参加している。

寺社奉行より本山を通して通達された至急便は次のとおりで、当時の緊迫した世情を伝えている。

文久三年　亥　六月六日

持明院僧正　演隆判

近来、蛮船（異国船）渡来の上、猶又、英国軍艦差し向け申し立ての次第、不穏形勢の趣、禁

裏御所より厚く御沙汰の次第もこれ有り、殊に当山修験道においては、御祈祷専要の職業にこれ有り、等閑《なおざり》成らぬ時節に付き、皇国の御忍び澤潔致し奉り、来る七月、連峯大峯山に於いて、正大先達一同諸国修験の輩、醜異遠海を汚さず、神州不損人民宝祚《ほうそ》延長武運悠久の旨、抽《ぬき》んでて丹誠御祈祷仰せ出され候条、諸国御末流の輩、其の意を得奉り、急度登山勤修これ有るべき者也

明治五年（一八七二）に修験道は禁止されたが、その前の同三年、当時、高千穂町内にあった三田井村の大仙院と大圓房、上野村の修善院、岩戸村の大乗院の四戸の修験道家は、十社宮（高千穂神社）の下社家として神勤めしたい旨を連判で申請することになった。しかし、その書き付けには、不本意であったのか、大乗院だけ印が無い。

二カ月半で四・七キロを開削

安政元年（一八五四）三月十二日、組合員二十八人で早速工事にかかり、山裏村の渡戸内《わとうち》から黒原を越えて岩神まで七十九日間作業を続けた結果、六月七日に完成して無事通水を見た。

この工事期間中、作業を休んだのはわずかに五日のみで、七十四日間も地域住民は、ひたすら掘り続けたという。水路の総延長四十三町二十五間（四六九一メートル）、総銀高四貫七百四拾匁七分五厘（現在の金額で約五九三万円）、総人夫数二一三四人であったと記録にある（以下カッコ内は同じ）。

用水下流の受益者や他地区の者による労力奉仕が七七七人、雇人夫が六八六人であった。わずか

二十八戸という戸数で、二カ月半で、これを完成させたということは、一日当たり七十六人の出役になり、地元住民の用水開削に賭けた並々ならぬ熱意と気魄が伝わってくる。

完成の四日前の六月三日、アメリカ東インド艦隊司令長官ペリーが、軍艦四隻を率いて浦賀に到着していたが、村人たちは、日本を揺るがすようなことが起きつつあることなど知る由もなく、涙を流し喜びに湧き返った（旧用水の一部は今も現役である）。

用水開通の日、世話役で岩神の酒造業甲斐久之助方で、盛大な開通祝が開かれた。節くれ立った大きな指で盃を口に運び、満面の笑顔で喜ぶ髭面の農民たちの顔が浮かぶ。

代々酒造業を営んでいた甲斐家
（高千穂町岩戸下永の内）

この黒原用水路開削の成功は、他の村落の、用水開削に遅れをとっていた農民たちに、工事への決心をさせる大きな引き金となった。

(二) 東岸寺用水

黒原用水の次は、東岸寺用水であった。岩戸川右岸の村々が用水開削に熱意を燃やし、岩戸川の支流土呂久川を水源とし、土呂久川左岸の岩元、東岸寺の村が土呂久から用水を引くことを決議

東岸寺用水取水口駄渡瀬
（高千穂町岩戸土呂久）

したのは、安政二年（一八五五）正月のことであった。早速、同年二月七日から、土呂久駄渡瀬《だわたぜ》を水源とする用水の工事にかかり、五月まで東岸寺村総出の水路開削工事が続けられた。

殿様の初来村

この用水については、延岡藩も関わっており、工事費の助成として百円（約七五〇万円）を貸し付けている。安政元年十一月五日の庄屋日記には、「土呂久用水開削計画あり　延岡藩藩士五人を派して惣見水源を調査させる。同日夜七ツ（午前四時）大地震あり所々破損多し」とある。

村内の用水路開発に明け暮れていた信贇であるが、この間には、延岡藩から山裏村庄屋後見、下野村庄屋兼帯、三田井村庄屋兼帯を命ぜられ、他村の世話役まで兼任させられていた。

また、嘉永五年（一八五二）になると、村内の土呂久鉱山を延岡藩が探鉱することになり、信贇に土呂久銀山掛り合という職を兼任させ、鉱山の世話までさせられた。

延岡藩は、元締頭服部伝兵衛と江戸からの客人精錬師の酒井五左衛門を岩戸に出張させて、鉱山支配方を命じ、嘉永六年（一八五三）十一月末には、藩主内藤能登守政義が、土呂久鉱山を視察して、

山中の鉱山に二泊するという力の入れようであった。

延岡藩の殿様の初来村で要した人足は「四百拾四人」とあり、村の行政責任者としての信賛の心労も、かなりのものであったと思われる。殿様は、十一月二十五日は岩神の酒造業甲斐久之助宅に泊まり、翌日天岩戸神社に参拝し、土呂久鉱山を訪ね、二十六日と二十七日は鉱山に泊まり、二十八日は、再び久之助宅を宿として二十九日朝出発し、七折村新町の酒屋高見家に泊まっている。

東岸寺用水は、江戸大地震のあった安政二年（一八五五）一月十九日、宮水代官所で計画案を申請して内諾を得、早速帰って協議し、早くも二月七日には工事に取りかかっている。用水の開発により田地が開けることは、藩としても実質的に石高が上がることになるので、積極的に援助して資金繰りなどにも協力している。現地にも、わざわざ代官が出役して見分し、土呂久弁指佐藤治作を「用水掛り合」という係にして、工事を担当させている。

金策に苦労

庄屋日記を見ると、信賛は、四、五日ごとに、土呂久に出張して現場で督励している。工事に関係していた人員は「土呂久組中、立宿組中、東岸寺井手下掛り合せて総人数八十三人也」とある。
隧道《ずいどう》工事は、請負いにしたらしく、
四月十五日晴天
一、今日昼前頃より用水方にて土呂久へ罷越。

腰付（庄屋の小使人足）文太

一、ホリヌキの事今日御出役（代官所役人）御立合にて七百目（約八七万五〇〇〇円）の請相止　左の通り相極申候　是迄働きの分　熊五郎一日六匁（約七五〇〇円）宛同人妻一日三匁（約三七五〇円）宛相渡し候筈

一、以来五尺一間銀三拾目（約三万七五〇〇円）宛にて一切構いなし請堀の筈に相極り申候

岩元え立寄り夜に入引取申候

とある。熊五郎夫婦とは、隧道専門の請負業者である。

また、資金の面では、相当苦労したようで、庄屋日記にも金の工面が数カ所に記してある。

一、未明出立にて宮水（代官所）へ罷出る。

七月十一日晴天

腰付文太

一、金三拾両（約三三五万円）拝借　請取卯（安政二年）九月返納の証文　拙者、四郎吉（信賛の実弟で、二年後下野村庄屋となり、名を民之丞と改める）連印にて差上置由候

住民の生活が苦しい中にあっても苦労して工事を進めていたものの、「金《カネ》は内藤《ナイトー》の貧乏守《ビンボノカミ》」と揶揄されていた殿様が領主の延岡藩は、藩財政のやりくりがいよいよ苦しくなり、領民に年貢の前納を命じている。

八月十三日晴天

一、仲間中不残出勤
一、今昼後呼出にて兼々金子御入用に付当庄内にて九月納上銀くり上　当月二十五日迄相納申候様にと被二仰付一候尤二百五拾両（約三七五万円）也
一、右に付話し合の上　凡の所の割合致す岩戸村の分二十五両（約八七万五〇〇〇円）也
とある。いかに、貧乏藩といえども無茶な命令である。

“歓びの声暫く鳴りも止まず”

このような非常に厳しい状況下ではあったが、十月に入り、東岸寺用水は完成した。安政二年（一八五五）十月四日からの庄屋日記を見ると、完成の喜びが、手に取るように伝わってくる。

十月四日　晴天
一、新用水ほりぬきさらえ、今日迄に片付候段、届け来る。
十月五日　晴天
一、右用水方にて土呂久へ罷り越す。
一、今日四ツ頃（午前十時頃）水流れ初候所、暮六ツ頃（午後六時頃）東岸寺へ水流れ着き申し候。二月九日より今日迄、二百三十三日にて水流れ着き、井手下弐拾弐軒、老若男女井手端に立ち出て、歓びの声暫く鳴りも止まず。大乗院（黒原山伏）相招き即刻水神祭り、御神酒上げ致し、夜半頃東岸寺出立、帰舎（庄屋宅へ帰る）。

十月六日　晴天

一、大和田直右衛門様（延岡藩役人）、日田（九州を統轄した日田代官所）より御帰路東岸寺用水御覧成された段、申し来り候に付き、笹の戸へ罷り出で、扇の峰（元岩戸中学校上）迄御案内申し上げる。

御案内道筋、継々に弁指罷り出る。

同月六日に、信賛はすぐに宮水代官所へ書簡を早状で差し出した。用水の完成に欣喜雀躍《きんきじゃくやく》している住民の様子を、天稟《てんぴん》の麗筆で流暢な文で書いた。短い文の中に、行政責任者としての達成感が書き込められている。

扇の峰にある東岸寺用水通水記念碑。先人たちの通水への感謝の気持ちを伝えている（高千穂町岩戸東岸寺）

一筆啓上仕り候、先ず以て御揃い成されられ、大慶の御儀存じ奉り候。然れば、東岸寺用水掘り抜き中、さらえ掘悉く手間取り、漸く一昨日四日迄に相片付き、昨五日朝四ツ時頃より試しに水流し候所、暮頃に東岸寺に流れ着き、男女老若残らず井手端に立ち出で、歓びの声暫く鳴りも止まず、私、初め掛り合いの面々（工事関係者）に安心仕り候事に御座候。

此の段、御達し上げ度くかくの如くに御座候、猶、一両日の内に罷り出、委細申し上ぐべく候、此の旨、仰せ上げられ（藩主へ）下され候様、願い上げ奉り候。

恐惶謹言《きょうこうきんげん》

十月六日　土持霊太郎信贇
野村丈右衛門様（宮水代官）
三森治右衛門様（　〃　）

このような、大変な苦労を重ねながら、黒原用水と東岸寺用水は完成した。しかし、信贇の用水開削事業は、岩戸村内の、すべての村々にまで水が行き届くように、この後も続くのである。

内藤延岡藩の台所事情

延享四年（一七四七）、三月に延岡藩主の牧野貞通が、常陸国笠間（現茨城県笠間市）に転封した後の四月には、磐城平（現福島県いわき市）から、内藤備後守政樹《まさき》が延岡に移封してきた。

内藤家は、徳川譜代の大名であるが、多くの譜代大名は関東一円に配置されたのに対し、内藤家の延岡移封は、日本最南端の譜代大名であり、左遷であった。「幕府に対し先祖より、いささかの不忠もないことを心骨に刻め」が家訓であった内藤家は、命に従い延岡に移封してきた。幕府の命令ひとつで、どこにでも移される、このような大名は「鉢植え大名」と呼ばれていたらしい。

延岡藩には、九州の外様大名を抑える徳川最南端の砦としての位置付けがあるにはあったが、一番恐れていたのは、隣の薩摩藩の島津である。しかし、士族と郷士で十五万人の島津に対し、士族と足軽を合わせても千五百人ほどの内藤延岡藩では、仮に戦っても話にならず、すでに天下泰平の

世で、中津には奥平氏、小倉には小笠原氏という有力大名を配置していることからも、延岡城はすでに「捨て城」扱いで、内藤家はその「捨て城」の管理人にされていたようである。

このようなことから、薩摩藩では、有事に備えて、常に士族や郷士は武芸に励み、それが明治維新の戦力や士族の反乱へとつながったが、延岡藩では、武芸より能楽や謡の方が好まれていた。

これらの背景も含めて、内藤家の台所事情は、実際に火の車であったのである。その原因をあげると、財政難に陥った理由も頷ける。

内藤家は、延享四年に磐城平から延岡に入封《にゅうほう》してきたものの、表高は磐城も延岡も共に七万石であったが、実高は磐城が約十万石、延岡は約八万石であり、入封の時点で、すでに二万石の減収であった。

磐城は江戸にも近く、領地も一円支配であったが、延岡は江戸からも遠い僻遠の地にあり、加えて日向宮崎と豊後大分にまで飛び地を持つ分散支配で、宮崎、大分、日之影に代官所を置いていたため、各代官所への連絡に使う飛脚に要する経費など、その運営費用にも多額を要した。

さらに、参勤交代の費用、船の使用料、交替足軽に要する経費などで、支出が大幅に増大した上に、延岡は江戸に物資を運送できない領地であったため、江戸勤めの家臣への支給米、紙類、炭、鰹節などまでも江戸で購入せざるを得なかった。

不時の支出も続き、延岡藩の藩船柳葉丸が明和八年（一七七一）、東海港で焼失したり、翌年には、江戸三大大火の一つ明和の大火で、虎の門付近にあった内藤家の上屋敷が類焼した。この再建に、

西臼杵郡にも銀六十貫（約七五〇〇万円）の役金が負担させられた。

このような理由による厳しい財政状況に対して、内藤家は家臣の給料削減と経費節減を行ったが、収支の不均衡は改善されず、苦肉の策として大坂商人からの借金で凌いだり、領民から銀の調達を命じたが、思うようには改善されなかった。ついに安永元年（一七七二）の暮れには、江戸、大坂、延岡の商人への借金返済を、すべて断るという不法な手段まで取らざるを得なくなった。

その上に、同二年には、延岡内藤家三代の政脩《まさのぶ》が、将軍の名代として日光東照宮の参拝を命じられ、多額の費用を要した。同三年には、藩が諸士に財政救済意見書を提出するよう命ずるとともに、節約も命じた。ここまで内藤延岡藩の台所事情は逼迫していたのである。

第三節　日向《ひなた》用水（才田用水）

"新田三拾町余り出来候"

黒原用水と東岸寺用水を見事に完成させた信賛《のぶよし》は、二つの用水開削により蓄積された経験と技術を活かし、さらに、岩戸村全体に用水が行きわたるように開削を続けた。

安政三年（一八五六）十二月二十七日に、宮水の代官所へ次の開削計画を提出している。

憚り乍《はばかりながら》手控を以て申上げ候

山裏村三本松御番所（本章第一節参照）脇より新用水を掘り掛け、岩戸村東岸寺門の内、左右殿《そうどの》と申す所まで掘り通し候後は、新田凡三拾町余り出来候見込みにて、村方の者共内々に見積り候所、左の通り（一部略）

一、水口より左右殿迄一町。間凡六千間（約一〇・九キロ）

一、井手下百姓四十三軒

一、右、通水、掘り通し下され候えば、井手下百姓軒別（全戸）壱人宛、日々罷り出、相働き申すべく候

一、右四拾三軒の内、岩戸村社人佐藤参河正《みかわのかみ》（神職）、山裏村小侍甲斐小文治両人、頭取世話仕り掘り通し候様、仕り度き段願い出候事。

世話役まで決めて、安政四年（一八五七）正月末宮水代官所に見積書を提出した。それによると、水源は、ゆのき川のおそろし渕（現上岩戸常光寺の滝。古記では浄光寺）とし、岩戸村左右殿までおよそ五千四百間（約九・八キロ）。但し、「ゆのき川にて水不足候えば、六百間（一・一キロ）上、三本松御番所脇の大川より掘り続け候積もり」とあり、これに要する人員と経費は「石工六百六拾八人、大工、木挽、山師五拾人、平人足（人夫）壱万千三百七拾九人、総経費三拾弐貫三百四拾弐匁七分六厘（約四〇四〇万円）」とあり、最後は、信賛はもとより、すべての農民たちの固い決意で結ばれている。

日向用水（才田用水）
の取水口おそろし渕
（高千穂町上岩戸西之内）

「右の通り山裏村日向門《ひなたかど》、岩戸村東岸寺内百姓共起工致され、井手筋見積り候所、何ぞ差し障りの儀も御座無く、新田三拾町も出来候見込み御座候間、恐れ乍《ながら》御検分の上、右願いの通り仰せ付けられ、差し水成就の上は、百姓方急度《きっと》助けさせに相成り、子々孫々相続き仕り候儀

に御座候間。

御慈悲を以て、御普請仰せ付けられ、下され候はば重畳《ちょうじょう》（たいそう満足して）有難く、仕合わせに存じ奉り候、然る上は井手下百姓共の儀は、家内残らず日々罷り出で、出精《しゅっせい》（勤勉に働く）仕りべく候間、御憐愍《ごれんびん》（あわれむこと）の程宜《よろし》敷く願い上げ候事。

巳正月（安政四年〈一八五七〉）

山裏村百姓総代　伊藤治

同　佐藤儀右衛門

同　寅松

同組合頭　伝蔵

同　佐藤宏太郎

同　佐藤福次郎

岩戸村百姓総代　久五郎

同組合頭　常吉

山裏村日向門弁指　福弥

岩戸村東岸寺門弁指　馬原折之助

山裏村庄屋　後藤房治

岩戸村庄屋兼帯　土持霊太郎

村民総出の突貫工事

計画が承認されると間を置かず、安政四年（一八五七）の二月に、用水開削に着手した。この時、信賛は四十三歳である。庄屋日記には、次のように書き残されている。

二月二十七日　少雨　この日起工式

一、才田用水掘り始め、雨天に付き参河正（神職）罷り越さず、弁指方へ卯平次参り候はば、取り掛り候様申し遣わす。追々、天気次第に罷り越すべき旨、申し遣わす。以上。

工事は、人海戦術で順調に進んだが、山峡の山肌を縫うようにして作る用水路であり、厳しい作業が続いた。翌年の四月から五月にかけてが、一番の難工事であったようである。

四月二十六日　雨天

一、才田新用水掘り加勢の事、参河正より願い出相成り、弁指中御相談の上、郷中（岩戸村中）軒別壱人宛近々加勢に罷り越し候筈。右に付き、参河正より弁指中へ一樽差出しに相成り、披露致す。

と庄屋日記にあるように、村民総出の突貫工事となった。

過酷な作業が続くなかでも、村人たちを元気付ける出来事もあった。用水開削中に、途中の黒葛《つづ》原《ら》でかな山（鉱山）を掘り当て、用水工事中の副産物として大いに盛り上がったが、結局、物にはならなかったようである。庄屋日記には、

五月二十七日　晴天

一、宮水（役所）へ黒葛原井手筋、かな山の事申し上げる。夫（連人）嘉平治。

五月二十八日　晴天

一、早天出立にて黒葛原へ罷り越し、新用水筋にてかな山掘り当て候に付き、見分として熊五郎召し連れ参る。山裏庄屋並びに参河正、折之助同伴。

一、右かな山試みに少々掘り込み、見候筈にて熊五郎残し置く。

宮水役所からの現地見分も続き、何とか年内の工事完了をめざした。十一月には、掘り方をせき立てている。

十一月二十九日　晴天

一、才田用水の事、掘り方急ぎ致し候様に申し候。書状にて山裏庄屋並びに日向弁指へ申し遣わす。以上。

とある。掘り方人夫を繰り出し、年内の完成をめざしたが、想像以上の難工事で、完成は年を越すことになった。

しかし、当時の延岡藩の財政は苦しく、完成前の十月には、早速年賦償還を要望された。信賛をはじめ村役たちの焦りも、並大抵ではなかった。十月十一日の庄屋日記には、以下のようにある。

一、金拾両（約七五万円）、才田用水入用、本日宮水役所にて請取る。

一、金弐歩（約二万円）、先年千札拝借の内に相納め申し候。以上。

三年かけた難工事の完成

年が明けて、安政六年（一八五九）となった。年明け早々から不休の作業が続き、ようやく三年を要した難工事も、五月十一日に悲願の通水を見たのである。

五月十二日　晴天

一、才田用水成就滞り無く通水相成り候、参河正へ届けさす。並びに東岸寺弁指、日向弁指同道にて来る。樽肴持参。

同年五月十七日に宮水役所に提出した報告書は、次のとおりである。

安政六己未五月十七日　覚

一、新用水壱カ所

水口（山裏・日向門の内）ゆのき川おそろし渕より、岩戸村東岸寺門の内、左右殿迄五千四百間（約九・八キロ）巾三尺五寸深さ弐尺右用水掛りにて、新田凡三拾町出来候見込み。この入用

平人夫　八千八百八拾弐人

石工　四百九拾四人半所々石垣入用

石運夫　五百壱人

右の通り辰（安政三年〈一八五六〉）十月見積り、巳（同四年）二月二十七日より掘り始め、当未（同六年）五日通水迄、諸入用前段の通りに御座候。以上

未五月十七日

岩戸村
山裏村

三年の歳月をかけて、おそろし渕から才田までの第一次開削は全部完了し、七月八日に、宮水役所から骨折差配（指導監督）した者一同に、功労があったとして、それぞれ賞与が与えられた。

その内容は、信賛へ錫銚子一組、弁指馬原折之助へ銀二十目（約一万五〇〇〇円）、常吉へは銀二十目と佐藤の苗字御免の上庄屋格とし、さらに「新用水田成開発掛り合」とし、後藤房治、甲斐小文治へは銀二十目ずつ、村人のうち、特に協力した佐藤太兵衛、佐藤弁治へ新切（新田）一反五畝ずつ与えられ、佐藤福弥は庄屋格とした。

日向用水（才田用水）の完成により建てられた水神石（高千穂町上岩戸黒葛原）

十月には、水神石（記念碑）を建てて、井手（用水）祝いを行った。水神石には、三年間の苦労を共にした井手下三十二名の名が刻まれている。その名は、以下のとおりである。

三河正、定吉、儀平太、寅吉、常吉、弁弥、若太郎、鶴弥、半治、左与治、土弥、新助、

文治、福弥、由弥、花治、太兵衛、伊藤治、伝兵衛、左太郎、善吉、作弥、小文治、源作、儀右衛門、太作、利蔵、平太郎、利久弥、卯太郎、定右衛門、啓助。

第二次開削

当初、この用水は、おそろし渕水源のみでは水勢が弱く、三本松番所脇から開削する計画を天保五年（一八三四）に見積りしていたが、途中に難所が多く取り止めになった。

第一次開削を、おそろし渕から才田までとし、第二次開削として、さらに万延元年（一八六〇）暮れから三本松番所脇から掘り始め、翌文久元年三月に掘り継ぎが完成した。

この掘り継ぎにより、当初の計画から二十五年が経過して、日向用水として完成し、危惧していた水不足は解消した。

世情騒然

岩戸村東岸寺の岩戸川右岸沿いの日向用水が完成した安政六年（一八五九）、わが国は大変革期を迎え、大きく揺れ動き始めていた。

前年に、徳川幕府の大老に就任した彦根藩主井伊直弼《なおすけ》は、水戸藩が京都の朝廷と組んで幕府を倒そうとしているとの疑いから、反幕的行動のあった者を一網打尽にしようと、多くの志士の逮捕を強行した。いわゆる「安政の大獄」である。この反動で、翌年の万延元年三月三日、桜田門外で大

老井伊直弼は、水戸浪士十八人に暗殺され、幕府の権威は完全に失墜し、全国各地で、しばらく息をひそめていた反幕的気運は一気に盛り上がった。

因みに、第十四代延岡藩主内藤正順《まさよし》（文化三年〈一八〇六〉〜天保五年〈一八三四〉）の嫁繁子（後の充眞《じゅうしん》院《いん》）は、井伊直弼の姉である。

井伊直弼の暗殺を、幕府は病死として延岡藩へ通告し、延岡藩は宮水役所を通して高千穂の地方役人へ廻状を出し、通告している。その廻状が、岩戸村の酒造業甲斐久之助宛に届けられていた（平成十九〈二〇〇七〉年、碓井哲也氏発見）。廻し状前文のみを書き下し文にすると次の内容である。

井伊掃部頭《かもんのかみ》（直弼）様御病気養生御叶《かな》い成されられず、去年晦日御卒去され候段、江府（江戸幕府）より申し来り候。

右は殿様（内藤政順）御実方御兄様に付き、御家中、並びに町方《まちかた》（城下の町民等）、在々（村落の領民等）共、鳴物、慰《なぐさみ》類は今二十三日より、来る二十七日迄、日数五日御停止《ごちょうじ》（催物事等中止）に相成り。

動乱の幕末、「安政の大獄」により、幕府体制の強化を断行した大老井伊直弼は、雪を血に染め四十六歳の生涯を終えた。延岡藩下の高千穂地方の領民にとっても、まったく無縁とは言えなかったが、領民たちは、真実を知らされることもなく、ひたすら用水開削に明け暮れていた。

文久二年（一八六二）五月、高千穂郷を天皇家直轄地とするという前代未聞の神領運動を首謀し、延岡藩に捕縛され、永牢を言い渡され岡富村で入牢させられていた、元上野村庄屋の杉山健吾が十七年振りに赦免されて帰ってきた。高千穂郷における反幕行動のひとつとして延岡藩は、過敏になっていたものと思われる（杉山健吾については別章に記述）。

慶応元年（一八六五）、長州藩で、下関を拠点とする奇兵隊・遊撃隊と萩の藩庁の正規軍とが正面衝突し内戦が始まり、幕府の長州征伐軍として延岡藩の第十六代藩主内藤政挙《まさたか》は、兵四百人を率いて将軍に従い、高千穂からも人足十八人が従軍し、その中で岩戸村の大作が大坂で病死した。

翌年八月、第二次征長戦に、坂本維時らの高千穂郷の小侍・郷足軽約七十名が、延岡藩隊士として幕府の征長軍に加わって従軍したが、十四代将軍家茂《いえもち》の急死により解兵になり、海路帰国した。

同三年四月、延岡藩主内藤政挙が、諸塚村から高千穂郷内の村を巡視し、祖母山に登っている。巡視には、高千穂郷内に不穏な動きがないかを探る目的もあったのかもしれない。

第四節　上寺用水（土呂久用水）

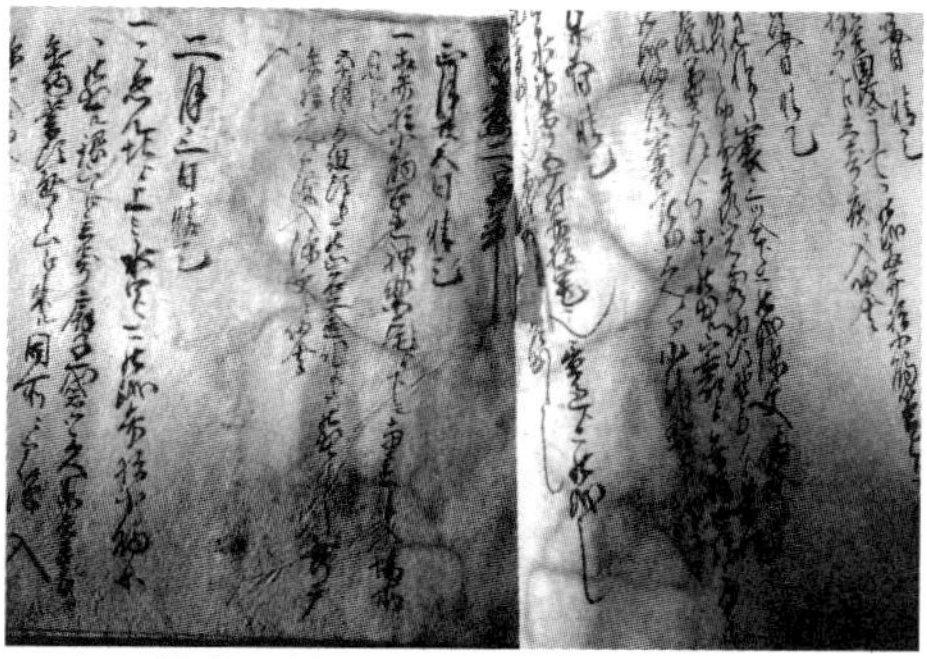

12代岩戸村庄屋土持信賛が書き残した土呂久用水日記（甲斐頌一郎氏所蔵）

三十年来の計画

四十七歳になった信賛は、休む暇《いとま》もなく、長年の計画であった土路久（土呂久）用水の工事に着手した。この用水は、これまでの用水工事中、最大の難工事であった。

土呂久用水最初の見立（計画）は、文政十二年（一八二九）正月で、岩戸村の用水の中では、一番古い測量であり、西臼杵郡内においても一番古い計画であったと思われる。

庄屋日記には、

一、文政十二（一八二九）年己丑午正月見分。

トロク樋ノ口下ヨリ見立。中村平助、塩栄治郎、野村丈右衛門（宮水役所）、土持完治（岩戸村第十一代庄屋、同霊太郎（信賛））、甲斐栄四郎（岩神酒屋）、徳左衛門（五ヶ村弁指）

とあるが、天保六年（一八三五）になり、水源を変更して再測量している。

一、天保六未年トロク井手口鶴ノ脇ヨリ、土持霊太郎後見土持完治、甲斐国治、工藤徳左衛門見立。以上。

工藤徳左衛門（勝左衛門ともいう）は、五ヶ村の人で、天保年間（一八三〇〜四三）に五ヶ村から浅ヶ部へ通じる岩戸坂の中腹に堤（溜池）を私費を投じて作った。岩戸村における水田開発の先覚者であり、今もなお、溜池の隅にある石碑が、短文であるが施工前後のことを伝えている。

田由来　工藤徳左衛門

天保十年亥五月十九日鍬初子《ね》年堤成ル、夫より手入一切嘉永元申《さる》年成就　右之人ブ《夫》千六百人

信贇や徳左衛門らによる土呂久から五ヶ村の牛石（歳神社の上）までの用水開削の見積りによると、「石工千七百八十二人、大工、山師、木挽弐百四拾五人、平夫《ひらぶ》（人夫）壱万弐千九百四拾五人、総経費銀弐拾八貫九百四匁（約三六〇〇万円）」である。

土呂久用水は、もともと三田井村の川登門（三田井中川登）まで延長する計画であったが、ひとまず五ヶ村宮の地の牛石まで開削することにした。

隧道工事

宮水役所の見分（現地調査）も終わり、万延二年（一八六一・二月二十九日改元して文久元年）正月二十五日の庄屋日記によると、「一、文久元辛酉《かのととり》年正月二十五日より五ヶ村通る用水始まる。土持完治同輝太郎見分」とある。

同二年二月から掘り始めたが、三月は、当時この地方で盛んに栽培されていた麻の種蒔きにより休み、三月二十八日より石垣を築き始めた。

この用水は、石垣だけでも二町四十六間（約三〇〇メートル）の見積りで、高い技術も要求された。当時、石垣職人として来ていたのは、肥後南の関（南関《なんかん》）の石工金作（五ヶ村徳永家の先祖）で、金作は永の内川轟端《とどろばた》黒木家前の石橋を嘉永年間（一八四八〜五三）に手掛けたといわれている（現存）。天の岩戸神社東本宮参道の中ほどに、天保十一年（一八四〇）に石灯籠を寄進した岩戸村菊治、豊前、豊後の石工、肥後南関の石工儀右衛門の名がある。

このように職人も揃え、二月から多くの人夫を繰り出し、土間（土床）掘りを開始し、同時に下の邑《むら》の石工宇平治、上村の紋次郎、肥後南関の金作、鉄右衛門、弥兵衛、国平ら腕利きの職人による石垣築きも始めた。

ところが、天保十四年（一八四三）の見積りでは、抜き（隧道）無しで、全部掘り通しの計画であったが、上村の岩下の上に難所があり、掘り通しでは困難となり、掘り抜くことになった。庄屋日記には、

五月二十三日　晴天

一、土呂久用水岩下の上は、ほりぬき然るべし、尤能々《もっともよくよく》念を入れ、掛け合いの者立会い相談の上、取り掛り候様仰せ付けられ候

と書かれている。当時の隧道工事は、現在のような精度の高い測量技術や高性能の機器があるわけでもなく、八十間（約一五〇メートル）の長さの隧道を東西双方から掘り進んでも、中央で確実に縦横を一致させるのは、至難の業であった。安政二年（一八五五）、東岸寺用水開削での口屋坂の七十間五尺（約一三〇メートル）の掘貫では、大きな食い違いを生じ、水尻の方が高くなり、苦労して掘り直した苦い経験もあり慎重に検討を重ねた。

釣股弦高遠図

この頃は、隧道専門の設計技師などおらず、大工棟梁の曲尺《かねじゃく》法頼みで、それぞれの秘伝、口伝、工夫が持ち出されたが、この設計を請けたのは土呂久の大工佐藤善蔵で、釣股弦高遠図《こうこげんこうえんず》というものを用いて計算した。当時の土呂久鉱山は、延岡藩の経営により盛んに操業しており、坑道掘削などの技術は早くから取り入れられ、それらの進んだ技術を応用したことは、当然考えられる。

佐藤善蔵の設計に基づき、六月十一日、現地で土持完治、同霊太郎（信賛）、用水掛合甲斐久之助、同甲斐伸右衛門、大触佐藤喜平次、弁指五ヶ村甲斐光治、同上村富高勝助、大工佐藤善蔵、貫掘り熊五郎が改めて見分（見直し）することになった。

文久元年（一八六一）に設計書が完成し、明けて同二年七月から掘貫工事に着手した。頭取は、東岸寺用水口屋坂工事の経験を持つ貫掘り熊五郎である。

その当時の工事は、現代とは大違いで、岩石を青竹で長時間焼き続け、いきなり水をかけて脆くなったところを、玄翁《げんのう》で叩き割る焼き割りと呼ばれる手法か、石のみで根気強く刳《く》り取るしかなく、作業は遅遅として進まなかった。

懸命の掘貫き工事を続けたが、年も明け文久三年になったものの、工事は思うように進まず、関係者一同の焦りは、相当なものであった。その時の庄屋日記には、

二月二十四日　晴天

一、五ヶ村弁指並びに福弥罷り出る。紋次郎国平（石工）呼び出す。ほりぬき東の方、明日十五日より日数三十日間掘込み候筈、請書取り候。西の方も受約候様申し付く。

今日昼より光治、福弥荒谷へ罷り越し候。

とあり、三十日間で、東西双方に五間（約九メートル）、宛必ず掘り進むという請書まで出すことになった。

延岡藩の財政も厳しい時代であり、牧野氏時代の享保年中（一七一六〜三四）、家老の藤江監物《けんもつ》が、治水工事監督の行き違い

藤江監物父子獄死牢跡
（日之影町船の尾）

で、隣村の七折村舟の尾の牢で獄死したことは、誰もが知っていた。このことが脳裏をよぎり、工事の遅れを取り戻すため、信賛や村役たちは人夫を励まし、人夫たちは疲れ切った身体に鞭を打ち、精根を尽くして昼夜の別なく掘り続けた。

三月十八日には、今の東西臼杵郡を統轄していた郡奉行《こおり》の見方もあった。

六月になり、貫き掘りの七人から、六月末には必ず貫通するとの請書を出させ、死に物狂いの突貫工事が進められた。そして、翌七月九日の暁天七ツ時、さしもの難工事、東西八十間の大隧道は、遂に貫通した。このとき、文久二年（一八六二）七月に着工して、翌年七月には一カ年を費やしていた。庄屋日記には、

七月九日　晴天

一、土呂久用水ほりぬき、今暁七ツ時、貫通申し候段飛脚を以て宮水役所へ申達候。

とある。掘り子たちに酒が振る舞われ、高千穂地方における用水開削の中でも最大の難工事が無事完成し、宮水役所詰めの役人たちも胸を撫で下ろした。もし、この計画が挫折したら、事業費用は途労に終わり、監督責任も問われ、藤江監物の二の舞になる可能性もあったのである。

「土路久水神石」

土呂久用水中の最大の難工事が最後に完成し文久二年八月には、水尻になる五ヶ村の牛石まで通水することができた。同元年（一八六一）二月に掘り始め、同三年八月十六日に至る足かけ三年で

土呂久用水は五ヶ村まで通水した。当初の見立の文政十二年（一八二九）から完成までに、実に三十四年の歳月を費やしている。

石垣作りと地盤ならしや樋作り作業は、文久二年（一八六二）二月と三月に、上村、寺尾野、五ヶ村までの地盤ならし、四月には小芹《こぜり》、竹ノ上方面の手入れ、五月には麦刈りで作業は中止、六月は、こえん地まで地盤を掘り進めたが、六月二十五日に、地盤が十分に固まらないうちに長雨と入梅で、こえん地が崩壊し、百姓陸平方を押し潰した。陸平には、宮水役所から見舞として銀三十目（約三万七五〇〇円）が支払われた。

このような難工事の概要は、後の元治二年（慶長元年〈一八六五〉）に起草された「土路久水神石銘」に短い文であるが、関係者の思いが刻み込まれている。

土呂久水神石銘

富録《とろく》　上村《かむら》　五箇村用水《ごかむらようすい》

奉　斎《せいしたてまつる》　水分神霊石《みずわけしんれいせき》　旹慶応元年《ときけいおうがんねん》

抑　此《そもそもここの》　用水《ようすい》祖《そ》母《ぼ》嶽《だけ》南面《なんめん》之《の》麓《ふもと》、富録門惣見《とろくかどそうみ》ヨリ、五ヶ村門迄《ごかむらかどまで》三拾余丁《さんじゅうよちょう》。其中《そのうち》、岩下東《いわしたひがし》ヨリ西荒谷《にしあらだに》へ掘貫八拾間《ほりぬきはちじっけん》、去《さ》ル文久二《ぶんきゅうに》　壬　戌《みずのえいぬ》七月ヨリ元治元甲子七月《げんじがんきのえねしちがつ》、荒谷《あらだに》へ貫通通水成就《かんつうつうすいじょうじゅ》。同年《どうねん》五月見分有《ごがつけんぶんあり》。辛酉《かのととり》ヨリ文久三癸亥《ぶんきゅうさんみずのとい》四月《しがつ》五《ご》ヶ《か》村掘通《むらほりとおす》。

寔神　霊《これしんれいの》　加護《かご》之《の》神徳《じんとく》、依　之《これより》、此所《このところ》ニ神霊石奉　勘　請《しんれいせきかんじょうたてまつり》、翼所　溝流　無　殃《よきところみぞながれわざわいなく》、流水満足　新田　夥《ながるるみずみちたりてしんでんおびた》

多而《だしくて》、稲秉《いねとり》豊《ゆたか》熟《にじゅくし》、衆民快楽国家安全《しゅうみんかいらくこっかあんぜん》奉《いのりたてまつる》祈所也《ところなり》、旹慶応元年《ときけいおうがんねん》

延岡城主《のべおかじょうしゅ》　内藤右近将監政義侯《ないとううこんしょうげんまさよしこう》

内藤備後守政擧侯《ないとうびんごのかみまさたかこう》

宣命《せんみょう》（祝詞《のりと》を捧げる人）　佐藤参河正信《さとうみかわまさのぶ》

発起願主　高千穂御代官

岩戸村先庄屋兼帯　土持完治整信《まさのぶ》

岩戸村庄屋兼帯　土持霊太郎信贇《のぶよし》

十一代岩戸村庄屋・整信

土呂久用水開通の一番の恩人で功労者は、十一代岩戸村庄屋の土持完治整信である。整信が、長男霊太郎信贇らと最初に、土呂久用水の測量を実施したのは、文政十二年（一八二九）であり、工事が完成したのは安政三年（一八五六）で、着手後二十七年目のことであった。

その年の庄屋日記に霊太郎信贇は、次のように書き残している

十一月三日　寒風

一、今日より親君（完治）土呂久用水見分御越し。廉造（信贇の二男）、直吉一同で行く。

十一月四日　寒風

一、今日より親君迎えがてら民之亟、勝之助、恵、惣太等土呂久井手筋へ罷り出申し候。

古祖母山（一六三三メートル）から吹き降ろす寒風の中に立ち、七十二歳の高齢になった父とともに、目の前を滔滔《とうとう》と流れる土呂久用水（現在の上寺用水）を見て、親子ともども感涙を抑えることはできなかったであろう。

土呂久用水開削中、整信は裏方として、長男信賛を全面的に信頼し、時には励ましながらすべてを任せていた。

岩戸村初代庄屋冨高清右衛門重次の墓に刻み込まれている「冨高大膳之孫元和年中為二庄一屋子孫永為二村長一者也」のとおり、代々続く村の最高責任者としての気概をもって、整信、信賛親子は、村の発展のために全力を尽くしたのである。

この功績により、元治元年（一八六四）四月一日、延岡藩から信賛に弐人扶持が、子孫に永代支給されることになり、隠居中の父整信へは、御紋付羽二重小袖一、藤模様三ッ組盃が台とともに下賜された。

その後、慶応二年（一八六六）に、山裏村の三合川《みつあい》を水源とする岩戸用水を計画するが、世は明治維新の大変革期を迎え、すべての体制が変わり、思うように進まなくなった。しかし、整信や信賛の意志は、確実に、村の有志たちに引き継がれていた。

竹槍一揆と延岡藩士

慶応三年十月になり、徳川慶喜《よしのぶ》が大政を奉還し、十二月に王政復古の大号令が出て、翌慶応四年

は元号が明治となり、江戸は東京と改称され、遷都が行われた。

新政府は、強訴、徒党、キリスト教禁止等の太政官令を出し、宮水代官所も太政官布告を各村に渡し高札を立てた。岩戸村庄屋土持信贇は、この年に三代村庄屋兼帯を退任し、地元の田崎英作が新しい庄屋となった。碓井玄良は、種痘出精（精を出して一生懸命に励むこと）につき、再び宮水役所から賞せられた。

浜の瀬用水疏水百年記念碑
（高千穂町役場上野支所裏）

高札が立てられた翌年の明治二年（一八六九）八月四日に、大変なことが発生した。高千穂郷八カ村の農民約一千名が、世直しを叫んで暴動を起こし、河内夕《ゆう》塩《しお》から河内、田原、上野、押方、桑野内、三田井を回り、金主方を襲い借用証文を取り上げ焼却したり家や倉を壊したりした。

延岡藩は、宮水代官所に命じて鎮圧させるとともに、藩士を派遣して鎮撫《ちんぶ》させ、首謀者八人に実刑、金主に罰金刑、その他十五名を処刑した。いわゆる竹槍一揆である。

この一揆の鎮撫に派遣された延岡藩士鈴木不二三《ふじぞう》は、一揆の原因は水利が不便で水田がないことを痛感し、上野村字浜の瀬より下野村辻に至る長さ四キロにわたる水路開削を計画、私財を投じて開削し、同三年にこれを完成させた。当時は天ヶ渕用水路と称したが、現在の浜の瀬用水路である。

このことは、大正四年（一九一五）に宮崎県が発行した『宮崎縣嘉績誌』（平成十一年復刻）に、次のように書かれている。

鈴木不二三は東臼杵郡岡富村の人、文政十一年十一月十一日を以て生る。世々内藤家の家臣なり。明治二年下郡役勤務中、高千穂・庄内八箇村の民、暴動を起す。不二三命ぜられて鎮撫に赴き、更に上野村に出張す。上野村は山間の僻地にして水利に乏しく、古来一歩の水田を有せず、日用の米穀は悉く之を他村に仰げり。殊に同村重要産物の一たる麻製造の如きも、水利の便を欠くを以て亦振う能わず。不二三乃ち私費を投じて測量設計をなし、有志二十余名を説て資を出さしめ、同村浜ノ瀬より下野村字辻まで延長凡一里余の水路を開き、同時に新田十町歩の開墾をなせり。是に於て麻製造業亦面目を改め、以て今日あるを致せり。用水は名付けて天ヶ渕用水と称し、永く不二三の余沢を湛う。村民百金を贈て其の労を謝す。

なお、不二三は、東岸寺用水開削工事には、藩の井手掘奉行として対応していた。
不二三は明治四十五年（一九一二）、八十四歳の高齢で没した。法名は「清光院演誉唯心居士」。
鈴木家の墓地は延岡市の台雲寺にあるが、不二三の墓はなく、鈴木健十郎重喬の墓の側面に「不二三文政十年生」と刻してあるのみである（延岡先賢伝）。

第五節　岩戸用水（新用水）

上岩戸用水（日添用水）

本谷《ほんたに》山（一六四三メートル）に源を発した岩戸川は、次第に深く切れ込んで、高千穂町と日之影町の境界にある深角《ふかすみ》の集落の、ずっと下で五ヶ瀬川に合流する。この間が三十数キロあり、岩戸川の左岸に沿って長い用水路を開削し、開田の計画が立てられたのは幕末のことである。

岩戸川の左岸に最初に開設されたのが黒原用水（嘉永七年＝安政元年〈一八五四〉）で、続いて、右岸に東岸寺用水（安政二年〈一八五五〉）、日向用水（文久元年〈一八六一〉）、土呂久用水（文久三年〈一八六三〉）が開通していた。

完成すると受益面積が一番大きい左岸を一気に貫く、「一万七千六百三十間（約三二キロ）」の用水を開削する計画が立てられたのは、元治元年（一八六四）のことである。岩戸村庄屋土持信贇の庄屋日記には、

元治元年六月三日　曇天

一、新用水の事に付き、今昼より山裏庄屋（後藤文助）元へ罷り越し、深更に帰舎。然《しこう》して、

元治二乙丑年（四月改元慶応元〈一八六五〉年）三月十一日に見積り

慶応元年三月十一日　晴天

一、山裏用水見積り罷り越し、ののしり（野々尻）若太郎宅泊り。人足寅市、外に甲斐久之助、甲斐常右衛門、大乗院、永野内、の方の（野方野）弁指其の外、小前等罷り越す。

三月十二日　雨天

一、今夕方より出立（野々尻）、黒原にて隙入り鶏鳴後帰舎（夜明け後に帰宅）。

一、昨十一日、宮水へ状遣いにて、山裏用水御振合い申し上げる。

四月五日に帳面仕立て方（計画書作成）をした。

四月五日　晴天

一、山裏庄屋来る。日添井手入用積帳、仕立て申し候。

この時の帳面控え左の如し

元治二年（一八六五）丑四月五日三本松より日添通り新用水入用大積帳（※区域ごとの細かい積算根拠もあるが、合計のみ記述する）

惣寄（総寄・合計）

三本松川水口より山裏庄屋元迄七千五百三拾間（約一三・七キロ）の分入用

石工七千四百拾五人半

此の銀四拾四貫四百九拾三匁（約五六〇〇万円）・但し手賄い諸品高価に付き、一日銀六匁（約七五〇〇円）宛。

大工、山師、小（木）挽三百人

此の銀壱貫五百目（約一八八万円）。但し手賄い諸品高値に付き、一日銀五匁（約六三〇〇〇円）宛。

二口銀合（合計）四捨五貫九百九拾三匁（約五七九〇万円）

平人足壱万千九百六拾六人

右、三本松より日添通り新用水入用

大積りかくの如くに御座候なり。　山裏村

（慶応元年）丑四月　岩戸村

上岩戸用水（日添用水）取水口
（高千穂町上岩戸三ツ合）

宮水役所

丑四月五日帳面仕立候控なり　土持霊太郎　以上。

当初の計画では、既設の日向用水の水源地から上流に掘り継ぎ、そこに水口を置き、水源は本谷川に設け、萱野《かやの》を掘り通す予定であったが、この掘り継ぎ水口を日向用水に掘り継いで、水口より上流に設置することは困難であるとして、水源を三ツ合に取り、掘継水口を日向用水から下流の浄光寺川、三本松川の二カ所から取り込むことに変更され、一期工事として、三ツ合から山裏庄屋元までの工事が計画された。

山裏村庄屋はこの石垣の上にあった

新用水二期計画

この計画をもとにしたのが新用水二期工事である。当初の計画では、既設の黒原用水に渡内で連結した後、馬生木で二分し、その在来の水尻は岩神で止め、本流は、下永の内有富の東部にある白水坂を乗り越えて、上永の内、野方野を通り大平地区の中の谷まで通すとしたもので、その長さと計画の遠大さには驚く。

この計画は、慶応元年（一八六五）五月に出来上がり、十二月には受益者一五九名の判取り帳（連印帳）が出来た。

判取り帳は、岩神の酒造業甲斐久之助から始まり、大平の與茂吉まで続き、この中には庄屋の土持信贇、医師の碓井玄良、玄良の養子となった土持妙市の父富高伊太郎、私の先祖の工藤熊治、元岩戸村長甲斐徳次郎の父甲斐武吉に、山伏の大乗院も名を連ねている。当時は、まだ江戸末期で、姓の無い者が多かった。一般に姓を名乗るようになったのは、維新後の明治五年（一八七二）で、戸籍が全国的に作成され、同三十一年に戸籍法が制定されるまでに姓を決めた者も多い。

工事に当たって、宮水の役所に、現在でいう「工事施行願」を出し、許可を得る必要があるが、村人の中で、読み書きから具体的な事業費の積算までできる者はなく、唯一の頼りとされたのは、

岩戸村庄屋の土持信賛と山裏村庄屋の後藤文助であった。二人は、それぞれの村の為政者として、村人とともにこの大事業に取り組もうという思いを込めて、次の願い書きを宮水役所に届けた。

恐れ乍ら書付を以て願い上げ奉り候。

山裏村三ツ合本谷川より、岩戸村黒原通り永野内門、野方野門へ新用水掘り掛り候得ば、大《たい》造《そう》新田出来候見込みに御座候。平人足の儀は両村井手下百五拾弐軒より罷り出、相働き申すべく、諸職人等入用別紙積り帳差上げ申し候間、何卒拝借仰せ付けられ掘方御免仰せ付けられ、下され候様願い上げ奉り候。以上。

丑十二月

山裏村庄屋　後藤文助

岩戸村庄屋兼帯　土持霊太郎

宮水御役所

明けて慶応二年二月十二日、いよいよ着工となった。庄屋日記には、

二月十二日　晴天

一、今朝出立（庄屋元）山裏用水取掛りに付三ツ合へ罷り越す。永の内、ノ方ノ（野方野）、東岸寺指小触罷り出る。山裏庄屋元へ泊。

一、三本松御番所へ年禮（新年賀）、左吉差出す。菓子一箱、樽料五匁（約六三〇〇円）

二月十三日　晴天

一、右用水方の事、一切相談取極め、今昼出立にて帰舎。

二期工事計画は、山裏村庄屋元より岩戸村黒原用水の水口渡内まで開削し、黒原用水の水尻から、さらに掘り継ぎ、最終的には大平中の谷まで開削する計画であった。これに要する総工費は、

銀四拾八貫百九拾目（約六〇〇〇万円）

内、四捨四貫九百四拾目（約五六〇〇万円）

石工七千四百九十人、壱人一日手賄い銀六匁（約七五〇〇円）宛

三貫弐百五拾目（約四〇〇万円）

大工、山師、木挽六百五拾人、壱人一日手賄い銀五匁（約六二五〇円）宛

平人足三万三千百五拾人

水口より岩戸村野方野門、中の谷迄壱万七千六百三十間（約三二キロ）

事業費の中で、一番大きかったのは石工の賃金であった。

この新用水開削については、宮水役所と一切協議を済ませたつもりで、着々と工事を進めていた。ところが五月になり、山裏村庄屋が宮水役所に出向いたところ、次のような沙汰があった。庄屋日記によると、

五月二十八日　晴天夕方雨降

一、山裏村庄屋宮水よりの帰路立寄る。御役所より新用水建て、右の事御沙汰の旨甲し聞き候。

宮水役所では、この新用水開削という大工事の今後の遂行に、危惧を抱きはじめたようである。

六月二十日　晴天夕立

一、宮水年番所より、村次ぎ状（書状）来たる。急御用にて岡野様、今日より御出岡（延岡へ）。これにより、用水御見分当分御見合わせの趣、申し来たる。山裏へも直に、申し遣わす。

宮水役所の役人が、現地調査をする予定であったが、当分延期されたようである。

十二月二十五日　雨天夕方晴

一、用水勘定の為、山裏庄屋元へ罷り越す。喜平次、武吉、岩蔵、常右衛門同道。鶏鳴頃帰舎。

村の指導者たちは、寝食を忘れて夜明けまで協議を続けたのである。

入用拝借金通帳

新用水開削には、多額の経費を要するが、慶応元年（一八六五）作成の入用拝借金通帳に、翌年までの借入金の内訳がある。

責任者・土持霊太郎・後藤文助

一、金三拾両（約二一二五万円）　丑三月九日渡

一、銀札五貫目（約六二五万円）　寅三月二十四日渡

一、同四貫目（約五〇〇万円）　同四月二十八日渡

一、同五貫目（約六二五万円）　同五月二十八日渡

内、弐拾両（約一五〇万円）正金渡　以上

これによると、一年間で、現在の金額に換算すると約二一〇〇万円ほどの経費を要している。慶応二年（一八六六）の着工から明治三年（一八七〇）までの、見積りから仕上げまですべての各勘定帳が残っており、計画図も慶応元年三月十二日付のものと、同年十一月晦日付けのもの、他に明治三年十二月二十一日付の詳細な絵図面も残っている。

それらの図面の付記として付箋が付けてある。次がその特記事項である。

一、水源、山裏村三ツ合より岩戸村中ノ谷迄壱万七千六百三拾間（約三二キロ）、内六千五百間（約一二キロ）山裏村。壱万千百三拾間（約二〇キロ）岩戸村、（新用水は、山裏村が一二キロ、岩戸村内が二〇キロである。）

一、六尺（一八〇センチ）、深三尺（約九〇センチ）の積り。

一、溝敷亡地（水路になった部分）凡弐町歩。但し、滝山、厳石の場所等は除き、残りの場所の積り。

一、開田凡九十八町、但し絵図面に付すべし。内、弐拾三町山裏村、七拾五町岩戸村。明治三牛年十二月二十一日、御役所へ差出し候なり。山裏、岩戸用水絵図一度に差出す。　以上。

右の文中「開田凡九十八町、但し絵図面に付すべし」とあるが、その中の黒原用水と合流させた

後、岩戸村における七十五町歩の開田、見積りの内訳は黒原凡五町、馬生木凡二十町、永ノ内庄屋元辺凡十町、永ノ内日添凡十五町、野方野内十五町、大平凡十町である。

後年、岩戸普通用水の開通による開田総面積は八十二町歩であり、この見積もりでは七十五町歩となっており、その正確さには驚くばかりである。

参考までに、明治十七年（一八八四）に発行された飫肥藩大参事であった平部《ひらべ》嶠南《きょうなん》による『日向地誌』によると、岩戸村の田は二十五町三段で、畑は三百四十二町五段であり、山裏村においては、田は八町九段、畑は百四十町七段で、その当時は、ほとんどが畑作であったようである。

二十三町歩を開田

幕藩体制が終わり、明治に入っても、工事は黙々と続けられたが、同三年（一八七〇）は、最も用水開削に力を入れた年である。庄屋日記には、

明治三年四月二十五日　晴天
山裏井手下黒原、馬生木、永ノ内、野方野組頭中（全員）、弁指同道呼び出す。当春以来、追々出夫、猶又、近日出夫申し参り候振り合い（割り振り）に付き、話し合いとして呼び出し候。
四月二十七日、上野村新用水加勢千石夫評議。以上。

自分たちの用水開削だけでも、猫の手も借りたいところであるが、上野村の用水開削工事にも協力している。この用水は、誌井知用水か田井本用水と考えられる。信賛の心の広さと農民たちの信

頼の厚さを物語っている。

またこの年には、信賛は、多忙な中にも中央の著名な歌人八田知紀（当時七十二歳）を迎え、一緒に高千穂の古跡巡りをしながら、お互いに歌を詠んでいる（1章参照）。

その年の十二月には、井手筋始終（工事の進捗状況）の調べ書きを早く提出するように、宮水役所から指示があった。この役所からの書類提出要求の背景には、この新用水開削工事に、段々と危惧を抱いてきたからであり、元積り（当初の計画）と現在の工事の進捗状況には大きな開きがあり、役所では、この新用水開削工事の続行は、到底見込めないと思いはじめたようである。

水田の左上を通っているのが上岩戸用水（日添用水）。岩戸用水は水田の右下を通っている

その理由は、当初の設計規模があまりにも大きく、用水と水との釣り合いが取れないとみられたようである。加えて、明治四年（一八七一）、笹の戸橋（岩戸橋）の架替え工事があり、こちらに多くの人夫が取られ、新用水開削工事に人夫を回せなくなり、慶応二年（一八六六）二月から六年間も続けた工事に、人夫たちも疲れが出て、皆が工事の先行きに不安を持つようになった。

当初の計画のうち、これまでに開削したのは百二十町三十間（約一三キロ）で、山裏村庄屋元（現ふれあいバス大猿渡バス停の道路

上）までの通水で、この大工事は取りあえず終わることになった。この用水が日添用水（現在の上岩戸用水）である。

この工事に要した事業費は、「銀参百四拾八貫参百八拾四匁壱厘（約六〇〇〇万円）」「平人足　壱万五千余人」で開田予定は「弐拾三町歩」であった。しかし、この新用水開削工事で、徳川時代まで一枚の水田も無かった山裏村に、日向、日添の二つの用水が通り、またたく間に多くの開田を見たのである。

当初の計画と実際に開削された距離には大きな開きがあったが、これには当時の農民たちの開田に対する悲願ともいえる熱意が如実に現れている。

しかし、この遠大な計画は挫折することなく、信賛を中心とした村の指導者たちの思いは、確実に次の世代に引き継がれたのである。

第六節　薩人入込大騒動也

ここで、少し寄り道をしたい。用水開削のテーマとは直接の関係はないが、その立役者である岩戸村庄屋土持信贇を巻き込んだ、明治維新後の一大事件にかかわって、この地で起こった大騒動についてである。

(一) 西南の役

士族の反乱

明治政府の近代化政策により、明治維新の立役者であった士族層の解体が急速に進められた。身分的特権を廃され、生活は困窮し、新政府に対して不満を持つ士族たちは、明治七年（一八七四）二月、元司法卿江藤新平による佐賀の乱を皮切りに、同九年には熊本で神風連の乱（三田井出身勇太郎戦死〈高千穂町史年表〉）から福岡の秋月の乱、山口の萩の乱へと一連の士族反乱は続いた。その中で、最大にして最後の乱が、西郷隆盛を盟主として薩摩士族が起こした「西南戦争」である。

征韓論に敗れ、鹿児島に下野した西郷隆盛は、士族の子弟を中心に「私学校」を開設した。この

私学校がやがて県政の中心となり、鹿児島は独立王国の様相を呈し、政府との緊張が高まった。

明治九年（一八七六）の暮れ頃から、鹿児島県内に政府の密偵が潜入し、西郷隆盛暗殺計画の噂が流れる中、政府は鹿児島にある政府所有の火薬庫から武器弾薬を秘密裏に運び出そうとした。これに激高した私学校生たちは、幹部に無断で火薬庫を襲撃し武器弾薬を奪った。事件を聞いた西郷は激怒したといわれるが、私学校幹部たちの挙兵の意志が高いのを知ると、ついに戦いを決意した。

同十年二月十五日、五十年ぶりといわれる大雪が降る中、薩軍は「新政厚徳」の旗を押し立てて一万二千人の兵で、進軍を開始した。以後、七カ月に及び、熊本、宮崎、大分、鹿児島が戦場となり、政府軍六万人、薩軍三万人が動員され、両軍合わせて一万六千人の尊い命が失われた。

その年、高千穂方面では、二月二十一日、薩軍飫肥勢四八一人をはじめ、二十四日延岡隊一八四人等、日向の諸隊が三田井を通過した。四月二十三日には、熊本城攻囲戦に敗れた薩軍は、球磨郡水上村江代に集結するため、鞍岡村（現宮崎県五ヶ瀬町）に入り椎葉に向かうが、官軍が追撃して三ヶ所村（同）鏡山に台場を築いた。五月四日、薩軍の一部が、三ヶ所村坂本に進出して津花峠（同）に陣地を構築した。翌五日、押方（現高千穂町）の奈須今朝太は、津花峠で薩軍の中津隊に捕らえられ、官軍密偵の疑いで地蔵の前で斬られている。

五月十日、増田宗太郎の率いる中津隊、大島景保の率いる延岡隊が三田井に入った。五月二十五日、小坂峠の戦いで薩軍は、十七人の戦死者を出した。六月に入り、官軍の野戦病院が三田井に設置され、七月九日には、官軍の電信が引かれるなど、郡内各地で小規模な戦闘が展開され、両軍共

に多くの死傷者を出した。

和田越の戦い

明治十年八月十五日、午前七時、朝霧がようやく晴れようとする頃、和田越（延岡市稲葉崎町）の中腹、堂坂から一発の銃声が轟いた。まさしく薩軍の開戦の合図である。こうして、西南戦争の終焉を告げる和田越の決戦の火蓋が切って落とされた。

西郷は、白地の浴衣《ゆかた》の筒袖に兵児帯を締め、山かけ脚絆に草鞋履きで、和泉守兼定が鍛えた一本差を腰に差し、山頂の老松の下で、別府晋介の率いる護衛兵とともに戦況を観戦していた。

そこへ駆けつけてきた桐野利秋を見て、「久しぶりに目覚ましい戦争を眺めている。自分も、これで安心して死なれる。お前たちは百姓町人どもの兵隊で、何ができるかと高をくくっていたが、私学校生徒が、あれほど戦っても負けぬではないか。日本も、これでいよいよ大丈夫じゃ。外国から攻めて来ても、もう負けることはあるまい」といって官軍をほめた（香春建一『西郷臨末記』）。

官軍五万に対し、薩軍は僅かに三五〇〇。圧倒的な官軍の火力の前に、正午には本道が抜かれ、薩軍は、北川村（現延岡市）の長井に退却した。

この戦いで、一二〇人の飫肥部隊を引き連れて参戦していた小倉処平は、大腿部に貫通銃創を受けた。小倉は、ロンドン留学から帰朝し、大蔵省七等出仕であったが、西郷の決起を聞き、官を辞して飫肥（現日南市）に帰り、一隊を募り参戦した。後年、明治の外交官として活躍した小村寿太

郎は、洋行中で師の小倉と行動を共にできなかったのは、幸いであった。

官軍に、完全に包囲網を敷かれた薩軍は、長井の近くの俵野に、十五日午後から夜にかけて三々五々集まってきた。十六日、俵野の児玉熊四郎宅の周りは、昨日の戦いに敗れた薩軍の兵であふれていた。熊四郎宅で眠れぬ一夜を過ごした西郷は、もはや勝算無しと苦渋の決断をし、桐野利秋や村田新八などの軍幹部とも軍議を重ねた結論は、軍の解散であった。

兵士たちに半年間の労をねぎらい、感謝の言葉を述べ、筆を執って薩軍解散布告令をしたためた。

薩軍解散布告令
我が軍の窮迫此処《きゅうはくここ》に至る。

今日の事、唯一死を奮《ふる》って決戦するにあるのみ。

この際諸隊にして、降《くだ》らんとするものは降り、死せんとするものは死し、士の卒《そつ》となり卒の士となる。唯其欲《ただそのほっ》するところに任ぜよ。

（我が軍は戦いに負け、追いつめられた。今日より後は、ただ命をかけて最後の戦いをするだけです。この際、諸隊においては、降参する者は降参してもよいし、戦って死ぬ者は死んでもよい。幹部も部下も身分の差もなく、自らの判断で好きなようにしなさい。）


また、西郷はここで次の辞世の七言絶句を詠んだともいわれている。

肥水豊山路已窮　肥後や豊後への道もすでに窮まった。
墓田帰去覇図空　骨を埋めるために故山をめざそう。維新の理想実現も今はもはや空しい。
半生功罪両般跡　半生を振り返ると、功罪二通りの跡を残してしまった。
地底何顔対照公　泉下で一体どんな顔をして、斉彬公にお会いすることだろうか。

（高柳毅「敬天愛人」第18号　二〇〇〇年）

西郷は、この詩で自らの人生を総括し、はっきりと死を意識している。

西郷の解散布告令を受けて、これまで西郷と運命を共にしてきた兵たちも様々な決断をした。多くが投降する中で、熊本の竜口《りゅうこう》隊隊長中津大四郎は、本営の西郷らに面会した後、裏山の天神社で自刃した。今も残る墓石には、辞世の句「義を立てし身はこの山に捨てて名をすえの世にまで遺す嬉しさ」が刻まれている。

西郷は、解散布告令を出した後、軍の重要書類と陸軍大将の軍服を児玉邸の母屋の空地で焼いた。

彼は、明治五年（一八七二）に明治天皇から、日本初の陸軍大将に任ぜられたが、翌年、征韓論に端を発した「明治六年政変」で敗れ、陸軍大将兼参議近衛都督を辞し位階（正三位）も返上すると上表し、鹿児島に帰った。しかし、陸軍大将辞職と位階の返上は、明治天皇から許されず、これまでの戦場も、常に天皇より下賜された「陸軍大将服」を携行していた。

事実上、西南戦争が終結したこの地が、皇室の先祖神である天孫瓊瓊杵尊《ににぎのみこと》の御陵墓であることを知っていて、ここそが敬愛する明治天皇から拝受した陸軍大将をお返しするのにふさわしい場所

延岡市北川町俵野の児玉熊四郎宅で開かれた最後の軍議の様子。西郷隆盛宿陣跡資料館では人形でその様子を描いている

と考えたからともいわれている。

現在、この俵野の児玉邸跡は「西郷隆盛宿陣跡資料館」となっており、陸軍大将服を焼いた所に、次の句碑が建っている。

大将服　焼きしはここか　鴨脚草《ゆきのした》　水原秋桜子

また、西郷が奄美大島に流されていた時に、島妻愛加那との間に生まれた菊次郎は、十二歳でアメリカ留学後、十七歳で父に従って西南戦争に従軍していた。菊次郎は、熊本高瀬の戦いで右足に重傷を負い、延岡の薩軍野戦病院で切断し、児玉惣四郎邸で治療を受けていた。俵野脱出を前に、西郷は菊次郎に永遠の別れを告げるとともに、政府軍の陸軍中将として延岡に来ている弟の西郷従道《じゅうどう》に会って投降するよう諭した。菊次郎は、その後第二代の京都市長となった。

(二)　九州中央山地敗走

可愛岳突破

最後の本陣では、何度も軍議が開かれ、今後の方針を協議した。肥後の高森から豊後の竹田方面

をめざす案も検討されたが、官軍に完全に重囲《ちょうい》され、血路を開くことは困難との結論に至り、西郷が午後四時になり最後の決断を下した。それは、「先ず可愛岳《えのたけ》（七二八メートル）を突破し、三田井（現高千穂町）に出て、それから先のことは、又考えれば良い」というものであった。「可愛岳突囲」の伝令が飛び、出発は、その日の午後十時と決められた。

可愛岳（728m）山頂からはるか高千穂方面を望む。右端の山は大崩山（1643m）

　八月十七日午後十時、俵野の岡田忠治宅の前山から出発した西郷軍総勢六〇〇人は、可愛岳の頂上をめざした。前軍は、河野主一郎、辺見十郎太、中軍は、村田新八、池上四郎、後軍は、中島健彦、貴島清。全軍の司令は桐野利秋で、西郷と共に中軍に属した。西郷は、別に別府晋介の狙撃隊の擁護を受けていた。西方の山には、官軍の包囲網のかがり火が、赤々と燃やされていた。

　可愛岳の北面、屋敷野には、三好重臣少将の第二旅団、烏帽子岳の右には、野津鎮雄少将の第一旅団が包囲していた。官軍の天幕を発見した先鋒隊は、後続の軍の到着を待って英式ラッパ一声、突入した。不意を突かれた官軍は、連絡を失い四散した。

　西郷軍は、払暁《ふつぎょう》可愛岳頂上に達した。これにより、西郷軍は、祝子川《ほうり》に沿って西方の三田井方面へと軍を進めた。

　可愛岳の断崖に「百間ダキ」の真下にある奇岩、絶壁に囲まれた

山道を輿《こし》を降りて這うようによじ登る様を、西郷は「夜這《よべ》んごつあるの」といって護衛の兵を笑わせたという。

飫肥の小西郷といわれた小倉処平は、和田越で受けた傷を、北川村川坂（現延岡市）の神田伊助方で療養していたが、薩摩の可愛岳突囲作戦を聞きつけ、夜になって輿に乗り俵野に着いた。西郷軍はすでに出発した後で、暗夜に後を追ったが、道に迷い政府軍の哨戦にまぎれ込んでしまった。小倉は、高畑山の山中に輿を降ろさせ、十八日未明、自刃した。三十三歳の若さであった。

西郷軍は、十八日夜半に、祝子川と北川の分水嶺上を八キロほど行き、さらに五キロほどで屋形越を経て、地蔵谷の低湿地に、柴を焚いて暖をとり露営した。十九日早朝、桐野と先鋒の一隊は、地蔵谷を出発、間もなく大鹿倉あたりで、官軍の密偵を捕縛、祝子川で官軍の糧食分配所と小線帯所を分捕り空腹を満たした。この日の夜、西郷は小野熊治宅に、輿を降ろし宿営した。

二十日、小野宅を出た薩軍は、鹿川越《ししがわ》を越え、上鹿川から、さらに日之影へと越える鹿川峠（山浦峠）の八合目付近に露営した。鹿川峠で、上鹿川で奪った官軍の食用牛七、八頭を解体し大鍋の中で串刺しの肉片を湯に浸け、持ち上げて刀で削って食べた。味がないため、西郷は懐から取り出した焼塩を取り出して兵に分け与えたという。

西郷軍、永の内谷に入る

西郷軍は、二十一日の朝、露営地を出発し、鹿川峠を越して山裏村（現日之影町見立）の小河内《おごうち》に

出た。ここで、土地の若者高見高治に案内を頼み、高橋から岩戸村（現高千穂町）へ越える湾洞《わんず》越の峻険をよじ登り、岩戸村赤水に出た。赤水から、急坂をしばらく下ると岩戸村上永の内の戸長役場土持信贇の家に着く。ここに着いたのは、午前八時頃であった。

案内の高見青年は、ここから帰されたが、氏の生前の供述によると、西郷は洋服を着ており、上鹿川からここまでは徒歩であり、険しい難所は、兵が帯で引っ張ったり後から押したりしていたという。戦後、明治十三年（一八八〇）の東京市ヶ谷監獄における薩軍幹部に対する尋問の中で、祝子川から岩戸に出る路の状況を問われ、「非常ノ険難ナリ、自分等生レテ始メテ如此《このごとき》険阻ヲ越ヘタリ、鹿川ヲ越タル時ナドハ上リ三里計リノ山ヲ二ツ越ヘテ岩戸ニ出タリ」と、生まれて初めてこのような険阻な峠を越したと彼らは述べている。

西郷軍が入ってきた時の様子を、当時の岩戸村戸長役場日記は、次のように記している。

八月二十一日

午前八時頃、薩人入込大騒動也

浦山（現日之影町見立）中組より赤水越にて来る。引き続き大勢越し来る。大将分の人々と見ゆる大方、当宅にて休息。其外当宅へ入り込みの人数おおよそ三百人斗《ばか》り、午後二時。次々に来る。永の内谷中、日添、日向一軒も兵の休息せざる家なし。夜明け方迄に大方、不残《のこらず》三田井へ越したり、薩軍の総勢二千人位ならんか。

和田越の決戦で敗れ、決死の可愛岳突囲に成功し、険しい山岳地帯を尾根伝いに越えてきた薩軍

の多数の兵隊が、突然、疲労困憊した様子で、永の内谷のすべての家で休息することになった。何の前触れもないまま、山の上から刀や銃で武装し、眼は血走り、薩摩訛りの多数の兵たちが、静かな山里に乱入したのであるから、里人は、すぐに政府軍との戦闘が始まり、家も焼かれるのではないかと、極度の恐怖におののいた。その時の狼狽の様は、想像を絶する。

西郷軍と玄良・信賛

延岡の香春建一氏が、昭和九年（一九三四）以来の戦蹟調査により書いた『西郷臨末記』によると、「当時、信賛の門弟臼井元亮が十六歳で、薩兵たちのために、炊事万端を督していた。その際、辺見十郎太の締めていた白い鉢巻きに、少しばかりの血が染んでいたことや、赤い漆で『桐野信作』と書かれていた弾薬函が、剣帯とともに玄関に投げ出されてあったことなどを記憶していた」と記されている。

ここに出てくる「元亮」については、取材元がわからないが、元亮はすでに嘉永二年（一八四九）に没している。西川功、甲斐畩常共著『西南の役高千穂戦記』によると、西郷は、土持戸長家で休憩し、桐野利秋は、土持家と三百メートルほど離れた所にある元亮の子である玄良宅で休み、桐野信作（利秋の別名）と朱書された弾薬箱があったのは、玄良宅の玄関口であったと記している。

玄良は、その時四十七歳で、長男の昇は、文久三年（一八六三）の生まれで十四歳であり、炊き出しを手伝っていたのは、昇であったとも考えられる。昇は、四年後の明治十四年（一八八一）に

東大医学部別科に入学した。医学の勉強をしながら文学に没頭し在学中の明治十七年に、夏菊亭迂水戯編「萍草紙《うきくさ》」という長編の未定稿の小説を書いており、現物は確認できないが、その内容は西臼杵郡内における西南の役に関するものであったといわれることからも、十分考えられる。

西臼杵郡内他村の戸長は、延岡藩士出身者が多く、薩軍のために協力していたが、三田井が官軍に陥り、日之影攻撃が始まると多数の官軍と警察官が入り込み、七月四日に土持家の信賛、猖《しょう》八郎、伝蔵の三名が捕縛され、三田井の本営で取調べを受けたが、七月七日には釈放され自宅謹慎を申し渡された。しかし、延岡攻撃が始まった八月十二日には、謹慎を差し許され、従来通り戸長職を務めるよう申し渡され、一カ月余りで復職している。

多数の薩軍兵士が、永の内に入り込んで来た時、碓井家当主の玄良は、現役の医師であり、可愛岳突囲以来、医師もいない山岳地帯を踏破し続けた薩軍には、多くの傷病兵もいたと思われるが、玄良が治療したという記録も言い伝えも残っていない。後日、難が及ぶのを恐れて、信賛がどこかに隠したのか、あえて記録を残さなかったのかとも思われるが、永の内では、短い時間しか休息していないので、その時間もなかったのかもしれない。

西郷の最期

永の内で、束の間の休息を取った薩軍は、直ちに出発したが、戸長役場から一キロ余り下った岩神の酒屋の下にあった福田源三郎方で休んでいた官軍の人夫二名を、気の立っていた先発隊は、非

戦闘員であるが、官軍方であるというだけで斬った。

三田井に出た約六〇〇人の薩軍は、駐屯していた官軍の食糧や弾薬を奪い、商人たちには、「西郷札」といわれた軍票（手形）で物資交換を要求した。三田井に一泊した薩軍は五ヶ瀬川を渡り、押方山附から杉が越を経て、三ヶ所村坂本に至った。ここの専光寺で軍議を開き、再び熊本へ討って出るか、さもなくば故山の土となるか評議した結果は、故郷鹿児島の城山への道を選んだのである。

その後、飯干峠を越えて諸塚村から西郷、南郷、東米良、須木、小林を通り鹿児島に入った。九月二日、城山を占拠した薩軍総勢は、可愛岳突囲時の約半数の三七二人であった。

明治十年（一八七七）九月二十四日、午前三時四十五分、号砲三発、官軍の城山総攻撃開始。

司馬遼太郎は、『翔ぶが如く』で西郷の最期を、次のように描いている。


西郷は、薩人の戦争の型を踏もうとした。後方で死なず、戦士らしくできるだけ敵陣に肉薄して屍《しかばね》を横たえたかったのであろう。が、この林の中を出れば、岩崎谷口に展開している古荘大尉の隊による射弾を浴びざるをえず、さらには頭上の尾根から瞰射《かんしゃ》している浅田中尉の隊からの狙撃をも受ける。

すでに浅田は西郷のこの一隊を発見しており、その報をうけた大隊長の少佐大沼渉が尾根まで登っていた。狙撃の態勢は十分だったといっていい。

西郷らが林を抜けたとき、はたして飛弾の密度が圧倒的に濃くなり、西郷の大きな体に二個の小銃弾が食いこんでしまった。

西郷は突《つ》んのめるようにして倒れたが、すぐ体をおこし、後ろの別府晋介をかえりみて、「晋ドン、モウココデヨカ」

別府は「そうじ（そうで）ごわんすかい」といって駕籠《かご》をおろさせ、従僕の小杉、豊富の両人に介添えされて地上に立った。かれは天地のなににもまして西郷が好きだったが、このとき気丈に抜刀し、西郷の背に立ったのは、西郷の介錯をするという栄誉と義務感にささえられていたからに相違ない。

「御免なって賜《た》も」というや、別府の刀が白く一閃して西郷の首が地上に落ちた。

西郷隆盛、享年五十。その波瀾にみちた人生はここに終わった。

秋雨は蕭々《しょうしょう》として降り続け城山の鮮血を洗い清めた。

第七節　岩戸用水――信賛と玄良

㈠　時代をつなぐ悲願

御一新

明治という新しい時代を迎え、大きく日本国自体の体制が変わり、地方は、ただその動きに従うしかなかったが、すぐに新しい体制へと円滑に移行したものではなかった。

明治四年（一八七一）、「上古の御政体に復する御一新につき皇国の教を尊奉して神葬祭に改めたき者は願出づべし」との触状が廻り、岩戸村、三田井村では、旦那寺を離れ神徒に改宗した者も多かった。また、その年には、高千穂郷中の僧侶全員が宮水役所に呼び出され十八カ寺の中で、真宗五カ寺、禅寺二カ寺を残し、他の十一カ寺は廃寺を申し付けられた。さらに、県は高千穂郷中の社人三十二人も、すべて宮水役所に呼び出し、御一新に付き全員退職を申し付け、同日、改めて十八人を神職に任命し、信賛は十八人の頭となった。

明治維新の改革により、長年続いていた庄屋制が同五年に廃止され、代わって戸長制度が始まった。戸長の下に副戸長が置かれた。行政区画変更により、高千穂郷十八カ村は、七折組（七折村、

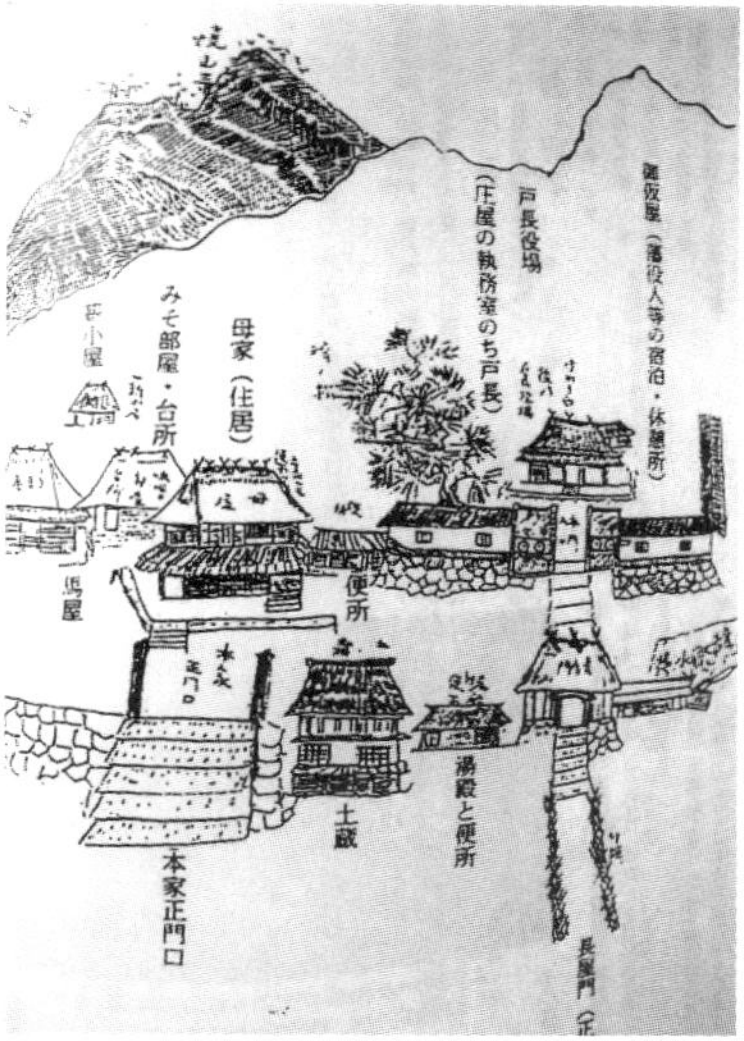

明治初期の庄屋屋敷の配置図
（『高千穂町史』より）

岩井川村、分城村）、家代《えしろ》組（家代村、七ッ山村）、三ヶ所組（三ヶ所村、鞍岡村、桑野内村）、岩戸組（岩戸村、山裏村）、三田井組（三田井村、押方村、向山村、下野村）、田原組（上野村、田原村、河内村、五ヶ所村）の六組となり、各組の戸長が任命され、旧村には副戸長が置かれた。岩戸組戸長には、庄屋から引き続き信贇が任命され、庄屋宅は戸長役場となった。宮水代官所は、明治五（一八七二）年に、宮崎県北郡治所高千穂出張所となり、初代所長には門馬勇が着任した。

同六年、美々津、都城二県を廃して宮崎県が置かれた。この年、郡内郷士一八〇人の中、桑野内の後藤氏と五ヶ所の矢津田氏の二戸だけが士族に編籍された。同九年八月、宮崎県が廃止され、鹿児島県に合併された。宮崎県の再置は同十六年まで待たねばならなかった。

大平《おおひら》の地と信贇の計画

このような混乱した時代であったが、高千穂郷内の農民たちは、ひたすら用水開削を続けた。岩戸村以外でも多くの用水が完成したが、先進地岩戸村の影響が大きかった。

しかし、先進地の岩戸村でも、まだ水の届かない地域が残っていた。岩戸村で、水不足にもっとも苦しんだのは東岸寺と大平で、両地区とも小さな谷一つとして無く、川から離れた高台に開けた集落である。

東岸寺は、安政二年（一八五五）に東岸寺用水が完成し、水不足は解消されたが、岩戸村で最後まで残ったのは、永の内、野方野から大平にかけてであり、永の内には永の内川があり、野方野にも小さな小川が村中を流れており、小面積ながら田があった。しかし、大平地区は、昔の俗謡（駄《だ》洒落歌《じゃれうた》）に「大平仲の谷にゃ水無し木無し　馬が水汲むそりゃ名所」と揶揄されたほど、水の便の悪い地区であった。住民たちは、日常の生活用水は、はるか谷底の岩戸川から馬の背に樽を乗せて運び上げた。その苦労から脱するために、家の裏の山の斜面に「ぬき」といわれる横穴を掘り抜き、そこに浸み出すわずかな水を溜めて使っていた。

この水尻の大平まで用水を通すためには、渡内から岩神まで概に完成している黒原用水に掘り継ぎ、さらに大量の水を確保するため、新たな水源を求めるしかなかった。

岩戸村庄屋土持信贇は、すでに慶応元年（一八六五）には、この計画を具体的に立てていた。五十一歳になった信贇は、岩戸村における最大の用水路を完成させるのを庄屋としての最後の仕事と考えていた。この用水の完成により、ようやく自分の住む集落にも水が届き、まさに「我田引水」となるが、村の最高責任者として、自分の田に水を流すのを最後にするという先祖代々無私の庄屋としての矜持《きょうじ》があった。

信贇が作った当時の見積りによると、要する経費は「銀四拾八貫百九拾目（約六〇二四万円）、石工七千四百九拾人、大工・山師・木挽六百五拾人、平人足三万三千百五拾六人」で、「水口より大平の水尻の中の谷迄壱万七千六百三十間（約三二キロ）」という大事業である。途中には何カ所も、岩盤を貫く掘り抜き隧道を必要とし、石工とは別に、見立山千世太郎・同久兵衛や大吹《おおぶき》山茂治の名も具体的に挙げられ、当時の鉱山掘削の技術に長けた職人も指名する念の入れようである。

この大事業の計画は、宮水役所でも、当時の混乱した時代背景もあり危惧を抱いていたようである。時はまさに、廃藩置県という明治維新後の大変革期で国事多端でもあり、まだ維新のわだかまりも各地に残り世情も不安定で、用水開削どころではなくなった。

また、用水開削による新田開発は、幕藩領主にとっては領地の拡大そのもので、年貢量の増加を意図して積極的に奨励されていたが、明治維新により幕藩体制自体が崩壊した。

一方で、嘉永年間から明治の初めにかけて積極的に行われた村始まって以来の大治水事業は、村民の意識改革に大きく貢献した。「米の無《ね》え　高千穂唐黍飯《とうきんめし》の名所」といわれた高千穂地方において、岩戸村の先進的な取り組みが、高千穂郷民の興農精神の高揚に及ぼした影響は大であった。

(二) 同　志

碓井玄良にとって信賛は、父元亮に就いて、ともに学んだ兄弟子であり、強い信念に基づくその行動は、すべて目にしていた。信賛が、多忙な庄屋としての業務の他、用水開削事業に全力を注ぎ奔走しながらも、学問の道を怠ることなく強靭な精神力で取り組んでいる姿に敬服していた。

しかし、本業の医師としての仕事に追われ、行動をともにすることはできなかった。岩戸村で、ただ一人の医師であり、時には峠を越えて隣村までも往診に出かけていたが、明治七年（一八七四）、岩神の甲斐繁治宅を仮校舎として開設された小学校の教師も引き受けた。さらに、同十七年には岩戸村議員にも選ばれて、多忙な日を送っていたが、そんな玄良に転機が訪れた。同十九年になり、長男の昇が東京大学を卒業して三田井で開業し、二男等も金澤医学校に入学するなど後継者も育ち、高齢になった信賛の意志を継ぐことになった。

明治になったとはいえ、当時の高千穂地方では、まだ農村地帯の生活は苦しかった。医師として、農民たちの臨終に立ち会うことも多く、薄暗い松明《たいまつ》の明かりの中で、家族が、今にも息絶えようとしている病人の耳許で、竹筒に入れた米粒を振って聞かせる「振り米」の光景は、幾度ともなく目にしてきた。このような形で、最期の別れをせざるを得ない理由は、水田が無いことによるものであった。

患家への往診は、遠方へは馬に乗ることもあったが、ほとんどが徒歩である。谷を渡り峠を越え、患家へと急ぎながら地形を読み、山肌を縫う水路を想定しつつ、最大の開田面積を得るためには、水源をどこに求めるかを考え続けていた。

「山伏に行き逢う霧の山路かな」

玄良が残した句である。この山伏は、同じ志を持って霧の山路を歩いていた黒原の大乗院であったのかもしれない。

信贇も年を重ね、今までのように村内を駆け回ることもできなくなったが、若い時から中央の学者たちとも交流を続けており、敬神の念が強く、明治九年（一八七六）に戸長職を長男の信敞に譲ると、多くの神道関係の役職を得て神道啓発に努めた。

岩戸用水完成

玄良は、信贇の意志を継ぎ、一念発起して、信贇がやり残していた岩戸用水を何としても水尻の大平まで開通させる一大決心をした。玄良に同調した同志は、養嗣子にした富高妙市の父伊太郎と山裏村大猿渡《おそたり》の河野喜太郎である。

三人は、明治二十八年（一八九五）九月から、西臼杵郡役所の技術吏員田尻皓平に依頼して測量設計を始めた。田尻皓平は、三田井村十社大明神（高千穂神社）宮司田尻則之の嫡子で信贇の四女みちを嫁にしているという続柄であった。

工事に着手したのは、翌年三月。水源を富之尾（上岩戸）の下の三ッ合に求め、水尻の大平に至る延長三・二キロの水路開削は、五年の歳月と二万七七七二円（約一億六四〇〇万円）と三万一六六八人

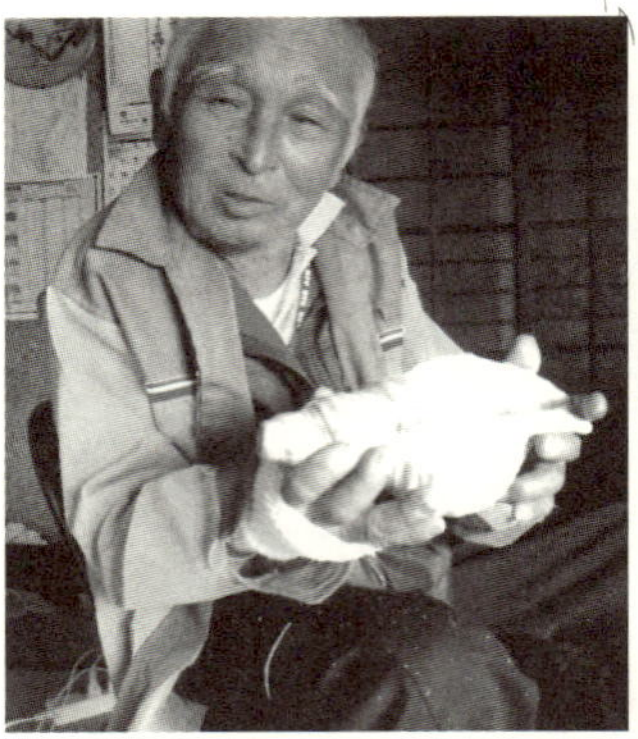

河野喜太郎が工事現場で合図に吹いていた法螺貝《ほらがい》を手にとる孫の河野吉伴氏

岩戸用水の取水口（高千穂町上岩戸三ツ合）。右奥の橋は林道橋の上岩戸大橋

岩戸用水には貫《ぬき》といわれる岩盤を掘った隧道が十数カ所ある

の人夫を投じ、同三十四年二月、第一幹線水路が完成し、開田面積も当初は十五町歩程度であったが、順次拡張され四十六町歩に達した。

開田の増加による恩恵と、なお開田の余地があったので、玄良没後の大正四年（一九一五）七月、耕地整理組合が設立され、第二水源として岩戸川支流渡内谷（上岩戸と黒原の境）に取水口を設け、上永の内中の園に至る延長四・八キロの用水路を大正五年四月十日に着工した。

一年余りの歳月と六三七七円（約二四二〇万円）の経費と一万一七八〇人を投じ、同六年七月二十二日、末端を第一水源用水路に合流させて完了した。これにより開田総面積は八十二町歩に達した。

次の借用証を見ると、用水開削工事経費

「日本の棚田百選」に選ばれた大平地区の棚田。
正面奥の山は水源のある本谷山

の調達には苦労していたようである。

金借用証

一、金弐拾円也　但一ヶ月金拾円ニ付弐拾銭宛
右ハ無據要用ニ付借用仕候處確実也
比金返済之儀甲斐慎治殿ヨリ田崎耕之助殿ニ御返金ニ相成
候際何時ニテモ急度返済貴殿ニ毫モ御迷惑相掛不申候為ニ
後日金借用証券依テ件ノ如シ
明治廿四年二月五日　金借用主　富高伊太郎
右保証人　碓井玄良

土持廉三殿

『宮崎縣嘉積《かせき》誌』

碓井玄良と河野喜太郎らによる岩戸用水開削については、開通から十四年後の大正四年（一九一五）十月、当時の堀内秀太郎知事の時に発行された『宮崎縣嘉積誌』に、漢文調の難解な文章で書かれている。完成からわずかな年数しか経ておらず、大事業の苦労が、よく伝わる内容となっているので全文をそのまま転載する（（　）内は筆者による）。

碓井玄良の疏水事業

碓井玄良は天保元年六月、西臼杵郡三ヶ所村に生れ、後岩戸村に転居す。少時豊後岡藩に行て医を学び、安政三年、長崎に遊び蘭方を修め、帰て業を開く、業務の傍ら常に心を勧業に留む。岩戸村は四面山岳重畳して耕地少く、又、水利の便なし。古来米穀は遠く、之を他郷に仰げり。玄良夙に之を憂い疏水開鑿の志あり。病家往復の途常に地理を相し研究する所あり。乍《たちま》ちにして大字山裏字富ノ尾の水源より延《ひき》て字大平に通ぜしむべき水路の開鑿を以て最も有利とすることを発見し、同村土持廉造・河野喜太郎等と会し、其の素志を陳《の》べて同意を得、更に部落民の間に奔走して勧奨に努む。費用頗る多額、衆皆逡巡、其の議を賛するもの少かりしも、玄良百方遊説頗る努め、遂に、能く一般の賛同を得、明治二十八年九月起工、三十四年五月に至て工を竣えたり。水路の延長五里余、其の水源地より字黒原に至る間の如きは殆ど断崖絶壁、隧道二十箇所、其の延長六百三十五間、就中百間内外のもの二箇所あり、隧道貫通に便ならざる所は岩壁を掘開して水を通し、桟道は築くに石垣を以てす。其の坪数亦三千に余れり、蓋し郡内第一の難工事、組合員中之が成否を危むもの多く、請負人の如き中途工事を放擲して逃走せるもの一再に止らず。費す所二万円、夫役凡三万千二百人、玄良自ら出す所金二百余円、夫役百五十人なり。開田反別当初約十四、五町なりしもの漸次増加し、現今は四十五町八反に至る。尚各所の設備を完了せば優に七、八十町に至るべし。土地亦漸次肥沃となり、一反歩四石の収穫あり、総産額実に千八百三

岩戸用水開削に情熱を注いだ男たち。前列左から３番目岩戸村長土持信敞、同４番目碓井玄良、後列右端河野喜太郎（碓井哲也氏提供）

十二石余、往時の貧村今や一躍して富裕の部落となり、曾て供給を他に仰ぎしもの今や盛に輸出するに至れり。加うるに従前は飲用水に乏しく僅に馬背に依て遠きより致ししもの、現時砕玉の清流滾々《こんこん》として溢るるを見る。皆是れ玄良等苦心経営の余に出ず。玄良、明治十七年、隣村高千穂村大字三田井字川登の岩戸村と同じき境遇にあるを慨き、有志と謀て用水路開通のことを創め、資金の供給、夫役の督励に尽し、同二十七年三月を以て工を竣わるに至れり。依て得る所の水田四十余町歩、村民皆其の恵徳を仰がざるものなし。玄良は村会議員、郡会議員並びに県会議員等に累選し、公共の利益に尽瘁《じんすい》せる功績尠からず、明治四十一年五月、大日本農会より緑白綬有功章を授けうる。

河野喜太郎の疏水事業

西臼杵郡岩戸村は四面山岳重畳地勢傾斜し渓壑《けいがく》（深い谷）の間、僅に田畝を散点す。而も水利乏しく禾穀《かこく》（稲）実らず、常食多くは之を他邑の供給に待てり。河野喜太郎夙に殖産興業に志あり、就中疏

水事業の急務なるを覚り、自ら跋渉して具《つぶさ》に岩戸川の沿岸を調査し、同村の先輩碓井玄良と謀り、水源を大字山裏字富ノ尾下に求め、大字岩戸字大平に至る延長一万五千百六十間に渉る一大水路工事を企て、寝食を忘れて東奔西馳、勧誘数年に亙り遂に有志数十人の賛同を得、各毎月若干の醵出をなし、三十年春工を起し、衆に先《さきだ》って督励労働頗る勉む。未だ一年を出でずして工費尽く。其の間、同志互に疑懼《ぎく(うたがい不安に思うこと)》紛争し、組合を脱するもの続々、喜太郎忍耐刻苦勇を鼓して玄良を扶け、私債を以て費途に投じ、一面同志の調停に勉め焦慮至らざるなし。辛じて水利組合新設し、債事費途は一切を挙げて之を玄良に委ね、自ら進んで工事の督励に当る。両者の規画経営其の宜きを得、茲に積年の一大難工事は三十四年三月其の工を竣うるを得たり。其の間、或は私費を擲《なげうち》て役夫を慰め、或は視察の官吏を自邸に延《みちびい》て旅館となし、一身を捧げて公益に尽し、一家を顧みるに遑《いとま》あらず。孜々汲々《ししきゅうきゅう(つとめ励むこと)》一日も懈《おこた》らず、家産為に悉く蕩尽し、其の死するや遺産の全額を挙げて僅に四百円に計量するだに足らざるに至る。亦以て其の清廉を見る可し。是より先二十七年四月、選れて静岡県下開催の緑茶伝習所に入り、業を卒えて製茶改良に力を竭《つく》し、指導奨励頗る至る。村の斯業亦頓に面目を改む、三十八年挙られて農会技手と成り、規画経営する所多し。三十九年八月三日歿す、時に年六十。闔村《こうそん》悼惜《とうせき》せざるものなし。

第八節　山川《さんせん》悠悠

(一)　寄歌無情

信賛80歳の祝の席で玄良に
贈られた鉄扇（碓井哲也氏所蔵）

信賛八十の祝賀

明治二十七年（一八九四）、信賛八十歳の祝賀が開かれた。その祝に全国の文人墨客から贈られた詩歌は、その数を知らぬほどであったという。六十四歳の玄良も、祝の席に着き、信賛から記念の鉄扇をもらっている。この席で、信賛と玄良は、次の歌を詠んだ。八十歳の年祝いの詠である。

八十能《の》賀《いわ》ひ　しけ流《る》とき

安御代に生禮阿ひぬ流嬉しさを　津みてちと勢のよはひともがな　信賛

いがミ那く千尋にのび類《る》竹の子の　嬉しき婦《ふ》しを祝ふけふかな　玄良

岩戸村第十二代庄屋と、明治になり初代戸長を務めた信賛の思いのすべては、故郷のためにあった。事に当たっては、あふれる気骨と深い情愛で真摯に取り組み、名も利も求めることもなく、実に名利無縁の異色の庄屋であった。

信賛は若い時から敬神の念が強く、郷社の再建整備には特に力を注ぎ、嘉永五年（一八五二）、土呂久銀山取締りのために延岡藩から派遣されていた服部伝兵衛と江戸からの客人酒井五左衛門の取次で、江戸の商人から金子百両（約七五〇万円）の寄進を受けて玉垣、神門、神楽殿を建立していたが、本殿の改築を思い立ち、造営資金集めに苦労していた。

信賛の敬神の厚さを示すものが今も天の岩戸神社の社頭に残されている。文政六年（一八二三）四月吉祥日大谷権右衛門奉納の石灯籠の碑面文字は、すべて信賛が十歳の時に書いたものである。

当時としては、異例の長寿であった信賛も、寄る年波には勝てず、生涯最後の仕事として、すべてを天の岩戸神社（西本宮）社殿の再建に捧げていた。明治三十年（一八九七）、地元の有志を集めて天岩戸再営会を起こし、広く寄付を募り社殿建立（現在二つある拝殿の左の方）に着手したが、その定礎式が始まろうとしていた九月五日、老衰のため、あたかも悟りを得た宗門の高僧が、静かに眠るが如く八十四年の生涯を閉じた。

玄良と信賛は、碓井元亮を師とした兄弟弟子の関係にあり、玄良は学問や詩歌の道でも信賛を師と慕い、故郷の発展のためにも、お互いに良き理解者として、力を合わせた心強い同志であった。

男兄弟を幼い時に亡くした玄良にとっては、信賛は義兄ではあるものの、実の兄以上の絆があっ

ている。

た。天寿を全うした高齢であったとはいえ、玄良は信賛の死を心から悼み、一年忌に次の歌を送っている。

ひととせのけふもかハかぬ袖の上に　ふりかさねたる村しぐれかな　　玄良

信賛は、地方の一寒村の庄屋ではあったが、行政や政治に卓越した手腕を発揮したのはもちろんのこと、事業家としても民意を結集させ、自らの強い信念と村人の厚い信頼を得て幾多の困難を乗り越え、村内の用水開削を中心に、多くの大事業を達成させた。

また、諸学に通じ、国学では、延岡藩内外の高名な学者たちと肩を並べ、歌人としても、見事な能筆で、万葉調の多くの秀歌を残し、その数は、三万首であったといわれている。

信賛の一族

信賛の妻はるは、下野村の旧家で、酒造業をしていた佐藤新四郎信治の長女である。はるの母イトは、岩戸村岩神の酒造業四代目甲斐栄四郎惟教の娘で、土持家とは親族の家柄であり、また新四郎の父は、山裏村の佐藤崎右衛門信知の嫡子で、下野村に入り佐藤家を継いだ。さらに、その後妻ナカは、甲斐栄四郎の妹で、はると信賛とは近い姻戚関係にあった。

はるは、信賛より五歳年下であったが、はるについては、何も資料が残っておらず、あまり健康ではなかったようである。

初代岩戸村村長 土持信敞

信賛夫婦は、三男五女をもうけ、長女はイクで長男輝太郎（成長の後信敞）が家を嗣ぐ。信敞は、信賛に似て温厚で慶応三年（一八六七）十三代庄屋となって、その間に信賛は、三田井村庄屋となる。明治になって、戸長制から町村制が施行されると、信敞は初代岩戸村長になり、明治三十四年（一九〇二）二月まで三期務めたが、不幸にも途中で世を去った。

二女ケイは、岩戸村長馬背野《ませの》の甲斐徳太郎の妻となり、三女サトは、岩神の酒屋甲斐久之助惟清の弟で、同じく酒造業甲斐時治惟将の妻となる。

二男廉三は、酒屋本家の甲斐久之助が、女児ばかりで二人とも若死したため、乞われて久之助の後を継いだ。廉三は質実剛健で、大いに家産を興し、公共のためにも尽くすことが多かった。しかし、廉三は甲斐姓を名乗らずに土持姓のままであったので、酒屋は土持と甲斐の二姓に分かれた。

四女みちは、三田井村十社大明神（高千穂神社）宮司田尻則之の嫡子皓平に嫁した。皓平は、郡役所吏員の測量設計技師で、岩戸用水の測量も担当している。三男の武士は、佐藤東吾の養子となるが、謹直清廉で、岩戸小学校をはじめ、郡内数校で教鞭を執った。五女マツは、庄屋に程近い甲斐吉四郎の妻となった。嗣子信敞には、三男二女があり、長子富太郎は、岩戸郵便局長となるが、病身で若くして世を去った。

第12代岩戸村庄屋土持信賛の墓にある辞世の句（高千穂町岩戸中の園）

寄花無常

信賛の墓は、最初に高千穂入りした遠祖土持若狭守弘綱が、居を構えた地元で陣内《じんね》と呼ばれる上永の内の集落を見降ろす山腹に立っている。その墓には、信賛らしい辞世の歌がある。

寄花無常
花さそふ夕の嵐たちかへり
明日は誰が身の上に吹くらん　信賛

墓のすぐ横を流れる用水路は、信賛の遺志を継いだ碓井玄良、河野喜太郎、富高伊太郎らが発起人となり、明治の末に苦心惨憺して通した岩戸用水で、開通以来、その流れを止めることなく、今も静かに流れ続けている。

岩戸川の最上流にある取り入れ口から、山腰を縫うように延々三二キロにも及ぶ山腹用水路と、その下に広がる棚田は、平成二十七年（二〇一五）十二月に世界農業遺産に認定された。ここに、異色の庄屋の墓があることを知る人は少ない。

(二) 八十《やそ》の春

碓井可笑堂

晩年の玄良は、下永の内の岩神に隠居家を設けて移り住み、上永の内中の園の本宅には妙市夫婦を置き、好きな歌を詠み句作を楽しむ傍ら使用人を雇って菓子製造業を始めた。その屋号を碓井可笑堂と名付けた。可笑堂は近年まで現存し、土持妙市夫婦の住居となった。

隠居家に移る時の句がある。

長生《ちょうせい》に得たり顔なり菊の主

玄良が七十歳になった明治三十二年（一八九九）の試筆（正月の書き始め）の句に、

七十の腕をためさん吉書《きっしょ》初め

同じ試筆に、次の漢詩もある。

碓井玄良が菓子製造をしていた碓井可笑堂。後に土持妙市夫妻の住居となった（碓井哲也氏提供）

前列右より碓井昇、西川谷三、碓井玄良、甲斐穂三郎、後列右より竹内令胙、土持妙市、土持廉造、端山□□、甲斐富士三郎（碓井哲也氏提供）

老驥伏櫪　志有千里
烈士暮年　壮心不止

これは、玄良自身が書いたものかは不明であるが、意味は次のようである。驥《き》は、一日に千里を走るという良馬、櫪《れき》は飼い葉桶のことで、立派な馬は老いて厩《うまや》に繋がれていても、千里を走った元気な頃を思い、烈士は老いても意気軒昂で若い気持ちは失わぬ。いかにも玄良の生き様にふさわしい漢詩である。

また、次は古稀の越年に詠んだ句である。

吉野見ん胸算用や年の暮

このように玄良は、晩年には俳句に凝って、明治三十七、八年頃には岩戸吟社なる俳句同人会を組織して盛んに句会を開き、素人俳諧師が横行し、岩戸吟社は時ならぬ賑わいを呈した。

玄良は、俳号を迂水と称し、また、庵名を千穂舎と名付けて幽水、佳水、鶴彦、豊水などの一角の天狗連を門下生にして、大いに風流がって盛り上がった。

当時、玄良が自分を笑った歌がある。

碓井玄良が80歳の祝の品として友人・知人に贈った盃（碓井哲也氏所蔵）

詩は出来ず歌も得詠まず医者は下手
世間上手で長生きする

この歌のとおり、当時としては珍しいほどの長寿で、老いても健康そのものであった。「みがく歯のあって嬉しや八十の春」があり、「杖眼鏡まだ味しらぬ八十の春」と書き入れた盃を八十の祝の品として、友人、知人らに贈っているほどであった。

山川悠悠

枯淡の境地に入り、まだまだ余生を句作に没頭するつもりであったが、明治四十二年（一九〇九）四月四日、八十歳という高齢で自分の後を継いで第二代西臼杵郡医師会長となった東京大学医学部出身の長男昇に最期の脈を取られ、皆に惜しまれつつ世を去った。八十の祝の賀式を挙げる三日前で、玄良らしい大往生であった。

玄良の没後、諸国より届けられた弔辞、弔電、弔物は、その数を知らず、中には歌人あり学者あり医者あり政治家あり、かつての勤王の志士まであり、その交友の広さと深さを物語っていた。

玄良の墓は、上永の内中の園にある。父元亮夫妻、前妻京と後妻コマと早世した娘、若くして世を去った二男等に加え、元亮と共に佐伯から来た松崎徐吉と、使用人で七折村深角生まれの甲斐平

吉の墓もあり、岩戸村で生を終えた碓井元亮・玄良父子一族が今も眠っている。
玄良の墓は二基あり、ただ碓井玄良墓とのみ刻まれた自然石の小さな墓の隣に、同じく正面に碓井玄良墓と書かれた大きな墓があり、周りの三面には、次の墓誌が書かれている。

君以天保元年六月廿三日生西臼杵郡三個所村八年従家厳転居岩戸村若冠志仁術初遊豊後学仲山白圭後赴肥前長崎師吉雄圭斎修蘭方前後遊学六閲年其間亡父喪且襲家督而前後交遊之際於世事有頗所得矣事主君内藤家多功労賞屢次時方際皇政維新明治七年五月拝命宮崎県準訓導二等試補十七年十一月当村會議員選以至四十年五月此間更為高千穂岩戸等諸村聯合會議員二十一年当選為縣會議員二十五年七月為岩戸村学務委員在職十有七年二十八年四月補大社教少輔教三十二年十月当郡會議員選兼郡参事會員此他学校組合會議員水利組合會議員郡教育會支部長開道交通疏水墾田凡所在公益世務之要件君無概不関与焉四十一年五月大日本農會総裁伏見宮殿下授以緑白綬有功章被賞疎水開田等農事功勞四十二年四月四日病没享年八十君躯幹長大神気豁如富詞藻長経営齢越古希尚跋渉嶮難事仁術済世故壮者不如焉余往年奉職西臼杵郡君於公私之間男昇需余碑文乃応以此銘白

碓井玄良の墓は、自然石の墓と２基ある（高千穂町上永の内中の園）

山川悠々　維神維游　行徳順流
不擇屋樓　遺業遠謀　干田千溝
後楽先憂　永留霊丘
明治四十三年二月
正七位　山内卯太郎　謹撰

墓誌にある四文字絶句の漢詩は、当時、西臼杵郡長であった山内卯太郎の作である。山内卯太郎は、明治三十六年（一九〇三）から三十七年に、県の教育行政の最高責任者として県視学を務めており、玄良とは懇意で漢詩の素養もあった。大意は次のようではないだろうか。

山の中の川は、ゆっくりと時代が変わっても昔と同じように、神の里に流れ続けている。その川から引いた恩恵の水は、流れにしたがい人や家を選ばず流れている。

故人が成しとげて、この世に残した大事業は、遠い将来のことまで考えた謀りごとである。田を求め水を求め、先の憂いは今は豊穣の時を迎えている。ここに永く霊位を留めん。

玄良の生き様から想像すると、生前に自分の墓を作り、養子の妙市や長男昇に、この墓だけで十分と伝えていたようにも思える。大きな墓は、周囲の声を受けて、改めて建てられたものではないだろうか。やはり、玄良にも父元亮と同じように名利に疎く、名利無縁の碓井家の血が流れていたような気がする。

第九節　水神祭

岩戸土地改良区水神祭祝歌

昭和五十一年（一九七六）九月二十九日に、岩戸用水の「土地改良団体営事業」及び、「土砂崩壊防止事業竣工」祝賀会が、岩戸土地改良区佐藤栄男理事長主催で開催された時に、寶池山泉福寺十三世住職藤寺非寶氏が同三十五年に作詞した「岩戸土地改良区水神祭祝歌」が披露された。この年は、黒原揚水機が完成した年である。

この祝歌の歌詞は、岩戸村内の用水路開削について独自に調査研究を続け、昭和八年（一九三三）岩戸村役場の依頼により発行した『岩戸山裏維新以前田成開発史』執筆により得られた資料をもとに作詞されており、内容が具体的で、非寶氏の思いも込められているので少し長くなるが、そのまま転載する（（　）内は筆者による）。

岩戸土地水神祭奉祝歌（昭和五一・九・二二）

泉福寺　非寶作詞

雲に聳える祖母嶽の、麓に開けし高千穂は天孫瓊瓊杵《ににぎ》の尊より、稲穂の聖地ときこえしが、悲しきことに、谷深く、漑《そそ》ぐに堰《せき》の難くして、ももとせ（百年）前は畠のみ。

青山作りの藪作《やぼさく》で、煙りも細きからめ畠。

肥後や豊後に米買いの、草鞋《わらじ》のわら迄高森や、竹田、馬見原あちこちに、馬の力を頼りしが、
延岡内藤右近将監《うこんしょうげん》政義公（能登守）江州《ごうしゅう》彦根伊井掃部《かもん》の弟君の名藩主。その御養子が備後の守政擧《まさたか》公、遠州掛川入り養子。

鶴の一と声頂きて、天の岩戸に始まりし田成し開発千石夫、明けても暮れても井手役目。生味噌、生塩ねぶりつつ、千辛万苦《せんしんばんく》の御先祖の、姿思えばいよいよに、かたじけなさの極まりぬ。

嘉永六年（一八五三・六・二）「黒原」を、安政二年（一八五五・九・十九）「東岸寺」安政六年（一八五九・五・十一）山裏の「日向用水」掘り通し　文久三年（一八六三・八・十六）「土呂久」をば　明治四年（一八七一・四・十七）に、あの「日添《ひぞえ》」、漸く五大用水の、姿は兎《と》に角《かく》出

「岩戸土地改良区水神祭奉祝歌」の作詞者・寶池山泉福寺の前住職藤寺非寶師（同史から）

岩戸土地改良区通水百周年記念碑（高千穂町上岩戸三ツ合）

来たれど、その山裏の裏日添《上岩戸》え、井手下「百と九十人」、流れがざっと十三里、中の谷（大平）迄
やるという。

やらぬというて、もみ合うて、遂に脱退相続き、残るは僅か「三十人」、今の「日添」となりにける。これでは、ならぬと水源を、遥《はる》かに下げし目論見《もくろみ》は、勝った、勝ったの勢いの、日清戦争揚《あ》げ句《く》にて、普通水利の法により、明治二十八年（一八九五）許可を受け、井手下新たにととのえて、明治二十九年（一八九六）の十二月、十日という日に測量を、岩井谷から始めつつ、明くる三十年（一八九七）二月四日、水口迄の切り開き。

相済みたれば三十一年（一八九八）の、正月五日野方野、大平、中の谷、追い次ぎ測量完了し、十一月二十二日に番取りを、いよいよ起こす大事業。農工銀行負債は「壱万弐千円」、土台はいよいよ固まりて、三十二年（一八九九）・三年（一九〇〇）は、来る日も来る日も井手役目。

法螺の貝吹く夜明け前、素麦、素粟にゆで団子、とうきんめしの割り面桶《めんぱ》。一番困った奈古《なこ》（栃木）の下、隧道工事の行きづまり、その時、意気込みたのもしく、やって来たのが才太郎、溝口という若《わか》土工《どかた》（大分市金池、溝口組の祖）。

豊後の宮砥《みやど》（竹田の宮砥八幡社）でうらないの、易者の言葉に小踊りし、佐伯で岩戸のことを聞き、早速請負い契約し、手下の者が二、三人、十二時間もぶっ通し、菜種の油の火も僅《かす》か、一日掘るのが一、二尺、明治工事の花形の、火薬使用の難工事。

火薬百目が「三十五銭」（約七千円）、賃金一チン日「二十銭」、ねばり働く一ヶ年。三十四年

（一九〇二）正月二十と九日に、上永水車の脇の水、土を俵に入れて引く、誘いの水の走り水。泥水すくい神棚に、上げて喜ぶ大平の、馬が水汲む大平の、どよめき上げし、うれしさよ。にがり切りしは上組の、黒原、馬生木、下永の、水の通らぬはげらしさ。すった、もんだの半ヶ年。かくて、二月二十五日岩井谷、三月一日、野方野の、川よりやっと水流し、漸く六月十六日、飛びの尾（上岩戸日陰）下より水流し、十月二十三日どこそこの、樋や石垣成就《（完成）》して、岩戸の井手の完通を、うれし涙に迎えける。百と二十の口数は、「大猿渡《おそたり》」九半（二千百三十二人六合）に、「黒原」が十五（三千四百七十三人六合六夕《せき》）に、「馬生木」が口五つ（千五十一人一夕）、「下永」二十二（五千四百三十七人半）、「上永」十九半（四千八百五十七人半）、「野方野」二十と六ッ口（七千五百六十五人五合五夕）に、「大平」二十三口（七千百九十五人出夫）の、三万一千六百と、六十二人八合二夕の口ならし、平夫《ひらぶ》が「千二日十二銭」、「三千七百九十九円、五十三銭八厘四毛」で、今のおかねで言うたなら、銀貨十銭が三百円。ざっと換算「一千百と、三十九万八千五百円」。

　辻を合わすりゃ褄合わず、褄を合わすりゃ辻合わず、本当に誠に大変で、「明治三十七年（一九〇四）の、四日の改め」口々に、わめき上げしは是非もなや、何が何でも田開きで、四苦八苦で借りた金、農工銀行「三万円」。

　うなぎのぼりの利息付き、大正頃の苦しさは、言葉も筆も尽くされず、すべてのこの世は水のもの、思い流して時移り、昭和の御代の水鏡「五里十三町二十間」、清き流れの音さやか、井手

下「二百と三十人」、八十二町の稲の波、こがねの色の美しさ、水源涵養の杉林、砂防工事に水増《ま》さり、栄えいよいよ色濃ゆく、ことし企画の「揚水機」、これが成就のあかつきは、いよいよ美田も増大し、瑞《み》ず穂、垂《た》る穂の千代八千代。

皆がつどいて水祝い、通水足掛け六十年干支の回りを一とめぐり、かのとのうしの来年は、満六十年の井手祝い、今亡き先祖をしのびつつ、祝わにゃならぬ大祝い、それたのしみに、どうぞ皆、一と奮発じゃ「千三百、十三万とやらの金」

かけて、こぶしをにぎりしめ、土地改良区最大の、目論見誠にめざましや、天龍八部も見そなわせ、堅牢《けんろう》地神《じじん》もいやちこに、知ろしめしませ、守りませ、かしこみ祝う今日のよき日。

瑞ず穂　垂る穂四方の田の面のこがね波
　とよのみのりの　うれしき輝き
満んまるく　団子まるむる秋彼岸

宝ニ非ズ

『岩戸山裏維新以前田成開発史』の著者で、岩戸土地改良区水神祭祝歌の作詞者である藤寺非寶師は、明治四十一年（一九〇八）二月二十二日生まれ、大正十年（一九二一）東京高輪中学校二年病気中退。昭和二年（一九二七）三月熊本九州仏教学院卒、同年四月十六日得度、同四年（一九二九）

大阪行信教校卒、同十六年（一九四一）宮崎県上代日向研究所特別委員、同二十一年（一九四六）年地方事務所参与委員、宮崎県方面委員、民生委員、同二十二年（一九四七）県社会教育委員、同年三月住職、同二十三年本願寺教学審議会委員、同二十四年司法保護司、同二十五年宮崎教区直属講師、同四十年（一九六五）高千穂町文化財専門委員等数多くの要職を歴任されたが、昭和五十四年（一九七九）一月二十二日寂。行年七十二歳であった。

一僧に会ひたることも蝶のみち　　一笑

非寶師と親交のあった岩戸出身の俳人竹内勲氏が、帰郷の折に泉福寺を訪ねた際の句である。

非寶師は、多感な青年時代から学究心に燃え、学僧として郷土史の研究に没頭され、西臼杵郡内外の寺社仏閣にこもり、棟札や多くの古文書類をつぶさに調べ、その集大成の多くは、師の独特の几帳面な書体で謄写版刷りで残されている。

「寶ニ非ズ」と謙遜した名であるが、その人柄は、地域の誰からも「宝ぼんさん」と親しまれ、また、学識の広さと深さは、地方の一僧の域をはるかに凌いでいた。

さのぼりや田の面《も》田の面の水鏡　　非寶

昭和三十五年（一九六〇）建立の岩戸土地改良区団体営等事業完了記念碑に刻まれている。

4章　人往来して歴史を刻む
――高千穂郷三人の庄屋

真冬の七折峠を手を取り合って必死の思いで越える娘

第一節　人情の庄屋――土持信贇

(一) 峠に吹く風・七折峠

山深い高千穂地方では、かつて隣の村に行くには、峠を越えるしか方法はなかった。その交通手段は、駕籠に乗った殿様か戸板に乗せられた重病人以外は、すべて自分の二本の足であった。

『広辞苑』によると、「峠」の語源は、「タムケ」（手向け）の転じたものであり、そこを通る者が道祖神に手向けをするからとされている。高千穂地方には、道祖神は数少ないが、その代わりに大きな木の下に、小さな地蔵様が祀られていることが多い。そして、峠の麓などに今も残る路傍の茶屋（大師堂）は、江戸時代の信仰の名残である。

九州の名峰・祖母山（一七五七メートル）から東の傾山（一六〇二メートル）に至る稜線の中間に本谷山（一六四三メートル）がある。この山を起点として、南へ乙野《おつの》山（一一〇一メートル）、二っ岳（一二五八メートル）、赤水（一一二四メートル）、猿岳（八四七メートル）と長い稜線が続き、尾根がやや緩やかになると上野岳（七五五メートル）と太平岳（七一〇メートル）を経て、名勝天然記念物高千穂峡に近い鹿狩戸で、稜線は大きく五ヶ瀬川へ切り込みながら終点となる。

一連の山脈の後半にある上野岳と太平岳の間にあるのが、上野峠（六八二メートル）である。この峠は、かつては七折峠（越とも）といわれ、延岡から高千穂へ至る往還の中で、七折村（現日之影町）から岩戸村へ越える峠で、太平岳の近くに、もう一つの峠があり、そこが下の峠と呼ばれ、それより上にある峠と、上野岳の近くにある峠から、いつの間にか上野峠と呼ばれるようになったらしい。

七折峠は、延岡と高千穂を結ぶ主街道にある峠で、古くから地域の人々の生活道であり、藩主・代官などの領地検分の道でもあった。あるいは、遠路はるばる高千穂の地に足を踏み入れた歴史に名を残すような人物も、まだ見ぬ村々への旅の途中でこの峠を越え、峠に吹く季節の風を味わいながら、その足跡を残している。

これらの足跡の中から、後世に名を残した四人の男と、日向路を手を取り合って逃げるように駆け抜けた、二人の娘の足跡を辿ってみることにする。それはまた、第一章で述べた岩戸村庄屋土持家のいま一つの物語でもある。

(二) 七折峠をこえた歴史に名を残す三人

黄門様家臣・佐々介三郎と丸山雲平

今から三三〇年ほど前の貞享《じょうきょう》二年（一六八五）八月五日、かつてお茶の間のテレビ番組で大人気を博した『水戸黄門』に登場する、黄門様の腕利きの家臣で護衛役の二人のうち、「助さん」こと

上野峠から見る岩戸地区の風景。中央の高い山が障子岳（1703m）、その右が古祖母山（1633m）

佐々《さっさ》介三郎《すけさぶろう》宗淳《むねきよ》は同僚の一人と七人のお供を連れ、この峠を越えている。

同僚として随行した丸山雲平《うんぺい》河澄《よしずみ》の書き残した日記「筑紫巡遊日録」によると、八月三日、曽木（現延岡市北方町）に一泊した後、いよいよ高千穂街道の難所に入った。丸山の記録によると、

「四月、曽木より高智穂船の尾まで四里、右、二里半に舟渡し有り、綱瀬川と言う、河手前を両名と言う、山越え、此の山にて銅を掘る、高智穂越えと言う、九州第一の難所、険阻、輿《こし》、馬少に通す、馬上の者、前後首足、相ひ磨す」

とある。船の尾代官所に立ち寄った後、一行は、いっそう峻険な道に入った。日向路最後の宿は、一ノ水（現日之影町）である。

一ノ水は、神話によると、高千穂神社十社宮の祭神である三毛入野命《みけいりのみこと》が、地方の賊を平定して帰る途中、湧き出る水を飲んで、その旨さに「一ノ水」と名付けたとされる里である。

一ノ水から、進路を真北に取り、上野峠を越えると岩戸村である。丸山の日記を引こう。

「五日、一ノ水より、上ノ村（現高千穂町上野）まで四里、右、此の間、七折坂、篠瀬戸《ささのせと》河板橋（天の岩戸神社の下流にあった古橋）、岩戸坂難所、上ノ村より河内（現高千穂町河内）まで一里半、河

内より肥後岩上（現熊本県高森町草ヶ部）まで一里、右河内までは日向の内、馬次ぐなり、県《あがた》左衛門佐《すけ》殿領」

肥後と豊後に境界を持つ延岡藩は、高橋氏を継いだ二代有馬氏時代から領内に十一の御番所を置き、そのうち五カ所は高千穂郷内に配置し、河内の御番所は国境の重要な役割を果たしていた。

ここで馬を乗り換えた一行は、肥後細川越中守殿衆の出迎えを受け、高森、阿蘇を経て、大津、隈府《わいふ》（菊池市）、山鹿、高瀬、南関、筑後原町、筑前博多に出て小倉から下関に着き、山陽、山陰道から中国、北陸路まで巡行し、江戸へ帰ったのは、貞享二年十一月六日であった。

主君水戸光圀《みつくに》の命を受けて、大日本史編纂という大事業の史料収集のため、江戸を出発してから、半年に及ぶ長い旅であった。一行は、九州巡行中、各藩から徳川・水戸家家臣として大歓迎を受け、手土産まで差し出されたが、これに甘んずることなく、すべて「不受納」であった。これは、清廉潔白を旨とする主君水戸光圀の教えでもあった。また、行く先々の各藩には、訪問の書状が届いていたので、万全の受け入れ態勢が取られていたのである。

四万キロを歩いた伊能忠敬

江戸時代に日本全国を、十七年かけて測量し、「大日本沿海輿地全図」という全国地図を作りあげた、上総《かずさ》国生まれの測量家伊能忠敬《いのうただたか》一行は、文化九年（一八一二）六月十八日の昼頃に上野峠を越えて来た。測量日記には、

伊能忠敬が泊まった庄屋跡
（高千穂町下野）

「朝より雨、あるいは止み、又、雨六ッ後（朝五時半）宮水門《かど》（日之影町）出立、水印（水平を表す印より始める）測量開始。

同村（七折村）波瀬川、一野水字八瀬川、幅十間、深角川、七折峠（上野峠）、岩戸村、此の村、天照大神宮のあり。先に野形（方）野門《かど》街道と、岩戸本村追分（今の笹の戸か）まで測る。二里二一丁四五間（約一万三七〇〇メートル）。岩戸村庄屋止宿、佐藤冨弥（十一代庄屋）八ッ七分頃（午後二時頃）着、その後も雨。

同十九日、朝曇晴、微雨あり、四ッ後（午前九時半）より晴天、岩戸村追分より始。五ヶ村角、岩戸川橋幅一二間（長さ二二メートル）。此の村に岩戸と言うあり、何のいわれかわからず、岩戸坂午食（昼食）」。

岩戸村庄屋土持完治整信（日記では佐藤冨弥、同年に土持に改姓）の庄屋日記に「文化九壬申年六月十八日、測量方伊能勘解由《かげゆ》（忠敬）様御泊り、御案内相勤め申し候」とある。

この時、一行は十人ほどで、庄屋方の受け入れも大変だったようだが、文化十年（一八一三）六月十五日の庄屋日記に、「去年、御測量方御通行の節、骨折り候につき御褒美《ごほうび》銀貳両下しおかれ候。親健蔵（十代庄屋信陽《のぶあき》）へ同断（同じ）に付き、酒代銀壱両下しおかれ候」とあり、幕府「御用」の旗を立てていた伊能測量隊に対する労を、幕府も藩もねぎらっている。

伊能忠敬は、上総国九十九里浜の網元小関家に生まれたが、七歳の時に生母が亡くなり養子の父は離縁され、祖父に育てられた。子どもの時から算術に天才的な才があり、十八歳で佐原の庄屋伊能家の養子に出され、傾きつつあった家業の酒造業や米穀取引を見事に立て直し、財を成し五十歳で隠居した。

その間、若い時から興味のあった測量学を学ぶため、幕府の暦局（天文方）の天文学者高橋至時《よしとき》に入門した。当時は、まだ三十歳であった。

忠敬は五十六歳で、蝦夷地（現北海道）を測量したのを皮切りに、七十二歳で日本全土の測量を終えるまでに、地球一周分の四万キロを歩いたという。高千穂方面を測量したのは、六十七歳の時である。忠敬は、文政元年（一八一八）七十四歳で没した。遺言により、江戸浅草の源空寺で十九歳年下の師高橋至時の傍《かたわ》らに眠っている。

北海道の命名者・松浦武四郎

忠敬一行とは反対に七折峠を越え、北から南へ向け去った旅人もいた。

伊勢国（三重県）で、文政元年（一八一八）に生まれた北地探検隊で、「北海道」の名付け親でもある松浦武四郎が、二十歳の時に岩戸村を訪れたのは、天保八年（一八三七）のことである。その時のことが、同十四年に郷里の伊勢で著わした紀行文「西海雑志」に、次のように書かれている。

「天磐戸大神宮岩神村（現東本宮のある集落）にあり、岩戸の辺り木多くしてわかりがたし」

そして、岩神村では、里人から昼食として粟飯をごちそうになったが、上皮、渋皮ともそのままであったので、喉を通らなかったとも記している。

その後、七折坂（上野峠）を越えて七折村へ出て、村長《むらおさ》の家で一泊している。その時のことは、次のように書かれている。

「まだ暮るに間もあれど、神心（心神）ともに疲れたれバ村長の宅へ至り、一夜の宿を頼みければ、心よく世話いたし、自分の家に泊めて、夕膳に初めて米の飯を出せり。

其夜、主人の物語りに、高千穂の庄内も当村かぎりにて、此処より延岡城下へ拾一里あるよし。初めて人世《ひとのよ》へ出たる。心地なり。

高千穂の庄内は、誠に無下《むげ》の辺鄙《へんぴ》なれども、神代の古跡など行先々にありて、地人、神明を尊ぶ事、余国よりはすぐれて厚く、夫ゆえ庄内の神社、いずれも大社にして、普請等も誠に手を尽し、其結構なる事、都方にも劣らぬ事なり。

寺院は、甚疎相にて、庄内にて只、三ヶ寺見かけたり。いづれも禅院にして、甚微々たる有さまなりき」

天保の大飢饉の最中に、九州地方を旅した松浦武四郎も、苦労が多かったことと思われる。

武四郎は、この後、去川の関（現宮崎市高岡町）を通り、薩摩国を経て肥前長崎に至り、長崎で蝦夷地の話を聞いて、探検家の本領を発揮し、北海道開発の先鞭を付けたのである。

(三) 人情の日向路・娘二人の逃亡記

江戸の昔、岩戸村と七折村を結ぶ七折峠を越えた人は多い。そのなかで、歴史に名を残すどころか、儚《はかな》く異郷の地に身を沈め、生国さえも知られず、野辺の小さな石積みの下に、無縁仏として眠っていたであろう二人の娘の足跡が、岩戸村十二代庄屋土持信贇の記録として残っている。

大飢饉

江戸時代末期の天保四年(一八三三)夏、関東一帯に大風雨があり、これが引き金となって東日本全域を飢饉が襲い、同七年にかけて歴史的な大飢饉が始まった。

さらに、越後(現新潟県)、羽前(現山形県)、美濃(現岐阜県)では大地震、江戸では大火が続き、飢餓は同七年に頂点に達し、各地で一揆や打ちこわしが続き、大坂では町奉行所与力大塩平八郎が蜂起の決意を固め、翌年決行したが一日で鎮圧されるなど、世の中は騒然とした。

天保改元の前年、すなわち文政十二年(一八二九)は歴史的な大豊作で、村々の里道には米粒が散乱するほどで、古老たちが、あまりの豊作に、大飢饉の前触れではないかと心配していたが、そのとおりとなった。被害が大きかったのは東北地方で、津軽藩では四万五千余人の餓死者が出ている。おしなべて東北地方は収穫皆無、九州・中国・近畿が半作ないし三分の一、四国も三分の一と

いう有様であった。日本全国の餓死者は七十万人に達したとも言われている。

高千穂地方においても、天保四年（一八三三）正月二十七日、五ヶ所村の百姓等御用金賦課に反対して豊後竹田領に逃散し、関係首領が処罰されている（矢津田日記）。

同七年七月七日大風雨、七月十五日大雨、それより北風続き諸作実らず、八月二十三日、大霜にて諸作収穫皆無、空前の大飢饉となる。同八年正月から前年以来の大飢饉のため、葛根掘り（以上、同日記）。三月十四日、延岡藩米穀欠乏のため、領内に旅人の入るを禁じてまた留るを禁じた（日向国史）。八月六日延岡藩、高千穂郷の村に去年大凶作につき、肥後国から飯米の無口銀入国を許可する（同）と記録されているが、同十年になると、豊年万作であった（矢津田日記）。

炭焼小屋

天保の大飢饉により一家全員が餓死した家も珍しくなく、一家全滅から生き残るには、口減らしという手段を取らざるを得なく、犠牲になったのは、幼い子どもと娘である。そして、いつの世でも、世情に便乗した闇の商売で暗躍する悪党どもが登場するのも常である。

七折村と岩戸村を結んでいた往還の道は、峠に大きな七本の杉があることから七本杉峠と呼ばれ、いつの頃からか上野峠と呼ばれるようになった。天保十年（一八三九）正月五日、日も暮れようとする頃、この峠を南から北へと越えようとしていた二人の娘がいた。髪の毛は乱れ、着物は垢まみれ、見るからに年の離れた姉妹風の二人は、物乞いの風貌であった。

二人は、峠から眼の前に真白く雪化粧をして聳《そび》えている障子岳（一七〇三メートル）や古祖母山（一六三三メートル）の高い山々を見て立ち竦《すく》んだ。峠に吹く身を切るような冷たい風に、まだ少女の面影を残す年下の娘は泣き出した。年上の娘は気丈にも年下の娘を宥《なだ》め庇《かば》うようにして、大きな杉の木の根元にある地蔵様の隣に腰を降ろした。

あの白く雪に覆われた高い山々を越えることは、娘二人の足ではとても考えられなかった。二人は気を取り直し、生国の両親の許に何としても帰りたい一心で、小さな地蔵様に手を合わせると、皹《あかぎれ》でひびだらけの手を互いに握り合い、麓の民家を探して不安だらけで峠道を降り始めた。民家に辿り着いたら、何とか頼み込んで馬小屋の片隅にでも寝かせてもらうつもりであった。

二人は、宮崎の浜から逃亡を始めて、もう二十日近くになるが、恐怖心を身にまとい、一日として気を休めることはなく、常に周りの気配を警戒するような動物的本能を身に付けていた。その本能が、かすかに山中に漂う煙の気配を感じ、その元を嗅ぎつけるように、しばらく峠道を降りると大きな炭焼小屋があった。赤々と燃え盛る木炭を長い鉄棒で掻き出していた、顔中、髭と煤《すす》だらけの男は、日も暮れそうなこんな時間に、物乞い同然の二人の若い娘が訪ねて来るのは、長い山暮しでも初めてのことで驚いた。男は、岩戸川向かいの集落から、この山の中に炭窯を構えていた。

山の中とはいえ、他国の者を勝手に泊めることは当時御法度であり、炭焼きは物乞い同然の二人の姿を見て、このままでは行き倒れになると思い、麓の村の役人の家まで連れて行くことにした。

若い方の少女は疲労困憊《こんぱい》で泣きべそをかいており、男は、年下の娘を背負うと、急いで村の長老

民弥の家まで連れて行った。民弥は、詳しい事情は後で聞くことにし、囲炉裏の回りに座らせ、熱い茶を飲ませ落ち着かせた。茅葺《かやぶき》屋根の軒の下から少し小雪が舞い込んでいた。

年上の娘は、物乞い同然とはいえ、気丈で理性があり、一息つくと、ここまでの逃亡の一部始終を日を追いながら、時には涙を浮かべ、訛りのある言葉で説明した。民弥は事の次第を聞くと、すっかり身につまされて同情し、当時、他国の者は指定の宿場宿以外は勝手に泊めることは、たとえ村役人であっても御法度であったが、事情を察して泊めることにした。

二人はここで二晩を過ごし、当時、貴重品であった生卵や山で採れた蜂蜜をご馳走になり、元気を取り戻すと、民弥は、同じ村の大庄屋に使いを走らせ、事情を話して連れて行くことにした。

民弥の家を出ると、馬背野から「土食《つちは》み」（藩主や代官などが巡視に来ると村の庄屋たちは、土手の下から土下座をして送り迎えをしたからと伝わる）と呼ばれる所を通り、庄屋岐《わかさ》れと言われる尾根から里道を通り大庄屋の家に向かった。

当時の岩戸村庄屋は、十二代目の土持信贇で、二十五歳の若さであった。信贇は、1章で見たように、延岡藩の信任も厚く、十八歳の天保三年（一八三二）より明治十五年（一八八二）の幕末から維新動乱期にかけて、村や地方の行政責任者となり、また事業家としても手腕を奮い、他方では国学者、敬神家として中央にまで名を知られていた。

そんな庄屋の館に身を寄せた二人の娘は、学もあり情もある青年庄屋の前に座り、ここまでの足取りの一部始終を、民弥に語った時と同じように、時には涙を浮かべながら、語り始めた。

人さらい船

二人の娘は、伊予国はんぎう村（現愛媛県新居浜市萩生《はぎゅう》）のおよし二十六歳と安芸国宮嶋（現広島県廿日市《はつかいち》市宮島町浜ノ町）のおはつ十四歳であった。二人は、天保九年（一八三八）の暮れも迫った十二月半ば、瀬戸内海沿岸を物色していた飫肥藩の人さらい船に拉致され、その船は同月二十日、飫肥領折生迫《おりうざこ》（現宮崎市青島）の港に入港した。

船は、八枚帆（百石積船）で、船頭は伊助という四十歳くらいの男で、水主《かこ》（船子）二人が厳重に見張っていた。目付きの鋭い闇の世界で暗躍している船頭に、口汚く罵《ののし》られて、自分たちの行く末を知っていた娘や子どもたちは、生きた心地もしないまま陸《おか》にあがった。その人数は、六歳の幼女を含めて男女九人であった。

折生迫に上陸すると、その夜に競りにかけられ、八歳の娘一人だけが地元の庄屋に買い取られた。地元の庄屋が買い手とは解せないが、おそらく、その幼さを哀れんで、人情ある庄屋が手を差し伸べたのであろう。残る八人は、買い手が付かず、小さな小屋に、見張り付きで閉じ込められたまま一晩を過ごし、翌朝早く、追い立てられるように陸路を南に向かった。目的地は飫肥城下町である。伊助ら三人の悪党たちは、八人を早く売り飛ばし、大金をつかもうとあせっていた。

折生迫から飫肥までの道中は、海岸沿いではあるが、海からすぐに山が迫り、幾つもの峠を越えなければ辿り着けない。特に途中にある鵜戸神宮までは、七浦七峠と呼ばれる難所続きである。江

戸時代には、鵜戸山参りが盛んに行われ、遠方からも多くの老若男女が、峠を越えながら参拝に訪れていた。伊助に連れられた一行八人は、鵜戸山参りの一行を装い鶯巣《おうさ》峠を越えた。

峠を越えた村には、飫肥藩の関所があったが、〝蛇の道は蛇〟で小銭でも握らせたのか、特に吟味されることもなく通行が許可された。さらに、伊比井《いびい》峠から伊比井村へ入り、鳥帽子峠を越えると富土《ふと》村、さらに瀬平坂から小目井村を経て、中津隈峠から宮浦村にある鵜戸神宮までが鵜戸山参りの道である。伊助ら一行は、娘と子どもたちを鵜戸山参りに仕立て、人目があると優しく面倒を見ている素振りをしながら、人目が無くなると急に追い立てるように飫肥の町へと急いだ。

脱　走

悪党三人も、飫肥の町が近づくと気が緩み、人さらい船を操ってきた疲れもあり、宮浦村の薄汚れた参拝者向けの安宿で酒を飲むと寝入ってしまった。およしは、その隙を見逃さなかった。

船の中から、利発な娘と見込み、二人だけになったわずかな時間で打ち合わせをしていたおはつの手を引いた。他の仲間たちには申し訳ないと思いつつ、生国へ帰りたい一心で行動を起こした。二人は、暗闇の中を脱兎の如く山道へ逃げ込んだ。必死の覚悟での脱走である。

かすかな月明かりの中を、着物の裾ははだけ、時に転びながら、半日前に歩いた道を北に向けて、無我夢中で、息せき切って歩き続けた。追っ手が迫る恐怖から休みなく歩いた。水音を聞くと沢で喉を潤し、また夜道を歩き始めた。

酔いから醒めた三人は、二人の逃亡を知り、残りの子どもたちを怒鳴り散らし、地団駄を踏んで悔しがったが、後の祭である。まだ六人の子どもを手にしている。これ以上、金蔓《かねづる》を逃がしたら元の木阿弥である。子どもたちには、お互いに口を利くことを禁じ、追い立てるように飫肥城下へと山道を急がせた。

脱走した二人は夜が明け始めると、後ろを振り向き振り向き、昨日歩いた峠道を早足で歩いた。途中の日向灘沿岸の村は、師走とはいえ霜も降りず、家々の前にある小さな畑には、この地方特産の石蕗《つわぶき》が深い緑色で春を待っていた。

後ろを追われる警戒は一時も怠らず、最後の峠を越えようとした時、峠の向こうから、楽しそうに屈託なく大きな声で笑いながら登ってくる年配の女たちの集団があった。手拭いを被り杖を持ったこの賑やかな一行は、夜明け前に島津領佐土原下村（現宮崎市佐土原町下村）を発ち、師走の年忘れ講で鵜戸山参りへ向かう途中であった。

気丈で理性のあったおよしは、年配の女性だけの集団であることに気を許し、集団に入り込み、これまでの経過を息せき切って話した。一行は、娘二人の話を聞き、心から同情した。異郷の地に来て西も東もわからないおよしとおはつは、それぞれの生国である伊予と安芸への道筋を訪ねた。

一行は、陸路で日向の国を北上し、豊後の港から生国へ帰る道筋を教えると、背中の風呂敷包みから竹皮に包んだ握り飯を出し合い、財布からも小銭を集め二人を慰めながら渡した。女たちの一行は、わが娘と別れるように、お互いに手を握り合い道中の無事を祈って、再び歩き始めた。

脱走した翌日、十二月二十一日夜半、二人は大淀川の河口南岸に開けていた城ヶ崎に着いた。この町は、大淀川流域にある鹿児島藩、延岡藩、飫肥藩、高鍋藩の所領から多くの産物が集まる赤江港に接し、江戸や大坂の文化も伝わり、町人文化の花を咲かせていた。

城ヶ崎には、当然遊郭街もあった。着飾った白粉《おしろい》遊女相手に、懐に余裕のある町人たちが屯《たむろ》していた。二人は、遊女の成れの果てのような素振りで物乞いしながらも、追っ手の気配だけには、常に目を配っていた。ここは、身の休まる安全地帯ではなかったが、二晩を過ごした。

二十四日、二人は、川沿いに上流へ向かったが、金も無ければ通行手形も無く、大淀川の対岸に渡るには、飫肥藩の舟番所の関所がある。さらに上流に向けて歩いていると、跡江《あとえ》あたりで親切な漁夫が、二人の哀れな姿にほだされて、人目を避けて小さな川舟に乗せて、対岸の柏田《かしわだ》あたりへ渡してくれた。

大淀川を渡って飫肥領から逃れ、安堵はしたものの、まだ追っ手が来ることの不安は離れない。

年の瀬も迫った二十五日、二人は、佐土原下村の寺に着いた。鵜戸山参りの一行が教えてくれた地元の寺である。和尚に事情を話すと、和尚は哀れみ、心から持てなしてくれた。

さらに、人情の日向路は、北へと延びた。二十六日は、「御領源那寺」である。どこの寺かわからないが、一ツ瀬川を渡った高鍋藩秋月氏の所領内と思われる。

以下は、年上の娘およしが書き残した日向路人情の旅路である。

情の宿

二十七日は、「ひばる山作次郎」方に泊まった。高鍋藩の「雲雀山《ひばりやま》」（元南九州大学があった地区）である。二十八日は、「川原村新太郎」方へ身を寄せた。川原村は、現在の木城町の一部であり、戦乱の世では、薩摩の島津軍と豊後の大友軍との激戦に荒らされた。寒村であったが、人情は厚く、二人を温かく迎え入れた。

二十九日は、「上名貫（現都農町）宝珠山三次」方である。三次一家が迎え入れた奥座敷の床の間には、もう鏡餅が飾ってあった。

翌三十日、二人は、歳末を迎えて人の往来も多い富高新町（現日向市）の宿場に着いた。この地は、幕府直轄の天領である。無一文の二人の娘を泊めてくれたのは、「紀伊国屋久米多」方である。

天領である富高新町は、紀伊国屋の屋号が示すように上方との交易が盛んで、瀬戸内海航路の日向側の玄関口細島港があり、その奥座敷として大いに賑わっていた。

細島港に出入りする大小の船の中には、怪しい船もあった。おはつとおよしをかどわかした人さらい船と同じような事件があった。陸の日向国の人情とは裏腹に、海では「日向国の人買船」と恐れられた悪党どもの海賊行為が、八年前の文政十三年（一八三〇）六月に起きていた。

細島港に入港した飫肥藩二艘の船底に、十五人の子どもが閉じ込められ、人買い行為が暴露し、幕府の沙汰となり、悪業に関与した藩士は重刑。船主や子どもらは、九州の天領を総括する豊後日田の代官所送りとなった。

日田代官所の出先である富高新町の御陣屋から、日田までの陸路は、延岡を通り、高千穂街道から豊後、日田街道へと続き、護送の役人や子どもらは、途中にある岩戸村の庄屋に立ち寄った。この時、一行の様子を、当時十七歳であった信賛は目に焼きつけていた。

年が明けた天保十年(一八三九)元旦は、松山村(現延岡市松山)の「松次郎」方に泊まり、二日は、蔵田(現延岡市北方町)の「又吉」方に泊まった。三日からは、いよいよ難路の高千穂街道である。

これまでは、山より海が近い海岸沿いの道が多く、冬とはいえ、まだ海からの暖流で少し温められた風を感じながら歩いていたが、高千穂街道に入ると、急に山から冷たい北風が吹き始め、道は深い谷の木橋を渡り、幾つもの峠を越え、草鞋もすぐに切れ、娘二人には厳しい道中であった。

ようやく辿り着いた七折村の寂しい山里にある「甲斐久八」の家で二夜を過ごした。目の前の高い山を越えると、いよいよ国境に近い岩戸村である。

二人は、険しい山道を峠の七本杉めざして歩き始めたが、脱走して十五日間も歩き続け、疲れ切った女の足は思うように運ばなかった。やっとの思いで峠を越えて、炭焼きに出会い、二晩も、親身になって世話をしてくれた村長《おさ》の民弥に連れられて辿り着いたのが、岩戸村十二代目庄屋土持信賛の家である。

送り状

庄屋の信賛は、八年前の豊後の日田代官所送りの一行の様子が目に残っており、二人の話に聞き

入り心から同情し、道中無事でここまで辿り着いたのは、神様の加護によるものと、敬神家らしく喜んだ。

信贇の学問の師である碓井元亮が、三ヶ所村から妻イソと、九歳の玄良（幼名豊）、五歳になる八重を連れて、岩戸村に来たのは、前年の天保九年（一八三八）である。このことは、1章冒頭「津花峠」で書いているが、庄屋日記によると、「嘉永七年（一八五四）□月二日碓井方普請今日上棟」とあるが、元亮は同二年に没しているので、大事な師であり、客人でもある元亮一家はこの期間、庄屋邸の屋敷の中か、すぐ近くの仮屋で暮らしていたと思われる。信贇とおよし、おはつ二人の娘の会話の席に、元亮一家も同席していたことは十分窺える。

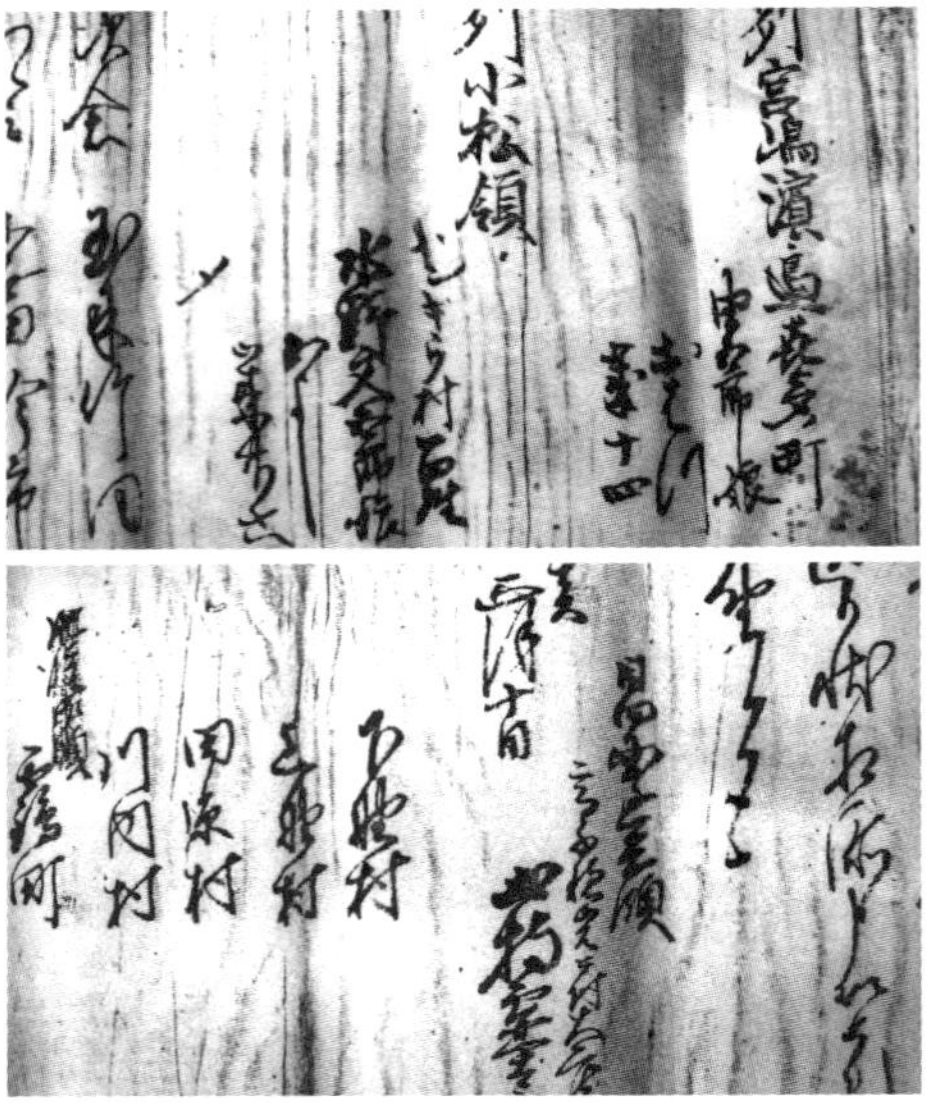
岩戸村12代庄屋土持信贇が書いた送り状の一部
（甲斐頌一郎氏資料提供）

信贇は、二人が無事に、生国の両親の許に戻ることを一心に願い、往来手形となるように心を込めて「送り状」を書いた。信贇は、延岡藩にも聞こえた国学者であるとともに能筆家でもあり、文字にも筆致にも心を打つものがあった。

二人は、信贇の家に二泊した後、妻の

今も昔の名残をわずかに伝える
上野峠へと続く道（高千穂町野方野）

ハルが用意した着物の上に羽織る法被《はっぴ》を着せられ、背中には、信贇が見事な文字で「諸国巡礼」と書き入れ、手甲、脚絆に草鞋の紐まで持たせて、遍路姿に仕立てあげた。この時、元亮一家も二人の旅立ちの手伝いをしたのであろう。

一月十一日朝、庄屋の近くにある信贇の先祖が建立した御霊神社に、庄屋の一家と参拝すると、二人は、信贇らの温情に涙を流し、深々と頭を下げた。およしは、信贇が持たせた送り状を懐の奥深くに抱き、二人の背中には、人の情の温もりと、まだ温かさの残るハルが持たせた握り飯が背負われ、岩戸村上永の内の庄屋の家を後にした。

これからの肥後路と豊後路を、日向路と同じように無事通り抜けられるように、信贇から教えられた天の岩戸神社に参拝し、いよいよ国境へと向かった。神社を出ると、上野村へと続く峠道を登り、岩戸坂を越えると下野《しもの》に出る。さらに上野の人夫坂を登ると田原に至り、ここで早速、信贇が持たせた送り状を見せ、快く庄屋に泊めてもらった。

翌朝は、肥後国に程近い河内を通り、日向路最後の難所は崩野《くえの》峠（八五四メートル）である。この峠は、阿蘇の外輪山の一部であり急坂であるが、峠を越えると高千穂の風景から阿蘇の風景に一変する。切り通しの峠に立つと吹く風も一変し、真っ白に雪化粧し忽然と聳える祖母山（一七五七メートル）が、

九州の名峰・祖母山（1757m）

眼前に威風ある姿で迎えた。霜枯れた茅野の高原を、東に祖母山の秀峰、西には噴煙を上げる阿蘇連山、二人が向かう北の方角には、九重の山々が、夕暮れの空に雪化粧をしていた。

庄屋・矢津田喜多治

天保十年（一八三九）一月十二日、二人は、日向国最後の宿になる五ヶ所村（現高千穂町五ヶ所）庄屋矢津田喜多治方へ身を寄せた。矢津田家の先祖は、肥後国阿蘇郡の武士であったが、五ヶ所に移り住み、延岡藩主有馬氏時代に地侍から村廻役を命ぜられ、庄屋も兼ねていた家柄である。義広は、岩戸村の土持庄屋同様に、歴代庄屋を世襲し、信賛より十歳年上であったが、同じ十二代でもあった。

また、喜多治は事業家でもあり、自ら肥後の益城から人夫一人を雇い入れ、共に労役に服し三年をかけて延長十五町（約一八〇〇メートル）の水路を完成させている。また、信賛とともに稀にみる能筆家でもあった。今に、二人が残した文書は古文書として町の文化財である。

二人は、石畳のある大きな門を通り、広い土間のある母屋へ案内されると、囲炉裏の前に座らされ、自在鉤《かぎ》に吊るされた鍋から、五ヶ所名産の蕎麦をご馳走になった。

一息つくと、およしは、ここに着くまでの経過を民弥と信賛に話したのと同じように、事細かに

話して、信賛が持たせてくれた生国までの道筋が詳しく書かれた送り状を差し出した。
義広は、信賛より年上であるが、同じ庄屋同士でもあり、日頃から昵懇《じっこん》にしており、紛れもなく信賛の字であることを確認し、送り状を行灯《あんどん》に近づけて読むと、筆を取り書き写した。その原文は、次のとおりであった。

送り状の事

伊予国小松御領はんぎう村　水の文五郎娘　よし
安芸国宮嶋浜辺北ノ町　由五郎娘　はつ

右のもの共、去る戌《いぬ》十二月図らずも賊船に奪われ、海上に数日を送り候所、同十二月二十日日向国飫肥御領瓜（折）生迫と申す所に着岸致し、上陸致させ飫肥御城下へ連れ越え候途中より逃出し、同所近辺所々逃げ隠れ、漸《ようや》く当正月、当村（岩戸）の内野方野門《かど》役場へ参り掛け、二宿致せ候所一銭の貯《たくわ》えもこれ無く、其の上女の身、途中にても甚だ苦渋の事のみ多く、本国迄数千里の間海陸無事に帰国の程覚束《おぼつか》無く、国々御役人様方御慈悲をもって、恙《つつが》無く帰国致したく御取り計らい下され候よう歎き出で、不便《ふびん》の至りに付き送り状相添え申し候

国々、宿々御難題ながら、御慈悲の思召《おぼしめ》しをもって本国へ御送り届け下され候よう、つかまつりたく御座候、もっとも、路用一銭の貯えもこれなく候間、行き暮れ候節は土宿（土間）等の儀よろしくお取り計らい下されたく、御頼み申し候

なお、委細当人ども口上にて申し述ぶべき候条、送り状相添え申すところ、斯くの如くに御座候、以上

日向国延岡領　　高千穂岩戸村大庄屋
土持霊太郎　印

亥正月十日

「霊太郎」とは、信賛の通称である。この送り状には、二人の娘が無事生国へ帰り着くことを心から念じ、切々と訴える庄屋の心情があふれ、胸を打つものがある。

さらに、この送り状には、次の追伸が添えられており、およしと別れたおはつが、一人海を渡って安芸国へ帰るのを案じた庄屋の心遣いが伝わってくる。

追伸　なお、なお、右、宮嶋北ノ町由五郎娘、はつ事、幼年に付き別々に相送り候儀、途中覚束なき事に付き、一同に、はんぎう村へ相送り候間、同所御役人様より宮嶋へ恙なく帰宅致し候よう、お取り計らい下さるべく候、以上

はんぎう村までは、おはつはおよしと一緒だが、宮嶋までは子どもの一人旅となるので、地元の役人へよろしく頼むという念の入ったものであった。

また、悪党どもに攫われた子どもが次ように記されている。

伊予国小松領はんぎう村　よし　二十六才
安芸宮嶋　常吉　二十二才　愚人の由
同断（同じ）　由　十二才
同断　反吉　十五才
同断　たけ　十九才
同断　はつ　十四才
同国福しま　なか　八才　折生迫庄屋に売れ申候
同国草津　なを　六才
国不知　長門か柳井　茂吉　十五才
〆《しめて》九人奪い取られ候由　申し聞け候

この送り状を読んだ豊後と肥後の国境にある五ヶ所村の庄屋矢津田喜多治義広は、日頃から懇意にしているものの、改めて岩戸村庄屋土持信贇の庄屋としての使命感あふれ出る温情に感じ入り、二人の長かった日向路最後の夜は精一杯のもてなしであった（本章第三節参照）。

無事生国へ帰る

明けて一月十三日、真っ白に雪化粧をした庄屋の庭先で、二人の娘は、家族の見送りに深々と頭を下げた。およしは、土持信賛の送り状を大事に小さな荷の中にしまい込み、高原の中を通る雪の山道を、兎の足跡を追うようにして国境の町鶴町（現熊本県高森町津留）へ向かった。

鎮西の名峰祖母山が、日向路最後の二人の旅路を見送るかのように、高原の中に、真っ白く雪化粧して、朝日に輝きながら一際高く聳えていた。おはつとおよしの法被の背中の「諸国巡礼」の文字が、国境の道から段々と遠のいて行った。

この後二人は、送り状を胸に入れ、鶴（津留）、小川、次倉、玉来、竹田御城下、堤、小無田、今市、野津原、萩原、乙津、鶴崎、高谷御城下、黒田坊、内の子、中山郡中、宮ノ下、矢倉、森松、川上、桜越、くるみ、大登、小松御城下、西条御城下、はんぎう村まで三十六の庄屋元、御番所、関所を通り、およしはおはつを道連れに、無事生国はんぎゅう村（萩生村）へ帰り着き、両親に会えたのである。

道中、信賛が書いた心のこもった送り状が、通行手形として大きな役割を果たしたことは、もちろんのことである。この道程を、事細かにおよしに教えた信賛は、敬神の念も厚く国学者として、歌人として度々上京（京都）しており、上京日記も残しているほどで、道中のことを正確に覚えていたのである。

この道筋を辿って、無事生国へ帰ったおよしであったが、おはつのその後の消息はわからない。

現宮島町に「北之町浜」がある。庄屋の送り状はつの住所は「宮嶋浜辺北ノ町」とある。十五歳の少女おはつが過酷な旅を終えて、無事両親が待つ宮島へ帰り着いたであろうことを信じたい。

気丈で聡明なおよしは、はんぎう村へ帰って後、隣り村の西条領高木村（現新居浜市高木）の喜平の嫁になった。およしが、必死の逃避行を続けられたのも、喜平という婚約者がいたからかもしれない。

このことは、高木村庄屋大本治郎右衛門が、岩戸村庄屋土持信賛へ送った「覚礼状」で判明した。その後、二人は多くの子どもに恵まれ、幸せな暮らしを送ったことであろう。日向路の過酷な旅と人情のことを、子どもたちに話したかはわからないが、人の心の温かさだけは、子どもたちに伝えたにちがいない。

この稿を書くにあたり、碓井哲也著『日向路秘話』と小寺鉄之助著『宮崎県近世社会経済史』から多くを引用し、道中の様子は、筆者が脚色して補った。

第二節　気骨の元庄屋――杉山健吾と神領運動

(一) 独立国高千穂郷

『古事記』と『日本書紀』によると、筑紫の日向の高千穂のくしふるたけまたは日向の高千穂の二上峯に、天照大神の御孫ニニギノミコトが高天原から天降り、日本国を治めていたという日本肇国《ちょうこく》の神話で高千穂を紹介している。記紀が成立した奈良時代の日本人の思想に、高千穂が日本のはじまりの聖地であるという、信仰的な考え方があったことを物語っている。

日本神話によれば、その昔、神武天皇は三人の兄弟とともに東征の旅に出て、天皇のすぐ上の兄三毛入野尊《みけいりのみこと》は、『古事記』では東征以前に亡くなり、『日本書紀』では紀伊半島沖で遭難したことになっているが、高千穂の伝承では、生きて帰ったことになっている。その伝承によれば、帰ってきた三毛入野尊は、悪行の数々を重ねていた鬼八という鬼を退治して三田井に住み、この地を治めるようになった。その子孫が、代々この高千穂郷を支配することになり、高千穂神社は十社大明神とも称され、三毛入野尊夫婦と八柱の子どもが祭神とされている。

この三毛入野尊の家系が絶えそうになったので、豊後の国司、大神《おおが》大太惟基《これもと》（古くは奈良の三輪氏

宮水神社（日之影町）にある
三田井親武公夫妻の木像

の一族）の長兄政次を養子に迎え、高千穂太郎政次と名乗らせたのは、天慶二年（九三九）頃のことといわれる。大神氏は、祖母嶽大明神を祖とする伝承を持ち、豊後に強大な勢力を誇っていた。以来、高千穂氏は、途中で三田井氏と改姓しつつ、天正十九年（一五九一）、延岡藩主高橋元種に滅ぼされるまでの六百数十年の間、高千穂郷の盟主として君臨した。

高千穂氏（三田井氏）は、高千穂の向山に本城を構え、郷内の要所に四十八の城塁を築いて堅固な守りを固めていた。鎌倉時代に、高千穂氏は三田井氏と姓を変えたが、日向の平野部に進出して争乱に加わるなどということは一度もなかった。

高千穂太郎の夫人は、肥後の阿蘇氏の娘で、高千穂氏は豊後の出自で、制度上は日向国に属していたが、実際は日向国の人々との接点は薄く、家臣や親戚の婚姻も豊後や肥後との交流の方が多かった。中世から戦国時代にかけて、三田井氏は、肥後に家臣団を派遣して阿蘇氏や菊池氏を支援していたが、三田井氏自身が出陣することはなかった。部下の甲斐宗運は、阿蘇氏の重臣として活躍し、肥後御船一千町の城主となった。

このような歴史的な背景から、高千穂の里人は、天孫降臨の地で生きる天孫族の子孫として誇りを持ち、氏神様から山の神、水神様から、あらゆる野山に祀られている神仏への祈りを糧にし、三

田井氏の治政の下で、山峡の地で互いに争うこともなく平和な時を過ごしていた。まさに、独立国高千穂郷としての精神風土が、古くから培われていたのである。

一方では、地理的・風土的にも肥後阿蘇との繋がりが大きく関わった。古くは高千穂郷の領主三田井氏の一族を南朝方にまとめて、それらを率いていた九州南朝方の雄阿蘇大宮司恵良惟澄《えらこれずみ》の麾下で、高千穂郷民を率いて阿蘇氏、菊池氏と共に北朝の武家方と戦った芝原又三郎性虎《しょうこ》（興梠氏）の時代から受け継がれた勤皇の精神も、深く根付いていた地域である。

(二) 杉山健吾

この勤皇の精神は脈々と続き、江戸時代に入り国学が盛んになると、その精神はますます高揚した。そうした江戸時代後期、高千穂郷民を代表して、今では想像もできないような暴挙とも思える行動を取った気骨の元庄屋がいた。その元庄屋とは、高千穂郷を天皇家直轄地とする「神領運動」を起こした勤皇家杉山健吾である。一連の流れを説明する前に、杉山健吾の生まれた上野村（現高千穂町上野）にある杉山健吾顕彰碑文を紹介する（（ ）内は筆者による）。

杉山健吾・顕彰碑文

杉山絞右衛門ハ寛政元年（一七八九）上野村ニ生ル。文化七年（一八一〇）同村庄屋人ナリ文政四

年（一八二二）職ヲ退キ天保八年（一八三七）再ビ庄屋人トナリ同九年健吾ト改名、弘化二年（一八四五）職ヲ子、喜次郎ニ譲リ隠居ス、ツトニ皇道国学ヲ研究シ高千穂郷ハ天孫降臨ノ聖地ナルガ故ニ、一俗藩（延岡藩）ノ支配ヲ受クベキニアラズ禁裏《きんり》（朝廷）直属ノ聖地ナラザル可ラズトノ信念ヲ有ス、此ノ信念ハ神孫領主三田井越前守親武公ノ滅亡後（天正年間）郷民ノ等シク有セシ輿論ナリキ、此ノ輿論即信念ヲ達スベク隠居シテ後、京都ニ上リ僧・寛隆（上野村正念寺）ヲ名声寺（京都西本願寺ノ横、住職は正念寺寛隆の弟・隆音）ニ訪ヒ同寺ヲ本拠トシテ、具《つぶ》サニ辛酸ヲ嘗メ手段ヲ盡シ漸ク高千穂神領土ノ由来現状ヲ叡聞ニ達シテ勅定（天皇のおおせ）ヲ受ケ、直チニ禁裏（朝廷）ノ使者トシテ名モ一条御殿内杉山帯刀ト勅許（天皇のおゆるし）アリ、朝日大納言ヲ伴ヒ弘化四年（一八四七）夏、豊後国鶴崎港ニ上陸セリ。延岡藩伝ヘ聞キ高千穂奪取ノ叛逆者ナリトシ、岩佐（湯浅）半九郎外八人ヲ急行セシム。岩佐等其ノ動静ヲ窺フニ勅使（天皇からの使者）一条御殿内杉山帯刀、衣冠束帯ニ身ヲ正シ宿舎ニ御紋幔幕ヲ張リ廻ラシ威厳侵スベカラズ。依テ機ヲ覘《うかが》ヒ、虚ニ乗ジテ（入浴時）之ヲ捕ヘ御綸旨《りんじ》（天皇の命令の主旨）、其ノ他、貴重書類ヲ没収セリ。嗚呼、畢生《いっせい》ノ大事業一朝ニシテ一大蹉跌《さてつ》（つまずき）ヲ来ス。其ノ無念ト郷民ノ落胆トハ察スルニ余アリ。弘化四年師走（十二月）二十四日、永牢（延岡）仰セ付ラル。獄中大赦御免ニヨリ文久二年（一八六二）五日二十七日出獄、慶応元年（一八六五）二月三日、七十七歳ヲ以テ生ヲ終ル。茲ニ皇紀二千六百年ニ当リ東京市瀧野川区西ヶ原町一六二番地・神都高千穂宣揚会本部ヨリ受ケ之ヲ建設ス

昭和十五年（一九四〇）四月

宮崎県西臼杵郡上野村

昭和四十七年五月には、高千穂町史編さん委員会委員長・高千穂町長坂本来《きたる》による『高千町史』が刊行され、その第十四編「人物編」には杉山健吾について一節があてられている。郷土史家西川功の著述からの抜粋転載であるが、杉山健吾の神領運動を支えた寛隆和尚についても書かれ、現代文でわかりやすく記述されている。以下抜粋して紹介する（引用文中、句読点と注記を補った）。

高千穂・上野村元庄屋　杉山健吾（紋右衛門）

今から一四〇年ほど前、文政の終りから天保の初年にかけて高千穂十八ヶ村は、皇祖発祥の神蹟なるがゆえに徳川氏の一俗藩の支配を受くべきに非ずとして、朝廷直属の神領とすべしと高千穂十八ヶ村代表者が運動をした事件がある。

古来高千穂郷は神裔三田井氏を奉じ太古以来戦国時代まで何処からもなんらの干渉を受くることもなく、特殊地域として平穏無事に過ごしてきたのであるが、文禄元年（一五九二）延岡領主高橋元種が三田井氏を亡ぼして以来延岡領として延岡藩の支配下になったのである。以後今までのような特殊楽園は望まれず、しばらく文政年間にいたって延岡藩の苛政より脱し、再びこの高千穂を神領土とすべき運動がひそかに計画されたのであった。

当時の高千穂十八ヶ村の者にとっては当然の希望かも知れないが、延岡藩としては実に許しが

たい大謀叛であり、露見すれば極刑に処せられるべき大問題であった。従ってこの陰謀は暗々裡に秘中の秘として幾人かの代表者のみで行われ、各村の庄屋たちのみ鳩首《きゅうしゅ》して謀り、方法として京都禁裡に取り入り勅諚を受けて行うがよろしかろうということになり、その実行者として上野村の庄屋杉山喜次郎の父杉山紋右衛門健吾が選ばれたのであった。

杉山健吾は、元博多の武士で剣道は免許皆伝で皇学を修め、謡曲をよくし白髪胸を被い威風辺を払う風采であったという。

当時、上野正念寺に寛隆和尚という学識の僧がいて、京都御幸町名声寺《みょうしょうじ》にあって諸藩の学を講していた。すなわち健吾の熱心な協力者三田井村庄屋田崎岱蔵・岩戸村庄屋土持完治と約するところにあり密に下僕清九郎を伴い上京した。上京後の健吾は、公家たちに取り入ることに腐心したが、高千穂の一百姓庄屋風情で禁裡に交渉を持つことは、並大抵のことではなかった。

しかし、彼の宿望は達せられ一条御殿を介して、ついに勅諚を受くることに成功し、一躍勅使として名も一条御殿内杉山帯刀と許され、随伴として朝日宮大納言（左門）を伴い禁裡の御威光を背景に威風堂々として弘化四年（一八四七）の夏、豊後鶴崎に上陸したものであった。この報は早くも延岡藩に聞こえ、無事正使として延岡に到着しては一大事となるので、途中に要撃して暗中に葬るべく、藩中切っての捕物の名人岩佐（湯浅）半九郎に捕吏八人を同行させ急遽鶴崎に向かわしめた。

豊後に着いた捕吏の隊は、密に杉山一行をうかがうに、杉山帯刀は宿舎に定紋入りの幔幕を張

り廻し衣冠束帯に厳として侵す可からざる風態で、加うるに免許皆伝の腕前で尋常に手の出しようはなかったという。

しかし、神ならぬ身の杉山は宿の湯に旅のつかれを落し階段を上ろうとしたところを岩佐（湯浅）の丸棒が飛び、杉山は部屋に駆込み大刀抜き放って捕吏に向かったが、切りつけた一刀が運悪く鴨居に食入った間一髪岩佐の手練の早縄に縛られた。

かくて、十中八九成功した高千穂の神領運動もむなしく露見し、秘密文書の一切が没収され、弘化四年十二月二十四日杉山健吾は永牢となり、三田井村庄屋田崎岱蔵は三年の入牢を申付けられ、高千穂郷中の取締りは一層厳重なものになり、郷民の復古の夢も破れ去ったのであった。

健吾は後、大赦御免に会い文久二年（一八六二）五月二十七日、実に十七年の永牢生活をつつがなく終り、元気に帰宅し、白鞘の短刀等を土産に一族知己に贈ったということである。

（西川功著『三ヶ所村のおもかげ』の中、高千穂郷の神領運動の項より）

(三) 健吾の生い立ち

寛政元年生まれ

杉山健吾は、寛政元年（一七八九）、鶴右衛門とカメの二男として、上野村で生まれた。

健吾が生まれた三年後の同四年、蒲生君平《がもうくんぺい》、林子平と並び寛政の三奇人と呼ばれた勤皇家高山彦

九郎が高千穂を訪れ、七月十八日天岩戸神社に参拝している。十社宮（現高千穂神社）や高千穂渓谷を訪ねた後、杉山健吾の父鶴右衛門が養子となった上野村庄屋工藤萩右衛門の家にも立ち寄っている。

あまりに過激な尊王論を唱えた彦九郎は、幕府から嫌われ、寛政五年（一七九三）六月、筑後の久留米で、王政復古の夢を抱きながら、果たすことが不可能であることを悟り自刃した。四十六歳であった。

彦九郎が上野村に来た時、健吾はまだ三歳であったが、その後、人づてに尊王運動の先駆者である彦九郎のことは、何度となく聞かされたことと思われる。彦九郎は十八歳で京都に遊学した時は帯刀と名乗り、健吾も後に帯刀と名乗っていることからも、その影響が窺える。

杉山家と庄屋工藤家

杉山健吾の先祖は、肥前日野江から延岡に入封した有馬氏譜代の家臣紋右衛門であるが、その子勘解由左衛門は、有馬氏が糸魚川に転封になった際に、有馬氏の禄を離れて筑後の立花家に仕官した。その子二代目紋右衛門は八尋右衛門と改名し、三池立花藩で五十石の普請奉行になったが、仕事上の不手際で暇《いとま》を出されることになった。

筑後を離れた八尋右衛門一行は、頼る所がなく父母の地延岡をめざしたが、延岡藩は三浦氏から牧野氏へと国替えになったばかりで、延岡入りは許されず、途中の河内御番所で拘束された。

その時、八壽右衛門一行の引き取りに奔走したのが、玄武高瀧称名山正念寺《げんぶこうろうしょうみょうざんしょうねんじ》七代の住職祖運《そうん》の妻

で坊守の妙清尼である。妙清尼は、延岡藩主有馬康純の家臣小芦《こあし》彦左衛門の二女で、延岡城下時代は、小芦家と杉山家は家も近く親戚関係でもあった。

男四人女三人の身柄は、妙清尼の口添えで上野村板鶴の庄屋工藤脇右衛門に預けられた。庄屋は脇右衛門から紋右衛門、萩右衛門と世襲し、萩右衛門は正念寺八世渓音《けいおん》の娘ユイを娶ったが、二十歳で若死したので、後妻に八尋右衛門の娘ケンを迎えた。ケンとの間に生まれた子どもは、いずれも早世し、唯一育ったのがカメで、このカメが杉山家と庄屋の工藤家を結び、血が続いたのである。

カメの婿養子になったのは、代官所のある七折村宮水の酒屋中村吉右衛門の二男鶴三郎である。中村家の先祖は大坂の商人で、菜種の取引きをしていたが、延岡藩の勧めで、昔から良質の菜種が採れる高千穂に目を付け、肥後との境の馬見原に居を構えて、高千穂郷の菜種、楮《こうぞ》、柿渋などを買い取り、矢部（現熊本県山都町）の米と交換する商いを行っていた。

その後、中村家は、代官所のある七折村宮水に移り酒屋を営んだ。鶴三郎の兄忠兵衛は、高千穂で集めた菜種を馬見原で酒の原料の米に交換していたが、他領の商人との取引きには賭けともいえる大きな危険も伴い、後に杉山健吾は、叔父が巻き込まれた巨額の詐欺事件の解決に奔走し、見事に解決させている。

中村家は、商人でありながら藩から苗字帯刀を許された小侍で、上野村庄屋工藤家との縁組は、旧家同士の良縁であった。工藤家の養子となった鶴三郎は、苗字を杉山にし、名前を鶴右衛門宗祥《むねよし》と変えた。鶴右衛門とカメとの間に五男六女が生まれ、早世した五人を除き、正念寺十世寛隆の妻

となる姉の明《あき》の次が、長男の紋右衛門健吾である。

健吾は、暫くは叔父の中村忠兵衛の取次で、宮水の代官所の役人として働いていたようである。健吾の名が初めて登場するのは中村家に残る文書からである。

杉山健吾と寛隆和尚

杉山健吾は、上野村代々の庄屋工藤家を継いだため、文化七年（一八一〇）、二十一歳の時に庄屋となり、文政四年（一八二一）に職を辞し、天保八年（一八三七）に庄屋職をその子喜次郎に譲って隠居しており、延べ十八年間庄屋職を務めている。

玄武山正念寺（高千穂町上野）

その頃の各村の庄屋は、岩戸村土持完治、五ヶ所村矢津田喜多治、三ヶ所村岡田善助、桑野内村後藤文太らであり、行政手腕もあり、また学問においても、優れた人材が多かった。
また、姉の明が嫁ぎ、健吾の叔父になる正念寺住職の寛隆は、優れた学僧で、明和七年（一七七〇）三月三日生まれ。俗名を左京といったが、天明元年（一七八一）十一歳で得度して僧籍に入り、文化六年（一八〇九）先代の寛鎧《かんがい》の隠居で、三十九歳のとき、正念寺十世となる。字を大基といい、染香《せんこう》と号した。
少年時代から学問を好み読書にふけった。宗教家としての仏典は

もとより、国学、神書、儒書、地理、有職、歌書など手当り次第読んでいる。また、当時の高千穂の国学者碓井元亮、土持完治、信賛父子と交わり、詩歌の交換をし、当時の高千穂郷内の俳諧人と交遊し多くの句を残している。

本居宣長の著『直毘霊』に対して、市川匡麻呂《たずまろ》が『萬我能比連』を著して、宣長の論を反駁《ばく》したが、寛隆は両書を読んで、その所感を『内股膏薬』として著した。また、高千穂の古跡を巡回して『高千穂曰』を著し、著書は二十冊を数える。

さらに、郷土の古書を集めることに努力し、『延陵世鑑』の他、『方順日記』『三田井落城記』等多くの郷土史資料を写本して残している。高千穂地方史研究の大先覚である。

寛隆の弟隆音《りゅうおん》は、京都油小路の名声寺を継ぎ、名声寺中興の名僧といわれている。

寛隆の集めた本は、一切経をはじめ数百巻に及び経蔵いっぱいに溢れており、明治二十三年（一八九〇）の正念寺火災の折も経蔵だけは幸い焼失を免れた。嘉永七年（一八五四）八月二十二日、八十五歳で没した。

㈣　高千穂国学——神領運動を支えた人たち

高千穂国学の系譜

江戸中期になると、国学者による復古神道（国学神道、古道神道、古学神道、純神道などとも呼ばれる）

が唱えられた。文献学的な方法による『古事記』『日本書紀』の記紀二典などの古典研究が深められ、それらを通して日本固有の精神と文化を究明しようとした。

その主な国学者は荷田春満《かだのあずままろ》、賀茂真淵《かものまぶち》、本居宣長《もとおりのりなが》、平田篤胤《ひらたあつたね》の、いわゆる国学の四大人《したいじん》である。彼らの思想は、尊王論や明治維新の神仏分離、神道国教化政策などの基盤となった。

日向国で国学が盛んであったのは延岡藩で、延岡より北方を経て高千穂へとつながる地域である。特に、中央からはるかに遠くの僻遠の地であった高千穂地方は、その神話の時代まで遡る歴史的背景から、尊王敬神の精神風土があり、国学への傾倒が強い地域であった。その中心になったのが、庄屋、小侍、僧侶、神職、医師等の当時の知識階級であった。当時、高千穂で国学を学んでいた庄屋や知識人たちは、お互いに姻戚関係にあり、強固な連帯感もあった。

国学の主流は、本居宣長が教えて伝えた鈴屋門流で、弟子で養子の本居大平、そして内遠へとつながる。高千穂の門弟に医師の碓井元亮、七つ年上の僧寛隆がおり、さらに延岡の樋口種実がいたが、高千穂における国学の基礎を築いたのは土持完治である。その後、大平の子内遠に入門したのが、土持完治の子信賛、碓井元亮の子玄良、樋口種実の子英吉に加え、『延陵世鑑』の著書で延岡藩医の白瀬永年らである。

彼らが生きた江戸時代後期は、日本国自体が行き詰まり、長く続いた幕藩体制が揺らぎ始めた時代でもあった。鎖国を脅かす異国船が出没し、幕府の対外政策は見直しを迫られ、凶作による大飢饉は続き、時の幕府の泥縄式新事態対応策は、権力からの大弾圧「安政の大獄」へと発展し、大老

井伊直弼の暗殺により、幕府の権威は失墜した。

このような騒然とした状況から、尊攘運動に燃えた各藩の志士たちは、脱藩して次第に京都へ入り始めた。そして、時には過激な行動に出て、前途ある多くの若者たちが、凶刃に倒れたり、志を遂げずに自ら命を絶っていた。

京都名声寺の隆音と土持信贇

高千穂の杉山健吾が取った行動が、尊攘運動と言えるかについては疑問も残るが、少なくとも天孫族の末裔を自負する精神風土を持つ高千穂に生まれ、尊皇敬神の気風に溢れる地域の中で、しかも、地方の寒村では考えられないような国学の隆盛を見た時代に育った健吾には、尊皇の精神は、若い時から相当に高いものがあったと思われる。

しかし、健吾の無謀とも思える大胆かつ破天荒な行動は、彼一人の独断による思いつきの行動とは思えない。健吾が上京するまでには、高千穂郷内で同じ志を持つ同志たちの、用意周到な下準備があったのである。

しかも、この行動は、完全に藩に反旗を翻すことであり、幕藩体制が危うくなっていた時代とはいえ、多くの百姓一揆や逃散に悩まされてきた延岡藩にとっては、驚天動地の大事件で、不首尾に終われば、どんな重罰が科されるか想像を超えるものがあった。隠密裏に秘中の秘として具体的な計画が練られたであろうことは、まちがいないと思われる。

事の経緯はすべてが水面下でのやり取りであったであろうことと、健吾が捕縛された時に、関係書類はすべて藩に没収されていることに加え、永い牢生活から釈放されて三年後に亡くなっており、この間に口述したような形跡も残っていないことから、証拠書類は何も残っていない。

京都で禁裏との交渉については、地方の一隠居庄屋がいきなり訪ねても門前払いになるのが落ちになるはずが、現実的には話が進み、勅諚を受けている。このことを考えても、上京するに当たっては、京都に強力な理解者がいたことが大きいと考えられる。

その人物とは、健吾の叔父にあたる寛隆の弟隆音である。隆音は、京都油小路にある浄土真宗本願寺派の名声寺を継ぎ、名声寺中興の祖ともいわれる。寛隆の弟であれば、相当の学識と人望を持ち合わせていたと考えられる。

もう一人、高千穂と京都を結んだ人物がいる。岩戸村庄屋の土持信贇である。信贇は、健吾が上京する前の年に、二年続けて長期間上京している。その時の上京日記によると、天保十四年（一八四三）が八十五日間、翌年が八十八日間と長期にわたっている。

上京の目的は書き残されていないが、この間は隆音の名声寺を常宿としており、武者小路御殿、東久邇家来、山本隼人、松本殿など多くの公家と思われる人物の名が、上京日記に書かれており、隆音を通じて活発な水面下での交渉を続け、健吾の上京に備えていたものであろう。

なお、この上京日記は、七折村の中村家に保管されていたことから推察すると、健吾の上京、捕縛までの一連の関係から、密かに中村家に持ち込まれ、人目につかないように保管されていたもの

と思われる。

また、弘化三年（一八四六）九月に、清水中務が京都一条家の使者として高千穂を訪問し、時代が進んで安政五年（一八五八）には、伊勢の勤王家山田親彦もはるばる岩戸村の庄屋を訪れ、わざわざ信賛を訪問している。このことから判断しても信賛は、地方の一庄屋の域をはるかに超えて、京都の公家や勤王家たちを相手に、学問を論じたり和歌を交換して交流を深め、信頼を得ていたものと思われる。

延岡藩も、このような水面下の動きは、ある程度察知していたようで、健吾が隠居した年の翌年、弘化三年には、内藤能登守が、高千穂郷巡回と称して、郷内の主な庄屋を回っている。表向きは巡回であるが、高千穂郷内の一連の動きや杉山の動静などを探るための情報収集と内部偵察を含めた意味深長な巡回であったと、時期的にも肯ける。

赦免後の健吾

文久二年（一八六二）、健吾は、十七年という過酷な牢屋暮らしから赦免され、上野村に帰っている。高齢でありながら、十七年もの長期間の入牢に耐えた強靭な精神力と体力には驚くほかはない。

健吾の赦免に関連して、神領運動の地元協力者であった三田井村庄屋の田崎岱蔵は、三年の入牢後、居宅永禁足（旅行外出禁止）、城内、宮水役所立入差止の罰を解かれ、健吾の長男で庄屋を継いでいた喜次郎は、二年入牢後、居宅永禁足を解かれている。信賛には、何の沙汰もなかったようで

一文字も刻まれていない杉山健吾の墓と案内役の田辺清緑氏（高千穂町上野板鶴）

ある。

十七年間も入牢していた健吾の留守を守っていた妻サモは、健吾が上野村に帰って三カ月後に他界した。健吾には、チヨとチノの先妻があったが、いずれも若死している。

功名無用で気骨のあった杉山健吾は、生命を賭けた高千穂神領運動の事の顛末を書き残すことも、辞世の歌を残すこともなく、慶応元年（一八六五）二月三日、七十七歳で没している。

その年、坂本龍馬は亀山社中を結成し、同じ土佐の出身で、土佐勤王党の首領武市端山《ずいさん》（半平太）は切腹させられ、〝人斬り以蔵〟の異名で恐れられた岡田以蔵も斬首された。

㈤ 勤王の僧 胤康

ところで、杉山健吾が、十七年間の永牢暮らしから赦免される二カ月前の文久二年（一八六二）三月十一日、延岡から高千穂へ通じる交通の要所北方村で大事件が起きた。

同村曽木にある慈眼寺の勤皇僧胤康《いんこう》が、延岡藩の同心に召し捕られ、健吾が入れられていた延岡

本小路の揚屋《あがりや》（現岡富中学校敷地内にあった士分の者や僧侶、医師、山伏などの未決囚を収容する牢屋）に幽閉されたのである。その理由は、「勤王倒幕の企てを密かにめぐらし、同志と共に不穏な動きがあったため」とされている。

胤康は、文政四年（一八二一）武蔵国（現東京都）生まれで、大隣和尚の下で修行し、十五歳の時、縁があって大隣和尚とともに、曽木の慈眼寺に入っている。向学心が強く、十七歳の春、熊本や長崎に遊学し仏道、儒学から兵学まで学び、見聞を広めながら勤皇の心を抱くようになった。

その熱い思いを、胤康は地元で伝えようとしたが、幕府を支える側にある譜代大名の内藤延岡藩内では無理なことであった。そこで、嘉永元年（一八四八）の二十八歳の冬、隣藩の岡藩竹田に出かけ、勤皇の思いを城下の武士たちに熱く説くと、彼の情熱と雄弁さに、多くの若い武士たちが集まった。

その中心となったのは、岡藩士小河《おごう》一敏と広瀬重武であり、胤康と連絡を取りながら同志の結束を図っていた。岡藩の同志との事前打ち合わせ場所には、曽木と竹田の中間にある上野村や鶴町（現熊本県高森町津留）が指定されているが、健吾は前年の弘化四年（一八四七）に捕縛されており、その状況を探りに、高千穂郷の志士たちも密かに同席していたかもしれない。

岡藩には、竹田勤王派の決起に対する盛り上がりがあり、この機会に延岡藩も時勢に遅れを取らせないため、胤康は、藩の上層部に勤皇に傾く岡藩の動きを伝えようとしたが、逆に身辺を探られるようになった。さらに岡藩の大計は、一部の上層部の迷いから挫折し、その一方で、胤康のいる

慈眼寺は、二百人もの捕り方に囲まれ、縄を打たれた胤康は駕籠に乗せられ延岡へと急いだ。

延岡の揚屋の中での取り扱いは、極めて寛大であった。それは、内藤氏の立場として知勇兼ねた高徳の和尚を不本意ながら召し捕ったものであり、家臣たちには岡藩への気兼ねと「お家大事」（譜代藩）の心情が強かったからである。

胤康は、獄中説法を続け勤王論を説き、三度の食事も冷や飯は食べず、煙草は高千穂の名葉「浅ヶ部」であったという。胤康の牢は新たに作られた仮屋で、その周りには多くの番兵を置き、特に五ヶ瀬川沿いを警戒させた。それは、胤康を奪い返すために多くの浪士が襲来するとの噂が流れたり、朝廷方筋から胤康引き渡しの交渉があるかもしれないことを恐れて、延岡藩は戦戦恐恐としていたからである。

滋眼寺（延岡市北方町）にある勤王僧物外の書

実際に、胤康の身柄を引き受けに文久三年（一八六三）二月、慈眼寺の本寺である延岡の台雲寺を、同じ勤王僧である尾道の済法寺《さいほうじ》住職武田物外《もつがい》が訪ねている。物外は、曹洞宗の僧であり、不遷流柔術の開祖で拳骨和尚の名で知られた怪力僧である。逸話によると、拳固で八寸厚の基盤をへこませたとか、新撰組の近藤勇と立ち合って勝ったとも伝えられている。晩年は長州の勤王の志士たちと交流し、元治元年（一八六四）の第一次長州征伐の調停役を依頼され、

願書を直接孝明天皇に奏上したともいわれている。

怪力勤王僧の物外が、延岡の台雲寺に来たことは記録にも残されているが、その中に、岩戸村まで足を伸ばし、数日間滞在したとある。岩戸村で誰を訪ねたかは記されていないが、信賛を訪ね情報交換をしたものと思われる。あるいは、以前から何らかの接点があったのかもしれない。

元治二年（一八六五）、幕府は、胤康を京都町奉行へ引き渡すよう命じ、二月一日、延岡の東海港を出て大坂港へ着き、三月十八日、京都町奉行へ身柄を引き渡されたが、翌年の慶応二年四月十七日に獄死している。四十六歳であった。

この年、坂本竜馬の仲介で薩長同盟が結ばれたが、竜馬は翌年、王政復古を目前にして京都の近江屋で幕府の見廻組に襲われ、同席していた中岡慎太郎とともに凶刃を受けて絶命した。三十三歳であった。

胤康は、延岡の仮屋と京都の獄中で二首の辞世の歌を詠んでいる。

身は捨てつ花の心はただひとりしげき色香を知る人もかな
（延岡の仮屋で捕らわれている時の歌）

数ならぬ身にしあれども君が為つくす誠はたゆまじものを
（京都の獄中にあっても変わらぬ忠誠の志を歌ったもの）

いずれも『殉難全集』（明治二年・京都文求堂刊）に収録されている。

第三節　博愛の庄屋──矢津田家の系譜

(一)　祖母嶽

「祖母嶽は、日豊肥三國に跨り遥か雲間に聳立《しょうりつ》する鎮西の名山なり。深くすぐれし嵐翠《らんすい》（山に立つもやの緑色）の気の複雑に渦巻ける、九州アルプスの中心をなし、久住、阿蘇と三山鼎立《ていりつ》して、互いに其の覇を競ふ壮観たとへんにものなし。立ちて頂上より眺望すれば、千峰萬嶽眉端《せんぽうばんがくびたん》に集まり、筑豊日肥の山河一眸《いちぼう》（一目に見渡すこと）の裡に映え、遠く海峡を隔てて予土《よど》（愛媛県中部）の境を望み得、景趣頗る雄深《(幽)ゆうしん》（物静かに奥深いこと）を極む」

祖母山を紹介する漢文調のこの文章は、この山をこよなく愛し、明治末期から大正時代にかけて頻繁に祖母山に足を運んでいた百渓祿郎太《ももたにろくろうた》の著者『祖母嶽』（大正十四年刊）の冒頭の一文である。

因みに、著者は旧制延岡中学時代に、歌人若山牧水と机を並べ、東京帝国大学で実験物理学を修め、卒業後はドイツの電気機械製作会社シーメンス・シュッケルト社の東京支店員として勤めた。昭和七年二月に再版が発行され、序文は、「天災は忘れた頃にやってくる」で有名な物理学者寺田寅彦が寄せている。

祖母山の山頂は、三六〇度の展望に恵まれ、東西南北いずれの方向にも、山々が重なり合い、阿

蘇・久住の山々から九州脊梁の山々、霧島山群、天気の良い日には、はるか遠くに四国の最高峰石鎚山（一九八二メートル）まで望める九州の主峰である。それだけに、天孫降臨伝説に関する山岳として古代伝承も多く、相当古い時代から山麓の村人たちの信仰の対象として崇められ、祖母山祭りの行事が山麓の広い地域にわたって盛大に行われていた。

一方、山の呼び名も姥《うば》ヶ《が》嶽《たけ》、嫗嶽《うばたけ》、添利山《そふりやま》と、それぞれ呼び名の由来が伝えられている。「祖母」「姥」「嫗」は、神武天皇の祖母にあたる豊玉姫命《とよたまひめのみこと》がこの山の祭神であることに由来している。『豊後史跡考』には、「祖母嶽は豊玉姫命を配祠す。神武天皇の皇祖母に当らせ給うの故を以てなりと云う」と記されている。添利の語源は、一説には朝鮮語の「京」を意味する「ソプル」に基づくといい、山頂からはるか遠くの朝鮮半島に向かって、遠い先祖の来た道をたどっていた古代人たちもいたのかもしれない。

徳川時代の紀行作家で伊勢国（現三重県）の儒医（儒学者であり医者でもある人）橘南谿《たちばななんけい》（一七五三〜一八〇五）は、天明二〜三年（一七八二〜八三）頃に竹田から祖母登山を計画したことを、著書『西遊記』に記している。この年は凶年飢饉で、山中は人家もなく、強盗も多いとの風聞もあり、地元の人が皆登山を止めるので、近くまで来たものの登るのをあきらめ、心残りであったと書いている。

また、同じく伊勢国の探検家で「北海道」の名付け親でもある松浦武四郎（一八一八〜八八）は、西国地方旅行記『西海雑志』に、当時の高千穂地方の風俗とともに、決死の覚悟で村人から魔所と恐れられ、春秋の祭日以外は足を踏み入れることのなかった山頂へ、山刀や火縄銃を携えた案内人

を付け、数千年斧斤を知らない霊山登山を成し遂げたことを記している。登山した時期は不明であるが、武四郎は天保八年（一八三七）九月二十九日に岩戸村を訪ねているので、その前後であろうと思われる。

慶応三年（一八六七）四月、時の延岡藩主内藤正拳《まさたか》は、諸塚から高千穂諸村を廻り、祖母山に登った。登山道の途中五合目付近に今も残る茶屋場台の地名は、その折藩主が休憩した所といわれている。「殿様登山」の段取りをさせられた当時の庄屋や村人たちの気苦労も大変であったと思われる。

（二）温情の庄屋

五ヶ所村と矢津田氏

この祖母山の麓にある高原の小さな村が五ヶ所村である。村の由来を「田原郷土誌」で見ると、「今から約八百四十年程前の治承《じしょう》の頃（一一七七〜八一）、某家の臣足利又太郎忠綱、彦山に住む。十代の後の秀雄は阿蘇大宮司友成の家客となり子孫矢津田常陸、肥後矢津田荘（現熊本県高森町矢津田）千石を領す。九州の乱に大宮司方敗軍の為に矢津田織部正吉は原山《はるやま》に落ち来り、其の子義治は神原《こうばる》に移る。島津と大友の激戦耳川の戦いに敗れた後、大友方甲斐清源は下畑《しもばた》、主水左衛門は笹の原、田上加賀は嶽《たけ》に住して五ヶ所の名起こる」とされている。

これによると、矢津田氏が原山に来たのは、今から約四八〇年前の天文《てんぶん》年間（一五三二〜五五）の

頃と考えられ、古くから開けていた高千穂郷の他の村々に比べれば、五ヶ所は比較的新しい村である。高千穂町史年表には、天正七年（一五七九）大友軍の一部は、五ヶ所村に駐在した後土着したとある。慶長十七年（一六一二）、河内村から分村して五ヶ所村になり、同十九年矢津田飛弾正吉清が延岡藩有馬氏より給地四石を与えられ、この時から矢津田家が代々、五ヶ所村の庄屋となった。

その後、新五左衛門吉房、吉左衛門吉利、新五左衛門吉督、十五右衛門、十五兵衛、新五左衛門、新五左衛門敬備、十五右衛門宣有、十五右衛門吉有、浅右衛門、類右衛門、形右衛門、悦太郎と続いた。そして、文化七年（一八一〇）に新五左衛門義説が延岡藩士として村廻役となった。その子、喜多治は、文化元年九月十九日生まれで、十六歳の時に村廻役見習いとなり、文政五年（一八二二）、父の死後村廻本役となる。幕末まで矢津田家は小侍（郷士）として村廻役を務め、維新後は桑野内村の後藤家とともに士族の称を受けた。

温情の庄屋・十二代喜多治

五ヶ所村は、標高八〇〇～九〇〇メートルの高冷地帯にあるため、気候は寒冷で地味《ちみ》は瘦せ、米作りは古来から栽培しても収穫は期待できず、住民たちは作ることをあきらめており、水路を開削し、開田することなどの考えは毛頭なく、飲料水も川の水を汲んでいた。

矢津田喜多治は、水路開削の計画を立て、住民に諮《はか》ったが、村民は成功を危ぶみ誰も協力せず、わずかな水路敷地の提供を承諾しただけであった。それでも喜多治は、水路開削の必要性を痛感し、

矢津田喜多治が弘化２年(1845)に３年かけて完成させた神原用水取水口と案内役の甲斐英明氏

独力で開削を進めることを決し、自ら肥後の益城から職人一人を雇い入れて、一日も休むことなく掘り続け、弘化二年（一八四五）十月、延長一五町（約一八〇〇メートル）の水路を完成した。工事を始めてから三カ年の歳月を要していた。住民たちも、彼に心服し、いくらかの金銭を出しあって、経費の一部に充てるよう申し出た。

　矢津田家が残した文書によると、「天保十四癸卯より掘始、肥後益城の男□□一人にて出入三年目、己の九月六日掘通申事、喜多治建立也」とある（『高千穂町史』より）。岩戸村の黒原用水が完成する八年前のことである。

　また、喜多治は、非常な能筆家でもあった。十歳年下の岩戸村の土持信贇とともに、その文字の流麗さは、残された文書に見ることができ、古文献の筆写、捨揖日記などにより、封建時代の幕府の刑制、延岡藩制ならびに高千穂住民の生活の様子を知る貴重な資料百数十点を残している（高千穂町歴史民俗資料館所蔵）。

　喜多治三十五歳の天保十年（一八三九）一月十二日、前年の十二月二十日に、飫肥藩領折生迫（現宮崎市青島）に着いた人さらい船から逃げ出した二人の娘が、日向路の情け深い人々の世話を受け、岩戸村では庄屋の送り状を手にして、ようやくたどり着いた日向路最後の宿で、喜多治は二人を温

かく迎えた。囲炉裏にたくさんの薪を差し入れ、無事、安芸と伊予の親許に帰れるよう神棚に手を合わせ、国境の雪道を、隣国へと送り出した温情の庄屋でもあった（本章第一節参照）。

農業の発展にも力を注いだ喜多治は、当時、五ヶ所で栽培されていたたばこ、米、トウモロコシの植付取上げについて、年間を通して簡明に書かれた生産暦も作っており、その努力と根気の良さには敬服させられる。

ペリーが、艦隊を率いて浦賀に入港した嘉永六年（一八五三）の十月四日、四十九歳で没した。

(三) 近代村政の確立者・十四代鷹太郎

近代村政の確立

矢津田鷹太郎は、喜多治の孫で、安政三年（一八五六）十月一日、矢津田新之亟義遵（後に新六と名を改めた）の長子として生まれた。

明治十一年（一八七八）一月、父新六が第百大区四小区（上野村、田原村、河内村、五ヶ所村）の一級副戸長の職を辞したため、当時の鹿児島県宮崎支庁は、鷹太郎を第百大区四小区の副戸長に任命した。鷹太郎は当時、二十二歳であったが、村の発展を願うあまり、県の許可も得ずに村法を作りこれを実施したため、翌年三月一日に職務過失の廉で副戸長の職を免職となった。

しかし、同十四年には鹿児島県会議員に当選した。また、同十五年十月より同十七年一月まで五

ヶ所村学務委員に選ばれ、同年一月には再び上野村、下野村戸長、同年十月には上野村、下野村、河内村、田原村、五ヶ所村の戸長となり、学務委員も引き続き兼務した。

明治二十二年（一八八九）五月一日、町村制が施行されることになり、四月末日をもって戸長制は廃止され、五ヶ所村、田原村、河内村は合併して田原村となった。鷹太郎は、田原村助役として一期四カ年間、村長田崎英作を助けて、合併当初の困難な村政の確立に尽くした。

農業基盤整備

五ヶ所村は、夏が短く冬の長い所で、古来より作物の栽培には苦労が多く、祖母山を源流として村を流れる大野川は、村の中心部付近では地下に伏流するため灌漑用水として十分に利用するのは困難で、わずかな水田を開いて米作りをしていた。しかし、米の品質が劣るため、農家は米作りをあきらめトウモロコシのみを作るような状態であった。

鷹太郎は、何とかして水田を開き、良質米を生産したいと心を砕いていたが、明治二十五年（一八九二）になり、各村連合にて農業技師を置くことになり、高千穂村、上野村、田原村の三カ村で福岡県の農業技師長善兵衛を雇い入れ、水田耕作を奨励することとした。

灌漑用水は、祖父の喜多治が掘り通した水路を改良して掘り継ぎ、この水を利用することとした。村人にも水田耕作が有利であることを説き、自らも開田事業に当たったため、村人たちも開田に励み、二四町九反歩（約二五ヘクタール）の水田が完成し、七十余戸の全戸で米作りができることになった。

また、長善兵衛の指導を受けて、栽培技術の改善向上に努めた。鷹太郎は、寒冷地に適したトウモロコシの種子を人伝《づて》に遠く四国に求めたり、当時としては珍しい人参を栽培して、馬に乗せ長崎まで運んで華商と取引するなど、地域の農業発展には常に心を配っていた。

畜産の改良にも力を入れ、明治二十三年（一八九〇）正月には、連れの者一人と東京まで出かけ、洋種短角牛雄一頭、雌二頭を購入して帰り、これを自宅で飼育繁殖して村内各畜産家に譲り、この地域の牛の改良にも先鞭をつけた。

一方、鷹太郎は、岩戸村の土持信贇と同様に和漢の学にも造詣が深く、詩歌をよくし、その詠歌は、実に二千首にも及んだといわれる。

世をすてて世に捨てられて世の中を　花や紅葉を見るよしもがな

大正十一年（一九二二）二月二十七日、七十六歳で病没した。

㈣　西洋との交流

ウェストンらとの交流

五ヶ所は、昔から外国人と縁のある所であった。

村を取り巻く山の一角にある黒原越（一一一八メートル）を経て、さらに二山を越えれば土呂久の村に

なかった。

出る。隣村へ行くには、山を越えるしかなかった時代には、人々の往来もあり、それほど難路ではなかった。

土呂久銀山の開発は、寛永年間（一六二四〜四四）の頃、豊後国府内（現大分市）の小間物商森田山弥が、夢を買って掘り始め、大鉱脈を掘り当てて巨額の富を得たことは知られているが、その当時、精錬技術者として連れて来たのが、ポルトガル人ヨセフ・トロフ（日本名・土呂久与太郎）で、その名から「土呂久」の名が付いたともいわれている。「奢《おご》れる者久しからずは世の習い」のとおりで、山弥は、時の城主の逆鱗に触れ、あえなく家族ともども府内の刑場の露と消えた。今から三七〇年前の正保《しょうほう》四年（一六四七）十月、この時、山弥は六十四歳であったという。

主人の山弥が処刑された後、ヨセフ・トロフは山を越え五ヶ所にたどり着き、行き倒れ同然の赤毛の異人に村人は同情し、狐を飼っていることにして床の下で養い、ここで生命を終えたと伝わり、その祠が狐塚として、今も残っている。この話は、伝承の域を出ないが、地理的に見れば、有り得る話とも思えないこともない。

ヨセフ・トロフが、五ヶ所における最初の外国人かは、伝承の話であるので別として、明治に入りキリスト教布教活動が広まると、次々に外国人が五ヶ所を訪れるようになった。

記録に残る最初の著名な外国人は、「日本アルプスの父」と呼ばれる英国人宣教師ウォルター・ウェストンである。当時、祖母山は九州一の高峰と思われており、明治二十一年（一八八八）に来日したウェストンは、まず、日本の最高峰富士山（三七七六メートル）に登り、次いで九州に来て阿蘇山

から祖母山に登り、その後霧島山に登り、日本アルプスに登ったのはその後のことである。
その頃、同じ英国から福岡に来ていたジョン・ブランダン宣教師が、田原村の大郎《だいろう》に避暑によく訪れていた関係から、同じ宣教師としてウェストンと連絡を取り、五ヶ所から祖母登山をすることになったものらしい。

矢津田家日記によれば、「明治二十三年十一月六日　英人ジョン・ブランダン師、神戸在留の同国人ウェストン師同道にて祖母山登山帰途同道にて立寄らる。河内泊りの由なり」と記されている。時の矢津田家戸主は鷹太郎で、田原村助役であった。矢津田家にも一泊しているが、鷹太郎も初めて接した外国人であり、日本国の士族として温情を持って、遠来の賓客をもてなしたものと思われる。

ウェストンは、明治二十七年（一八九四）にロンドンで発行されたB・Hチェンバレン、W・B・メイスン共著の『日本旅行の手引き』の中で、「祖母山への道は、ひどく荒れて急だった。特に頂上近くの千フィートはひどい。頂上からの展望は、山と峰とが限りなく大パノラマとなって連なり、海も四国も見える。五ヶ所から高千穂への道は、すばらしい秋の紅葉のスペクタクルで、決してスイスに劣らない道である」と書いている。

五ヶ所高原三秀台にあるウェストン碑

その後、キリスト教監督エドワード・ビカステスやエビントン、アーサー・リーの両総監督なども大正七年（一九一八）頃から、毎夏五ヶ所に滞在しており、著名な外国人の間にあって、五ヶ所は、九州の軽井沢のように思われ、矢津田家の接待にも十分満足していたようである。

日露戦役のなかで

さらにウェストンの祖母登山から十五年後の明治三十八年（一九〇五）、前年に開戦した日露戦争は、旅順港の閉塞作戦と黄海海戦に勝利して二百三高地も占領し、ロシアへの圧迫を強めていた。一月一日、ロシアはついに降伏を申し出たが、三月一日から奉天総攻撃を開始し十日に占領した。後に、この日が陸軍記念日となった。さらに五月二十七日から二十八日にかけての日本海大海戦で圧倒的な勝利を収め、五月二十七日は海軍記念日となった。

なお、ウェストンの祖母登山から四年後の明治二十七年（一八九四）七月に始まった日清戦争に際し、矢津田鷹太郎ら五十二人は、義勇団を組織し、日清戦争従軍嘆願書を時の陸軍大臣大山巌《いわお》に提出したが、却下されている。

高千穂村より日露戦争に出征した者は一五九人、戦死者は陸軍五人、海軍一人であった。戦死した海軍の水兵は岩戸村の出身で、名は稲葉秀六、弱冠二十歳の若者であった。その墓は、下永の内岩神にある。碑文には、次のように勲功が刻まれている。

勲八等稲葉秀六墓

明治拾八年五月拾六日生ル、仝三十六年六月一日、佐世保海兵團へ入團　仝日五等機関兵ヲ被命仝日三等行状ヲ被命　仝年十一月二十二日補充ノ為　軍艦初瀬乗組ヲ被命　仝日乗艦　仝三十七年五月十五日午後零時参拾四分　旅順港強行封鎖勤務中　敵機械水雷ノ為　本艦戦没ノ際戦死仝年五月十五日　明治三十七年戦役ノ功ニ依リ勲八等白色桐葉章ヲ授ケ賜フ　令年九月十二日戦役ノ功ニ依リ特ニ金百四拾円ヲ父常三郎ニ賜フ

碑文の最末尾は「年僅二十也嗚呼《ああ》哀哉《かなしきかな》」と結ばれ、台座には、撰文碓井玄良とある。

この墓碑は、碓井哲也氏が日常散歩コースとしている路傍の墓地の中にひときわ目立った墓石を、平成二十三年（二〇一一）秋に偶然発見し、次の歌を詠んでいる。

嗚呼哀し百年過ぎし日露役　英魂眠る岩神の郷　合掌

水兵・稲葉秀六は、日露戦役後軍神として大分県竹田市の広瀬神社に祀られている広瀬武夫中佐とともに旅順港閉塞作戦に従軍したもので、秀六は戦艦初瀬、広瀬は福井丸に乗船していた。

マルコム・アンダーソンとニホンオオカミ

日本で最後とされている狼が捕らえられたのは、明治三十八年（一九〇五）、奈良県小川村（現

東吉野村）鷲家口《わしかぐち》である。この狼を採集したのは、二十五歳のアメリカ人動物学者マルコム・アンダーソンであった。このアンダーソンは高千穂にも来て、矢津田家にも宿泊している。

アンダーソンは一八七九（明治12）年、アメリカのインディアナ州で大学教授の父と学校教師の母の長男として生まれ、十二歳から十四歳の間、両親と兄弟とともにドイツで教育を受けた。父がスタンフォード大学の英文学教授となり、カリフォルニアへ移り住んだ。アンダーソンもスタンフォード大学で動物学を専攻し、若い時から、いろいろな探検旅行に参加して、アリゾナやアラスカへも採集や観察旅行に同行している。

カナダ・アラスカの森林地帯に生息しているシンリンオオカミ（北海道・旭山動物園）

アンダーソンが発表した優れた論文を、大英博物館のトーマスが知り、採集者・観察者としての卓越した彼の才能を見込み、イギリスの著名な貴族ベッドフォード公爵の出資による、ロンドン動物学会及び大英博物館が企画した東部アジアの小型哺乳類採集旅行に参加することになった。

採集旅行は、一九〇四（明治37）年から一九一一年にかけて行われた。明治三十七（一九〇四）年七月に横浜に着いたアンダーソンは、採集旅行の準備を終えると、七月末から十一月にかけて富士山、東北地方、北海道を回り、翌年一月に奈良県に入り、同月二十三日小川村鷲家口の芳月楼という旅館で、死んだネズミの

保存処理をしている時に、二日前に鹿を追いかけて材木置場に迷い込んだ狼を殴り殺した筏師《いかだ》たちが、アンダーソンが死んだ動物を買い集めていることを知り、これを持ち込んだ。

彼は、価格交渉で言い争った末、八円五〇銭（当時の巡査の初任給は十二円）で買い取り、毛皮を船便でロンドンに送った後、大英博物館に納められた。その種としては、最後の個体となった。このニホンオオカミは、頭から尾までが一一三センチで、後述する寛保三年（一七四三）に岩戸村庄屋の尾敷内で討ち取られたものより小さかったようである。

若き動物学者の来村

この若きアメリカ人の動物学者は、奈良の山中で狼の死体を収集した三カ月後に、その足で高千穂方面にまで収集に来ている。彼に通訳として同行した第一高等学校金井清の記録を、昭和十（一九三五）年、「植物及動物」第三巻第十号に、江崎悌三が「Duke of Bedford の動物学探検」と題して報告している。彼の採集旅行には、同じスタンフォード大学で地質学を専攻した弟のロバート・アンダーソンも同行している。

記録によると、狼を採集した明治三十八年（一九〇五）一月から四国を巡り、四月一日に熊本に入っている。県庁で狩猟許可を得ると三日に高森に入り、根子岳にも単独で登り、ここでムジナ二頭を三円二十銭で購入、そのあと高千穂に入っている。高千穂での行程は次のように記されている。

四月十四日　高森出発、午後二時半日向国西臼杵郡河内村着、河内屋に宿泊。この地には獲物多

し。

四月十八日　祖母山麓五ヶ所に至る。数時間前に来りし宣教師モールと会し、同の紹介にて矢津田義夫方に宿泊。

四月十九日　矢津田の案内にて祖母山付近にて採集す。

四月二〇日　午前十一時五ヶ所を出発、午後一時半三田井（高千穂）着、栄徳屋に泊。

四月二一日　夕刻岩戸へムササビ探索に向う。三頭を目撃す。

四月二二日　夕刻岩戸に至りムササビ三頭を得。

四月二四日　午前九時三田井（高千穂）発、途中槙峰銅山の発電所、その対岸の日平銅山の製錬所を見て、瀧下（現延岡市北方町）着、吉田屋に泊る。

この時の様子が、祖母山麓の五ヶ所村元庄屋矢津田鷹太郎の日記に、次のように記されている。

「四月十八日、晴天

英人モール氏中島氏来リ集リシテ夜ニ入リ去。河内泊ノ由

米国人マルコム・ビー・アンデルサン二十六才、ロバート・ヴヰー・アンデルサン二十一才、通訳第一高等中学生金井清ノ三人来テ泊ル。博物収集ノ由ナリ、二連銃及単発銃ヲ携フ今日ハ猟罠ヲ掛クル三十余

四月十九日、晴天凪

右三人祖母登山帰テ直ニ河内ニ向テ去ル」

同行した第一高等学校生金井清の記録によると、「四月十八日祖母山麓五ヶ所に至る。数時間前に来りし宣教師モール氏と会し、同紹介にて矢津田義男方に宿泊」とあり、翌十九日は「矢津田の案内により祖母山付近にて採集す。二十日、午前十一時五ヶ所を出発、午前一時半三田井着、栄徳屋に泊」とある。

ここに登場するモール氏と中島氏は、両名とも宣教師で、この内容からも、当時、宣教師たちは頻繁に矢津田家を訪ねていたことがよくわかる。

この後アンダーソンは、県内は田野、山之口で採集し、種子島、屋久島、隠岐、済州島、朝鮮、フィリピン諸島、樺太、北海道、対馬、壱岐、五島、北支那、南支那と大旅行を続け、明治四十四（一九一一）年六月に東京からアメリカへ帰っている。

アメリカに帰って南米を二回旅行した後、欧州大戦中の一九一八年（大正七年）夏、造船所での労働に自ら志願して従事した。愛国心に燃えていたアンダーソンだが、その翌年二月二十一日、オークランドのムーア造船所で足場からの転落により、不慮の死を遂げた。享年四十一歳。

アンダーソンの岩戸での足跡は詳細不明だが、玄良は天の岩戸神社での句会の帰りに、ムササビを捕りに来ていた彼に、また長男の昇は、三田井の病院の前を歩いていた金髪の若きアメリカ人動物学者を目にしていたかもしれない。

ニホンオオカミが絶滅したのは、明治四十年代とされている。その理由は、害獣として銃殺や毒殺が続けられたことと、猟犬として輸入した洋犬から感染した犬のジステンパーによるとも言われ

ている。なお、アンダーソンの調査旅行に通訳として同行した金井清は、東京帝大卒業後、鉄道院書記官になり、後に郷里の長野県諏訪市長を二期務め、昭和四十一年に八十二歳で亡くなった。

岩戸村の狼騒動

このアンダーソン来日の一六〇年前の江戸時代、岩戸村では狼騒動があった。岩戸村庄屋の屋敷内に突然、狼が入り込んで来たのは、寛保三年（一七四三）の正月のことである。庄屋日記の記述によると、

狼あばれ村中牛馬ヲ喰ころし騒動
　正五日　庚申　晴天
一、今朝七ツ前狼庭内勝手の内へも這入候処、内ニて手前義三両人ニて手ヲ負せ、きど縁く年のくろニて切殺ス、惣長五尺弐寸、四足共ニ水かき有。

今から300年近く前に岩戸村庄屋に突然乱入した狼を退治する

このことについては、碓井哲也著『木地師・熊・狼――高千穂郷山の民の生活誌』に紹介されてい

るが、当時の時代背景を含めて、その時の状況を想像しながら、現代文に書き換えて紹介したい。
寛保年間（一七四一～四三）は、風水害の多い時代で、関東一円と信濃地方で被害が甚大で、江戸では新大橋が流出、本所と深川の農家が水没し、信濃善光寺あたりは冠水二丈（六・六メートル）あまり、上野下野武蔵の田畑水損は約八十万石との記録もあり、高千穂地方でも寛保元年（一七四一）には、「五穀稔らず葛根を掘って飢えをしのぐ」（矢津田日記）とある。

このような時代の同三年の正月五日、天候は晴天であったが、周りの山々や里もまだ雪に埋もれていた。

その日の早朝四時半頃の真っ暗闇の中に、突然山の方から狼の群れが現れ村中の牛と馬を食い殺した。元禄元年（一六八八）の記録で、馬三十四頭、牛四十六頭が岩戸村で飼育されていたとあることから、食い殺された牛馬は地元の数頭であったとも考えられる。

一頭の狼はその後、庄屋の勝手口から入り込み、まさに押っ取り刀で飛び起きた当時の八代庄屋佐藤瀬左衛門と、後に河内村の小崎家へ養子入りした弟の義三は、護身用の刀と近くにあった天秤棒で立ち向かった。

ようやく手傷を負わせた狼を、庭の木戸縁まで追い詰め、くね（竹で編んだ垣根）のくろ（境）で切り殺し仕留めた。その狼は、体長が五尺二寸（一五八センチ）で、四足ともに水かきがあった。

高千穂地方における狼についての具体的な記録はこの日記のみであるが、豊後の本草学者賀来飛《かくひ》霞《か》の著した『高千穂採薬記』（弘化二年〈一八四五〉）の中に、狼の記録がある。

「高千穂モ広キ山故ニ今ニテモ熊ヲ獲ル処モアリ。狼ハ近年ハ此辺ニテハ見カケズト云」

この記録は、飛霞が高千穂と山を挟んだ隣村である諸塚村七ツ山で、村人から聞いた話であるから、弘化年代以前は、椎葉・諸塚方面の山系には、熊はもちろんのこと狼も生息していたことになる。

(四) 博愛の村長・矢津田義武と終戦秘話

戦時下の村長

田原村第17・18代村長
矢津田義武

矢津田義武は、鷹太郎の三男として生まれた。大正三年（一九一四）三月、熊本県立阿蘇農学校森林科を卒業し、自宅でしばらく農業に従事していたが、郷党に推されて村会議員となった。同十一年（一九二二）十二月、故あって村会議員を辞め、再び農業に従事していたものの、昭和八年（一九三三）五月、再び推されて村会議員に当選し、その後、引き続き同十五年七月まで務め、同月第十七代田原村長に選ばれ就任した。

義武は、村始まって以来の、もっとも困難な時代の村政を担当した。

軍の暴走はいよいよ加速し政党政治は命脈が尽き、村長就任

前年には、ノモンハン事件が起き、日本は国際的に孤立状態に陥った。年明け早々、阿部信行内閣は総辞職し、海軍大将米内《よない》光政内閣が成立、「聖戦」の意識づくりが活発となり、高千穂でも、六月に天孫降臨祭が行われ、十二月には、紀元二六〇〇年記念式典も開催され、高千穂の名は、全国に広まった。一方、砂糖、マッチから米まで配給制となり、国民は聖戦の名のもとに我慢を強いられた。

また、年明けから一カ月後の二月四日、岩戸村で大火が発生し五十四戸が全焼、翌月の三月二十日には、三田井町でも大火が発生し中心街一四三戸が全焼するという惨事が続いた。

昭和十六年（一九四一）十月、東条内閣が成立し、十二月八日には、無謀にも米英に対して宣戦布告した。ハワイの真珠湾を奇襲し、ついに太平洋戦争に突入したのである。

わずか七十戸にも満たない五ヶ所からも、若者たちが次々に戦地に送られ、その度に義武は、祖母嶽神社の前で、村人とともに彼らの武運長久を祈り、万歳の音頭を取って見送った。若者たちは崩野峠を越え、故郷の名山祖母山を振り返りつつ坂を下り、それぞれの任地へと向かったが、そのほとんどは、再びこの坂を登って帰ることはなかった。五ヶ所だけでも戦死者は十九人であった。

同十九年になると、マリアナ沖海戦で、無敵と信じられていた日本海軍は惨敗し、サイパン島守備隊は玉砕、テニアン島の日本軍も全滅と続いた。いよいよ日本軍の燃料も底を尽き、五ヶ所高原一帯の松の根まで掘り代替燃料にするという始末のなか、田原村の下馬場に製油所が設置されていた。十一月末、アメリカの戦略爆撃機B－29の大編隊が東京を大空襲し、日本の首都は焼け野原に

なった。

祖母山のはるか上空を、銀色の胴体を光らせながら、空腹の腹の底まで響くような爆音を響かせて通り過ぎるB－29の編隊を、大人も子どもも放心したように見上げ、この戦争の結末は、誰も口には出さないまでもわかっていた。それでも、五ヶ所小学校の校庭では、竹槍で、誰も見たこともない「鬼畜」を仮想して刺殺するという、ワラ人形相手の訓練が続けられていた。全国的に、この時代、小学生も軍事訓練が強制されていたのである。

B－29墜落

昭和二十年（一九四五）八月十五日、アメリカとの長い戦争は終わった。神州不滅と信じさせられていた日本は敗れた。

三秀台の下で、原野を開墾し、食糧増産に励んでいた、まだ、あどけなさの残る農兵隊の少年たちも、それぞれの家へ帰った。崩野峠を越えて戦地へ向かった若者たちも、次々に帰ってきたが、その多くは、無言で白木の箱に入れられて帰ってきた。義武は、フィリピンに行ったまま何の連絡もない長男義隆のことが心配で、朝な夕な、神棚に手を合わせ、無事帰郷を祈っていた。

終戦からしばらくすると、祖母山の姿をしばらく見ることもないほど、長雨が降り続いた。一家の主や頼りにしていた後継ぎをこの戦争で亡くした家族は、普段の夏でも肌寒いのに、さらに長雨が降って気温が下り、囲炉裏の小さな火を囲み、悲しさに耐えていた。

八月も終わろうとしていた三十日の朝、祖母山の方から、今まで聞いたこともない山鳴りに続いて何回かの爆発音が聞こえた。何が起きたのか、誰にもわからなかった。

昼過ぎに、祖母山登山口の一の鳥居付近で製材所を経営していた女首領興梠《こうろぎ》千穂が、馬を走らせ義武の家に駆け込んだ。彼女の説明によると、親父山（一六四四メートル）と黒岳（一五七八メートル）の間の尾根付近に大型の飛行機が墜落したようだ、従業員の杣夫《そまふ》を現地に向かわせたとの第一報であった。

戦争も終わったこの時期に、こんな山村のさらに山奥に、大きな飛行機が墜落したらしいとの話が、義武には不思議であった。

夕方になり、現地に分け入った杣夫の報告によれば、墜落していたのは、アメリカの大型の飛行機で、ほぼ炎上し、周りには、得体の知れないたくさんの物資と、日本人ではない多くの死体が転がっていると、千穂が第二報を伝えに来た。

義武は、田原派出所を通じて高千穂警察署に通報させた。アメリカの飛行機と聞いた高千穂警察署長の斎藤早雄は、敗戦国として戦勝国アメリカの飛行機墜落事件の取り扱いについて、県の指示を仰ぐことにし、県警察本部から白川武夫警部補が派遣されることになった。

第一回の現場検証は、高千穂警察署員と杣夫たちで八月三十一日と九月一日にかけて実施されているが、つい先日まで敵国の飛行機で、多くの死体があり生存者はいないことと、英語で文字の書かれた大量の物資が散乱していること以上の具体的なことはわからなかった。

六本の十字架

白川警部補を指揮官とした本格的な現場検証は、九月五日に実施された。義武も地元の村長として同行した。酸鼻を極める墜落現場に横たわっていたのは、十二名の、つい先日までは「鬼畜」と思っていた金色の髪で青い目をした原型を止めない若者の死体で、同じ人間であった。

子どもの頃から、青い目をした宣教師たちの姿や振る舞いに接していた義武は、同行者たちに提案し、二体ずつ一緒に埋葬し、その土饅頭の上に近くの木を切り十字架を組み、野の花を供え、まだ帰らぬ同じ年頃の長男義隆のことを重ねながら、手を合わせた。

この大型の飛行機は、日本の敗戦を決定的にしたアメリカ陸軍の戦略爆撃機B－29で、福岡県宮田町（現宮若市）にある連合国軍捕虜収容所（ＰＯＷ）に、救援物資を届けるための最後の任務として、夜半にテニアン基地を飛び立ったのである。

その後しばらく、このB－29に搭載されていた大量の救援物資は、食料、衣類からすべての生活用品が欠乏していた五ヶ所はもちろんのこと、遠方の村から収集に登る者が絶えなかった。これらの豊富な救援物資を手にした者は皆、こんなにも富める国のアメリカと、食うや食わずに戦っていたのかと知らされ、六本の十字架の下に眠る「鬼畜」に手を合わせて下山した。

その後、アメリカ軍の調査隊が二回現場を訪れ、すべての遺体を回収して、本国に持ち帰っている。調査隊の報告書には、現場に六本の十字架が立ててあったと明記されている。

村長として、村始まって以来の未曽有の混乱した村政を担当した義武にも悲報が届いた。長男戦

死の公報である。覚悟はしていたものの、その悲しみは誰にも言えず、唯一取った行動は、朝夕欠かさず手を合わせていた神棚をつかみ、土間に投げつけたことである。神の加護に見放された悔しさのはけ口であった。

戦闘機「隼」の墜落

その年の秋には、役場の裏手のさらに奥にある通称鹿児島山の山中に、日の丸の付いた日本の戦闘機が墜落しており、一人の搭乗員が亡くなっていたと炭焼きの杣夫が、役場に通報した。

日本の軍隊そのものが消滅しており、その機の所属部隊も不明で、白骨化した搭乗員が着ていた飛行服にあった名前以外に何もわからず、義武の指示で、村の中心部の河内にある軍人墓地に、地元の戦死者と一緒に埋葬した。戦後もずっと、この墓に遺族が墓参することはなかったが、地元の遺族会は、春と秋の慰霊祭は欠かさず続けてきた。

昭和20年（1945）8月7日田原村（現高千穂町）の山中で墜死した飛行第65戦隊所属の徳義仁軍曹（21歳・東京都出身）

その後、私の調査で、この機体は、飛行第六十五戦隊所属の隼で、昭和二十年（一九四五）八月七日夕刻、夜間航法訓練により佐賀県の目達原《めたばる》飛行場から長崎県壱岐方面に飛び立ったまま未帰還になっていた。搭乗員は、東京都出身の徳義仁《とくぎじん》軍曹と判明した。

この事実と墓の存在を遺族は知らず、私は、防衛省や

戦友会に問い合わせ、遺族と連絡を取り、平成四年（一九九二）の春、実に四十七年ぶりの対面を実現することができた。

平和祈念碑と『ラスト フライト』

歴代の庄屋を務めた矢津田家にあって、先祖の誰もが経験したことのない大戦に巻き込まれた時代の村長を務めた義武にも、先祖代々の温情と博愛の庄屋の血も武士の血も流れていた。

義武が対応したＢ－29と隼の墜落事故に関しては、私が、平成元年（一九八九）に親父山山頂付近で拾った一片の金属片から調査を開始し、地元の協力を得て、同七年に三秀台に平和祈念碑を建て、毎年八月末に平和祈念祭を開催している。

日米二機の軍用機墜落事故の詳しい内容については、拙著『ラスト フライト 奥高千穂隼・Ｂ－29墜落秘話』（鉱脈社刊 第二十六回宮日出版文化賞受賞）に目を通していただければありがたい。

5章 気骨の獣医師たち

阿蘇外輪山にある高森峠をアメリカ生まれの雄牛とともに超える土持妙市一行

第一節　高森峠・土持妙市

獣医講習所一期生

土持妙市は、岩戸村下永の内で、富高伊太郎の三男として明治元年（一八六八）一月八日に生まれた。七歳の時に、岩戸村戸長土持信贇の家にいた大分県出身の土持栄造の養子となり、土持姓となって、同九年八月に岩戸小学校に入学し、同十三年九月卒業した。

妙市が生まれた陣の集落から引陣《ひきじ》の集落を挟んだ中の園で開業していた医師の碓井玄良は、妙市の才覚を認め、幼い頃から目を掛けていた。妙市は玄良から漢籍を学び、玄良の長男昇とともに育ったのである。

明治も半ばになると、殖産興業の一つとして、畜産の振興が全国的に叫ばれるようになり、このためには獣医師の養成は、最も急を要した。宮崎県も県費による獣医師養成を計画し、明治二十一年（一八八八）七月九日付で、各郡長に対し獣医講習所の設置と、これに伴う講習生募集について通達を出し、同年九月四日には試験規則を定めて告示した。妙市は、同年八月十日付で、宮崎県知事あてに、岩戸村戸長土持信敞の添書を付けて、入所願を提出した。

入所試験は、同年九月五、六日の両日、県会議場で行われた。試験科目は読書、書取、作文、算

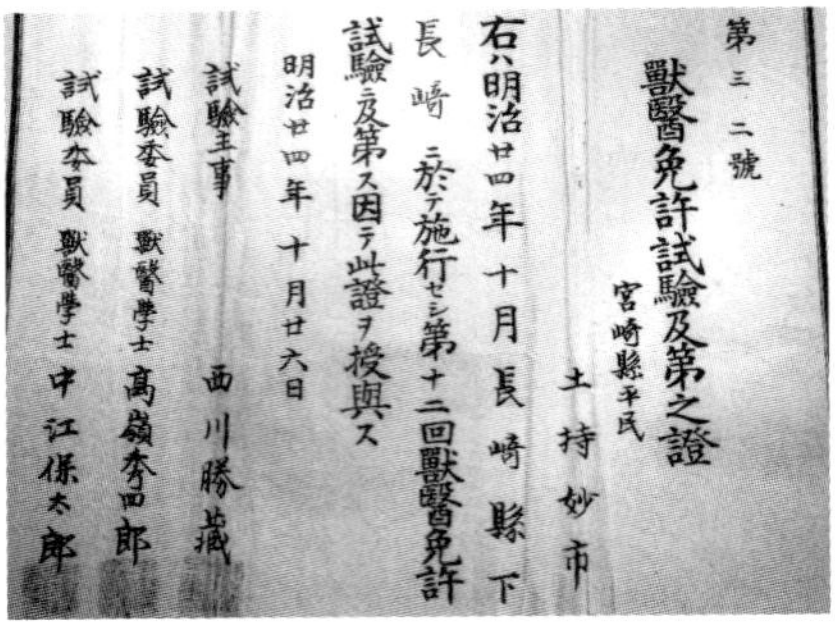
第三二號
獸醫免許試驗及第之證
宮崎縣平民
土持妙市
右ハ明治廿四年十月長崎縣下
長崎ニ於テ施行セシ第十二回獸醫免許
試驗ニ及第ス因テ此證ヲ授與ス
明治廿四年十月廿六日
試驗主事　西川勝藏
試驗委員　獸醫學士　高嶺秀四郎
試驗委員　獸醫學士　中江保太郎

土持妙市の獣医師免許証（佐藤典子氏提供）

術に体格検査を加えたもので各科百点の五百点満点。結果の内訳は、最高四九八点、最低一〇〇点であった。作文の題は「農事経済上ノ牛馬ノ利益」であった。

妙市は、十月から六カ月間の教育期間を終え、翌二十二年四月二十二日、県物産陳列場で行われた第一回生の修得證授与式に出席した。全員羽織、袴着用の正装であった。第一回の入所者は四十九名であったが、落第者も多く、修了者は二十七名に過ぎなかった。この一回生の中には、三田井村出身の田尻藤四郎もいたが、田尻については、次節で詳しく述べることにする。

牛馬改良にかけた生涯

妙市は教育期間を終えた後、再び同講習所に入所し、さらに獣医師としての知識と技術の研鑽を積み、同年十月、長崎市で実施された獣医師と蹄鉄工免許試験に合格した後、十二月に獣医と蹄鉄工を岩戸村岩神の自宅前の別棟で開業した。蹄鉄とは、馬の蹄の下に打ち付けるU字型の金具のことである。

その年、西臼杵郡内の有志と図り、馬と種牛の改良のために、産牛馬組合及び競馬会を組織し、岩戸村から選挙により総代会議員に当選した。なお、前章に述べたが、翌二十三年には、五ヶ所村

で矢津田鷹太郎は東京から洋種雄牛三頭を購入して、牛の改良に取り組んでいる。

なお、妙市は明治二十七年（一八九四）頃、碓井玄良の六女スマと結婚した。玄良はその後、長男で医師の昇が若くして亡くなったため、妙市を養子として碓井家を嗣がせた。しかし、当時の戸籍法では、死亡以外の絶家が認められなかったので、妙市は、土持家を絶家することができず、碓井家は嗣いだものの碓井姓を名乗ることは出来なかった。

妙市はその後、昭和十五年（一九四〇）までの五十二年間にわたり地域の牛馬の改良に貢献したが、明治四十一年（一九〇八）正月に、アメリカから輸入された雄牛とともに、苦労して熊本県境の高森峠を越えたのは、その業績の一つといえよう。それは妙市の牛の改良に対する熱意そのものの証しであり、獣医講習所入所試験の作文題「農事経済上ノ牛馬ノ利益」を地域に及ぼそうとした、将来を見据えた画期的な行為でもあった。

現在は、道路事情も大きく改善し、高千穂と高森の間は車で一時間弱の行程。かっての難所高森峠は、昭和五十年（一九七五）に完成した延長五八九メートルの高森峠隧道になり、昔日の面影はなく、妙市一行が一〇〇年近く前に味わった峠に吹く風を感じることはできないが、妙市が同二年（一九二七）に書き記した「岩戸牛の由来」や他の資料から、この行程を次に再現してみる。

アメリカ産牛を連れて冬の高森峠越え

明治四十一年が明けた正月三日、真っ白に雪化粧をした阿蘇の山々から、身を切るような冷たい

風が吹く中、阿蘇の外輪山の一画にある峠を越えようとしている一行があった。峠の名は高森峠、肥後と日向を結ぶ往還の途中にあり、カルデラの中にある盆地の高森から、いきなり外輪山を越えるため、峠への道は急坂で、九十九曲りと呼ばれ往還中最大の難所である。

一行は、元日早朝に、熊本駅前の二本木町を出発し、初日は大津街道を歩いて大津泊、二日目は、外輪俵山を越えて南郷往還（高千穂往還とも呼ばれる）を通り、「熊府ヨリ十里也」の里数標木のある吉田新町（現南阿蘇村白水）泊。高千穂までの道程のようやく半分である。ここまでは、広大なカルデラ盆地の比較的平坦な道であるが、高森から先は、地形が一変し起伏の多い九州山地の裾野を縫う山道となる。

一行は、男三人組で、同じ志を持つ岩戸村の仲間であった。三人は寄り添うように途轍もなく大きな〝荷物〟を運んでいた。その荷物は、ゆっくりと阿蘇の大地を踏み締めながら、自分の四本足で歩き続けた。一行と一緒に歩いているのは紛れもない牛であった。被毛は、肥後の赤牛より灰褐色気味で、体重は七〇〇キロ近く、体高は大人の肩くらいの高さで大きな睾丸を下げた雄牛であった。はるばると海を渡りアメリカから日本にやってきたのである。

高千穂へと続く南郷往還（熊本県南阿蘇村）

この牛の原産地はスイスの山岳地帯であり、祖先は山坂歩きに適応していたとは思われるが、広大な平原のアメリカで改良が加えられたブラウン・スイスという品種である。鼻と

口の周辺が糊口《のりぐち》と言われ白色になっているのが特徴で、その大きな鼻孔から出る息が、寒風の中で阿蘇の噴煙とは対照的に真横に白く吹き出していた。

一行のリーダーは、正月明けの八日に四十歳を迎える獣医師土持妙市である。同行している二人は、同じ村で牛の改良に熱心な野方野の佐藤長太郎と土呂久の佐藤三蔵である。三人は、峠に吹く寒風から長旅で疲れた牛を労《いたわ》るように、大きな牛の顔を優しく撫でた。すっかり擦り減った牛専用の特製の大きな草鞋も履き替えさせた。高森峠から高千穂へと続く道は、これまでの高原の中を歩く阿蘇的風景から、いきなり谷の多い山中を歩く高千穂的風景へと変化し、山の中腹を抜ける間道に近くなる。

柳谷から谷深く木郷《きごう》に下り、急坂を登り社倉《しゃくら》、永野原、その昔関所があった岩神を通り抜けると、ようやく夕闇の中に、県境の町河内に着いた。目的地の岩戸村まで残り一日で着ける目途が立ち、三人には安堵の表情が見えた。翌日早朝、まだ正月気分が残っている中、村人たちに見送られ、三人は最終目的地に向けて出発した。

荷馬車が坂を越える際、人夫の助けを必要としたため、その名が付いたといわれる上野村境の人夫坂を下り、幕末の文久三年（一八六三）に、この村で酒屋を営んでいた黒木久兵衛が中心になって架けた九兵衛橋と呼ばれる石橋を渡り、下野地区を経て岩戸坂を越え、ようやく熊本を出発して四日目の夕方、岩戸に到着した。三人と一頭が歩いた距離は一〇〇キロを越えていた。

昭和初期中国地方に優良牛の買い付けに行った土持妙市（前列右）と工藤駒毅（同左）と岩戸村の改良家３人

当時の岩戸村甲斐国愛村長をはじめ多くの村人が集まり、村始まって以来の一行の壮挙に、大きな拍手と万歳の声が、天の岩戸神社に程近い役場の庭に響いた。

アメリカ産の雄牛は、村の予算を大きく費やし、決して安い買物ではなく、満足できる交配結果が得られるか不安も大きかった。この行程を記録した「岩戸牛の由来」には、村の将来を考えて、その意義を根気強く当時の村長や議員に説き続けた妙市の気骨が今に伝わる。文中にある「民牛を愛し牛また民を愛す」の精神は今にも引き継がれている。

「民牛を愛し牛また民を愛す」

『高千穂町史』年表（昭和四十七年版）には、「明治四十一年（一九〇八）一月四日　岩戸村長甲斐国愛の肝入りで、土持妙市ら数人で種牛組合を結成、米国直輸入種牛ブラウンスイス種一頭を購入、郡内にて種付、優秀な子牛を産する」と記され、同じ年の欄に、「この頃、高千穂、高森間に客馬車が通いはじめた。所要時間約十時間」とある。妙市の熱意と一行の苦労が改めて偲ばれる。

牛を診療中の土持妙市

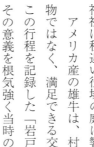

好好爺《こうこうや》

妙市は、養父の玄良が亡くなり、岩戸村が無医村となっていた時代には、牛馬のみならず村人の病気まで診て、地域住民の健康保持にも大きく貢献していたようである。また、妙市は生来手先が器用で、時々やって来る遠近《おちこち》のたくさんの孫たちの前で、眼鏡越しに柔和な眼差しを覗かせながら、鳥籠や小魚を獲る竹籠を巧みに作り、慈愛に満ちた好好爺ぶりを見せていた。

天岩戸神社での西川功の武運長久祈願。中央が土持妙市スマ夫妻

当時、岩戸村長であった甲斐徳次郎は「妙市翁八十の賀に」の前書きで、次の歌を送っている。

ゆきゆきても、さく郷に遊びませ　老の八十坂こえし
きほいに

妙市は、昭和二十四年（一九四九）八月十六日に八十三歳の高齢で没した。妻のスマは、昭和二十六年（一九五一）七月二十五日、同じ八十三歳で没した。

妙市の長男で、歯科医の悟は、病床の妙市を次の歌に詠んでいる。

月五つ百五十日なる永き日を　父病床に耐えていませり

病牛の手当こまこま伝えつつ　獣医なる父冷たくなりぬ

第二節　赤絨緞《じゅうたん》・田尻藤四郎

㈠ 村長から県会議員へ

浅ヶ部と田尻家

田尻藤四郎は、三田井村（現高千穂町）浅ヶ部の田尻市右衛門の二男として、明治三年（一八七〇）十月八日に生まれた。生家のある浅ヶ部は、かなり昔より麻を栽培していた所から、麻が香るという意味の「麻香部」が由来の地名である。

田尻家の先祖は三田井氏の家臣である。天正十九年（一五九一）の三田井氏落城後の文録二年（一五九三）、時の延岡藩主高橋元種は、従わなかった三田井氏の家臣を討つため、河原作右衛門ら三十六人を派遣した。当時の田尻家当主田尻市之正《いちのかみ》は、高千穂神楽でおなじみの猿田彦命が在居された所と伝えられる猿伏《さるぶせ》で、田崎氏とともに戦ったが、一家十三名が討死している。

市之正の三人の弟はそれぞれ、一ノ祝子《ほうり》、寺迫、下野で討死したが、直ぐ下の弟田尻越後守則継は、肥後の御船城（城主甲斐親英）の若宮神社の神官として赴任していて難を逃れ、帰って後に田尻家を再興させた。

浅ヶ部には、今でも信仰の盛んな焼山寺（七九六メートル）を中心とした、八十八カ所の御大師信仰がある。猿伏の巨大な供養塔に「奉請四國八十八ヶ所　天保六年己未三月」とある。天保の大飢饉で死亡した村人の供養のため、地区の代表が四国に渡り、八十八カ所の土をもらい受け、天保四年（一八三三）から明治十六年（一八八三）にかけて作った。石材は田原村から寄贈され、延岡の石工利吉が来て完成させたものである。

また、浅ヶ部には明治元年（一八六八）頃に、甲斐丹蔵が、私財を投じて開いた私塾があり、明治・大正時代の高千穂を動かした甲斐国愛や甲斐市郎、田崎八重松、興梠東米治など多くの逸材を輩出している。甲斐丹蔵は、牛馬の改良に心血を注ぎ、純粋短角種雄牛「新川号」による巡回種付を自ら行い、山を越え谷を渡り、時には野宿しながら村々を巡回した。

西臼杵郡畜産組合

このような環境の中で育った藤四郎は、獣医師を志し、明治二十年（一八八七）に宮崎県獣医講習所に一期生として入所し、翌年四月に卒業後、五月一日に獣医開業試験に合格。さらに同二十三年には、蹄鉄工の免許も取得した。前述のように、講習所の同期生には岩戸村の土持妙市がいた。藤四郎はその後、鹿児島県福本軍馬育成所に奉職し獣医畜産に関する技術を修得した。

当時、西臼杵郡内では、牛馬の改良に対する気運が芽生え始めた時期でもあり、甲斐丹蔵や岩戸村の土持妙市らの有志と図り、畜産組合を組織し自ら会長となった。

さらに、郡内全体の牛馬の改良を進めるためには、基盤となる組織を立ちあげることが肝要であることを、各集落を回って座談会を開き、その必要性を強く訴えた。その結果、明治二十五年（一八九二）には、西臼杵郡を一円とした西臼杵郡畜産組合が設立された。初代組合長に上野村の黒木五十七《いそしち》がなり、副会長には藤四郎が選ばれ、書記と技術員も兼務した。

黒木五十七は慶応元年（一八六〇）、上野村の酒造業の家に生まれた。明治二十二年には、上野村を含む四カ村（上野村、下野村、田原村、五ヶ所村）の戸長を務めていたが、町村制施行により上野村と下野村が合併して上野村となり、初代村長野尻勇八の下で、しばらく助役を務めていた。しかし幼少の頃より牛馬を愛していた五十七は、助役を辞退し、畜産振興に一身を捧げることにした。藤四郎に畜産を学ばせるため、宮崎県獣医講習所に入所を勧め、学資も援助したようである。

また、五十七は、西臼杵畜産組合創立の同二十五年には、第六回県会議員選挙で、岩戸村の碓井玄良の後を受けて当選し、同二十八年には、農商務省馬匹調査会委員に委嘱され、県内全域の馬の改良にも力を注ぐことになった。

同三十二年、五十七は藤四郎とともに、下総《しもうさ》御料牧場産のアラブ種雄馬「面影号《おもかげ》」を購入した。「面影号」は郡内一円で種馬として使われ、めざましい実績をあげ、西臼杵郡は当時、県下随一のアラブ馬の産地となった。「面影号」の値段は八〇〇円、現在の価格に換算すると二〇〇〇万円は下らないという高額で、五十七や藤四郎に対する当時の畜産農家の信望の厚さと熱意の高さが感じられる。五十七は大正八年（一九一九）十月、五十五歳で惜しまれて病没した。

上野村村長から県会議員へ

藤四郎は明治二十六年（一八九三）四月、乞われて母校の宮崎県獣医講習所の助教諭として着任することになり、二年間講習生の教育にあたった。

その後、五十七の推薦もあったと思われるが、同二十八年、二十五歳の若さで、第三代上野村長に選ばれた。就任以来八年三カ月にわたる村長としての功績は大きく、町村制施行後まだ日の浅い村政発展の基礎を固めた。

同三十六年九月二十五日に実施された第十一回県会議員選挙に三十三歳の若さで当選し、以来当選五回、約十九年の長期にわたる県議会での活動により、西臼杵地域の産業、交通、教育、文化の発展に寄与した功績は大きなものがあった。

田尻藤四郎が県議会議員時代に建設を促進して完成した鹿狩戸橋
（高千穂町三田井・昭和６年７月完成）
（田尻清久氏提供）

藤四郎の県会議員出馬と議員活動を支えたのは、彼の人望はもとより、畜産組合長や上野村長時代の功績による地域の人々の支持によるものが大きかったが、当時の地域の先覚者たちの物心両面における支援は、藤四郎の活動をさらに後押しした。

一枚の古い不鮮明な写真が残っている。明治四十年（一九〇七）、三田井村神殿《こうどの》岸の上に家があった高千穂地方の

宮崎県会議員に初当選した頃の田尻藤四郎
（田尻勝久氏提供）

豪商田尻多米夫八十歳の祝いの時のものである。写っているのは、七十七歳の元県会議員碓井玄良、四十七歳の県会議員黒木五十七、三十三歳の田尻藤四郎らで、県会議員出馬直前のものと思われる。

藤四郎は、容貌魁偉《ようぼうかいい》で弁舌もさわやかで、演説には人を引き付ける魅力があり、明治の気骨を持った政治家らしい風格があった。その反面、人々には常に優しく笑顔で接し、誰からも尊敬され親しまれていた。

(二) 闘志郎

鉄道開設への情熱

天の岩戸神社にある著名人参拝名簿の中に、昭和五年（一九三〇）四月十三日、当時の第二次若槻内閣の逓信大臣小泉又次郎（第八七－八九代内閣総理大臣小泉純一郎の祖父で、小泉進次郎の曾祖父）の参拝記録が残っている。

同十年二月二十日、延岡－日向岡元間の日之影線が開通したが、その五年前に行われた起工式に、当時、鉄道も所管していた逓信大臣として出席した時に足を伸ばし参拝した時のものである。当選回数も重ね、県会議員の中でも顔の効いた六十歳の藤四郎が、高千穂までの早期開通を要請するた

め、先導役を買って出て、高千穂方面まで大臣の足を伸ばさせたものと思われる。

藤四郎が、高千穂地方の交通事情の改善と活性化のために、鉄道敷設にかけた情熱には、並々ならぬものがあった。

日清戦争直後の明治二十九年（一八九六）、延岡―熊本間の鉄道を軍事・産業路線として建設する話が起こった。これに輪をかけて、日露戦争後は、温暖な極東の日本を狙った大国ロシアの野望や辛亥《しんがい》革命などで政情不安な中国の国情から、日本政府が不測の事態に備えて、熊本へ向けて将来、五ヶ瀬川の豊かな水資源を利用して工都となる見込みの延岡町（現延岡市）の日本窒素肥料株式会社（現旭化成）で製造された火薬や物資の大量輸送を図ろうとしていたといわれる。

西臼杵初の国会議員

三十三歳で当選して以来、五期十九年の県会議員生活で、藤四郎は卓越した政治的手腕を発揮し県政の発展に努めたが、県北民からさらに国政の場での活躍が期待され、昭和七年（一九三二）二月の第十八回衆議院総選挙（全県一区・定数五人）に出馬して、見事に当選した。西臼杵郡から初めての国会議員誕生に、郡民の喜びには一入《ひとしお》のものがあった。

この年は、上海事変や血盟団事件、五・一五事件が起き、さらに三年後の同十年には、貴族院で、美濃部達吉の天皇機関説が攻撃され、日本は次第に不穏な時代に突入しようとしていた。

活躍の場を県政から国政の舞台へと転じた藤四郎の真骨頂は、同年三月十五日の第六十七回帝国

議会衆議院請願委員会において発揮された。同委員会には「神跡調査ニ関スル件」と「延岡－日ノ影間鉄道完成年度繰上其ノ他ノ件」が提案され、紹介議員として立憲政友会の藤四郎は、長時間にわたり説明をした。あまりにも熱が入って時間を要したため、委員長から説明中止の申し入れがあったが、藤四郎は説明を続け、ついに請願事案を全部説明し、採択された。

この請願説明は、藤四郎の粘り強い性格と、深い郷土愛を今に語り継いでいる。まさに、藤四郎ならぬ「闘志郎」として、県北民を代表して怯《ひる》むことなく、熱く訴えたのである。

その時の演説内容は、帝国議会会議録検索システムで、委員会記録（速記）として確認できるが、藤四郎の気迫が伝わる部分を中心に抜粋して再現を試みてみる。

神跡調査ニ関スル件

○田尻委員　此神跡調査ニ関スル請願ハ、昨年ノ六十五議会ニ於キマシテ貴衆両院ニ請願採択ニナッテ居ル案件デアリマス。其請願ノ趣旨ハ、神跡ノ調査ヲ国費ヲ以テ権威アル調査機関ヲ設ケテ、サウシテ遺憾ナクヤッテ貰ヒタイト云フノガ此請願ノ趣旨デアルノデアリマス。－略－此九州ニ於キマシテモ天孫降臨地ハ霧島山ト云フ説ト、日向ノ臼杵高千穂ノ方デアルト云フ此二説ガアッテ、而シテ日向ノ臼杵高千穂ノ方ハ政府ニ於テモ御承知ノ如ク、王朝時代カラ唱ヘテ居ルコトハ有ユル文献ノ上ニ於テモ御承知ノ通リデアル。然ルニ鹿児島県ノ方ニアリマス霧島降臨説ナルモノハ、ズット降リマシテ鎌倉時代以来ノモノデアル。－略－ソレデ之ヲ有ユル権威アル専門

ノ人々ヲ網羅サレタ調査機関ヲ設ケテ、御調査下サルコトヲ切ニ急イデ要求シテ居ル訳デアリマスルガ―略―其他ニモ色々神社昇格願ナドノコトヲ審議シマスル際ニ、政府当局ノ説明ニ依リマスルト、ドウモ調査ガ不十分デアル―略―

○岡田委員　本件ハ只今田尻君ガ紹介旁々地方ノ住民諸君ノ意思ヲ伝ヘラレタノデアリマスルガ、―略―天祖霊域ニ関スルコトデアリマシテ、軽々ニ決定ガナラザルコトハ申スマデモナイコトデアリマスガ、尚ホ十分ニ慎重ニ実情ヲ御調査ニ当ラレンコトヲ望ンデ、採択致シタイト思ヒマス

○山本委員長　採択ニ御異議アリマセヌカ　〔「異議ナシ」ト呼フ者アリ〕　左様決定致シマス

延岡、日ノ影間鉄道完成年度繰上其ノ他ノ件

○田尻委員　本請願ノ要旨ハ、第一ハ延岡ヨリ日ノ影ニ至リマスル年度ヲ、只今デハ十三年度マデ振向ケテアルヤウデゴザイマスガ、之ヲ十二年度ニ繰上ゲルコトデ、第二ガ日ノ影カラ高千穂、サウシテ高千穂カラ高森、サウシテ高千穂ヨリ熊本県ノ宇土郡宇土ニ至ル線ヲ十三年度ヨリ起工シテ戴クヤウニ予算ノ計上ヲ願ヒタイト云フノガ此請願ノ要旨デアリマス。―略―此線路ノ歴史ニ付テ考ヘテ見マスト、此線路ハ日清戦争ノ際ニ於テ軍隊ガ在郷兵等ヲ徴集シマス上ニ於テ、非常ナ不便ヲ感ジマシタノデ、日清戦争直後即チ明治二十九年ニ初テ此鉄道ヲ開通スル必要ヲ唱ヘラレマシテ、当時マダ鉄道何カ出来ナイデ、逓信省デ事務ヲ扱ッテ居ッタ鉄道作業局カラ技師ガ来ラレテ、実地踏査ヲセラレタノデアリマスガ、―略―此沿線ハ非常ニ鉱物ニ富ンダ地方デアリ

マシテ、槙峰ノ如キ銅ヲ採掘シテ居ル三菱系統ノ大キナ鉱山モアリマス。或ハ錫デ世界ニ名ノ響イテ居ル見立鉱山モアリ、或ハ岩戸鉱山等ヲ初トシテ、此沿線ニハ採掘ヲ願ッテ既ニ許可シテ採掘シ着手シテ居ルモノガ二十何箇所モアリ、－略－サウシテ此地方ハ非常ニ山ノ多イ所デゴザイマシテ、月並ナ文句デゴザイマスケレドモ、真ニテ古斧鉞ヲ入レザル所ノ森林ガ多イ。其他此地方ハ全国的ニ有名ナ畜産地デアルト云フヤウナコトカラ、地方産業ノ開発ノ上カラ申シマシテモ、非常ニ大切ナ線路デアリマスガ、－略－殊ニ近来延岡市ハ工業地帯トナリマシテ、非常ナ勢ヲ以テ、最新ノ化学工業ガ彼処デハ進歩シテ、－略－軍事上ナリカラ見マシテモ、必要ナ線バカリデナク、－略－此鉄道ヲ速成致シマシテ、丁度国民全体ガ伊勢大廟ニ参拝スルコトヲ主張シテ居ルヤウニ、矢張此建国ノ大本デアル所ノ、此天孫降臨ノ霊地ニ、国民ガ御詣リスルト云フコトハ、最モ必要ナコトデハナイカト云フコトヲ痛感スルモノデアリマス。－略－此線ガ地方ニ必要ヲ感ジナイモノナラバ、サウマデニ四十年間モ一貫シテ一日ノ如ク、御願ガ続ケ得ラレナイノデアリマス。－略－

○岡田委員長代理　田尻君ニ一寸申上ゲマス、マダ日程ハ十件モアリマスシ、アナタハ委員デアラレマスケレドモ、紹介議員トシテ紹介シテ居ラレルノデアルカラ、モウ紹介ノ御趣旨ハ分ッタト思ヒマスカラ、此程度デ……

○田尻委員　モウ少シ述ベサシテ戴キタイ。此件ハ是迄四十年間モ続ケテ居ル、地方トシテハ洵ニ死活ニ関スル重大問題デアリマスカラ、モウ少シ時間ヲ戴キタイ。ソレデ今申ス点ヲ御考下サ

イマシテ、日ノ影マデハ十三年度ト云フノヲ十二年度ニ御繰上ノコトニ是非御願シタイ、又十三年度ニ高千穂マデ、所謂天孫降臨ノ地マデ、ドウ云フ事ガアリマシテモ、予算ノ繰合セヲ御願シタイト思ヒマス。－略－ドウゾ紹介議員トシテ過ギタ言辞ガアリマシタナラバ、御容赦願ヒタイノデアリマスガ、熱意ノ余リデアリマスカラ、悪シカラズ御諒承願ヒタイ。

○佐々木委員　紹介議員田尻君カラ熱誠ヲ込メタル趣旨御説明デアリマシテ、御尤ト私共拝聴致シマシタ。文書表ヲ見マシテモ「軍事上産業上最モ必要ナリト信ス」ト云フノデゴザイマス、洵ニ適当ナル件ト認メマス。尚ホ政府委員モ亦不同意デハナイ御意思ノヤウデゴザイマスカラ、本件ハ採択ニ致シマシテ、速ニ目的ヲ達スルヨウニ致シタイト思ヒマス

○岡田委員長代理　佐々木君ノ採択動議ニ御異議アリマセヌカ　〔「異議ナシ」ト呼フ者アリ〕

採択ト決シマシタ

(三)　悲願の行末

「神跡調査」と気骨の学究

この請願委員会における藤四郎の熱意が中央に届いたものか、あるいは、昭和十五年（一九四〇）に開催される紀元二六〇〇年記念式典に向けて準備を進めていた第二十九代知事相川勝六や県議会の要請も功を奏したものか、高千穂の神跡調査に関して、中央から「権威アル専門ノ人」が、高千

穂に派遣されることになった。

昭和十三年（一九三八）四月、高千穂実業学校（現宮崎県立高千穂高等学校）教諭として、東京帝国大学国史学科を卒業したばかりの新進気鋭の柳宏吉が、県の招請により着任した。古代史研究体制を整えるための定員外採用で、日向国の古代史研究のため、授業時間や校務負担の軽減、学会出席の便宜も図られていた。

柳宏吉は、昭和初期の佐藤紅緑の少年小説で、熱狂的な支持を得た『あゝ玉杯に花うけて』に登場する柳光一少年のモデルとなったといわれている。性格は、謹厳実直そのもので温厚であったが、研究に対する態度は真摯で、次の文にその気概が読み取れる。

「地方ニ於ケル研究ハ中央ヘノ追加デアッテハナラナイ。無論中央ト連絡ヲ保チ、中央地方ガ一ツノ組織的研究ヲ推進スルコトハ必要欠クベカラザルモノデアル。

昭和13年（1938）に東京帝国大学国史学部を卒業して高千穂実業学校（現高千穂高校）に着任した柳宏吉（柳宏吉著作集より）

地方史トイウト何ダカ田舎臭クナルガ、ソレハ自分自身ノ史学ナノダ。自分ガ生キテ行クタメノ仕事ナノダ。」（「高千穂ノ研究（控）、跋ニ代エテ」より）
柳宏吉は、また、生徒に対しても年齢を越えて接し、戦死した教え子の命日には、必ず墓参をした。罰で静座させられた生徒を監視しながら、自分も生徒と一緒に静座をしたり、また、町中で、生徒からあいさつを

受けると必ず立ち止まり、直立した姿勢で、丁重に返礼されていたと、今でも当時の教え子たちの間で、語り草になっている。

兵役のため高千穂を離れた時期を除いて、昭和三十六年（一九六一）に新しく開設された宮崎県立博物館長として赴任するまでの二十三年間、高千穂で教鞭を執りながら、古代史研究一筋に打ち込んだ。その研究は、宮崎の古代史解明ばかりでなく、全国的に高い視野をもっていた。

柳宏吉は、自己顕示や名利を求めず、博士号などの世間的名利には、全く関心を示さなかった。同五十一年まで宮崎県立博物館長を勤め、同六十一年、東京で七十四歳で死去した。

高千穂鉄建——悲願の実現と廃線

田尻藤四郎の悲願であった延岡－高千穂間の鉄道建設については、国鉄日之影線が、昭和十一年（一九三六）四月に川水流駅まで開通し、翌年九月には槙峰まで伸び、同十四年十月には日之影まで開通した。

日之影まで線路が伸びて後、戦後となった三十三年後の同四十七年七月、国鉄高千穂線として、西臼杵郡民の長い間の悲願であった日之影－高千穂間が開通した。藤四郎が国会で、気迫の籠もった請願演説をした三十七年後のことであった。

しかし、同六十二年中曽根内閣は国鉄の民営化を進め、国鉄高千穂線は、開通から十六年後には廃線となった。沿線地域の過疎化、人口減少による利用率の低下に加えて、延岡－高千穂間の道路

も改良され、モータリゼーションも進展し、高度経済成長後という時代の転換期であった。

その後、沿線市町の出資による第三セクター方式が取り入れられ、高千穂鉄道株式会社に経営が移譲されて再出発したが、平成十七年（二〇〇五）九月の台風十四号により、鉄橋が流されるという壊滅的な被害を受け、同二十年十二月二十八日、高千穂鉄道は全面廃線となった。

現在は、あまてらす鉄道株式会社の運営により、旧高千穂駅と高千穂鉄橋の間を、観光用トロッコ列車が走り、休日には多くの国内外からの観光客の歓声が渓谷に響いている。

(四) 郷土愛に生きて

田尻藤四郎は、昭和十一年（一九三六）二月二十日実施の第十九回衆議院総選挙でも当選したが、三月末に突如、国会が解散したため、準備不足の上に、十分に体制を固めることができないまま出馬して、落選し、再び国会の赤絨毯を踏むことはできなかった。

当時の日本は、ロンドン軍縮会議を脱退し、二・二六事件が起き、日独防共協定が成立するなど、いよいよ戦時色が濃くなっていた。

そして、同十三年十月八日、藤四郎は六十八歳で病没した。葬儀は、高千穂町産業組合葬として行われ、組合員や町民はもちろん、郡民一同その死を悲しみ、神殿の坂には、長い弔問の列が続いた。藤四郎が亡くなって一年後の同十四年十月十一日、国鉄日ノ影線が開通した。

この産業組合とは、藤四郎が県会議員在任中に、郷土の発展を考えて同志と図り、産業組合法に基づく庶民金融機関として、三田井を区域とする信用組合を大正八年（一九一九）九月十日にて設立したもので、選ばれて組合長となった。

当時は理解も低く、組合員七十二名、出資総額六五二〇円、うち払込済出資金五二二円で、組合員の利用度も低かった。その後、区域を高千穂町一円とし、信用事業の他にも販売、購買、倉庫利用等の事業を逐次拡張すると、組合員の利用も徐々に高まり、産業組合本来の目的である公存同栄の姿を達成するまでに至っていた。

二十世紀の初頭、西臼杵郡から、初めて国会の赤絨毯を踏んだ藤四郎の墓は、今の高千穂警察署の向かいの小高い丘の上にあり、三田井の町を見降ろしている。

墓誌には、「勲四等田尻藤四郎墓　大行院釋政豪正定聚　昭和十三年十月八日行年六十九歳」とだけあり、故郷を愛し故郷の発展のために全身全霊を傾けた数多くの業績については、何も刻み込まれていない。名利無縁の気骨の政治家らしい墓である。

第三節　気骨の検案書・鈴木日恵《にちえ》

かつて鉱山で栄えた土呂久集落（高千穂町岩戸土呂久）

(一)　土呂久鉱山

村のほぼ真ん中に天の岩戸神社がある岩戸地区は、周りを千メートルを超す高い山々に囲まれている。高い方から障子岳（一七〇三㍍）、親父山（一六四四㍍）、本谷山（一六四二㍍）、古祖母山（一六三三㍍）、二ッ岳（一二五七㍍）、赤水岳（一一一七㍍）、乙野山（一一〇〇㍍）と七座もある。

この七座の障子岳と古祖母岳を二等辺三角形の底辺とすると、その頂点に当たる部分にある集落が土呂久《とろく》である。

二つの山の山頂近くにある小さな沢から浸み出た水を集めて土呂久川となり、天の安河原の近くで本谷山を源流とした岩戸川に合流し、さらに高千穂と日之影の町境で五ヶ瀬川の本流と交わり、日向灘へと流れ込んでいる。

この土呂久の歴史は、鉱山の歴史そのものであった。

山弥の夢

土呂久鉱山の開発は、寛永年間（一六二四〜四三）の頃、豊後府内の小間物商守田三弥が、ある日、行商で日向との国境の峠を越える途中の山の中で一人の男と出会った。二人で峠の風に吹かれながら腰を降ろして話し込んでいるうちに、その男は眠ってしまい、しばらくして目を覚まして言った。「今、おかしな夢を見た。蜂が土の中へ潜っては、金の粉を銜《くわ》えて出てくる夢だった」と。山弥はその話を聞き、大いに喜んで小躍りすると、「ぜひ、その夢をわしに売ってくれ」と金を渡し、夢に出てきたという場所を探し出して、岩肌を掘り進むと、多くの銀塊の鉱床を掘り当て、ついに土呂久かな山の主となったという。

この物語は「夢買い長者」として伝わっているが、夢の話は別として山弥は、豊後国の実在の人物である。しかし、「奢れる人も久しからず、ただ春の夜の夢のごとし」は世の習いの如く、山弥は、時の府内の領主日根野吉明に妬《ねた》まれて一族皆殺しにされ、その墓は、大分市内の大智寺にあり、檀家でもあった岩戸五ヶ村の泉福寺山門の左には、供養塚がある。

山弥はなぜ領主に討たれたのか。それは山弥の豪商ぶりを伝える話でもあるが、ある日、領主が山弥が住む府内の豪邸を訪ねたところ、ガラス張りの天井に色とりどりの金魚を泳がせていた山弥が、仰向けに寝たまま領主に足で説明したため逆鱗に触れたとも、領主に出した帳簿の帳尻が合わ

なかったためともいわれる。その時期は正保《しょうほう》四年（一六四七）十月、山弥六十四歳であった。いずれにせよ、時の権力者が成り上がりの大金持ちを妬み、その全財産を難癖をつけて強奪したという話ではなかったであろうか。

なお、土呂久の地名の由来は、三弥が銀山を見つけ、ポルトガル人の鉱山技師ヨセフ・トロフを招き、南蛮吹きと呼ばれる新しい精錬技術を習ったことに因むともいわれ、トロフの霊を祀るという祠は、一山越えた祖母山麓の五ヶ所に今も伝わっている。

土呂久かね吹き歌

江戸時代の初めに山弥が開発した土呂久銀山は、何百人もの鉱夫とその家族たちで大賑わいし、今でも山弥屋敷跡や女郎屋敷、寺屋敷、酒屋など当時の繁栄を偲ばせる地名とともに「土呂久かね吹き唄」も伝わっている。

〽一、土呂久かな山誰《だり》が掘りそめた　府内三弥どんのヨー掘りそめた
トコトウトウトコトウトウ
二、府内三弥がかねふく音は　七里聞えて五里ひびく
三、土呂久かなやま三弥が庭にゃ　夏の夜でさへヨー霜が降る
四、フイゴさすさすいねむりなさる　かねの湧くのを夢にみる

五、床屋千軒みな吹きたつりゃ　空を舞う鳥みなおちる
六、床や上には二股榎　榎の実ならで金がなる

三番の唄には、続く唄として「霜じゃござらぬ十七、八の娘白髪をヨー霜とみた」ともあり、「娘白髪」と五の「鳥みなおちる」の意味するものは、大正から昭和の時代になり大きな社会問題へと発展した「鉱害」そのものであったのかと考えるのは、今にして思えば強《あなが》ち否定できないような感じもする。

土呂久鉱山は、山弥の時代を経て延岡藩の内藤氏や熊本の細川藩が直接経営した時代もあったが、所有者が次々変わり栄枯盛衰を繰り返しながら、明治二十七年（一八九四）に山口県阿武郡篠生村出身の竹内令胙《れいさく》が鉱業権を得て、細々と銅を掘っていたが、明治の終わりには休山し、抗口は雑草に覆われてしまった。

亜砒焼きと煙害

大正三年（一九一四）に欧州戦争（第一次世界大戦）が始まり、医薬品、染料、殺虫剤、除草剤、印刷用インクから独仏英が実戦に使っていた毒ガスまで、それらの原料である亜砒《あひ》酸が輸出国であるドイツが負け戦状態になったことで生産量が激減した。当時、国内で最も亜砒酸が製造されていたのは軍港のあった大分県の佐伯で、東洋一の亜砒酸の生産量を誇っていた。この佐伯から土呂久

鉱山に目をつけてやって来たのが、四国出身の宮城正一と川田平三郎であった。

時は大正九年（一九二〇）、わが国で初めての第一回国勢調査が実施され、全国の総人口は五五九六万三〇五三人、現在の高千穂町となった高千穂村、岩戸村、上野村、田原村の合計人口は一万九六一一人であった。

同年に始まった亜砒焼きは、宮城の時代から中島商事、岩戸鉱山株式会社、中島鉱山株式会社と名を変え、日中戦争が始まった昭和十二年（一九三七）には、亜砒酸は毒ガスの原料として使われ、太平洋戦争が始まると錫鉱業整備令により、一時、帝国鉱業開発株式会社に吸収された。

戦後、再び中島鉱山株式会社が鉱業権を取得し、亜砒を焼き続けたものの同三十三年、大切坑の出水事故で坑道が水没し休山した後、住友金属鉱山株式会社の系列に入り、操業を再開したが採算が取れず、同三十七年に閉山し、土呂久かな山の長い歴史は終わった。

土呂久鉱山が、長い間地域経済に及ぼした影響は大きかったが、後世に残した「負の遺産」は、それ以上に大きかった。それは、亜砒焼きによる煙害との戦いの歴史であり、時には操業者側の懐柔策に翻弄され、地区の和を壊しながらも住民たちは戦い続けた。

当時の国策の一つでもある亜砒焼きに真正面から立ち向かうのには、多くの壁が立ち塞がっていたが、地区民の声を代弁するかのように、気骨を持って毅然と自らの意見を述べ続けた男たちがいたことを書き残しておきたい。

(二) 二人の獣医師

へい死する牛

土呂久鉱山で亜砒焼きが盛んになるにつれ、これまで、のどかであった谷間の集落に、年中霧が立ちこめるようになり、谷間に生きるすべての生き物に影響が出始めた。「煙害」とだけで片付けることのできない、有害物質を含む煙による深刻な被害が発生したのである。

土呂久は昔から畜産に熱心な集落で、「外禄《とろく》馬といえば使役に一番」との評判で、馬喰《ばくろう》（牛馬仲買人・家畜商）の間でも人気があった。当時、牛馬の改良に熱心であった岩戸村獣医師の土持妙市が、明治二十九年（一八九六）に西臼杵郡畜産組合を通じて購入した種馬アルゼリー二代雑種の「桔梗号」で、地区の馬の改良を手がけ好成績を得た。土呂久の住民は、後にこの種馬の払い下げを受け、さらに同四十年頃、トロッター種の種馬も買い入れて、山間地に向いた、足の短いがっちりした小型馬の育成に努めるほど熱心であった。

明治から大正にかけて、より飼い易い牛に買い替える農家が増え始めた。その理由は、馬の発情は春先に限られるのに、牛は一年を通じて発情し、牛の妊娠期間は十カ月であるのに馬は十二カ月で、農耕や堆肥の生産においても牛の方が効率が良いからであった。

ところが、煙害の広まりとともに、具合の悪くなる牛が増え始めた。徐々に草を食べなくなり衰

弱するという奇病である。不思議なことに隣の集落の知り合いの家に数カ月預けると健康を取り戻し、また連れて帰ると具合が悪くなった。死ぬ時はやせ衰えて、涎《よだれ》を流し、鼻水は垂れたまま、何日も寝ないで立ち通しで、最後には倒れて死ぬという状況であった。

牛が死ぬと集落の若い者が竹組みを作り、その上に神輿を乗せるように死んだ牛を乗せ、集落の上手にある奈戸《なこ》の上に、昔からあった牛馬の共同墓地に埋めた。

牛のへい死（倒れて死ぬこと）は次第に増え、牛飼い農家は鉱山側に、亜砒酸焼の害ではないかと訴えたが、相手にされなかった。たまりかねた農家は、村役場に押しかけ、村長に早急の対策を求めた。

当時の岩戸村長は、岩戸村野方野で明治二十三年（一八九〇）に生まれ、日本大学で社会科、明治大学で自治科を学び、大正十三年（一九二四）に三十四歳の若さで就任したばかりの甲斐徳次郎であった。原因究明を詰め寄る農家の剣幕に押された甲斐村長は、警察官立ち会いのうえで獣医に解剖させ、内臓を県へ届けて鑑定してもらうことを約束した。

ちょうどその時に、地元の佐藤一蔵が飼育していた一歳二カ月の雌牛が死んだ。奇病でへい死した牛の解剖は、同十四年四月七日に、土呂久の奈古の上の野外で行われた。執刀したのは、西臼杵郡畜産組合に勤める二十歳の獣医師鈴木日恵である。

鈴木日恵と池田実

鈴木日恵は、日露戦争が始まった明治三十七年（一九〇四）九月一日に岩戸村笹ノ戸に生まれた。

大正八年（一九一九）春、十四歳で高鍋農学校へ入学したが、家の近くで開業していた土持妙市の姿を見ていたのも獣医師の道を選んだ理由であった。

鈴木の入学式の時、札幌農学校出身の初代校長齋藤角太郎は、高鍋が属していた秋月藩の藩校であった「明倫堂」の精神を新入生に伝えている。

「治道ハ賢才ヲ得ルヲ以テ本トナス。而シテ学校ハ即チ人材ヲ成就スルノ地、治平ノ要コレヨリ大ナルハナシ。道ヲ求メ己ノ為ニシテ人ノ為ニセズ　致知ヨリ知正ニ至リ　高遠ニ馳セズ　卑近ニ滞ラザルベシ」

（国を治める方法は賢く才のある者を得て本命とする。そうであるから、学校とはそのような人材をつくり出す所である。世を治める為には立派な人材をつくり出すこと。これ以外に大切なことがあるだろうか。また、勉学を極めるは自分のためであり、人のための勉強ではない。自分が何をなすべきか、その道を追求するべきである。自己の良知を充分に発揮して正しい知識に到達すべきである。志は高く、視野広く持ち、同じ所に留まるべきでもない）

「高鍋農業高校百周年記念誌より」

入学式の際に聞いたこの「明倫堂」精神は、その後の鈴木の生き方そのものであった。

鈴木は、熱心に勉学に励み優秀学生に選ばれ、同十一年に卒業すると学校に助手として残り、しばらく研究の手伝いをした後、志願して小倉輜重《しちょう》隊第十二大隊獣医部に勤務した。陸軍獣医部は、同七年に設けられ、初代陸軍獣医総監は武藤喜一郎であった。

兵士より軍馬が大事にされた当時において、獣医部の教育水準は高く、軍医部と同格に列していた。鈴木はこの獣医部で、より高度の知識と技術を学んだ。その後、帰郷し西臼杵郡畜産組合に技

師として勤務した。

西臼杵郡畜産組合には、もう一人の獣医師がいた。池田実である。池田は、田原村の大きな農家池田与茂田の長男として明治二十一年（一八八八）五月に生まれ、小学校を卒業すると同二十七年に開校した大分県立三重農学校獣医科に学び、卒業後帰郷して開業。その後、志願兵として小倉野砲兵第十二連隊に入隊、予備役後砲兵少尉に任ぜられたが、同四十四年に西臼杵郡畜産組合の技手として就職した。鈴木より十六歳年上の上司であった。池田は「牧然」の号を用いて書や絵も嗜《たしな》む風流人でもあった。

無視された検案書

大正十四年（一九二五）四月七日に行われた、奇病で死んだ牛の解剖は、鈴木日恵の執刀であった。これは池田が、小倉の陸軍獣医部で当時の優秀な教官たちから学んだ知識と技術を持っていた、信頼できる部下鈴木日恵ゆえに命じたのである。

池田は、土呂久全体の被害の様子を「岩戸村土呂久放牧場及亜砒酸鉱山ヲ見テ」の表題で、住民から聞いたり、自分の目で確かめた事実を獣医師としての自然科学者の目と、絵や文学に親しんでいただけに写実的かつ臨場感あふれる筆致で、しかも住民側の立場で罫紙七枚に書き残している。報告書の最後は、「七日西臼杵郡畜産組合技手鈴木日恵君ノ病体鑑定書ヲ記シテ諸賢ノ御指導ヲ仰ギ度ヒト思ヒマス」と結び、部下の鈴木の検案書に、全幅の信頼を寄せている。

鈴木は土呂久から帰ると、解剖の現場で速記した血にまみれた用紙から、一気に罫紙四枚に所見を書き上げ、検案書を作った。検案書は、剖検により得られた所見を、陸軍獣医部で学んだ病理解剖学の専門用語を用い、病変を詳しく記録していた。

鈴木は、検案書の末尾を「現在罹病牛ノ症候及周囲草木其他動物等ノ事情ヲリ推察スル時ハ連續セル有害物ノ中毒ニアラザルヤノ疑ヲ深カラシムルモノナリ」と、獣医師としての判断と自信を持って臆することなく書いて結んだ。池田は自分の書いた報告書とともに甲斐村長へ提出した。

へい死牛の解剖から一日おいた四月九日、甲斐村長は、鈴木の書いた検案書と解剖で採材した臓器を入れたビンを持って、一五〇キロも離れた宮崎県庁警察部衛生課を訪ねた。丸一日がかりで県庁まで足を運んだ甲斐村長に対し、「臓器を入れたビンに封印がなく、本物かどうか信用できない」との返答に、日頃温厚な村長も立腹し、長い押し問答の末、臓器を入れたビンと検案書を受け取らせたが、その後、鑑定結果は、村長のもとに届くことはなかった。

池田の書いた報告書と鈴木の書いた検案書や、持ち込んだ臓器について、何の反応もないまま亜砒焼は続けられ、わずか二年間で一家七人のうち五人が次々と死亡した家もあった。

地区民総出で反対運動を続けているうち、日中戦争に突入し、この小さな集落からも若者が戦地へと向かい、馬も軍馬として戦地に行くようになった。満州事変から十五年も続いた戦争は、昭和二十年（一九四五）八月十五日、日本の無条件降伏で終わった。わずか五十数戸の土呂久からの戦死者は二十人もいた。これからの集落を支える若者たちが戦場に華と散ったのである。

終戦から三年経った同二十三年、銅、鉛、砒鉱の採掘が再開され、同三十年、再び亜砒焼が始まった。しかし、採算が合わないことや出水事故も重なり、同三十七年土呂久鉱山は閉山した。

㈢ 証人台

昭和四十六年（一九七一）、当時、岩戸小学校の教師が「土呂久公害」を日教組県教育研究会集会で発表し、県、国を巻き込んだ大問題となり連日のようにマスコミに取り上げられた。

その当時の黒木博知事が、鉱業権者の住友金属鉱山との補償斡旋を行ったが、その後患者と遺族が訴訟を起こし、患者勝訴の内容に被告の住友金属鉱山が上訴して最高裁まで持ち込まれ、平成二年（一九九〇）和解した。提訴から十五年が経ち、原告患者四十一人のうち二十三人が、もうこの世を去っていた。

20歳の時に、土呂久で、煙害によるへい死牛の検案書を書いた鈴木日恵
（鈴木啓子氏提供）

昭和五十二年（一九七七）七月に行われた土呂久訴訟第七回口頭弁論の証人として、鈴木日恵は証人台に立った。へい死牛を解剖した時の所見を五十二年前のことを思い出しながら、獣医師としての矜持を持ち、明倫堂の教えを守り毅然とした態度で述べた。鈴木の書いた気骨の検案書と証言は、その後の裁判に重要視

されたことは言うまでもない。

鈴木とともに詳細な報告書を書いた池田は、剖検の翌年の大正十五年（一九二六）に体調を壊して組合を退職し、その後三田井において貨物自動車運送業を経営していたが、昭和十二年（一九三七）十一月、五十歳の働き盛りに病気により急逝した。

鈴木は、昭和四年（一九二九）から四年間獣医大尉として中支から南支を転戦し、同十八年（一九四三）から宮崎県農業会、西臼杵郡畜産農業協同組合参事、西臼杵郡家畜保険組合技師を経て、同三十三年から四十六年まで西臼杵郡畜連参事を務め、平成十八年（二〇〇六）一月十八日に一〇一歳で永眠した。

現在、土呂久では、地下資源の開発が三弥の時代に始まり、日本の近代化とともに、国家と地域の繁栄に貢献した事実とは裏腹に、谷間に埋もれていた負の事実があったことも、そしてその事実に敢然と立ち向かった男たちがいたことも忘れ去られようとしている。かつては、日本屈指の鉱山があったことを偲ばせるものは姿を消し、もとの平和な山里に戻っている。

この鉱山《やま》に果てし流人の霜の墓　一笑

6章　命軽き世……なお山河あり

第一節　戦世《いくさよ》を生きる

(一) 軍　馬

暴　走

大正三年（一九一四）、オーストリアがセルビアに宣戦布告して、第一次世界大戦が始まった。続いて、同六年に起きたロシア革命を機に、日本政府は居留民保護を名目にして、シベリア出兵に踏み切った。しかし、これは逆に、アメリカやイギリスから我が国の大陸進出の野望を警戒されることになり、資本主義の行き詰まりの軍事力による突破口の探り合いともなり、世界情勢に暗雲が漂うようになった。この出兵により高千穂村十二名、岩戸村四名、田原村一名の戦死者が出た。

同じ年には、富山県で発生した米騒動がたちまち全国に広がり、寺内内閣は総辞職し、原内閣が成立した。当時の農村は、経済的に極度に困窮しており、わずかな肥料代の支払いもままならず、相互扶助の必要性から産業組合法に基づき、同八年に三田井地区信用組合が、同十一年に岩戸村信用組合が土持孫太郎、工藤駒毅《こまき》らによって設立された。今の農業協同組合の前身である。

大正十年（一九二一）十一月には、原敬首相が東京駅で刺殺されるという不吉な事件が起き、同

カボチャの品評会での上永の内地区の人々。前列中央の蝶ネクタイが甲斐徳次郎岩戸村長、一人おいて左が工藤駒毅岩戸村産業組合長（昭和６年頃）

十二年には関東大震災が発生して死者九万一千人余を出し、関東地方には戒厳令も敷かれ、朝鮮人暴動の流言が広がるなど、殺害された朝鮮人は数千人に及んだという。

大正十五年（一九二六）十二月二十五日、大正天皇が崩御し、昭和へと改元された。昭和に入ると、すぐに世界金融恐慌が起こり銀行取り付け騒動が拡大し、昭和四年（一九二九）になると、世界大恐慌がニューヨーク株式市場の大暴落で始まった。その影響はすぐに日本にも波及し、生糸価格が暴落して東北の農村地帯では娘の身売りがあたりまえになってきた。

この間、同三年には、中国で関東軍による張作霖《ちょうさくりん》爆殺事件が発生し、治安維持法の改正や特高警察の発足と続いて、軍部の暴走が始まり、ますます暗雲が漂うようになった。一方では、国家改造に武力行使も辞さぬという軍人の政治介入が露骨になり、浜口雄幸首相も東京駅で右翼に狙撃された。

同六年には、東北地方の大凶作もあり、満州に王道楽土を作るという悪夢の実現のために、満州事変から上海事件へと続き、ついに日本は、世界の孤児となる道を歩み始めた。

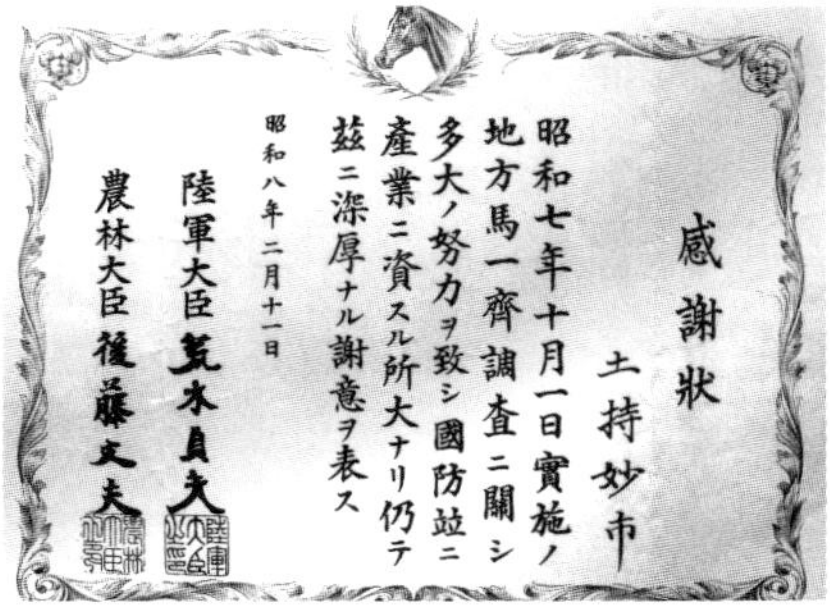
感謝状

土持妙市

昭和七年十月一日實施ノ
地方馬一齊調査ニ關シ
多大ノ努力ヲ致シ國防並ニ
産業ニ資スル所大ナリ仍テ
茲ニ深厚ナル謝意ヲ表ス

昭和八年二月十一日

陸軍大臣 荒木貞夫

農林大臣 後藤文夫

土持妙市が当時の陸軍大臣荒木貞夫から
もらった地方馬一斉調査の感謝状

赤紙と青紙

満州事変により孤立した日本は、長い泥沼の戦争へと突入していく。昭和八年（一九三三）、日本は国際連盟脱退を通告し、関東軍が華北への侵攻を開始した。

戦争の長期化が予想されるようになり、国防上の活きた兵器として軍馬の充足が必要となった。国は、興亜馬事大会を開催し、馬産思想の高揚を図るとともに、馬政について統制的な制度の強化を図った。その一環として、同七年に、地方馬一斉調査を実施した。獣医師として、馬の改良や診療に腕を振るっていた土持妙市は、この一斉調査に協力した。

妙市が実施した地方馬一斉調査の目的は、軍馬の徴発にあった。機械化が遅れた日本軍は、物資の輸送や情報伝達に軍馬を活用し、「馬ハ活兵器ナリ又軍ノ原動力ナリ」と言われ、一銭五厘の赤紙一枚で召集された兵より重用された。軍馬一頭の買い上げ価格は米二十俵分が相場であった。妙市はその功績により、翌年八月、当時の犬養毅内閣の陸軍大臣荒木貞夫から感謝状をもらっている。荒木貞夫は、少将時代の同九年、天の岩戸神社にも参拝している。

軍馬の徴発とともに、妙市は獣医師として忙しくなった。元々、日本は仏教国であり馬肉を利用する食習慣がなく、雄馬の去勢はなされていなかった。未去勢の雄馬は気が荒く、たびたび兵を傷

つけて、扱い難く、明治三十三年（一九〇〇）に起きた義和団事件では、他の列強国から「日本軍は馬のような格好をした猛獣を使用している」と嗤《わら》われた。このため軍の命令により、三歳までにすべての雄馬を去勢するように指示され、妙市は各農家を回りながら、雄馬の去勢を実施した。

男には赤紙の召集令状が届いたが、馬には青紙の「馬匹徴発告知書」が届いた。どちらも有無を言わせぬ召集と徴発であった。一家の中心となる働き手の倅《せがれ》も馬も軍に取られ、老人と女子どもばかりになった農家は、塗炭の苦しみを味わうことになった

徴発された軍馬は、日の丸の旗を胴に着け、村々の峠を越えて、昭和十四年（一九三九）に開通したばかりの国鉄日之影線の日之影駅へと向かった。軍用馬であり、途中の乗馬は禁止されていた。日之影駅で飼い主と別れ、貨車で日豊線門司港駅に運ばれ、今も残る軍馬水飲み場で祖国での最後の水を飲むと、輸送船の暗い船底に押し込まれ、大陸へと向かった。戦線では、兵とともに枕を並べて戦死するか、終戦後は現地で処分され、故郷の土を再び踏んだ馬は一頭もいなかった。

軍馬となった頭数は、軍事機密で明らかではないが、西臼杵郡の昭和元年の子馬生産頭数が八六三頭であったものが、同二十年には一六六頭にまで減っていることから、おそらく日中戦争から太平洋戦争にかけて、郡内から五〇〇頭近くの軍馬が徴発されたものと思われる。

軍は、軍馬の増産と育成を図るため、明治二十九年（一八九六）に軍馬補充部を設け、全国八カ所に支部を作った。その中で、最大の規模を誇っていたのが、青森県の軍馬補充部三本木支部（現十和田市）で、昭和十八年（一九四三）に現在の宮崎県農業大学校（高鍋町）にあった高鍋支部の馬の

飼養頭数が四一一頭であったのに対して、三本木支部では二八〇六頭が飼養されていた。

当時の岩戸村長甲斐徳次郎の長男拓《ひらく》は、宮崎高等農林学校獣医科（現宮崎大学農学部獣医学科）を卒業すると、上永の内の工藤駒毅の二女京と結婚し、青森県の三本木支部へ獣医師として赴任している。拓が獣医の道に進んだのは、同じ村の獣医師土持妙市や鈴木日恵の影響が大きかったと思われる。手塩に掛けて面倒を見てきた多くの馬たちを、軍馬として二度と帰らぬ戦場へ次々と送った妙市や拓の寂しさと辛さには、兵士とは異なる特別なものがあったであろう。

長鳴り

昭和十年（一九三五）八月、陸軍省軍務局長永田鉄山が皇道派の相沢三郎中佐に斬り殺された。十一月に、都城で陸軍の特別大演習があり、三田井後川内《うしろがわち》の後藤国太郎と大賀武雄が栽培した白菜が、御料品として納入され、浅ヶ部の戸高荒市所有の軽種馬第三瑞穂号を天覧に供した。

同十一年には二・二六事件が起こり、内大臣斉藤実《まこと》、大蔵大臣高橋是清らが暗殺された。翌年七月には日華事変が起こり、同十三年四月には国家総動員法が公布され、全国各地から多くの若者が戦地へ駆り出された。十一月には、下永の内出身の佐藤忠一上等兵が中華民国江西省で戦死した。以下、戦死者、戦病死者が続くが、ここでは、この本の主な舞台となった岩戸村上永の内、下永の内の出身者をみていくことにする。

同十四年五月、ノモンハン事件が起き、十月に富高忠一上等兵が満州国興安北省で戦死した。

昭和十五年（一九四〇）九月、日本軍は北部仏印へ武力進駐を開始し、十月には大政翼賛会が生まれ「聖戦」の意識づくりが活発になり、十一月には紀元二六〇〇年記念式典が皇居前で挙行されて、高千穂はこれを機に全国に顕彰されることになった。

この紀元二六〇〇年を記念して、妙市は天の岩戸神社に奉納する大太鼓を製作した。樹齢四〇〇年は優に超えるような栂《つが》の大木を刳《く》り貫き、直径一・二メートルの胴に、自分で加工した大きな牛皮を張ったもので、名前を募集し、中川登の興梠国光の「長鳴り」が岩戸神話に因んで選ばれた。

当時の世相を表す次の句がある。

天岩戸大太鼓完成す　昭一八・八・一

醜《しこ》討てと　神鼓が鳴るよ　青嵐《あおあらし》　一笑

なお、「長鳴り」の大太鼓は、今も天の岩戸神社西本宮拝殿にあり、神事の時に鳴らされ、私と二人の娘も、この大太鼓の前で結婚式を挙げた。平成最後の平成三十一年（二〇一九）三月末、日之影町の太鼓職人甲斐嗣巳《つぐみ》氏（八十歳）の手により大補修が行われ、私も納入に立ち会う縁に恵まれ、妙市翁が七十歳を過ぎて一人でこつこつと作っている情景を思い浮かべ、翁の根気と器用さを偲んだ。

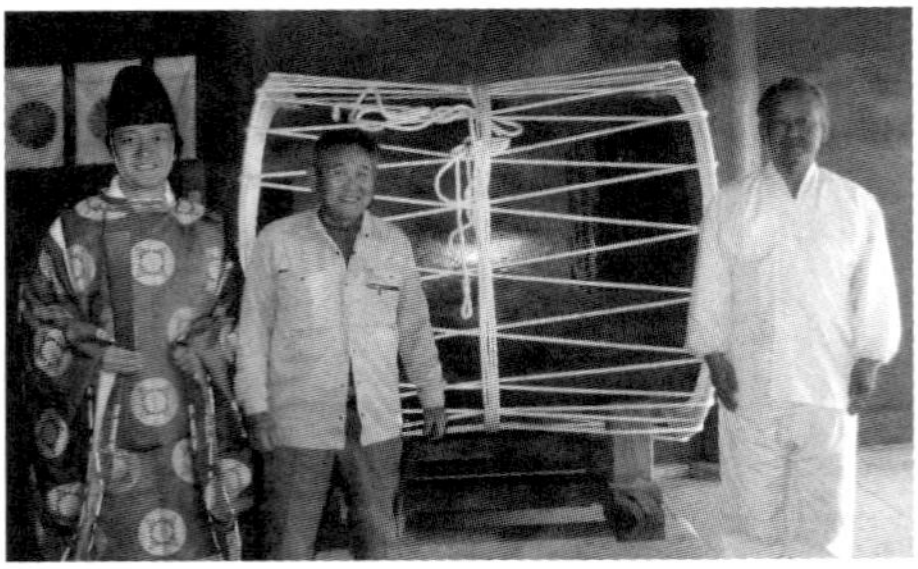
日之影町の甲斐嗣巳氏（中央）により大補修された、天の岩戸神社の大太鼓。右は第24代佐藤延生宮司

射撃場

土持妙市に、地方馬一斉調査に協力したことによる感謝状を授与した陸軍大臣荒木貞夫は、明治四十年（一九〇七）、陸軍大学校を首席で卒業し「恩賜《おんし》の軍刀」を拝受している。第一次世界大戦中はロシア従軍武官、シベリア出兵では特務機関長として参戦したが、陸軍士官学校と陸軍大学校で同期の真崎甚三郎とともに、皇道派の頭目として目を付けられていた。このため、陸軍首脳から「青年将校を煽動する恐れあり」として、陸軍大学校校長から、昭和四年（一九二九）八月に熊本の第六師団長に転任させられ、同六年八月まで二年間勤務した。

現在、天の岩戸神社を真東に見下ろす岩戸地区の五ヶ村集落から、上野地区の下野集落にかけて大きな広域農道が通り、かつての往還であった岩戸坂の下には、長いトンネルが抜けている。その岩戸坂トンネルの近くから、上寺《かみてら》集落（以前の上村《かむら》と寺尾野の二つの集落が合併）に下りる古道の峠への道へ通ずる、小さな農道横の杉林の中の人目につかない所に、戦争遺跡ともいえる一風変わった石塔が建っている。

かつての陸軍の星印が埋め込まれた二メートル近い台座の上に、さらに二メートル近い銃弾の形をしたコンクリート製の塔が建てられ、その正面には「御大典記念射撃場」と大きく書かれ、その横には「第六師団長　荒木貞夫書」とあり、裏面には「昭和四年九月建設」と彫られ、土台とともにかなり風化している。

この建設時期は、荒木が第六師団長に着任した翌月である。「御大典」とは、前年の昭和三年十一月十日から十五日にかけて、京都御所で行われた昭和天皇の即位の式典だが、なぜ、このような山の中に、御大典を記念して射撃場が作られたかについては、何の記録も言い伝えも残っていない。

この杉林の所有者で、近くで高千穂焼の工房を経営している佐藤修氏（八十二歳）に、現地を案内していただき話を聞いた。当時は、きれいに整地され、周りには桜も植えられ、石垣に囲まれた射台の上から、山の斜面にある紅白の動く標的に向かって射撃訓練をしていた。終戦後は、子どもたちの遊び場となり、空の薬莢《やっきょう》を拾い集めるのが楽しみであったようである。私も、小学校低学年の時の遠足が「射撃場」であったことは覚えているが、石塔の記憶はなく、それ以来の現地訪問であった。

昭和４年（1929）に建てられた熊本の第６師団長荒木貞夫の書がある御大典記念射撃場の石碑と山林所有者の佐藤修氏（高千穂町岩戸上寺）

佐藤氏によると、ある日、父が山仕事をしていると、髭を生やした威厳のある軍人が、軍刀を腰に下げ、乗馬姿で通りかかり、姿勢を正し直立して頭を下げると、「御苦労、御苦労」と声を掛け通り過ぎ、後々まで、あれが荒木師団長だったと語っていたという。

荒木貞夫は昭和八年（一九三三）十月、陸軍大将の時に、外国人記者との会見において、「竹槍三百万本あれば列強恐るるに足らず」と竹槍三百万論を持ち出し、記者団を呆然とさせた。

熊本第六師団長から教育総監本部長に栄転した後、荒木は同十三年、第一次近衛内閣の文部大臣に就任すると同時に、「皇道教育の強化」を前面に打ち出し、国民精神総動員の委員長も務め、思想面の戦時体制作りを強力に推し進めた。戦後はA級戦犯に指名され、巣鴨プリズンに拘置され、極東国際軍事裁判において、わずか一票差で死刑を免れ、終身刑の判決を受けたものの、同三十年、病気により仮出所し、同四十一年八十九歳で没している。

(二) 太平洋戦争

戦死相次ぐ

昭和十六年（一九四一）十二月八日、日本はハワイ真珠湾攻撃により太平洋戦争に突入した。物量ともに圧倒的に優るアメリカ軍相手の戦争で、日本軍が優勢に立ったのは、緒戦だけである。

同十七年六月、ミッドウェー海戦で負けて敗色は濃くなり、村出身の戦死者も増えた。五月、臼井常泰上等兵が福岡の野戦病院で戦病死、六月、土持五十志二機兵が東太平洋方面で戦死した。

同十八年、陣頭指揮の山本五十六長官がブーゲンビル島沖で戦死し、アッツ島の日本軍守備隊玉砕と続き、翌年六月にはマリアナ沖海戦で、日本軍は空母・航空機の大半を失い、サイパン、テニ

アン、グアム各島の守備隊は全滅した。十月には、学徒動員により、ペンを捨て銃を持った学生たちまでが戦場に送られた。

十九年三月には、工藤数男伍長がブーゲンビル島で、工藤春雄伍長がニューギニア島で、富高立夫軍曹がセバンビアン島で、五月に工藤續夫兵長がニューギニア島で、六月に栗原力蔵兵長と佐藤嗣夫伍長も同じ日にニューギニア島で、それぞれ戦死した。八月に満州国海位爾陸軍病院で戦病死した富高貞喜曹長が家族に送った葉書が、宮崎県護国神社遺品館に展示されている（以下原文）。

昭和19年８月に旧満州で戦病死した富高貞喜曹長（宮崎県護国神社展示）

今日は朝から本当に気持ち良い御天気です。

昨日までの猛演習のため今日は休養なのです。すが〳〵しい風が兵舎附近に植えてある木の葉をゆすりながらどこかえ流れていきます。昨日までは廣い〳〵果てもない野原にて猛訓練を受けました。丁度故郷の秋の気候くらいです。野生の草花が色とり〴〵に今を盛りに咲きほこって居ます。演習後の一ぷくには蚊の大軍が襲撃をするのです。全く蚊の多い事には困ります。それを返して故郷ではあらゆる作物が競争しつつすく〳〵と伸びて本当に晩夏の候にふさわしい事でせう。何卒御身大切に御暮しあれ　当地の近況。

同じ八月には富高義人上等水兵が南支那海で、佐藤正春伍長がブーゲンビル島で、九月には佐藤源蔵上等兵が中華民国湖南省で、十一月には甲斐宝軍曹がブーゲンビル島で、十二月には甲斐孝久上等兵が支那方面で、藤沢穂一兵長がパラオ島で、それぞれ戦死した。

昭和二十年（一九四五）一月、アメリカ軍はフィリピンに上陸したのに続き、二月には硫黄島に上陸し、栗林忠道中将以下二万三〇〇〇名が玉砕した。同月には、土持比徳兵長がチモール島の病院で戦病死、三月に甲斐留雄兵曹が南西諸島で、中藪榮伍長がレイテ島で、甲斐須磨市海二機曹がビスマーク群島で、四月には酒井友春兵長がルソン島で、五月には佐藤尋士伍長がルソン島で、土持龍馬二整曹がビスマーク群島で、それぞれ戦死した。また、この間、三月九日には、B－29一五〇機が来襲し東京の約四割が焼失し、死者は七万二〇〇〇人に達した。以後、日本各地の都市への空襲が本格化していった。

沖縄学童疎開

アメリカ軍は沖縄を占領し、そこを足がかりに本土に攻め込む作戦を展開することが予想されたため、昭和十九年八月に学童疎開が始まり、高千穂町、岩戸村、上野村、田原村は、沖縄からの一般疎開約三〇〇名、学童疎開約三五〇名を受け入れた。

岩戸国民学校には、豊見城《とみぐすく》村豊見城第一国民学校の児童七十九名、教師二名、付添人四名と四家族の計八十九名が疎開し、それぞれ農家に引き取られた。引率責任者は仲西盛久先生であった。上

永の内の工藤駒毅が引き受けたのは金城《きんじょう》義則少年という、責任感が強く真面目な、疎開学童のリーダー格であった。

疎開学童たちは、終戦翌年の昭和二十一年（一九四六）九月から徐々に帰還していったが、学童疎開五十年目に次の感謝状が駒毅に届いた。

感謝状

工藤駒毅　殿

貴殿は去る大戦中昭和十九年九月から二ヵ年余にわたり、本村の第一国民学校児童の学童疎開当時岩戸村の農業協同組合長の要職にあられ、国策による食料の供給等で地元村民でさえ苦しい中、学童疎開に対し御理解を示され食糧の特別配給等暖か《(ママ)》い御援助を賜り、終戦後疎開児童八十九名は全員無事帰郷でき、本村をはじめ沖縄県内の各界の中核として活躍しておりますことは、疎開児童はもとより本村にとっても終生忘れることができない大恩であります。依って学童疎開五十年の節目に当たり豊見城村民を代表し記念品を贈り深く感謝の意を表します。

平成五年九月二十二日　沖縄県豊見城村長　比嘉　秀雄

神鷲

昭和二十年になると、本土へ侵攻しようとするアメリカ軍に対し、日本軍は、世界に類を見ない

特攻隊員として昭和20年4月6日、鹿屋基地から出撃し戦死した甲斐孝喜一飛曹（甲斐修氏提供）

非人道的な戦法を取った。特別攻撃隊を編成し、爆弾を積んで、敵艦船に飛行機もろともに体当たりするという捨身の作戦を展開した。

上永の内の隣の集落にある馬背野で、大正十五年（一九二六）に生まれた甲斐孝喜《たかき》は、出撃直前に帰省し、純白の予科練の制服に身を包み、親戚や集落の人々の家を回りあいさつを済ませると、四月六日十一時二分、鹿児島県鹿屋基地から神雷部隊第三建武隊員として、喜界島方面の敵艦船を求めて、爆装した零戦で出撃し戦死した。まだ十九歳であった。鹿屋航空基地史料館に遺書が展示してある（以下原文）。

永い間有難う御座居ました。

予科練以来の望みかなって今日暫く神雷特別攻撃隊の一員として出撃することになりました。海鷲の伝統に生き伝統に死ぬ事は永年の望みでありました。

選ばれて神雷部隊付となった事を此の上無き光栄と思って居ります。我が部隊は憂国の志士のみ集まった立派な部隊であります。

これ迄行って来た体当たり訓練も懸命にやって来ました。絶対の自信を持って居ます。必ず日向健児の意気を見せて闘います。待ちに待った出撃も近づいた様であります。今更何の未練もあ

りません。只々皇国の勝利を祈りつつ南海の空へ散って征きます。
御老体を大切に
御両親の長寿を祈って止みません
では最後拙いものですが記して居きます。
尚同封の国旗は東京の市民より戴いたもので、体当たりに持って行こうと思いましたが遺品に残して居きます。若し戦死の報の前に開封したら絶対御他言しないで下さい。

孝喜

御両親様

空征かば雲染む屍大君の　御楯となりて散り果つるらん
大君の醜の御楯と体当たり　我が身捧げて国や護らん

沖縄戦は熾烈《しれつ》を極め、日本軍守備隊は、圧倒的なアメリカ軍の物量作戦の前に完全に追い詰められた。六月十四日、この沖縄戦で栗原利勝水兵長が戦死。二十三日、摩文仁の丘で牛島満中将と長勇中将が自決し沖縄戦は終わった。七月にレイテ島で工藤貞蔵兵長が戦死した。
八月六日に広島へ、九日に長崎へ原子爆弾が投下され、日本軍は、戦争継続の道を完膚なきまでに閉ざされ、十五日正午、天皇が「戦争終結の詔書」を放送し、この玉音放送で長かった戦争は終わった。この日に、後藤初由兵長がルソン島で戦死した。

この戦争で、わずか一〇〇戸足らずの二つの集落から戦地に向かった前途ある二十七名の若者が戦死・戦病死するという村の歴史始まって以来の悲劇であった。

神鷲を　育てし家の　柿赤し　　一笑
英霊の　門に山茶花　散る白し　　一笑

花あやめ

妙市とスマの長女トシは、福田弥三郎に嫁いだ玄良と京の三女ヤソの二男弥之助に嫁ぎ、イソ、亮、アヤ、スヤ、ミヤ、玄、哲也、健の八人の子を産んだ。なお、ヤソは夫弥三郎没後、碓井姓に復帰している。したがって碓井姓を名乗る岩戸岩神の碓井家は本家ではなく、玄良の長男昇の子孫は宮崎市に在住している。

長女で花田善松に嫁いだ産婆のイソは、元亮の妻と同じ名で、長男の亮《りょう》は元亮から、二男の玄《はるか》は玄良から一字もらって名付けた。三男が、本書をまとめるにあたってお世話になった哲也である。

大正五年（一九一六）に生まれた亮は、先祖と同じように文芸を好み、岩戸吟社に籍を置き句作に励んでいた。後に海軍に入隊し無電通信兵として艦船に乗り込み従軍したが、劣悪な環境下での業務で肺結核に罹病した。戦後、岩戸村森林組合に職を得たものの病状が悪化し、昭和二十三年（一九四八）五月、二十九歳の生涯を閉じた。最愛の長男を亡くした弥之助とトシ夫妻は悲しみに暮

れた。岩戸村前村長の甲斐徳次郎は、亮の七周忌に次の供歌を送っている。

忘れなく　ことしも咲くか花菖蒲　おくつきの野の雨霧らふ日を
雨哀し　な丶たびこ丶に花あやめ　君が眠れる野に咲けるかも
御柩はしづかに沈みゆきにけり　あやめ花咲く野邊のま中に　（作者不詳）

土持悟は、戦争末期から敗戦後の様子を、次の歌に詠んでいる。

決戦下任務重きぞ警防の　団長吾れは肉《ししむら》躍る　（大東亜戦）
無心なるこの山川よ三十才の　歴史汚みぬと誰《た》が語らむや　（終戦）
戦犯の判決凛と下りたり　国民《くにたみ》おのも悔なきや今日《こぞ》　（終戦）
その責《せめ》の三親等に及ぶてふ　追放令は秋烈にこそ　（終戦）
新たなる日の本建つる礎《いしずえ》の　この一票ぞあだにすなゆめ　（終戦後初総選挙）

㈢ 忠霊塔

昭和十二年（一九三七）に勃発した支那事変（日中戦争）から太平洋戦争による高千穂町内の全戦死者は、町史によると九八三人を数える。

岩戸地区忠霊塔にある初代岩戸村遺族会長竹内勲（一笑）の句碑

御大典記念射撃場跡から西の方に、さほど遠くない所に丘がある。その岩戸を見下ろす丘に、岩戸地区戦没者慰霊塔（忠霊塔とも呼ばれる）が建てられている。塔に刻まれた戦死者を数えてみると、太平洋戦争の戦死者だけで二〇〇人を超えている。

国民総動員令の結果、こんな小さな村から、これだけ多くの無名の兵士たちが、南の海や密林の中に、そして北の凍土の中に故郷や家族を思いつつ、遺骨も帰ることなく眠っていると思うと戦慄さえ感じる。

その塔の横に、戦時中、初代岩戸村遺族会長であった竹内勲（一笑）の句碑がある。

殉国の遺影に哭かゆかげろひつ　　一笑

今、この丘から見下ろす岩戸の村々は、かつて暗雲が深く垂れ込めていた時代があったことが信じられないような静かな佇《たたず》まいを見せている。

第二節　岩戸吟社

㈠ 梅が香碑

得々庵魚竹

本書でも随所で俳句や短歌作品をひいてきたが、いずれも岩戸吟社に集まった人々の作品である。天の岩戸神社西本宮の大鳥居を潜り、拝殿へと進むとすぐ右側に大きな句碑がある。

天の岩戸神社の境内にある安政２年（1855）建立の梅が香塚

梅が香にのっと日乃出る山路哉　　はせを

高さは二・六メートルもあり、県内の芭蕉句碑では最大である。案内には次のようにある。

「俳聖松尾芭蕉の句集『炭俵』の中のなじみ深い句で、まさに高千穂地方早春の光景そのものです。建立されたのは、安政二年（一八五五）八月で、揮毫は、延岡に寄留した江

戸の俳人得々庵魚竹です。当時、大勢の門人たちが、この神苑で句会を催したのを記念して建てたものです。左手に、今は風化した三十六人の門人たちの副碑「幽香碑《ゆうこうひ》」が、その面影を残しています。

文　碓井哲也」

この句碑は、碓井玄良（俳号迂水）らが中心になり、交流のあった延岡の小森駝岳（名は光明、初め起雲庵、汲古と号した。一七九三～一八五九）や延岡藩の国学者樋口種実の弟である後藤双烏《そうう》（字は貞治、俗称新兵衛、一七九六～一八五八）らによって、天の岩戸神社の神苑に建てられた。駝岳は高千穂で、「朝となく夕へとなくて眠る山」と詠み、双烏は翁忌に、「ぬれてよき雨はなけれど初時雨」と詠んでいる。

揮毫した魚竹は、文政三年（一八二〇）江戸生まれの芭蕉に私淑した放浪の俳人で、名を山崎東川といい、旗本の出ともいわれ、白髭を垂れ風采悠々とした俳人で、日向と肥後方面を放浪し、岩戸村にもよく足を運び、十歳年下の玄良とは深い交流があった。

魚竹の遺墨に、五ヶ瀬町の西川功所蔵の「水に眼のいくや小昼のはつみ空」があり、高千穂町の甲斐徳次郎所蔵の半折に、「明治十一年十月二十三日、岩戸なる小学校の開式にまかりて」と前書きのある「月雪はおろか紅葉も住む住居」があり、北方村の林田秀所蔵の短冊に、「振り向いて帯見る羽子の次手かな」がある。

岩戸村で小学校が開校したのは明治十一年（一八七八）で、下永の内岩神（旧公民館跡）に建てられた。その頃、玄良は小学校の教師も兼ねており、魚竹とは俳句を通じて深い交流があったようで、

上永の内中の園にある玄良の墓の文字は、生前に魚竹が書いたものである（3章で述べたように墓は二基あり、名前だけが書かれている自然石のものとみられる）。

魚竹は、明治十二年四月二十四日、花も過ぎた葉桜の頃、北方村南久保山の医師甲斐文哲方で、六十歳で客死した。庄屋日記には、同十一年五月二日「俳人魚竹江戸産四月廿五日曽木甲斐文哲方ニテ病死之由同人ヲリ為知状来ル《しらせ》」とある。

遺骸は村を見下ろす荒平山《こびら》に葬られたが、墓標もなく、昭和十三年（一九三八）十一月六日、曾木蛙声《あせい》会同人村田竹水、松田仙峡らの主唱で、句碑を墓標がわりに荒平山に建て、「明治六年十二月二十三日、肥後温泉地獄で翁忌を営み」と前書きのある「納会や時雨も末の雪交り　魚竹」の句を、宮崎市の俳人杉田作郎が揮毫した。この時の翁忌には、玄良も同席していたかもしれない。

なお、宮崎市生目の亀井山にも、魚竹が発起した「此のあたり眼に見ゆるもの皆涼し　はせお」の句碑がある。

梅が香碑再建

梅が香碑は、昭和十五年（一九四〇）二月四日、岩戸村の中心部笹之戸で五十四戸が全焼した大火により、被災後の区画整理で放置されていたが、岩戸吟社の仲間や町当局の協力により、同四十一年に再建された。

その時の様子を、当時、岩戸吟社の会員であった竹内勲（俳号一笑）と玄良の孫でもある歯科医

の土持悟（俳号雨杏）は、次の句と歌を詠んでいる。

ひそとして秋霖に立つ句碑大に　一笑
句碑再建《たて》て俳聖まざと秋深む　一笑
蕉翁の句碑いみじくも梅の下　雨杏
蕉翁の句碑建てばやなこの池の　苔古るわたり筧したたる　雨杏

(二) 岩戸吟社の俳人たち

唯井玄良を中心にして、幕末の混乱した時代に発足した岩戸吟社には、多くの句友が遠近から集まり、岩戸の自然や風景を句にし創作の喜びを共に味わい活発な活動を続けた。しかし、太平洋戦争の敗戦から戦後の復興期、社会や人々にゆっくりと句作に興じる余裕がなくなるとともに、会員も減り続け、いつの間にか自然消滅の道をたどった。

岩戸吟社から定期的に発行された句集も見当たらず、句友の作品を幅広く紹介することはできないが、西川功著「碓井家の研究」に書き留められていた玄良（迂水）の句と、岩戸吟社の会員であった土持悟（雨杏）の遺詠集『白衣抄』（昭和四十八年刊）と、同じく会員であった竹内勲（一笑）の句集から、夜神楽の句を中心にその一部を記してみたい。

唯井玄良（迂水）の句

玄良の句からは、峠道を越えて往診に行く道筋で、ふと足を止め詠んだと思われる句や、高千穂の四季の移ろいに優しい眼差しを注いだ句などがあり、その人柄が偲ばれる。

新　年

初日影声なき松を昇りけり
神の燈の光うつりぬかがみ餅
大空やひろがる声は初からす
屠蘇の香も畳み込みけり金屏風

春

朝晴の空や鶯高う泣く
雪を消す雨から山の笑いけり
春の日静かに山を離れけり
ひな棚の大内裏《だいり》うつりぬ金屏風
馬おりて矢立とり出すさくらかな
ほのぼのと花の高し霧の中
陽当りのよしあしもなし帰り花
梅咲くやゆるみのつきし水の音
春寒し柳は去年におののけり
野は山にまかせて上る雲雀かな
春の水流るる音はせざりけり
見え出してから小一里の桜かな
花もりに一人も下戸はなかりけり
花咲くやいらぬ雨よぶ鳩の声
宵寝して明日の花見の工夫かな
梅迄が行きづまりなり畑道

暮れて着る羽織持たせて梅見かな
ほめられてのれん外すや軒の梅
梅白し一寸先は闇ながら
明日なれば開きそうなり室のうめ
花の中どこかに杖を忘れけり
出してから一輪咲きぬ室の梅
夕暮れやほろつく雨に鳴く蛙
鶯や離れ座敷は山続き
若鮎や岩に角なき水の音
手心の人に言われぬ接木かな
花なれば蕾を独活の土離れ
かきつけておかん蚕のいみ言葉
野を焼いて二日と待たぬ日和かな
広い野に出て吹かれけり春の風
いさぎよく散って名の立つ桜かな（征露の役戦病死者の招魂祭を営みける時）

夏

時鳥もう鳴く頃と思いけり（真海宗匠の連句を待ちわびて）
薬玉の影動きけり金屏風
水を切る鋏の音やかきつばた
葉隠れに明日の花あり杜若
ほむるにも手はあげられずかきつばた
此の水で耳も洗うか燕子花《かきつばた》
片あしはぬらす覚悟やかきつばた
竹えんにしめり運ぶやかきつばた
葉隠れに一輪咲きぬかきつばた
蚊帳はねて障子外すや夏の月
葉桜や心おきなき雨の音
木雫の伝う桂やかたつむり
飛ぶ蛍やさしき声に追われけり
子供等がねごとにも言う蛍かな
低う来て小波みする蛍かな

宵闇にうのはなたどる山路かな
薄羽織風を押さえてたたみけり
蓮の香や朝冷たく竹床几
男手も借るや蚊帳のつり始め
昼顔の盛りを寝たり下男
夏座敷風の来ぬ間はなかりけり
滝白し滴る山の八合目
おち口は若葉がくれや滝の糸
硯にも滝の水くむ夏書かな
浴る程ほしき岩間の清水かな
供応に作った滝や夏座敷
暮の蝉行き逢う梅になきにけり
松風やひるねの夢のさめ心
松に風もどして畳む扇かな
水打つや垣根の竹のたわむ程
竹にまで打つはとどかずもらい水
竹に迄打った足しなきもらい水
石苔や庭にすえたき石ばかり
葉桜や明けても暗き庵の窓
帷子《かたびら》に来るや庭木の夕しめり
二階までくるや庭木の夕しめり
月と雲かかる夜になけほととぎす
見つけたりかかる座敷に蚤一つ

秋

もらいけり秋の野の幸山のさち（山深き尾八重温泉の客中）
出なおして名の夜みせけり月の雲（良夜の即興）
松茸や踏めば崩るる崖の上
初秋の影動かすや窓の竹
風の音鹿の声かすかにまじりけり
明け残る片割れ月や鹿の声

秋白し朝三日月は霜の上
庵狭し萩もすすきも蒔かぬ程

雨の萩杖で起こして通りけり
萩咲くやたわまぬ程の朝の雨

秋の雨明るくなりて暮れにけり
戸口まで秋を引き込む鳴子かな

雁くるやしばらくありて又一羽
竹に艶持たせて秋は淋しけり

水の音かすかに秋は寂しけり
隣のも来ている秋の団扇かな

秋風の吹きちぢめけり草の露
つりかえて夜露にぬらすしのぶかな

見かけにはよらぬもろさよ芋の露
咲くも待ち散るも待ちにけり稲の花

天の川星の浮名も流れけり
雨宿りしたたかぬれて秋の月

露散るや虎臥す野辺の一嵐

冬

鷲の羽や日に日に抜けて丸裸（皇軍〈三十七八年〉連勝）

鷲が住む山から雪のなだれけり（敵軍敗北）

神の燈の影も豊けし年守夜
陽当りのよしあしもなし帰り花

鳥さしの軽く踏み行く木の葉かな
水仙のにおうや霜のけふる頃

味わえば蒟蒻甘し御霜月
雪の日や囲い米つく山の秋

曙の雨や雪にもなる寒み
射て落す鳥の血寒し雪のうえ

寝心は夜も小春よ雪のおと
月と日に配る師走の仕事かな

明け方になってはずむや餅の音
散る木の葉雲の行方にまかせけり
戸明くれば水鳥はにげて雨の音
水鳥の押し流さるる早瀬かな
へつらいを聞く耳でなし丸づきん

積上るまで積みあぐる年末かな
水の音寝耳に寒し木賃宿
茶の花や杖も植え込む山畑
瀑の音幽かに山は眠りけり
薬喰いする迄に身は老にけり

玄良の連句

俳聖芭蕉による蕉風の、自然に親しみ自然に溶け込んだ俳句を学んでいた玄良はその流れから連句にも興味を持った。蕉門の正統派であった讃州白鳥村（現香川県東かがわ市）にある真言宗千光寺の住職長尾真海（一八六〇～一九一二）を宗匠にして連句を学び、お互いの句を交換していた。

曳いて来た松の根に咲く菫かな　真海
覓伝ひにぬるむ山水　迂水
起き揃ふ蚕に間毎塞りて　真海
逢わねばならぬ使待ち居る　迂水
澄み昇る月に心も廣くなり　真海
野分けもしらず秋豊かなり　迂水
骨休めに蜻蛉のとまるはねつるべ　真海
温泉《ゆ》の利いたやらゆるむ疝癪《せんしゃく》　迂水
酒の座と聞けばまんざら憎うなし　真海
仮媒《なこうど》も是で二度なり　迂水
よう煙る蚊やる風の吹そうて　真海
月ある方へなびく若竹　迂水

世の塵と嵯峨に捨てたくなりにけり　真海
長生きしても人も《ママ》百歳まで　迂水
饗応も寺は茶菓子の外になし　真海
ねっからちのあかぬ山公《やまく》事　迂水
此の春はなじみの花も見そこない　真海
はなればなれに帰る雁かね　迂水

土持悟（雨杏）の句

土持悟は、明治三十三年（一九〇〇）十二月四日、上永の内中の園で、土持妙市・スマの長男として生まれた。下に男三人、女三人が生まれたが、弟の保、功とも玄良が命名した。

土持悟（雨杏）

大正九年（一九二〇）に、県立延岡中学を卒業した後、岩戸小学校の代用教員となった。翌年、明治大学に入学するものの中退し、同十二年、三ヶ所小学校の代用教員を一年間務め、翌年には日本大学歯科に入学、昭和二年（一九二七）四月に卒業し、岩戸の自宅で開業した。

悟の妻サダは、東京の出身で、学生時代に知り合い同三年に結婚した。当時村外から嫁を迎えることが珍しい時代に、東京からの嫁ということで村人も相当驚いたようである。

俳句や短歌は、子どもの頃から祖父玄良の影響を受け、いつとはなしに自然に馴染んでおり、若山牧水は同じ延岡中学の出身で、その影響もあり、牧水調の歌を好んで詠み、同じように酒も愛していた。

夜神楽の句

岩戸神楽に大八州の元旦明くる
神面の刻の深さよ秋落渾
銀杏降り鈴冴え神楽高潮に
百舌猛り三十三番まだ半
輝り返す紅葉あかりに神楽面
一葉散り岩戸神楽の冴ゆる鈴
秋光に鈴をかざして鈿女美女
神輿渡御す秋の夕陽をまともにて
新　年

元朝や日の出を山乃新にて
霊峯ぞ初日輪に真向える
屠蘇すてし礼射の的に真向いぬ
佇ち迎う初日雲海なかなかに
書初の筆に余れり屠蘇の酔
再建と酒気大胆な筆初め
春

遠足の列乱れけり花吹雪
もち筆をかくして聴けり花の鳥
生酔の辞して帰るや朧月
花の下は新卒業の群とみし
子等つみしよもぎ土筆と座に満てり
麻播きの上を囀り何の鳥
夏

岐れ路の峠にかなし合歓の花
梅雨晴れや馬糞の上のるり羽蝶
蟬に寝て蟬に醒めたり風邪の昼
白い蝶動く麦の秋真昼

麦田耕く牛と人と只黙々

秋

ひる寝さめ此の夢知るや宝仙花
早乙女の刈り残し置く彼岸花
傘伸べて山路の萩にふれてみる

冬

落葉除け岩湧水に腹這いぬ
旗の日をひねもす落葉焚きにけり
来しかたや霰の夜半の炉を守る

一群の霧に襲われ山女釣る
山鳩や峠に孤りくずれ座す
刈り残す段々畑の彼岸花
栗一つ落ちし音なり山の寺
いさかいのなごまぬ心落葉ふむ
山門の落葉を寒く若き僧
大祓祝詞は霜林に透け入れり

竹内勲（一笑）

竹内勲（一笑）の句

竹内勲は、明治三十六年（一九〇三）京都市で生まれ、四歳の時に岩戸に移り住む。昭和十三年（一九三六）土呂久鉱山事務所の福岡県杷木出身の小野福正（枯畔）を中心に、天の岩戸郵便局長土持春汀らと天岩戸吟社の集まりを持つ。東京石楠社臼田亜浪師の直接指導を受けた。楠の木句会を結成、主宰として活躍するとともに、宮崎県俳句協会顧問も務めた。句集に

『父と娘の句集』『空間』『祝者』がある。平成三年（一九九一）八十八歳で没した。高千穂郷内一帯の風物を詠んだ多くの句があるが、紙幅にも限りがあるので、高千穂の山間の里々に舞い継がれてきた夜神楽の句の一部を紹介する。

神楽面磨きて神の留守まもる
夜神楽の笛のこもれる山の襞
更けゆけば土に還れる夜の神楽
夜神楽は昼の神酒より始まれり
夜神楽や太鼓の綱を締直す
皹《ひび》の足白足袋はいて手力男
夜神楽の笛音たしかに故郷たり
神楽笛冬日いつしか山に没る
山澄むや神話の里の神楽笛
夜かぐらの鼓の音とどろ星凍つる
夜かぐらの終ればすがし初茜
夜神楽の祝者《ほしゃ》に出会ひし明《あけ》の月
夜神楽の幣に霊入れ祝者《ほしゃ》去りぬ

夜神楽や嶺々の力を得てとどろく
夜神楽の暁けては杜に舞ひ納む
夜神楽やわがふる里は神多し
面棚に祝者《ほしゃ》の正座や夜の神楽
皹《あかぎれ》の指に鈴振り細女神
長老の笛指ひしと夜の神楽
夜神楽の酒こしの舞闇ふかむ
夜神楽の神ぞ拍手を乞ひ給う
凍つる夜を神楽の村は月落す
夜かぐらの神の面《めん》脱ぐは農夫の指
千木屋根に夜神楽の笛暮れゆけり
夜かぐらの白足袋脱《ぬ》ぐは農夫の掌
神楽終え貌かがやかす霜の朝

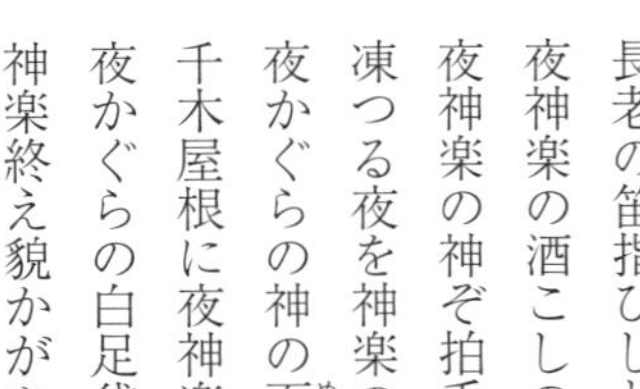

第三節　国破れても――甲斐徳次郎と高千穂碑

国破れて山河あり

神州不滅と信じさせられていたこの国は、見事に負け、出征していた兵たちが再び故郷の地に帰り始めた。故郷の山河は、日本が負けたとはいえ、直接戦火に見舞われたことはなく、出征前のままであった。

しかし、無事帰った者は幸運で、中には一家から三人も戦死した家もあった。馬も軍馬として徴発され、主も兵士として召集され戦死した家は哀れであった。残された老人と女手一つで、幼い子を育てながら農作業を続けた戦争未亡人の苦労は、筆舌に尽くせぬこの世の生き地獄であった。

山村とはいえ、耕地の少ない高千穂地方でも食糧難は深刻で、山裾まで畑にし、食べられる物は何でも作った。終戦の翌九月には枕崎台風、十月には阿久根台風と、次々に大きな台風が襲来し、稲作の被害は甚大であった。

昭和二十二年（一九四七）、臨時国勢調査が実施され、高千穂町一万一一〇二人、岩戸村七二七六人、上野村四五四四人、田原村四一九四人、計二万七一一六人であった。

昭和二十三年、新制高千穂高校や高千穂農業協同組合が発足した。同二十五年、西臼杵支庁が設

置された。十月に国勢調査が行われ、高千穂町一万三五九七人、岩戸村七三五六人、上野村四七二三人、田原村四二九八人、計二万九九七四人で、三年間で二九〇〇人近く増えていた。

同二十八年、熊本・延岡線が二級国道に昇格して二一八号となり、三十一年、高千穂町、岩戸村、田原村が合併し、高千穂町となった。

日本は、世界の歴史上でも奇跡的な戦災からの復興を遂げ、同三十三年七月から同三十六年十二月まで好景気が続き、神武景気をしのぐ大型景気ということから、天の岩戸神話に因み、岩戸景気と命名された。また、同三十四年には、皇太子の結婚式を機にテレビが爆発的に売れ始め、〝三種の神器〟といわれたテレビ・電気冷蔵庫・電気洗濯機が急速に普及していった。

同三十五年、高千穂が観光地として脚光を浴び、宮崎交通が定期観光バスの運行を開始した。仔馬のセリ市が五十七頭の出場で、この年中止となった。

心田

昭和三十七年(一九六二)十月、宮崎県議会新議事堂の完成を記念して「元県会議員のつどい」が開催され、各地区代表九人が意見発表を行った。最初に、西臼杵郡代表として登壇した甲斐徳次郎は、「県民の心田開発」と題して、堂々とした演説を行った。

その内容は、当時一期目の黒木博知事の政策を評価するとともに、県民の奮起が不十分であるとして、「我々の心田が、未曽有の敗戦によって荒廃しているためではないか」と切り出している。

これは、江戸時代の農政家である二宮尊徳（金次郎。一七八七〜一八五六）が、心の田の荒地が国家のためにもっとも大きな損失で、次が田畑山林の荒地で、皆努めて、これを開拓しなければならないと説いた（『二宮翁夜話』から引用したものと思われる）。

最後に、黒木知事に、県民の心田の開発に目を向けていただきたいと述べ、人間の幸せというものは、経済的な考えから出発したならば、人作りは打算的な人間だけしかできなく、経済的欲求を充足することのみでは達成できず、宮崎県民の持っている真の底力を発揮することが、きわめて大切であるということを念頭に置いて、県政の進展に努力していただきたいと締めている。

この意見発表の翌年、昭和三十八年、甲斐徳次郎は次の歌で、歌会始に入選している。

杉うえて葉守の四手と　ひともとの　秀に白紙をゆふ

岩戸村長７期、県議会議員３期を歴任した甲斐徳次郎
（甲斐宗之氏提供）

高千穂碑

甲斐徳次郎は、戦前戦後に跨る三十余年は、旧岩戸村長や宮崎県議会議員を歴任した政治家であったが、郷土史研究家でもあり、特に古文書調査においては一流であった。

徳次郎は郷土愛も人一倍強く、公職をすべて退いた後は、高千穂の名を後世に残すための「高千穂碑」建

碑運動を主唱し、全国的な運動を展開した。この建碑運動は、神話の里であり、古い歴史を持つ高千穂郷を後世に残す手立ての一つとして、滝川政次郎国学院大学教授を協賛会長として、安倍能成《よししげ》学習院長ら大学教授四十三人、武者小路実篤、福田恒存ら文化人十人、坊城俊良伊勢神宮大宮司ら宗教人十人の合計六十三人の発起人が名を連ねている。

なお、碓井玄良の孫で土持妙市の二男である土持保は、東京建設業会専務理事であったが協賛会役員を引き受け、東京方面における募金活動や連絡調整役として大きな動きをした。この間、徳次郎は、私費を投じて募金のため延べ五〇〇日以上全国を精力的に行脚し、六六〇万円の募金を集めて主唱者の責務を立派に果たした。

「高千穂碑」（昭和41年11月建立）

全国的な運動を展開した結果、奈良時代から皇祖発祥の地と伝承された事実を立証する「日向風土記逸文」と万葉集に残された「大伴家持の長歌と反歌」約七百文字が併刻されている「高千穂碑」が、昭和四十一年（一九六六）十一月十一日に、高天原の地に建碑され、名誉総裁の高松宮殿下を迎えて除幕式が行われた。

令和の春

本書の原稿を書いている最中の平成三十年十二月に町長選があ

り、第三十九代高千穂町長に甲斐宗之氏（四十七歳）が初当選した。彼は、本書中に何度も登場し、本項で戦後の気骨ある生き方を紹介してきた、甲斐徳次郎の曾孫である。

戦争・復興・高度経済成長とその歪みを経験した激動の昭和を経て、多くの自然災害に見舞われ、人心の荒廃に由来した様々な事件が多発した平成が終わり、令和の時代に入った。

令和の元号の由来は、万葉集の「梅花の歌」が出典で、

初春の令月にして　気淑《よ》く風和ぎ
梅は鏡前の粉《こ》を披《ひら》き　蘭は珮後《はいご》の香を薫《かをら》す

から引用されていて、梅の開花とともに、春の訪れを喜んだ内容である。

令和の時代を迎えても、世の中の流れが急に変わるものでもない。

故郷の気骨の先人たちは、名利も財も求めず、幾多の困難を乗り越え、川を遡り水源を求め、山《やま》襞《ひだ》を掘り、岩をも刳り貫き、峰を越えて水を通し、谷を埋めて水田を開いた。時には支配権力にも堂々と抵抗し、行動を起こし、地域の独立性を求めようともした。先人たちの知恵と行動に学び、地域にある人、物、自然までの有形無形の資源と、未発掘の「地宝」を、皆で力を合わせて掘り出して磨き、心の田んぼを耕し続ければ、新たな春は必ず訪れるであろう。

終章　郷土《ふるさと》を掘る

――西川功「碓井家の研究」に導かれて――

私が生まれた茅葺き屋根の家。昭和36年（1961）に建て替えられた

(一) ゲンリョウ爺さん

屋号「布城」の農家

私は、ＮＨＫがテレビ放送を開始した昭和二十八年（一九五三）十月二十日、父明良《あきら》二十四歳、ヤス子二十一歳の二男として生まれた。生まれた家は、天の岩戸神社から二キロほど山間《やまあい》に入った、上永の内集落にある「布城《ぬのしろ》」という屋号の、大きな古い茅葺《かやぶ》き屋根の農家である。

家の中には囲炉裏があり、土間には竈《かまど》が三つあった。飲用水は、近くの山にある桂の谷という小さな沢から、樋《ひ》竹と呼ぶ竹を二つ割りにして繋いだ筧《かけひ》で引いてあった。

家のすぐ裏には用水路があり、灌漑用の他に飲用以外の

生活用水にも使っていた。この地方では、用水路のことを井手と呼んでいた。井手の上には土橋があり、そこを渡ると右側に薪小屋、左側には囲炉裏や竈から出る木灰を入れる小屋があり、風呂は、母家から少し離れた別棟に五右衛門風呂があった。

この茅葺き屋根の家は、私が小学校二年生の昭和三十六年（一九六一）に新しく建て替えられたが、この家で生まれた時の様子を想像してみると、次のようであったと思われる。

稲穂も頭《こうべ》を垂れ、秋の取り入れで忙しくなった頃、産気付いた母の様子に、祖母ヒサに促された父は、隣の集落にいる産婆を呼びに坂道を急いで下って行った。祖母と同じ明治三十一年（一八九八）生まれで五十五歳になる祖父駒毅《こまき》は囲炉裏に薪を継ぎ足し、二歳になる兄の謙一を背負った祖母は、一番大きい竈に薪を入れて大釜で湯を沸かし始めた。小学四年生になる叔母のモトと高校二年生の叔父の信一は、二人目の甥の誕生を楽しみに待っていた。

しばらくすると、父と一緒に産婆が、周りの山々が紅葉した坂道を登り、御大師様《おだいっさん》の祠の前を通ってやって来た。

碓井トシというこの産婆は、村（当時は岩戸村）でただ一人の産婆で、明治二十八年に土持妙市と碓井玄良の六女スマ夫婦の長女として生まれ、当時五十八歳であった。経験も豊富で、母が二産目ということもあり、慣れた手付きで取り上げられたのが私である。

無事に助産が終わり、元気な泣き声を聞くと、囲炉裏の横に小柄な身体で座り、祖母に勧められて、家の周りの茶畑で採れたお茶を啜《すす》った。二人は姉妹で、トシは祖母の三歳上の長姉である。二

人目の男の内孫の誕生に、祖父母は目を細めていた。二年後に弟の厚が生まれた。

「ゲンリョウ爺さん」

子どもの頃の記憶は、それぞれの五官にインプットされていることが多い。私の五官に残っている臭いの一つに、田植え前の春の日と取り入れが終わった秋の日の、とある光景がある。

生家のすぐ裏を流れている岩戸用水の維持管理のために、水尻の方の集落から大勢の農家の主《あるじ》や主婦に加えて、学生帽姿の中学生や高校生も混じって、それぞれ鎌や鍬を手にし、弁当は、運搬役の年輩の主婦が、高千穂地方特有の竹製の背負い籠「カルイ」に入れて運んで来た。祖父がこの用水の管理運営をしている土地改良区の理事長を長く務めていたことから、生家はいつも昼の休憩場所になっていた。

毎年春と秋に行われるこの恒例の作業は、井手役目《いでやくめ》といわれる共同作業で、今も続いているが、母と祖母は、お茶や漬物で接待していた。それぞれの弁当から漂うタクアンや唐人干しと呼んでいた干物の臭いと、大勢の農夫たちの汗の臭いが混じった独特の臭いが、往時の光景とともに今も残っている。

戦後のベビーブームはまだ続いており、ほとんどの家には、同じ年頃の子どもが三人はおり、今なら集落に一つの小さな小学校ができるほどの子どもたちがいた。集落全体が子どもたちの遊び場であり、純農村地帯で幼稚園や保育園に行く者もなく、小学校の低学年までの夏の遊び場は専ら、

家の裏手を流れる井手であった。大人には膝下までの水位であるが、子どもには腰近くまであり、流れも緩く、泳ぐというより水の流れに任せて遊ぶ感じであった。井手の下流には水車小屋跡があり、そこだけは水路に段差があり、深くなっていて「車屋《くるまや》」と呼んでいた。その周囲のクヌギ林にはクワガタ（ハサンムシと呼んでいた）がたくさんいた。

その頃、祖母がよく口にしていたのが「ゲンリョウ爺さん」のことであった。

　井手の中で元気にはしゃぐ孫たちに目を細めながら、祖母は「こん井手は、ゲンリョウ爺さんたちが、骨折って作らしたとバイ」とよく言っていたのを、なぜか覚えている。

祖母は明治三十一年（一八九八）生まれで、平成十三年（二〇〇一）七月に一〇三歳で亡くなったが、ゲンリョウ爺さんが亡くなった明治四十二年は十一歳であった。少女の頃のゲンリョウ爺さんとの思い出はたくさんあったと思うが、私の耳に残っているのは、この「ゲンリョウ爺さんたちが作らした井手」という話だけである。

私の祖父も「駒毅」という少しかわった名前であったが、子ども心に、祖母には、もっと変わった名前の爺さんがいたのだと思っていた。「ゲンリョウ」という名を、その後、度々耳にしたような気はするが、どういう人で、何をしたかを知ることになったのは、ずっと後の社会人になってからである。祖父は、平成六年（一九九四）九十六歳で亡くなった。

碓井トシは、土持妙市とスマの長女である。前述（5章）したように、妙市は碓井玄良の家に養子に入っている。したがってトシは玄良の孫にもあたり、歌心を引き継いだようである。昼夜問わず、産婆として新しい生命の誕生に立ち会うため、小さな身体で村内を歩き回った。その道中で詠んだ歌と、忙しい仕事の中にも娘を想う歌が残っている。

急ぎ行く我にはあれど佇みぬ　雨後の月いま昇りそめしに
となり家の犬吠え立てゝ夜の更けの　われを迎えか足音近づく
折る手をばためらわりけれ菊の花　生命の限り咲きさかり居て
道芝のふまれふまれていつか来む　めぐみの春を忍びてぞまつ
かほるかのうつさぬ春や梅の花　ふきくる風やのどけかるらん
食卓にこのめる柿を置きそえて　今宵旅よりかへる娘を待つ

トシは昭和三十五年（一九六〇）十月、六十五歳で没した。「碓井敏刀自《とじ》の新盆に参りて」と為書きして、甲斐徳次郎は次の歌を供えている。

みほとけと仰ぐも悲しつゝ井筒　深か大神のなにぞありける

㈡　郷土史家西川功

西川家と碓井家

私は大学で、曽祖父土持妙市や叔父の信一と同じように獣医学を学んで、国家試験に合格すると宮崎県の職員となった。三人の子どもがある程度大きくなると、自分が生まれた故郷の自然や歴史に興味を持つようになった。仕事は自然科学系であったが、自分の中には祖母方の文化系の遺伝子が多少伝わっているのか、郷土史や古い文献に目を通したり、文章を書くのは好きであった。

高千穂地方の郷土史に関する資料や文献は、かなりの数があったが、これらのほとんどの執筆や編集にかかわっていたのが、五ヶ瀬町在住の郷土史家西川功であった。功は、祖母の八歳年下の弟で、明治三十九年（一九〇六）に生まれた。

三ヶ所村（現五ヶ瀬町）で代々医師をしていた西川家は、古くから碓井元亮・玄良父子とは深い交流がある医家であった。

西川家の遠祖は甲斐氏であり、医師として最初に登場するのは、宝暦八年（一七五八）生まれの甲斐淳碩《じゅんせき》である。安永六年（一七七七）生まれの碓井元亮より十九歳年上である。元亮が三ヶ所村に入った時期は明確ではないが、記録に残る元亮の事績などから推測すると、文政八年（一八二五）前後かと思われる。この年に三ヶ所村に入ったと仮定すると、淳碩は同七年に六十六歳で没してい

るので、直接の接点はなかったであろう。淳碩の妻ふゆは、第九代岩戸村庄屋佐藤紋右衛門信盛の二女である。西川功がまとめた「岩神土持氏系図」では、淳碩は西川姓となっている。

西川家三世の立宅《りゅうたく》は、天明七年（一七八七）生まれで、元亮より十歳年下である。元亮の三ヶ所入りが文政八年とすると、立宅は当時三十八歳で、四十八歳の元亮とは、当然深い接点があったであろう。また、元亮が家を構えた戸川と、立宅の家がある中村は、隣同志の集落でもある。

同十一年の三ヶ所村の小侍格として、医師西川立宅（中村）と医師碓井元亮（戸川）とあり、当時の三ヶ所村には、年齢的にも経験豊富な、二人の小侍格の医者がいたことになる。立宅の代になり、理由ははっきりしないが西川に改姓している。

元亮は、天保九年（一八三八）に岩戸村に転居しているが、立宅は、その八年前の文政十三年に四十三歳で没しているので、三ヶ所村で同じ医者として交流を持ちながら活動したのは、五年ほどであったと思える。立宅の妹たねは、山裏村庄屋土持信弥に嫁いでおり、父淳碩の妻ふゆも岩戸村出身で、西川家と岩戸村は昔から縁が深かった。

立宅の子元碩《げんせき》は、元亮が三ヶ所村に入った頃の文政八年の生まれで、元亮が岩戸村へ転居した年にはまだ十三歳で、元亮から医術の修業を受けたと考えるのは無理のようである。明治二年（一八六九）の三ヶ所村筆調によると、平小侍として西川宗智（元碩の別名）とある。元碩は、医師として優れ、十二名の門人を抱えていた。

元碩の長男泰喜智《やすきち》は安政二年（一八五五）に生まれ、医師になったが、明治十六年（一八八三）に

二十八歳で早世した。玄良よりは二十五歳も若く、玄良に師事したような形跡は見当たらない。

佐保谷三

玄良が医者として一番脂が乗っていた頃は、何人もの門弟を持っていたが、その一番弟子が、岩戸村の佐保儀平太の三男で安政三年（一八五六）生まれの谷三であった。

佐保家は、近江源氏の流れを引き、当時の高千穂地方を支配していた領主三田井右武《すけたけ》に仕官した佐保玄蕃頭《げんばのかみ》鎮綱《しずつな》から続き、一族は天正六年（一五七八）、岩戸村と山裏村見立（現日之影町見立）を結ぶ往還にある、物流の中継地煤市《すすいち》に居を構えた。「煤市」の地名は、その昔、山道を往来していた駄賃付の馬の志気高揚を図るために、大きな鈴の首輪を付けていたからとも、往還の要所であるために、時折、鈴商いの市が開かれていたからとも伝えられている。

佐保谷三は、明治五年（一八七二）から同八年の十六歳から十九歳にかけて、玄良に師事して内外科医術の修行をした後、岩戸村で開業していたが、さらに医術を磨くため、同十二年から十三年にかけて、玄良も師事した熊本県本匠村の医師竹田春岱に就いて、内外科医術修業を重ねた。

熊本での医術修業を終えた谷三は、岩戸村の兄萬四郎のもとに帰省していたが、国が同十六年十月に、医術開業試験規則及び医師免許規則を作り、それまで各府県に任せていた試験を全国的に統一して実施することになり、この試験に合格した谷三は、翌年五月、内外科医術開業免状を授かった。西臼杵郡内の医師は、この規則ができるまでは、玄良の証明書があれば開業できたようである。

西川家五世の泰喜智は、谷三が開業免状を受け取った前年の明治十六年に早世しており、谷三は、師玄良の推挙により、泰喜智の父元碩の養子として長女ヤスと結婚したが、翌年にヤスが三十一歳で病死したため、その妹アヤと結婚した。谷三は大正三年（一九一四）、五十九歳で没し、医業を継ぐ者は絶えた。

郷土史家

西川功が、玄良の養子となっていた土持妙市の三男として岩戸村で生まれたのが、明治三十九年（一九〇六）で、その時の玄良は七十六歳であり、八十歳で没するまでの四年間は孫の功と接したことになる。

元亮から玄良へと続いた西川家との縁は、さらに玄良の一番弟子佐保谷三が養子に入ることで引き継がれたが、その後に、功が谷三の姪多恵と縁があり西川家を継ぐことになるとは、玄良も思っていなかったであろう。

新婚時代の西川功と多恵夫妻
（西川亨氏提供）

功は、大正十一年（一九二二）に西臼杵郡準教員養成所を卒業すると、郡内の向山南、高巣野《たかすの》、坂本の各尋常高等小学校の訓導を務めた後、兵役に服した。その後、三ヶ所村役場から合併後の五ヶ瀬町役場を経て、

昭和四十二年（一九六七）から同四十九年まで西臼杵教育事務所に勤務した。さらに、五ヶ瀬町選挙管理委員長を平成二年（一九九〇）まで務めた。

一方では、若い頃から興味のあった郷土史の研究を昭和八年（一九三三）から独学で始めた。九人の子どもを育てながら、綿密な文献の収集と解読に加えて、交通も不便であった山奥の集落まで踏み入って現地調査を続けた。これらの調査により書かれた著書や論文は、学術的にも高い評価を受け、宮崎日日新聞文化賞や宮崎県文化賞も受賞した。また、長年にわたり高千穂史談会会長や宮崎県地方史研究協議会副会長を歴任し、後進の指導にも当たった。平成七年に五ヶ瀬町名誉町民となったが、翌年九月三日九十歳で没した。

主な著書と論文は次のとおりである。

・芝原又三郎性虎遺跡論（昭和八年）
・高千穂古今治乱記（昭和九年）
・三ヶ所村茶業史（昭和十年）
・三ヶ所村のおもかげ（後藤寅五郎述　西川功編　昭和十三年）
・三ヶ所村史（昭和二十七年）
・高千穂太平記（昭和四十七年）
・大神大太惟基の伝説から史実を探る（昭和五十年）
・庚申及庚申待について（昭和五十三年）

・西南の役高千穂戦記（昭和五十四年）
・高千穂国興亡記（昭和五十四年）
・宮崎県の地名について（地名類語集、分類表　昭和五十六年）

高齢になっても、郷土史への研究心や著作意欲は衰えず、まさに在野の気骨の郷土史家として毎日机に向かっていた功には、最晩年になり、一つだけ書き残していたテーマがあったようである。

子孫調査

私にとって西川功は大叔父にあたるが、平成六年（一九九四）冬に、次の一通の手紙が、私のもとに届いた。（原文のまま。新漢字にし振り仮名と改行を入れている）

拝啓

寒さ厳しい折柄で御座いますが如何御過ごしで御座いましょうか。

さて、突然この様なお手紙を差し上げて大変ご迷惑をかけ失礼とも思いましたが、どうしてもお宅様にお習いしなければ判らない事でございますのでお願いする訳で御座います。

実は私も今年八十九歳になりまして、余命いくらも無いと思いますので、今迄気になっていた「碓井玄良父子三代記」（仮称、まだ正確な本の名前は決まっておりませんが）と言う記録をまとめる事が、たった今ならば何とかなるかもしれないと思いまして、打立ってみた所で御座います。

「碓井玄良父子三代記」と申しましても、お若い方やお嫁さん方は御存じ無い方も有るかと思います。年配の方は御記憶の方もあるかもしれませんが、今から六十二年前の昭和八年、私が二十七歳の時、「碓井家の研究」（別名三柏《みつがしわ》井水記《せいすいき》）と言うガリ判刷りの本を書いて関係の方に配ったことがあります。

碓井玄良父子三代とは、碓井玄良《げんりょう》とその父碓井元亮《げんりょう》と玄良の子碓井昇《のぼる》の三代を言ったつもりですが、三柏は碓井家の紋所の名です。井水記《せいすいき》の井《せい》は碓井の井で下の水《すい》は、碓井玄良の俳句の俳号が「迂水《うすい》」でしたので、迂水の水の字をとって、源平盛衰記の「せいすい」と言う言葉と語呂合わせをしただけの名前です。

ご存じ無い方の為に三人のあらましを申し上げますと、初代の碓井元亮は豊後佐伯藩の武士の二男として、一七七七年（安永六年）今から二百十八年前に生まれました。生来学問が好きであったそうで、たまたま佐伯藩はその頃藩校四教堂を設置して学問を勧める頃でしたので、藩は家老に言いつけて元亮を江戸幕府の御用学者林氏の門に入れました。

元亮は勉強に励みましたが、それに耐えるだけの体力が無く、遂に病を得て郷里に帰らなければなりませんでした。然しこの江戸遊学は中央の有名な学者を知る手がかりとなり、後に元亮は日向の国では四五人しか居ない、当時日本一と言われ十人余りの弟子を持っていたと言われる、本居宣長の養子本居太平の門人に加えられるのであります。勿論今で言う通信教育が主であったと思います。

身体の弱かった元亮は健康体である事を痛切に感じたものか、医師になることを決心して今の熊本市本荘町の村井琴山《きんざん》について医学の勉強を始めました。恐らく江戸往復の途次熊本に村井琴山と言う名医が居ることを知っていたのではないかと思われます。村井琴山と言う人は通称は春樹（椿寿とも書く）字《あざな》は大年ですが、琴山という號が一番知られて居ります。熊本藩の侍医で熊本医学館の教授でもあり、百五十石の録高を賜り、京都以西の医道の総取締りを命ぜられていたほどの人ですから、只の開業医ではありません。又学識も深く十五六種の著述があり、詩文に長じ琴曲を学び、箏、琵琶も巧みであったと言います。

琴山は元亮よりも四十四歳も年上でしたから、琴山七十歳の時とすれば元亮も二十五歳になっていた事になります。医術を身に付けた元亮はどうゆう訳か、妻と共にこの五ヶ瀬町の宮之原に住む事になりますが、それについては出身地の佐伯地方の研究家の間でも色々な意見がありますので、その事については本の方で申し上げます。

その頃高千穂十八ヶ村の大庄屋と言われた岩戸村の庄屋土持完治整信《かんじまさのぶ》は、元亮の学問と医術が尋常で無い事を知って、嫡子霊太郎信贇《れいたろうのぶよし》の師匠に頼みたく、岩戸村に医者がいないので医者を招きたいと延岡藩に願い出て許可を貰い庄屋の続き地に住宅を作り辞を低くして元亮を岩戸村に迎えました。

時に天保九年（一八三八年。今から一五七年前）で、信贇二十四歳、元亮六十一歳、倅玄良は僅かに八歳であったと言います。それから十一年後元亮は七十二歳で病死します。

其の子玄良は父が病弱でありましたので、十四歳から父に就いて医学を修業したと言います。しかしその頃から西洋医学の優秀な噂が聞こえ、医学を勉強するなら長崎であると、庄屋土持信賛の応援で長崎に行き、西洋医学に通じて居ると言われた吉雄圭斎の門に入りました。

吉雄家は代々外科医で、圭斎は始め蘭医ボンベ、ボードウィンに学び、後オットー・モーニッケの教えを受け、モーニッケが牛痘苗を日本に伝えた時、率先して種痘を伝習しその普及に努めた人ですが、玄良と先生とは年が七歳しか違わず、圭斎は自分が洋医の所に勉強に行く時は常に玄良を連れて行ったと言い、玄良は蘭医の直接の門人では無かったが、医学は直接に蘭医から習う事が多かったと言います。

長崎に遊学すること六カ年二十歳になった時、父の喪に会い岩戸に帰って医者を継ぎますが、何しろ当時宮崎県でオランダ医学を習っていたのはたった三人であったので、明治初年の今のような医師法が無かった時代は、西臼杵郡は碓井玄良が認定すれば県が医師の免許を与えたと言います。

玄良は父の志を継いで国学を学び、庄屋土持信賛《のぶよし》と共に本居太平の子内遠《うちとお》の門人帳に名を連《つら》ねて居ります。

明治維新以前医事その他の功労で延岡藩主から数回表賞された事を始めとして、町村制度が出来てからは岩戸村会議員、高千穂十八ヶ村連合村会議員を二十数年、明治十八年には宮崎県会議員（これは西臼杵郡代表として二人目です）に推《お》されており、又土持廉造氏と共に天岩戸神社を再

建したり、岩戸高千穂間の車道を開設したり、山裏村の河野喜太郎氏と共に財源に苦しみながら、三十二キロメートルに及ぶ上岩戸と太平間の灌漑用水路を開拓したりして、医者の仕事より政治向きの仕事に大きな功績を残して居ります。為に歿後明治四十一年に緑白綬有功章を戴いております。後年は俳句に凝って友人と岩戸吟社と言う句会を作ったり、岩戸神社の境内に大きな芭蕉句碑を建立したりして居ます。明治四十年八十歳で亡くなりました。

その子供は二男七女有りますが、二男等《ひとし》は二十四歳で病死します。長男昇は三田井小学校在学中に大区長（後の郡長）から試験優秀で賞を貰っています。鹿児島県立宮崎病院医学所へ（当時は宮崎県は鹿児島県に合併）を二年で出て上京し大学医学部予備校を僅か十ヵ月出ただけで東京帝国大学医学部に合格。五年後に医学部全科免許を取得しました。直ちに高千穂に帰って今の三田井埋立で開業しました。

昇は本郡に於ける東大生第一号ですが、特筆すべきは在学中に、旧幕臣で千葉周作に就いて真影流の奥義を極め無刀流を編み出し、西郷隆盛の江戸攻撃に際して勝海舟の軍使として官軍本部へ乗り込み、西郷と談判して西郷、勝の会見を実現させた通称山岡鐵太郎、号を鐵舟と言い、勝海舟、高橋泥舟と共に三舟と言われ、明治になって新政府に召し出され、静岡県知事となり後には明治天皇の侍従を拝命し、昇が東大を卒業した年には子爵を授けられた山岡鉄舟の知遇を受けた事であります。この人の書生がなんと大学で昇と仲良しで、山岡家に出入りするうちに子爵に目をかけられ、玄良の事を聞いて「碓井玄良の為に」と言う為書きの書を何枚も書いて貰って居

る事です。

高千穂で開業した新知識のお医者さんは郡民に大いに歓迎され、一番若いのに玄良の後任として直ちに郡医師会長に推され、郡医師や学校医や郡産婆養成所講師を嘱託され寸暇も無いほど働きます。又全国の天災や大火、日露戦争、学校建築等数多くの寄付金をしております。然し惜しいかな、天は彼に寿命を与えず、明治末年僅か四十九歳の働き盛りで他界しました。

大体以上の三代の事を私が知っている限りもっと詳しく書き残して置きたいと思って居る所で御座います。そして付録として玄良の子孫がどの位増えて居るか「子孫調べ」表をつけたいと思って居る訳です。それに就きましてはどうしても玄良の子孫であるお宅様から教えて頂かねば判りませんので、ご多用中誠に恐縮では御座いますが、別表の赤線の所を折り返し教えて頂けば有難い幸せで御座います。くどくど申し述べましたが右お願い迄。

拝具

平成六年二月吉日

西川功

㈢ ツキノワグマとB－29と世界農業遺産

金属片

この子孫調査の手紙から、子どもの頃によく祖母から聞いていた「ゲンリョウ爺さん」の人物像が浮かび、祖母方の先祖にはこのような人物がいたのかと、大いに興味をそそられたものの、この

ことを調べる方法も知識もなく、そのまま過ぎていた。

しかし、筆者の中には、足で調べて掘り起こして物を書くという、祖母方からの遺伝子が多少あったとみえて、当時、あることの調査に没頭していた。元々山歩きが好きで、故郷の祖母山を中心に登山を続けていたが、単なる登山の対象としての山よりも、むしろ、それらの山々に埋もれている歴史の方に興味を持つようになった。その中で、ロマンをかき立てる話題に、すでに絶滅したとみられる九州のツキノワグマの生存を信じて調査を続けている山男たちがおり、筆者もその一人となった。

かつて九州にツキノワグマが生息していたことは事実で、祖母・傾山系での捕獲記録は、昭和十六年（一九四一）を最後に、それまで五十頭の記録が残っている。その後も、多くの目撃談は新聞紙上を賑わせたが、確証の得られるものはなかった。

わずかな生存説を信じて入山していた昭和六十二年（一九八七）九月、祖母山系の親父山の山頂付近で偶然、登山靴に触れた一片の金属片を拾った。林道からも遠く離れた登山道であり、不自然な場所での精巧に加工された異質の金属片が妙に気になった。

しばらく放置していた金属片がさらに気になり、好奇心から調査を進めたところ、後になって昭和二十年（一九四五）八月の終戦直後、この付近に、アメリカ陸軍の戦略爆撃機B－29が墜落していた事実を突き止めた。

終戦直後の大混乱期でもあり、かつ山深い山中で起きた事故で、当時の新聞にも行政機関の資料

戦後50年目の平成７年（1995）に五ヵ所高原三秀台に建てられた平和祈念碑

墜落したＢ-29搭乗員。このうち５人が昭和20年８月30日、親父山山中で墜死している

にも、この事故について書かれたものは皆無であった。

偶然にも、当時十六歳で、Ｂ－29の搭乗員の遺体収集作業に従事した高千穂町五ヶ所の甲斐秀国（故人）の手記が載っていた古い冊子を発見し、早速本人を訪ねて調査を進めるとともに、アメリカの空軍歴史研究所からも詳細な事故報告書を取り寄せた。

この調査で、埋もれていた事実を世に出すとともに、調査の中で新たに発見した、同じ祖母山系の山中に墜落していた日本陸軍の軍用機・隼についても調べることになった。

終戦の前後に、同じ山系に相次いで墜落した日米二機の軍用機と十三名の殉職者を確認し、地元を中心に、多くの方々からの寄付をいただき、戦後五十年目の平成七年（一九九五）八月に日米の遺族を招いて、五ヶ所高原の三秀台に「平和祈念碑」を建立し、除幕式を行った。

『ラスト　フライト』と世界農業遺産

そして、戦後七十年目の平成二十七年（二〇一五）、三十年

近くの調査や慰霊の記録をまとめて、『ラスト　フライト——奥高千穂隼・B－29墜落秘話』と題して、宮崎市の鉱脈社から上梓したところ、思いがけず翌年に、第二十六回宮日出版文化賞をいただいた。長年の調査と執筆作業で、古い資料を収集し、自分の足と目で現地を確かめ一冊の本にまとめるという一連の作業を経験した。また、全国の多くの読者からも手紙が届き、埋もれていた歴史の事実を丹念に掘り起こし、活字にして後世に伝えることの重要性を、肌で感じることもできた。

出版社から書店に並ぶような本を出したのは『ラスト　フライト』が初めてであるが、それ以前に、私家版として二冊の本を書いた経験がある。一冊は、『ラスト　フライト』の原本となる『平和の鐘』で、自分でワープロを打ち、そのまま印刷所に持ち込み、平成七年に五ヶ所高原に建立した「平和祈念碑」建設で、寄付をいただいた方々を中心に配布した。

もう一冊は、同十九年（二〇〇七）に鳥取県で開催された第九回全国和牛能力共進会で、高千穂地域から出陣された牛が、宮崎県の総合優勝に大きく貢献したことから、高千穂地方における和牛の改良の歴史を中心にして『高千穂牛物語』として一冊にまとめたものである。この中で、祖母の父で獣医師の土持妙市が、高千穂牛の改良に大きく関わっていたことを知るとともに、本書にも登場する田尻藤四郎や鈴木日恵のような気骨溢れる獣医師がいたことも知った。

さらに、筆者が三十六年間の獣医師としての公務員生活を退職した翌年（平成二十七年〈二〇一五〉）、高千穂郷・椎葉山地域が世界農業遺産に認定された。その認定理由に、山間部に等高線状に広がる棚田と、そこに水を引くために作られた山肌を縫うような長い山腹用水路や、複合農業の核となる

岩戸村初代庄屋の墓を調査する
碓井哲也氏（平成30年）

高千穂郷・椎葉山地域は平成27年に
世界農業遺産に認定された

和牛の飼育が挙げられていた。
和牛の改良には、祖母の父土持妙市が深く関わっていたこと
は前述したが、山腹用水路の開削にも、祖母の祖父碓井玄良が
深く関わっていたことを改めて知るとともに、二十年ほど前に、
西川功から届いた碓井元亮の子孫調べのことも思い出した。
高千穂地域が世界農業遺産に認定されたのを機に、この年に
上梓したばかりの『ラスト フライト』を書いた余勢を駆って、
何とか故郷の気骨ある先人たちのことを書き残そうと思った。

碓井哲也氏――「碓井家の研究」との出会い

前著『ラスト フライト』に書き記した内容は、調査開始時
の四十年近く前のことで、現場を実際に見た方や、当時の様子
を知っている方が何人も健在であったが、取材して間もなく鬼
籍に入られたりして、上梓した時には、ほぼ全員が他界されて
いた。
わずか半世紀前のことにもかかわらず、記憶が薄れたり、残
された資料も見当たらずに、歴史の中に埋もれてしまう運命に

あり、何とか海外の関係者にも辿り着き、ほぼ全容を調べ上げて書き残すことができたのは、幸運であった。しかし、今回書いた内容は、半世紀どころか二世紀近くも前のことが中心で、調査の糸口を見つけるのには、大きな壁が立ち塞がっていることが予想され、当初は、挑戦することにも不安とためらいがあった。

幸いにも昭和八年（一九三三）に西川功が書き残していたガリ版刷りの「碓井家の研究」（三柏井水記）という小冊子のコピーを、碓井元亮の末裔でもあり、西川功の甥にあたる、岩戸在住の郷土史家の碓井哲也氏が、関連資料とともに所有しており、快く提供していただいた。

この小冊子と、碓井哲也氏の全面的な協力と助言がなかったら、到底、書き進めることは不可能で、この本が日の目を見ることはなかった。

「碓井家の研究」は、西川功が郷土史に興味を持ち、独学で研究を始めた二十七歳の時（坂本尋常高等小学校訓導時代か）に書かれたと思われ、特段の思い入れが、次の前書きから感じられる。

「浅学非才の身を以て、この挙に出たるは誠におこがましい次第であるが、歳月の流るるに従い、資料の蒐集し難きを恐れて取敢えず一まとめにして記録し、後日の研究家の参考になればと書いた次第である。もとより、暇と金があって初めた事ではないので、これは原稿若しくは校正刷のつもりで書いた……。（一部略）」

私は郷土史の研究家ではないので、「後日の研究家」には当たらないが、功が書いてから、八十六年の歳月が流れた後、縁があって、このテーマについて調べ、何とか活字にすることができた。

晩年の西川功・多恵夫妻（西川亨氏提供）

(四)「稿の余白」を埋める

功の妻多恵は、物心ついた頃に兄淳治と妹キヌを幼くして亡くし、本人も病弱で、背負われて学校に通ったことや九州大学病院に入院したこともあった。

しかし、戦前、戦中、戦後にかけて物資が欠乏し大混乱した時代にあって、教師として単身赴任したり兵役に服した功の不在中にも、親戚や周囲の人に支えられながら、元子、亨、靖、修、紀生、史生、律子、睦男、英生の七男二女を育て、夫のライフワークでもある郷土史研究も影で支えた。まさに、明治の気骨の女性であった。

多恵は、一人娘同然に育ったが、九人の子ども夫婦と二十一人の孫と多くの曾孫に恵まれた。西川家の隣には、西栄山浄専寺があり、第九世戒肇《かいちょう》が江戸時代に、京都の祇園から持ち帰って植えた樹齢三〇〇年ともいわれる枝垂《しだれ》桜がある。多恵はこの枝垂桜を、子どもの頃から毎年愛でながら、平成二十四年（二〇一二）、一〇〇歳の天命を全うし旅立った。

風光明媚な五ヶ瀬町で一生を過ごし、本に囲まれて生涯を過ごした夫と暮らし、その影響を受けたこともあり、四季折々の句を残している。

若葉して谷に冷気のみなぎれり

坂道の半ばに寺や濃紫陽花

庭石の温みにひろげ夜干梅

あたたかきいろ積みかさね銀杏散る

カラス舞ふ初冠雪の山にかな

ほのぼのと山にけむりや芽水仙

泳ぐ子の去りたるあとの川の音

あらそわぬ国はしずかや夕牡丹

うつくしき熟柿を一つ掌《たなごころ》

水音のほそり山川冬に入る

多くの句の中に「亡き夫のこと」との前書きで次の句があった。

初雪や稿の余白はもう書けず

晩年の西川功が書きかけていた最後の稿は、初めて郷土史研究を手がけた時の昭和八年（一九三三）にガリ判刷りで最初に作った「碓井家の研究」の完成版ではなかったのであろうか。

私が、浅学非才の身を顧みもせず試みた、「碓井家の研究」を原本にしたこの書き物が、もし稿の余白を少しでも埋めたことになれば、縁ある者として、これ以上の喜びはない。

碓井家に関する内容については、泉下の西川功大叔父から「盗作」の誹《そし》りを受けることはもとより覚悟で書いたが、昭和八年に書かれた「碓井家の研究」の追補版として、碓井家のことが少しでも後世に伝わるであろうことに免じて許していただきたい。

【主要参考文献】

読める年表・日本史（平成十年　自由国民社）
宮崎県史別編年表（平成十二年　宮崎県）
西臼杵百年史（昭和六十三年　西臼杵支庁総務課）
高千穂町史（昭和四十八年　高千穂町）
高千穂町史年表（昭和四十七年　高千穂町）
高千穂町史　郷土史編（平成十四年　高千穂町）
高千穂町観光史（平成三年　高千穂町観光協会）
日之影町史（平成十一年　日之影町）
五ヶ瀬町史（昭和五十六年　五ヶ瀬町）
延岡郷土史年表（平成十年　延岡市文化連盟・延岡史談会）
延岡先賢伝（昭和三十二年　松田仙峡著）
北方町史（昭和四十七年　北方町）
碓井家の研究（昭和八年　西川功著）
高千穂村々探訪（平成四年　甲斐畩常著）
土持信贇日記（明治十年～二十六年）
臼杵郡岩戸村戸長役場日記（明治十三年・十五年）
岩戸郷土讀本（昭和六年　岩戸尋常高等小学校）
伝承ながのうち（昭和六十二年　上下永之内集落史編さん会）
岩戸山裏維新前田成開発史 上向き田米（平成十二年　編集者・藤寺非寶／復刻者・碓井哲也、岩戸地区公民館連絡協議会他）
東岸寺用水通水百五十周年記念誌　扇の峰（平成十七年　高千穂町岩戸東岸寺土地改良区編）
宮崎県土地改良史（昭和五十三年　宮崎県耕地課）
異色の庄屋土持信贇（昭和五十六年　西川功著　宮崎県地方史研究紀要）
豊薩軍記（昭和五十五年　歴史図書社）
玄武高瀧称名山　正念寺四百年史（昭和五十三年　西川功著）
高千穂郷を天皇家直轄地とした「神領運動」を起こした勤皇家杉山健吾（平成二十三年　安在一夫著　みやざき民俗第七〇号）
高橋元種（昭和三十八年　松田仙峡著）
殿様の通信簿（二〇〇六年　磯田道史著　朝日新聞社）

高千穂・阿蘇総合学術調査報告（昭和三十五年　神道文化会）
日向諸藩の事例研究（二〇〇二年　松下史朗著　明石書店）
助さんから西郷さんまで 岩戸往還 草鞋の旅人（二〇〇七年　碓井哲也著　鉱脈社）
日向路秘話（二〇〇七年　碓井哲也著　本多企画）
木地師・熊・狼（二〇一二年　碓井哲也著　鉱脈社）
ニホンオオカミの最後（二〇一八年　遠藤公男著　山と渓谷社）
宮崎縣嘉積誌（平成十一年　鉱脈社）
宮崎県政外史（昭和四十二年　宮崎県政外史刊行会）
柳宏吉著作集（一九九〇年　鉱脈社）
口伝亜砒焼谷（一九八〇年　川原一之著　岩波書店）
尾平鉱山誌（平成十六年　緒方町）
宮崎県医史（昭和五十三年　宮崎県医師会）
宮崎県医学史地図（平成十一年　宮崎県医史懇話会）
長崎游《ゆう》学の標（一九九〇年　長崎新聞社）
鳴滝紀要第18号（二〇〇八年　シーボルト記念館）
医学の歴史（一九六四年　小川鼎三著　中央公論新社）
魂のさけび（平成十五年　鹿屋航空基地史料館一〇周年記念誌）
軍馬の戦争（二〇一六年　土井全二郎著　潮書房光人新社）
沖縄学童集団疎開（二〇〇四年　三上謙一郎著　鉱脈社）
ラスト フライト（二〇一五年　工藤寛著　鉱脈社）
高千穂牛物語（平成二十二年　工藤寛著　私家版）
俳句の歴史（一九九九年　山下一海著　朝日新聞社）
日向路の山頭火（一九九五年　山口保明著　鉱脈社）
土持悟遺詠・白衣抄（昭和四十六年　土持貞子）
山茶花　西川多恵俳句集
やさしく読む国学（平成十八年　中澤伸弘著　戎光祥出版）
胤康和尚（二〇一六年　若山甲蔵著　鉱脈社）
西南の役・高千穂戦記（昭和五十四年　西川功・甲斐畩常共著　宮崎県西臼杵郡町村会）
西南戦争外史（平成二十一年　飯干憶著　鉱脈社）
西郷臨末記（昭和四十五年　香春建一著　尾鈴山書房）

あとがき

　太平洋戦争終結前後に、故郷の山深くに相次いで墜落して、搭乗員計十三名全員が死亡した日米両国の軍用機墜落事故について、三十年近く調査を続けながら、日米の遺族との交流や慰霊碑建設までを書いた『ラスト　フライト――奥高千穂隼・B－29墜落秘話』（鉱脈社刊）を上梓してから四年が経った。

　今回は、同社の「みやざき文庫」の一冊として出版することになった。取り上げたテーマは異なるものの、今度の本も、書いた動機はまったく同じである。今、誰かが、このことを調べて書き残さねば、遠からず、知られることもなく忘れ去られてしまうであろう、と思ったからである。

　今回の内容は、近世から幕末、そして近代にかけての出来事がほとんどである。まず、情報収集からスタートしたが、関係した人物の情報を得る最初の手掛かりは、その墓であると思いながら作業を始めた。

　秋の季語に「掃苔《そうたい》」がある。文字どおりの意味は苔をきれいに取り去ることであるが、墓石の苔を掃《はら》い、墓誌銘などを確認するという意味も込められている。最初の掃苔は、江戸末

期の文政から天保の時代に、碓井元亮が居を構えていた、五ヶ瀬町戸川にある墓であった。

ようやく訪ね当てた三つの小さな子どもの墓は、甲斐家（現当主甲斐日出志氏）の墓地の中に並んであった。甲斐家は先祖代々、一時期この地に住んでいた縁だけで、元亮の幼な子の墓に、二〇〇年近くも香華を絶やすことなく手向けていただいている。このことに、縁のある者の一人として心から感謝を申し上げたい。

※

本書では、さまざまな人物に主人公になってもらった。多様な人びとが登場しているが、いずれの人物にも共通しているのは、全員が名利も財も求めず、故郷のために全身全霊を投じたことである。商才を発揮し一財産を築いた者はいない。当時の時代背景から、関係者同士が姻戚関係にあることが多いが、彼らが結託して私腹を肥やしたり、蓄財に走ったような形跡は、まったく見られない。むしろ私財を投じて事を成したことの方が多い。

書き終えてみると、彼らの生き方には三つの「信」を感じる。

一つは、強い信念を持っていたこと。

二つ目は、厚い信頼を受けていたこと。

三つ目は、常に信義を重んじたこと。

世の中が、いかに変わろうとも、人が社会を構成している以上、この三つの「信」は、いつの世でも普遍ではないだろうか。

※

歴史上の事件を題材にした多くの作品を書いた吉村昭の本が、私は好きである。氏は、それらたくさんの本を書くために、舞台となった現場に何度も足を運び、その場の空気を感じながら、綿密な取材を重ねた上で、作品を書くのを信条としていた。

氏に倣《なら》って私も、対象となる現場に、何回も足を運ぶことにした。今回の題材の舞台は、ほとんどが山里とさらに奥に入った所であり、一人で訪ねることが多かった。時代の流れとはいえ、そこの現実は、実に厳しいものがあった。

山腹用水路の取水口を探して訪ねた消滅集落では、無人かと思っていたら、町に出た老人が一人で出作りに来ていた。取り入れの終わった田の手入れをしながら、しばらく昔話と現状を聞かされた。取水口の近くには「井手の水とわに」と書かれた通水記念碑が建っていた。用水路の上にあった廃校の、草に覆われた運動場の片隅の錆びた鉄棒の横には、閉校記念碑とともに「百姓逃散由来碑」がぽつんと建っていた。

最近読んだ東北の山里を歩いて書いた根深誠著『山棲みの記憶』に、次の歌があった。

雪ふかく廃屋つぶれし過疎のむら　　人はいづくへ今日も雪ふる

降雪の多少は別としても、全国の山村の現状そのものであろう。

「古祖母のそびゆる麓」にある母校の小学校は、私が入学した昭和三十五年（一九六〇）当

岩戸地区の山腹用水路の特徴を示す数値

用水路	水路延長（m）	受益面積（ha）	面積水路長（m/10a）
東岸寺	5,530	29.4	18.8
岩戸	24,530	82.0	29.9
上寺（土呂久）	8,700	19.8	43.9
日向（才田）	9,700	17.7	54.8
上岩戸（日添）	10,000	15.9	62.9
平均値	11,692	33.0	42.1
参考			
岩熊（延岡市）	8,698	735.3	1.2
杉安（西都市）	9,414	540.0	1.7
前田（都城市）	7,045	219.3	3.2
平均値	8,386	498.2	2.0

（宮崎大学竹下准教授の講演会資料より作成）

時の十分の一の九十八人が令和元年の在校生で、「はるかなる天《そら》　古祖母」の麓にあった中学校は、平成二十七年（二〇一五）閉校になった（「」書きは、それぞれの校歌の歌い出し）。高千穂町の人口は、昭和三十年（一九五五）の約二万九千人から、令和元年には約一万二〇〇〇人になっている。

※

なお、本書の中心テーマとなっている岩戸山腹用水路については、それは全国的にも貴重な遺産であるということを、宮崎大学農学部の竹下伸一准教授講演会資料から教えられた。上記の表は、その資料から作成させていただいた。

※

ここに取り上げた登場人物は、もちろん今となっては泉下の人となっているが、私は一人だけ面識がある。「気骨の検案書」を書いた獣医師の鈴木日恵である。

高千穂地方は耕地が狭く、農業生産性が低いため、集約型の新たな産業として、昭和四十年代半ばからブロイラー（食鳥）飼育が導入された。ブロイラーは、何千、何万羽と高密度で飼育するため、高度の衛生管理技術が要求される。このため専門の獣医師養成が急務となり、当時、筆者が勤務していた機関で定期的に勉強会が開催されていた。商社系の若い獣医師に混じって、最前列で姿勢を正し、熱心にメモを取りながら勉強していたのが、八十歳が近い鈴木日恵であった。高千穂からバスを乗り継いで宮崎市の会場まで、遠路足を運び参加していた。

その姿勢に、私は同郷の大先輩として敬服し誇りに思っていたことを今、思い出している。いくつになっても、土呂久で煙害に斃《たお》れた牛を解剖した時の気構えと気骨を持ち続けていたのである。

※

本書を書くためにペンを執ったのは私であるが、終章でも述べたように、大叔父である郷土史家西川功氏が昭和八年（一九三三）に書き残した「碓井家の研究」と同五十六年の「異色の庄屋土持信贇」がなかったら、到底、本書を書き進めるのは困難であった。本書を、郷土史研究に専念し、多くの貴重な著書を残した元高千穂史談会会長西川功氏の霊前に捧げたい。

書き始めから、その都度、原稿に目を通していただき、多くの資料提供から助言まで終始

面倒をかけた碓井哲也氏にも、心から感謝申し上げる。お互いの在地から「岩神通信」と「祇園通信」で続けた情報交換は、同じＤＮＡを共有していたのか、楽しい思い出となった。出版を心待ちにしながら鬼籍に入られた哲也氏の弟健氏には、間に合わずに申し訳ない気持である。

資料提供や取材に快く応じてくださった多くの方々と、山の中まで取材に同行してくれた兄の謙一や友人たちにも心からお礼申しあげたい。

また、鉱脈社の川口敦己氏には、前著に引き続き、手書きの読み難い原稿を整理・編集し、たくさんの助言をいただき、重なる修正・追加にもていねいに対応していただいた同社のスタッフの皆さんにも厚く御礼申しあげたい。

なお、本書掲載の写真については、提供者を明示しているもの以外は、すべて筆者が撮影した。挿し絵については、二女笹田沙千恵が描いてくれた。取材・執筆を支えてくれた妻、万里子とともに、あわせて感謝する。

令和元年十一月二十五日　二人目の孫誕生の日に

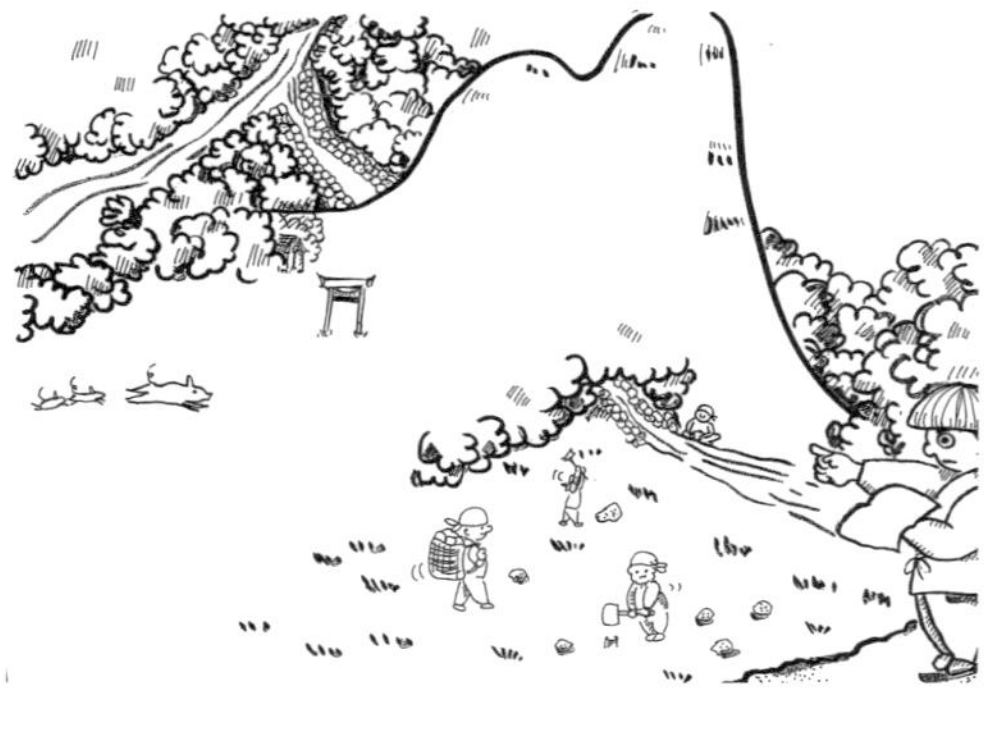

[著者略歴]

工藤　寛（くどう ひろし）

1953年　宮崎県西臼杵郡岩戸村（現高千穂町）に生まれる
1977年　麻布獣医科大学（現麻布大学）卒業。獣医師
1977～2013年　宮崎県職員として主に家畜衛生業務に従事

著　書　『平和の鐘』（私家版 1996年）
『高千穂牛物語』（私家版 2010年）
『ラスト フライト』（2015年 鉱脈社 第26回宮日出版文化賞）

現住所　〒880-0024 宮崎市祇園３丁目208-1
TEL 0985-31-8218

みやざき文庫 138

名利無縁
高千穂町岩戸 故《ふる》郷《さと》を拓いた気骨の系譜

2019年12月29日 初版印刷
2019年12月30日 初版発行

著　者　工藤　寛
　　　　© Hiroshi Kudo 2019

発行者　川口 敦己

発行所　鉱脈社
　　　　宮崎市田代町263番地　郵便番号880-8551
　　　　電話0985-25-1758

印　刷
製　本　有限会社 鉱脈社

著者の本

ラスト フライト ―― 奥高千穂 隼・B―29墜落秘話

70年前のあの戦争の終結前夜、日本の戦闘機と米国の爆撃機が九州中央山地・祖母山系の山中に相次いで墜落した。何があったのか――埋もれた歴史を掘り起こし、死者を慰霊し、日米の絆をつむぐ、山の男の歴史行脚。戦後70年祈念、感動の記録。（第26回宮日出版文化賞受賞）

A5判並製　2778円

みやざき文庫新刊

インドへ導かれて半世紀 ヒマラヤ山岳地プロジェクトの記録

杉本さくよ 著

1967年、インドの貧困街、マザー・テレサの微笑。その出会いが全ての始まりだった。現地に学んでこそ自立への支援となる。緊張とユーモアもまじえての国際支援と協力の記録。

1600円

宮崎発掘 史話四題

甲斐 亮典 著

人生の、歴史の転機に直面して人々はどう生き抜いたか。市民的な話題としては知られていないが、西南戦争で戦場地となった村人たちの困難など、史料が語る庶民の歴史。

1400円

島のてっぺんから日本の今が見える シマ好きバンカーの島学こと始め

小池 光一 著

島はそれぞれが「小さな独立国」。訪れた島の数は160島、訪問した回数は460回。島好きバンカーが40余年に及ぶ豊富な島旅と島での体験と思策。

1636円

（定価はいずれも税抜）